Sanmao

サハラの歳月

三毛《サンマウ》
妹尾加代［訳］

石風社

装丁　毛利一枝

表紙カバー写真　表　Seqoya―Shutterstock.com
裏　李 麗瓊（台湾）

本扉写真　© 黃陳田心、陳聖、陳傑　經皇冠文化集團授權

帰郷に寄せて

友人の皆さん

台北へ戻って、すでに二十日あまりたちました。この短い時間に、以前私と手紙のやりとりのあった読者たち、私が教えた学生たち、それに沢山の新しい友人たちから、数えきれないほど多くの手紙や電話をいただきました。台北の街中で、自分の新しい本が、うず高く積み上げられた色とりどりの本の間から、私に向かって茶目っ気たっぷりにあかんべえをしているのも見ました。

各方面から転送されてきた皆さんのお便りを受け取るたびに、私はその一通一通の誠意のこもった手紙の中に、はじめて自分の姿を見出し、はじめて三毛《サンマウ》にはこんなに沢山の面識のない友がいて励ましてくれているのだと知りました。

私はそれぞれの手紙に詳しく返事を書きたいとどんなに思っているかしれません。私に手紙を書いてくださる一人一人が、ペンを執ったとき、その気持ちと時間を費やして私に対する関心を示してくださったことを承知しているからです。

皆さんの誠意のこもった手紙を見て、きっと返事を待っていらっしゃるということを知りながら、その一通一通の手紙がすべて、石ころが海の底に沈んだように音沙汰もない。私はこんなことはとてもしたくはありません。

私に手紙をくださった無数の友人の皆さん、どうかご理解ください。三毛は感情もない礼儀もわきまえない人間ではありません。

祖国を離れてずいぶん久しくなりましたが、台北の肉親の情や友情は、すっかり私を占拠しており、私はでき得るかぎり自分の時間を、私のことを気にかけてくださる皆さんの一人一人に分けたいのですが、でも残念なことに、私は一日に二十四時間しか自分のものとすることができません。

生活が突然あわただしく賑やかになって、精神的に興奮と緊張をよび、体力も無理の上に無理が重なり、また心の静けさは、こうした感動的な真情の流露に触れて、大きく波立っております。

私は努めて自分に言い聞かせておりました。私は完璧に祖国での休暇を享受する。山や川に遊び、父や母とよもやま話をするんだと。ところが実際のところ、毎日の生活は、すでに時間の奴隷となり、昼も夜も時間を追いかけるばかりで、一向にこんなことをする自由は得られそうにありません。

以前長らく過した砂漠での生活は、すでに私を極度に孤独を楽しむのんびりした田舎者にしてしまい、今、掛け持ちをする役者が次の舞台へ駆けつけるかのように食事をしたり約束をしたり、私にとっては、劉ばあさんが大観園に入ったようなもので、[1] 頭が混乱してわけがわからなくなり、心が乱れ気持ちが惑うのです。

毎日のように、山海の珍味を目の前にして、お腹いっぱいで喉を通らず、芋だけのコロッケを食べ慣れた三毛は、親類や友人の心のこもった山のようなご馳走を前に、感動する一方、大きな箱に入れて北アフリカに持って帰れないのを恨めしく思います。そうすればあと半年料理をしなくて済むのにと。このごちそうを短い時間で私が全部食べてしまわなければならないとは、なんと残念なことでしょう！

この走馬燈のような日々の中で、一方では友人たちが私を大事に思ってくださる気持ちにとても感動しながらも、また一方、手紙や電話で私に単独で会うことを求める友人たちの厚情にどれも応えることができません。

私は自分の時間を、原稿用紙の升目のように一個一個分けて、原稿を書くように、それぞれの升目の中に友人の名前、時間と会う場所を書きいれることができないのが恨めしいです。私にとって、二、三千字を書くのはたやすいことですが、それぞれそんなに沢山の友人に会うのは、意余って力及ばずという残念なことなのです！

私のことを大事に思ってくださる友人の皆さん、私の現在の状況をご理解くださるよう、心からお願い申し上げます。会えないことを残念なことだと思わないでください。文学というものは、それぞれの読者にとって、読んでいるときには、すでにそれぞれの読者が新たに創造したものとなっています。実際の三毛は、再三強調したような小人物に過ぎません。彼女に会ったら皆さんは失望なさるばかりか、彼女自身でさえ自分の物語を読んで、それからそれを鏡に映したら、同様に真実とは違っていると感じます。

それで私は是非とも皆さんに申し上げたいのですが、私の文章が出版された時に、私たちは実は黙

1　劉ばあさんは中国の白話小説『紅楼夢』の登場人物。田舎から主人公の住む大邸宅にやって来て、見たこともないありさまに珍騒動を巻き起こす。

ったまま言葉を交わしているのです。

台北で親類や友人が集まった時、たびたび多くの以前面識のなかった方々にお会いします。その方々は私が出版したばかりの本――『撒哈拉的故事』（サハラの物語）（これは旧版「三毛全集」における題名で、新版「三毛典蔵」シリーズでは『撒哈拉歳月』（サハラの歳月）の中に収録されている）の中のそれぞれの一編、一つ一つの細部、一件一件の小さな出来事、一言一言の会話すら、そらんじているかのようによく覚えています。

こういうありさまに、遠方から帰国したさすらい人は驚き、対応も不得手で、益々恥ずかしくなりなすすべを知りません。

私が言うことのできるのは、普通のありがとうという一言だけかもしれません。しかし皆さんがお寄せくださる心は、今後私が努力して書き続ける力となっています。

私はもともと忍耐力がありません。とりわけ自分を机の前に張り付かせて苦心惨憺して文章を書くのは嫌いです。しかし帰国して最初の日、なんと、沢山の学校の生徒さん学生さんたちが、クラスごとにまとめて私の新しい本を予約してくださったことを聞いて、やはり感動しました。

沢山の方が私に『サハラの物語』のことを話します。さらに驚いたことには、私は以前、大人が私の本を読んでくださることだけを期待していましたが、思いがけないことに、なんと小学生までも、私の甥たちに、この砂漠のおばさんに会いに連れて行ってほしいと頼んだのです。

私はこのことを知って、どんなに誇りに思いうれしかったかしれません。私もほんとうに子供の三毛になりたいです。なぜなら、『聖書』で繰り返し言っています。――「汝ら、幼子のごとくなれ。

それによってはじめて天国に入ることができる。天国は彼らのものだから」

親愛なる小さな読者の皆さん。私はあなた方のことをとても大事に思っています。三毛の本が、重苦しい授業の余暇に、どうか、いっときのくつろいだ時間をもたらすことができますようにと、ひたすら願っています。

もし皆さんがまだこの私のような小人物三毛をいやにならなかったら、私はずっとお話をする人を続けたいと思います。私はなにもりっぱな道理など話すことはできません。私には学問がありませんから。でも、これからの日々、やはり絶え間ない努力を続け、私の手で、私の口にすることを書き、私の口から出る言葉で、私の心の声をお伝えしたいと望んでいます。

時にはしばらく沈黙して、もう書かないことがあるかもしれませんが、どうかだらけていると思わないでください。そしてさらに、三毛はもうどこか遠くへ行ってしまって跡形もない、いったいどこへ行ったのやらと思わないでください。

もし私が突然書くことを停止してしまったら、それは私が自分を育てている、自分を沈澱させている……自分に言い聞かせている……というだけの意味なのです。書くことは、大事です。しかし時には筆を置いて書かない、これはより大事なことです。

今のところ、私はやはり書くことへの興味も材料もあります。だからやはり以前すでに始めたマラソンを続けなければなりません。遠くない将来、三毛が一冊一冊と新しい本を出版した時、私を大事に思ってくださる読者たちに是非とも私の黙々たる努力を見ていただきたいと思います。

私の本は一ヵ月半という短い間に、すでに第四版が出版されました。読者の私に対する支持と激励に感謝申し上げます。私にとって、ものを書くということは、なにも他人のためではなく、ましてや名を成すためではありません。しかし、読者からの熱烈な反響が、平凡で単純な家庭の主婦である私に、今後よりいっそう努力して邁進しなければならない道を認識させてくれました。これは私が生涯皆さんに感謝しなければならないことです！

来月、私は家庭と夫に対する責任のため、再び私の家、私の国に別れを告げ、はるか遠く離れた北アフリカへ帰らなければなりません。私を大事に思ってくださる友人の一人一人に充分な時間を取って、集まったり、話しあったりすることができず、とても名残惜しく、とても申し訳ないです。

友人の皆さん、私たちはもともと知り合いではありませんし、今でもまだお会いしていません。でも人生において知り合うために必ずしも出会う必要はないし、出会うために必ずしも知り合う必要はないのではないでしょうか。

台北に居ても、私は皆さんの近くに居るとは感じませんし、アフリカに居ても皆さんの遠くに居るとは感じません。ただ互いに知り合い、そのことを喜びに思っておりさえすれば、遥か彼方も実は近隣のようなものです！

あらためて皆さんの温かい心に感謝いたします。忘れないでください。三毛はちっぽけな人間ですが、でも広い心をもっています。その心の中に、世界中の三毛の愛するすべての人を受け入れることができます。

私に命を与えてくれ、育み、変わることなく愛し守ってくれている私の両親、彼らはいつでも私を喜んで迎えてくれる私の家を与えてくれました。この安らぎの港で、私は完全に解放され、思いっきり外では得ることのできない温もりと愛を享受しています。

神が私に永遠の信仰を与えてくれたことに、感謝しています。神は私が無事帰郷したのを迎えてくれ、また私を伴って一路北アフリカの夫のもとへ飛び立とうとしています。

私はなんと幸福なことでしょう。肉親の情、友情、愛情、どれもみな欠いていません。

私は自分の生命という小さな船の舵をつねに握っていますが、しかし暗闇の中、私のために静かにきらめく道標の星を掲げてくれたのは、私の神なのです。神が命ずるとおり、私はどこへでも行きます。心の奥底に、恐れはなく、哀しみはなく、あるのは一抹の惜別の情だけです。

神の永遠不変の大いなる愛のゆえに、私は一人一人の人を、世界中の一株の草一本の木一粒の砂を愛することを学ぶことができるのです。

お会いしたことのない友人の皆さん、ありがとうございます。願わくは人長久にして、千里を隔てようとも、共に月をめでんことを。[2]

平安と喜びの日々を祈ります。

三毛より

*本編は『撒哈拉的故事』(サハラの物語)第四刷の序文として三毛全集に収められたものである。[3]

---

2 宋・蘇軾作の詞「水調歌頭」最後の二句。遠方にいて会うことのできない家族や友人に送る言葉として用いられる。
3『撒哈拉的故事』の初版は一九七六年五月に出版され、第四刷はその約一ヵ月半後に出版された。

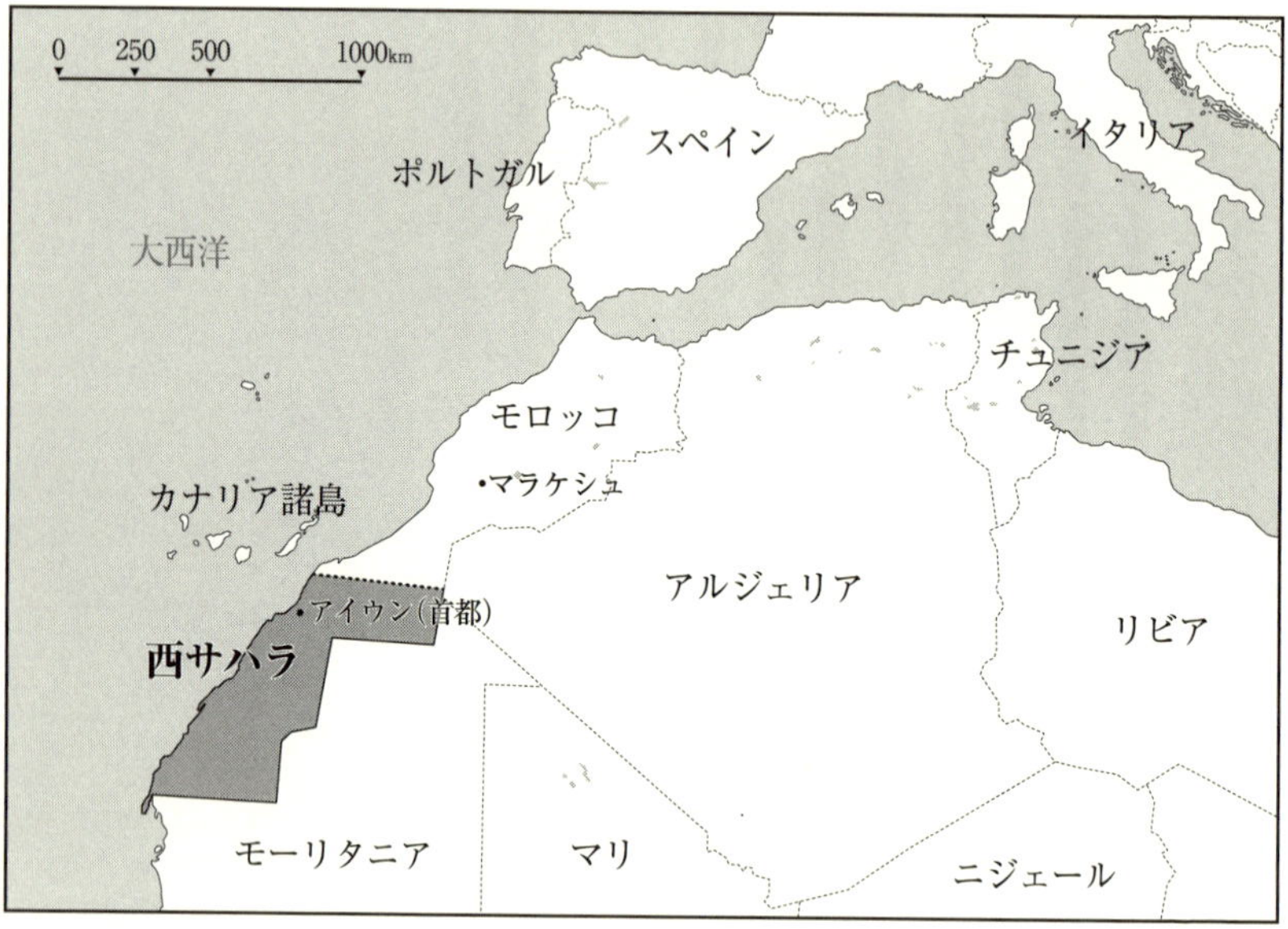
0
250
500
1000km
スペイン
ポルトガル
イタリア
大西洋
チュニジア
モロッコ
•マラケシュ
カナリア諸島
アルジェリア
•アイウン(首都)
リビア
西サハラ
モーリタニア
マリ
ニジェール

サハラの歳月◉目次

帰郷に寄せて　1

I　サハラの物語

砂漠の中のレストラン　17
平沙は漠漠たり夜に刀を帯びる　27
結婚記　45
向こう三軒両隣　59
にわか医者施療を為す　75
幼い花嫁さん　89
禿げ山の一夜　101
砂漠観浴記　121
愛の果て　137

日曜漁師　155
死を呼ぶペンダント　175
天へのはしご　197

II　哀哭のラクダ

わが手で城を　223
親愛なるお姑様　271
収魂記　299
寂　地　315
砂漠で拾ったお客たち　349
聾唖の奴隷　377
サバ軍曹　403

哀哭のラクダ　425
訳者あとがき　486

サハラの歳月

アイウンの街の略図

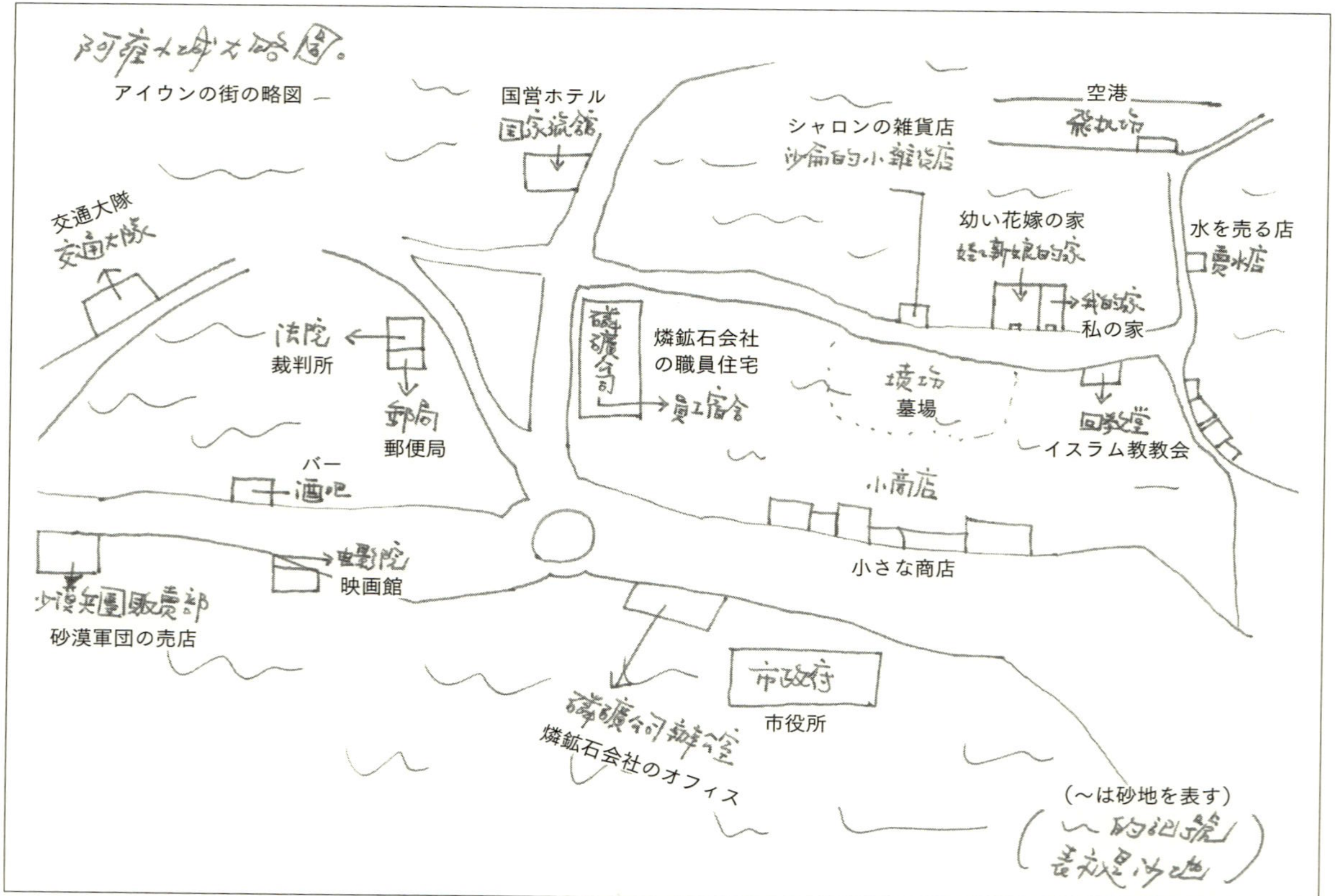
アイウンの街の略図
国営ホテル
空港
シャロンの雑貨店
交通大隊
幼い花嫁の家
水を売る店
燐鉱石会社
の職員住宅
私の家
裁判所
墓場
郵便局
イスラム教教会
バー
映画館
小さな商店
砂漠軍団の売店
市役所
燐鉱石会社のオフィス
(～は砂地を表す)

I　サハラの物語

砂漠の中のレストラン

私の旦那さまは残念ながら外国人だ。自分の夫に対してこういう言い方をすると、外国人に偏見を抱いているような感を免れない。しかし、言葉と風俗は、国によって確かに大いに異なるところがあるので、私たちの結婚生活にも実際多くの食い違うところがあった。

当初ホセに嫁ぐと決めた時、私ははっきりと言った。私たちは国籍が違うばかりか、個性も違っている。将来結婚したら口論するだろうし殴り合いになるかもしれない。ホセはこう答えた。「きみは気性は激しいが、気立てはやさしい。口論や殴り合いもするだろう。だが、俺たちはやはり結婚しよう」そこで、二人は知り合って七年後、ついに結婚した。

私はウーマンリブの支持者ではないが、結婚後独立した人格と自由自在な心を失うのは、断じてご免被る。そこでくり返し念をおした。結婚しても私はやはり「わが道を行く」。そうでなくては結婚しないと。ホセはその時こう言った。「俺はきみに『きみの道を行く』ことを望む。きみがきみの個性と生き方を失ったら、なんで一緒になる必要があるんだ!」よし、大の男の言うことだ。私は大いに安心した。ホセの奥さんになってから、言葉は彼に合わせた。かわいそうにこの外国人は「人」と「入」の二つの字を、何度教えてもいっこうに区別できない。私が彼の言葉を使うしかなかった。この件はまあ彼に譲った(だが将来子供が生れたら、是が非でも中国語を教える。この点は彼もほぼ賛成した)。

それはさておき、家庭の主婦ともなれば、まずは台所仕事だ。私は昔から家事は大嫌いだったが、料理に関してはたいへん興味があった。いくつかのたまねぎと、少しの肉で、たちまちなにか作り出した。私はこの手の芸術がとても気に入っている。

母は台湾にいたが、私が結婚後ホセの仕事の関係で、大砂漠地帯のアフリカへ行くことを知り、大変心配した。しかしおカネはホセが稼ぐので、私は米びつについて行くだけで、選択の余地はなかった。新しい所帯をかまえてしばらくは、二人が食べるものはすべて西洋料理だった。その後実家からの航空便の差し入れで、大量のハルサメ、海苔、しいたけ、インスタント・ラーメン、ポークジャーキーなど貴重な食品を受け取った。私は大喜びで大事に取っておいたが、その上ヨーロッパの女友達が缶詰めの醤油を送ってくれたので、我が家の「中国飯店」はただちに開店となったが、残念ながらお客はおカネを払わないのがただ一人いるだけだった(その後、食べにやって来る友達は、なんと長蛇の列をなした!)。

だが母が送ってくれた品物は、「中国飯店」を開くには、実は充分ではなかった。さいわいホセは台湾へ行ったことがないので、この「シェフ」の自信満々たるさまを見て、その腕に信頼を寄せるようになった。

最初の料理は「ハルサメ入りチキンスープ」だった。ホセは仕事から帰ると、いつも大声を上げた。

「はやく飯にしてくれよ。腹ペコだ！」まったく、かくも長く彼に愛されてきたというのに、帰宅しても「飯だ」という一言だけで、奥さんをまともに見ようともしないので、この「ぬかみそ臭い奥さん」はかえって安心していられた。その最初の料理のハルサメ入りチキンスープだが、ホセは一口飲むと私に聞いた。「おや、なんだい？　中国のスパゲッティかい？」「あなたのお義母《かあ》さんがはるばる、あなたにスパゲッティを送ってきたのですって？　違うわ」「なんだろう？　もう少しおくれ、とてもうまい」私は箸でハルサメを一本つまみ上げた。「これは『雨』って言うの」「雨だって？」ホセはぽかんとしていた。私は、結婚を自由自在なものにしたいと言ったが、おしゃべりも当然思いつくまま、言いたい放題だ。「これはね、春になって降る最初の雨なの。高い山の上に降るから、降るはしから一本一本凍っていくの。原住民が、それをしばって背中におぶって山を下りて来て、一束一束と売って米の酒に換えて飲むの。簡単には手に入らないのよ！」ホセはやはりぽかんとしていたが、疑わしそうに私を見て、またスープ皿の「雨」を見て、それから言った。「俺を馬鹿だと思っているね？」私は肯定も否定もしなかった。「おかわりは？」と聞くと、答えは、「ほら吹き大王、もう一杯」。その後、ホセはたびたび「春雨」を食べたが、いまもってなにからできているのか知らない。ときたま、お馬鹿さんと思って、すこし悲しくなる。

その次にハルサメを食べたのは、「アリの樹登り」を作ったときだ。水にもどしたハルサメを、フライパンを使ってさっと油に通し、それからミンチにした肉とスープをからませる。ホセは仕事から帰ると、いつもお腹をすかせていたので、ハルサメをパクリと口いっぱい入れた。「なんだい？白い毛糸みたいだけど、プラスティックみたいでもある？」「どっちでもないわ。あなたが魚を釣るあのナイロンの糸よ。中国人が白く軟らかく加工したの」と答えた。ホセは続けてまた一口食べると、にっこり笑ってつぶやいた。「おかしなものが色々あるな、もし本当にレストランを開いたら、この料理はいい値をつけられるよ。すごいよ！」その日、ホセはたっぷりとナイロン加工の白糸を食べた。三度目にハルサメを食べたのは、中国の東北地方の料理「合子餅《ホーズビン》[1]」の中にはさむ具として、ほうれん草と肉と一緒にごく細かく刻んだものだ。ホセは言った。「このクレープの中に、ふかひれを入れたんだろう？　これはとても高いんだってね。どうりできみはほんの少ししか入れてない」私は笑いころげた。「以後こんな高いふかひれは買わないようにって、お義母さんに言おう。礼状を書かなくちゃ」私は大笑いしながら言った。「はやく書きなさいよ、翻訳してあげる、ハハハ！」

ある日、まもなくホセが帰るという頃、ホセがポークジャーキーを忘れているのをいいことに、急いで、しまっておいたのをはさみで小さな四角に切って瓶に入れ、毛布の間に隠しておいた。ちょうどその日、ホセは鼻がつまっていて、寝る時毛布を使った。私はすぐにその宝物のことを忘れて、のんびりとそばで千回目の『水滸伝』を読んでいた。彼はベッドに横になって、瓶を手にして、しげしげと眺めていた。顔を上げた私は、わっ、しまった、「ソロモンの秘宝」は見つかってしまった。あわてて瓶を奪い取ると、声を上げた。「これはあなたが食べるものじゃないわ。薬よ、漢方薬なの」「鼻がつまっているからちょうどいい。漢方薬を食べよう」すでにどっさりつかんで口に入れていた。

1 小麦粉をよくこねて薄い円形に伸ばして油で焼いたものが餅。合子餅は二枚の餅の間に肉や野菜の具をはさんで焼いたもの。

かっかときたが、吐き出せと言うわけにもいかず、黙るほかなかった。「めっぽううまいね、なんなの？」私はぶすっとして答えた。「喉の薬よ。咳をする人が飲めば、喉がすっきりするわ」「肉で作った喉の薬かい？　俺がバカだって？」翌日目をさますと、ホセがこっそり大半を持って行って、同僚にご馳走したことがわかった。その日以来、ホセの同僚は私を見ると、皆咳をするふりをした。またまだましてポークジャーキーを食べようという魂胆だ。その中にはイスラム教徒もいた（イスラム教徒の友達にはもうやらなかった。掟に背くからだ）。

夫婦の生活はとにかく食事にあけくれる。その他の時間はおおかた、食べるためのおカネをかせぐのに費やされ、実際あまり面白くもない。ある日私は海苔巻ご飯を作った。日本人の食べる「すし」だ。海苔でご飯を包み、芯に少し唯他（メーカーの名前）の豚肉でんぶを入れた。ホセはこの時は食べないと言った。「なんだい？　きみはなんと俺にカーボン紙を食べさせるのかい？」私はゆっくりと聞いた。「本当に食べないの？」「食べない、食べない」よし、私は上機嫌で、山盛りの海苔巻を食べた。「口を開けて見せてごらん！」ホセは命令した。

「ほら、青くなっていないでしょう。私、片面カーボンを使ったの、だから口が青く染まらないの」どっちみち毎日言っていることが人を驚かせる話だ。だからよくでたらめを言ってやる。「きみはほら吹き大王だ、口から出まかせ。まったく憎らしいね。白状しろよ。いったい何なのさ？」「あなたは中国のことをまったく知らない。自分の夫にいささかがっかりするわ」そう言うと、私はまた一個海苔巻を食べた。ホセは怒って、箸で海苔巻を一個だけつまんだ。顔には、壮士ひとたび去りてまた還《かえ》らず[2]というような悲壮な表情がみなぎっていたが、しばらく噛むと飲みこんだ。「そうだ、海苔だ」。私は飛び上がって大声を上げげた。「そうよ、そうよ、ほんとに賢い！」もういちど飛び上がろうとしたら、頭にホセの大きなげんこつを食らった。

中国の食材は残り少なくなったので、私の「中国飯店」も料理を出すのが惜しくなり、西洋料理がまた食卓にのぼりだした。ホセは帰って来ると、思いがけず私がビフテキを焼いているのを見て、喜んで叫んだ。「ミディアムだよ。フライドポテトもできた？」ホセに三日間ビフテキを焼いたが、三日目にはどうも食欲がなくなったらしく、一切れつっついただけで、あとはもう口にしなかった。「仕事がきついんじゃないの？　ひと眠りしてから食べてみたら？」ぬかみそ臭い奥さんも、時にはまだ優しい。「病気じゃないよ。まずいんだ」聞くなり私は驚いて飛び上がった。「まずいって？　まずいって？　あなた、ビフテキが百グラムいくらするか知ってるの？」「そうじゃないよ、奥さん。『雨』が食べたいんだよ。やっぱりお義母さんの送ってくれた料理がいい」「いいわ。中国飯店は一週間に二度開きましょう。どう？　何日に一回『雨』が降ってほしいの？」

ある日、ホセは帰って来ると私に言った。「大変だ。今日ボスに呼ばれた」「給料を上げてくれるの？」私の目は輝いた。「そうじゃないんだ――」私は思わず、爪が食い込むほど、ぐっとホセをつかんだ。「違うんですって？　どうしよう、首になったの？　ああ、神様、私たち――」「放せよ、気

2『史記』刺客列伝。燕《えん》の太子丹《たいしたん》の命を受けた荊軻《けいか》が、始皇帝を刺そうとして秦に赴き、易水のほとりに至ったとき、その悲壮な決意を述べた詩の一節。

の回しすぎだ。こうなんだ。ボスが言うには、会社の誰もがわが家に食事に呼ばれたのに、彼ら夫妻だけが呼ばれていない。ボスは中国料理をご馳走になりたいと待っているんだ——」「ボスが私に料理をしてほしいって？　いやよ、いやよ。呼ばないわ。同僚や仕事仲間を呼ぶのは大いに歓迎するけど、上役を食事に呼ぶなんて情ない、気骨《きこつ》に欠けるわ。私ってね、節操ってものが、わかる、私——」私は中国人のいわゆる「気骨」というものについて大いに講釈しようとしたが、明確に言えないし、またホセの表情から察すると、この気骨は喉の奥に押し込めるほかなかった！

翌日、ホセは聞いた。ねえ、家にたけのこはあるかい」「お箸《はし》がいっぱいあるでしょう、みんなたけのこじゃないの？」と答えた。ホセはバカにしたように私を見た。「ボスはたけのことしいたけの炒め物を食べたいんだって」おやおや、まったく通のお方だこと。外国人だと思って、みくびってはいけない。「いいわ、明日の晩、御夫妻をお招きしましょう。大丈夫、たけのこは生えてくるから」ホセはいとおしそうにちらっと私をみつめた。結婚後はじめて恋人のようにみつめられ、身にあまる寵愛と喜んだが、生憎その日はお下げがざんばらで、まるで女のお化けという風体だった。

翌日の夜、私はまず三種類の料理を作り、トロ火で温めておいてから、燭台を置いたテーブルをセットした。テーブルの上に白いテーブルクロスを敷き、その上にもう一枚赤い布をななめに置くと、とてもきれいになった。この夜の食事は、お客も亭主側も共に大いに楽しんだ。料理は味もみばえも申し分なく、また奥様の私もさっぱりと身繕いをし、なんとロングスカートでもてなした。食事のあとボス夫妻が車に乗る時、わざわざ私に向かって言った。「もし今後広報室に欠員がでたら、会社の一員として貴女に来ていただきたい」私の目は輝いた。これは全く「たけのことしいたけの炒め物」

のおかげだ。

　ボスを送り出すと、夜はふけていた。私はさっさとロングスカートを脱ぐと、ぼろのジーンズに穿きかえ、髪の毛をゴムバンドでぎゅっとしばり、せっせっと皿を洗い始めた。シンデレラが元の姿に戻ったように、身も心も自由になった。ホセは大変満足して、後ろから私に声をかけた。「ねえ、あの『たけのことしいたけの炒め物』は実にうまかったよ。どこでたけのこを手に入れたの？」私は皿を洗いながら聞いた。「たけのこですって？」

「今夜の料理のたけのこだよ」私は大笑いした。「あら、あなたはきゅうりとしいたけの炒め物のことを言ってるの？」「なんだって？　きみが、きみが、きみが俺をだますのはいいとして、ボスをだますなんて――」「だましてないわ。これは今までに食べた一番おいしい『軟らかいたけのことしいたけの炒め物』だってボス自身が言ったのよ」

　ホセがぐっと私を抱きしめたので、石鹸水がホセの頭にも髭にも飛び散った。ホセは叫んだ。「万歳、万歳。きみはあの猿だよ。あの七十二変化の、なんて言ったっけ、なんて……」私は彼の頭をポンと叩いて言った。「斉天大聖孫悟空、もう忘れちゃだめよ」

平沙は漠漠たり夜に刀を帯びる

初めて砂漠に着いた頃、私は、是非ともサハラ砂漠横断の世界初の女性探検家になりたいと思っていた。このことは、ヨーロッパに居る頃毎晩考えて眠れなかった。というのも、砂漠は文明地帯ではないので、かつて各国を旅行した経験はこの土地ではどれもたいして役に立たないからだ。半年近く考えた末、やはり行ってまず状況を見ることに決めた。当然、全く何の計画もなく行くことはできなかった。飛行機から大きな水筒を背負ってパラシュートで飛び降りることなどとてもできない。私はまずスペインの属領、サハラ砂漠の首都——アイウンへやって来た。首都とはいうけれど、実際認めがたい。たしかに大砂漠の中の小さな街で、四本か五本の大通りに、銀行が数軒、店が数軒あるが、しかし西部劇に出てくる小さな街の荒涼たる風景や雰囲気によく似ており、首都たるものの賑わいは、この地では目にすることができなかった。

私の借りた家は街のはずれにあって、粗末な家とは言え、家賃はヨーロッパの一般的水準よりずっと高かった。家具はなかったので、私は現地人が敷いて使う蓆《むしろ》を床に敷いた。それからマットレスを買ってきて、もう一つの部屋に置いてベッドとし、とりあえずこれで落ち着くことにした。水はあった。屋上の平らな場所にドラム缶が置いてあり、毎日六時前後に市役所が塩水を配達して来る。それは砂漠の深い井戸の底から汲み上げた水で、なぜかとても塩辛い。洗顔や、風呂にはその水を使う。日常飲む水は、一瓶一瓶買いに行かなければならず、一瓶が台湾元の二十元[1]ほどだった。

来たばかりの頃は、寂しい毎日だった。私はアラビア語ができず、隣近所はたまたますべてサハラの現地人――サハラウィ[2]で、そこの女性たちでスペイン語ができる人はめったにいなかった。だが子供たちはなんとか片言のスペイン語を話した。

私の家の入り口は、ドアを出るとすぐ大通りで、大通りの向こうは、果てしなく続く砂漠だ。滑らかに、柔らかく、ゆったりと神秘的に、砂漠はずっと空の果てまで続いていた。色は淡い黄土色で、月の景色も、こんなふうではないかと想像した。私は日没時くれないに染まった砂漠を見るのが大好きだった。毎日太陽が山の向こうに沈む頃から、いつも日が暮れるまでずっと屋上に座っていたが、なぜかこのうえないさみしい気分に襲われた。

来たばかりの頃は、しばらく休んで、それから大砂漠を旅行しようと思っていた。しかし残念なことに大した知り合いもなく、毎日街の警察局へ往復するだけだった(実際、行かざるを得なかった)。警察局は私のパスポートを差し押さえ、追い返そうと躍起になっていた)。私はまず副局長を訪ねた。彼はスペイン人だった。

「局長さん、砂漠へ行きたいのですが、どうやって行けばいいのかわかりません。お教えいただけな

1 当時の日本円でおよそ百五十円あまり。
2 西サハラの住民でベルベル人とアラブ人の混血。

いでしょうか」

「砂漠？　あなたは砂漠にいるじゃないですか？　顔を上げて見てごらん。窓の外は何ですか？」自分は顔さえ上げない。

「そうじゃないんです。こういうふうに行きたいのです」私は壁にかかった地図に手を上げ、さっと紅海まで一気に横線を描いた。

彼は私を上から下までたっぷり二分近くじろじろ見た。それから言った。「お嬢さん、あなた自分が何を言っているのか、おわかりですか？　それは不可能なことです。次の飛行機でマドリードにお帰り下さい。面倒を起こしてもらいたくないですな」

私は焦った。「面倒は起こしません。三ヵ月は十分に過ごせる生活費があります。見てください。お金はここにあります」ポケットから汚い紙幣をひとにぎりつかみ出して彼に見せた。

「よろしい。お好きなように、三ヵ月の居留許可を出しましょう。三ヵ月たったらそれ以上の滞在は不可能です。現在の住所は？　登録しましょう」

「街の外に住んでいます。番地のない家ですが、どう言ったらいいでしょう。私、地図を描きます」

私はこのようにして、サハラの大砂漠に腰を据えた。

私は自分の寂しさを繰り返し訴えたいわけではない。だが来てしばらくはほとんどこの課題を乗り越えることができず、ヨーロッパへ引き上げようと考えていた。いつ果てるともない砂嵐、気候といえば、昼間は暑くて水をさわってもやけどをしそう、夜ともなれば寒くて綿入れを着る必要がある。たびたび自問した。なぜあくまで留まろうとするのか？　なぜたった一人で、この世界からとっくに忘れ去られた辺鄙なところに来ようとしたのか？　だが答えはなく、依然として一日また一日と住み続けた。

私が知り合った二人目の人は、この地の「砂漠軍団」を定年退官した司令官で、スペイン人だった。一生を砂漠で過ごし、もうかなりの高齢だったが、帰国する意思はなかった。私は彼に砂漠の状況を教えてもらった。

「お嬢さん、それは不可能なことですよ。ご自分の条件を考えてごらんなさい」私は口をつぐんだままだったが、冴えない顔色をしていたに違いない。

「この軍事地図をごらんなさい」彼は私に、壁際へ行って地図を見るように言った。「これがアフリカ。これがサハラ砂漠、点線のあるところが道、その他の所はあなたが自分で見てごらん」

わかっている。私は何千回も別の地図を見た。この司令官の地図には、スペイン領サハラに何本かの点線があるだけで、それ以外は国と国の境界線で、あとは何もなかった。

私は聞いた。「あなたのおっしゃる道というのは、どういう意味ですか？」

「私が言う道とは、人が通った跡です。天気のよい日には、見つけることができますが、砂嵐が吹き荒れると、たちまち吹き消されます」

お礼を言って外に出たが、気分はひどく重かった。自分の行為に、確かに些か自分の力をわきまえないところがあるのはわかっていた。だが、ここであきらめることはできない。私はなかなか頑固な人間なのだ。

がっかりしてはいられない。現地の住民を訪ねよう。サハラウィは代々この大砂漠に住んでいる。必ず彼らの考え方があるはずだ。

　街の外に彼らの広場があって、そこにはラクダやジープ、品物やヤギが一緒くたに押し込められていた。私は一人のイスラム教徒の老人が祈りを終えるのを待って、彼のところへ行ってサハラを横断する方法を聞いた。その老人はスペイン語を話した。彼が口を開くなり、大勢の若者が取り囲んで来た。

「紅海まで行きたいんだって。生まれてこのかた行ったことがないよ。紅海は今じゃ飛行機でヨーロッパまで行って、そこで乗り換えて楽に行くことができるよ。砂漠を横断したいって、そんな必要ないだろ？」

「そうよ。でも私は砂漠から行きたいの。教えてください」よく聞こえなかったらいけないと思い、声を張り上げた。

「どうしても行きたいって？　いいよ！　よく聞くんだ。ジープを二台借りる。一台が故障してもあと一台ある。ガイドが一人必要だ。しっかり準備をして、試してみるとよかろう！」

　初めて、人が私に試してみろと言った。私はすかさず聞いた。「ジープは一日いくら？　ガイドはいくら？」

「車は一台一日三千ペセタだ。ほかにガイドが三千ペセタ。食糧、ガソリンは別だ」

　よし。私はざっと暗算した。一ヵ月十八万ペセタが主な経費。（台湾元で十二万元）[3]

　いや、間違った。ジープは二台分のレンタル料が必要なんだ。ということは合計二十七万ペセタだ。

（台湾元で十八万元）[4] そのほかに装備、ガソリン、食糧、水の費用が加わる。一ヵ月に四十万なくてはならない。

私はポケットの中の何枚かの高額紙幣をまさぐったが、がっくりして言うほかなかった。「高すぎるわ。私には無理だわ。ありがとう」

立ち去ろうとした時、思いがけなく、老人は言った。「わずかなカネで行ける方法もある」

それを聞くなり、私はまた地べたに座り込んだ。「どういうこと?」

「遊牧民と行くんだ。あいつらは皆とても穏やかなやつらだ。少しでも雨が降る所があればそこへ行く。それだとたいしてカネがかからないよ。紹介してやってもいい」

「私、苦労は平気よ。自分のテントとラクダを買うわ。お願いします。すぐ出発できるわ」

老人は笑った。「出発ってのはっきり言えない。時には、あいつらは一ヵ所に一週間か二週間留まる。時には半年近くになることもある。ヤギに食べさせる枯れた樹のあるところを探すんだ」

「その人たち砂漠を一巡りするのに、どのくらいかかるの?」

「よくわからないよ。とてもゆっくりだ。たぶん十年前後だろう!」

聞いていた人は皆笑ったが、私だけは笑えなかった。その日、私は長い道を歩いて住んでいる所まで戻った。はるばる砂漠までやって来たのに、この小さな街に留まっている。幸いまだ三ヵ月の時間があるので、ひとまず腰を落ち着け、それから考えよう!

3 当時の日本円でおよそ九十万円あまり。
4 当時の日本円でおよそ百三十五万円あまり。

腰を据えたその翌日、家主は私に紹介するため家族をよこした。たくさんの男女子供が家の門口にわんさとやって来た。私は笑顔で応対し、いちばん小さな子を抱き上げ、皆に言った。「お入りなさい。食べるものがあるわ」

彼らははずかしそうに、後ろにいた太った女性を見た。その女性はなかなか美しく、大きな目、長いまつげ、真っ白な歯、淡褐色の皮膚、群青色の布を身にまとい、頭も布でおおっていた。近寄って来ると、頭を私の顔に寄せ、私の手を引きながら言った。「シャラマリク！」。私も言った。「シャラマリク！」（こんにちは、という意味）。彼女をとても好ましく思った。

その子供たちの中で、小さな女の子は皆、色鮮やかなアフリカ風の派手な柄の長いスカートを穿き、髪の毛は沢山の小さな三つ編みに結い、蛇姫様というあんばいで、なかなか美しかった。男の子は服を着ている子も、裸の子もいたが、皆はだしで、体から強いにおいがした。どの子もとても整った顔立ちをしていたが、なんといってもあまりにも不潔だった。

その後家主に会ったが、彼は警察官で、流暢なスペイン語を話した。彼に言った。「あなたの奥さんはとても綺麗ね」

彼は答えた。「おかしいな、俺の家内はあんたに会いに行ってないよ！」

「じゃあ、あの太った綺麗な女性は誰？」

「ああ！　あれは長女のグーカだ。まだ十歳だよ」

私はびっくり仰天してぽかんと彼を見つめた。グーカはすっかり大人だった。三十歳には見えた。まったく信じられない。

「お嬢さん、あんたは十歳そこそこだろう？　うちの娘と友達になれるよ」私はどうしようもなく頭を掻いた。家主に自分の年をどう告げればいいのかわからなかった。

その後グーカと親しくなったので、彼女に聞いた。「グーカ、あなたほんとにわずか十歳なの？」

グーカは言った。「なんの歳？」

「あなた、あなたは幾つ？」

彼女は言った。「わからないわ！　十本の指までしか数えられないの。女は自分が幾つかなんてかまわないの。私が幾つか、父さんが知ってるわ」

その後私は気がついた。グーカが自分の年を知らないばかりか、その母親、近所の女たちも皆数がわからないし、自分の年齢にも関心がなかった。彼女たちは自分が太っているかいないかということにのみ関心があった。太っているのが美人で、年をとっていようがいまいがどうでもいいのだ。

住むようになって一ヵ月もたたないうちに、私は沢山の人と知り合いになった。スペイン人の友達もサハラウィの友達もできた。そのうちの一人サハラウィの若者は、高校を卒業していたが、こういう人はめったにいないといえた。

ある日、彼はとても興奮して私に言った。「来年の春に結婚するよ」

「おめでとう、フィアンセはどこに居るの」

「砂漠だ。ハイマ（テントの意味）に住んでいる」

私はこの立派な若者を眺めながら、一族と同じようなことはしてほしくないと期待した。

「ねえ、フィアンセは幾つなの?」

「今年十一歳だよ」

それを聞くなり、私は大声を上げた。「あなたも高等教育を受けた人でしょう? なんとまあ!」

彼はひどく腹を立てて、私に目を向けると言った。「そのどこが悪い。最初の女房が嫁いで来たときはわずか九歳だったよ。今十四歳だ。子供が二人いる」

「なんですって? 奥さんがいるの? なぜずっと言わなかったの?」

「そんなことわざわざ言うことないよ。女ってものは——」

私はぐっと彼をにらみつけた。「あなた、四人も奥さんを貰うつもりなの?」(イスラム教徒は同時に四人の妻を持つことができる)

「駄目だよ。カネがない。今は二人でいいよ」

しばらくして、グーカは泣きながら結婚した。泣くのは風習だったが、もし私が彼女だったら、一生大泣きするだろう。


ある日の夕方、家の前で車のクラクションが鳴った。飛び出して行くと、最近友達になった夫婦が、自分たちのジープに乗って手招きしていた。「いらっしゃい、ドライブに連れて行くわ」

この夫婦はスペイン人で、主人はここの空軍に勤めており、現代の「砂漠の船」を一台持っていた。私はジープの後部座席に這い上がりながら、聞いた。

「どこへ行くの?」

「砂漠よ」

「どのくらい行くの？」

「二、三時間もすれば戻って来るわ」

とは言え、街の中も外もすべて砂なのに、わざわざもっと遠くまで走ろうというのだ。私たちの乗った車は、一筋のわだちに沿って、果てしない大砂漠へと走った。間もなく夕暮れだが、依然としてとても暑かった。少し眠くなって、しばらく目がぼやけていた。次に目を開いた時、わあ、なんてこと、前方二百メートルの所になんと大きな湖があるのだ。水面は鏡のように平らで、湖岸には木が数本あった。

私は目をこすったが、車が湖の方向に向かって全速力で走っているように感じたので、後ろの座席から、運転している友達の頭を力をいれて叩いた。

「ねえ、湖よ！　死ぬつもり！」

大声を上げたが、彼は答えず、アクセルをふかして突進する。奥さんを見ると、奇妙な笑いを浮かべていた。車は止まらず、湖はますます近づいてくるので、私は膝に顔を伏せ彼が運転するままに任せていた。

あまり遠くない砂漠に、確かに大きな湖があると聞いていた。ここだとは、思いもよらなかった。ちょっと顔を上げたが、湖はまだあったので、また身をかがめて頭を抱えるほかなかった。車はそれから百メートル近く走って止まった。

「ねえ、目を開けて！」二人は大声を上げた。顔を上げてみると、一望果てしない荒野で、夕日が大地を血のように真っ赤に染め上げており、風がびっしりと砂を伴い吹きつけてくるという、恐ろしい獰猛極まる風景が目の前に現れた。

湖は？　湖が消えた。水も見えないし、木も当然ない。私は前の座席の背もたれを掴んだまま声を失った。「世にも不思議な物語」[5]の怪奇な物語が自分の身の上に起こったかのようだった。

車を飛び下りると、地面を踏みしめ、それから手で触ってみた。すべて本物だ。だがあの湖はなぜ消えてしまったのだろう？　すばやく振り返って車を見ると、車は消えておらず、まだそこにあり、車の中では二人の友達が笑いころげていた。

「わかった。あれは蜃気楼でしょう。そうでしょう？」

車に乗ったあとも、髪の毛が逆立つような思いをしていた。「なんとも恐ろしいわ。どうしてあんなに近くに見えたの？　映画で見たのはどれもずいぶん遠くに見えたわ」

「よくあるよ、おいおいこの砂漠を知ることだね。面白いことはいくらでもあるさ」

その後私はなにかを見ても、自分の目が信じられず、いつも触ってみた。蜃気楼に驚いたとは人に言えず、「近視なの。触ってみないとはっきりしないの」と言うほかなかった。

その日戸を開けて洗濯をしていると、家主のヤギが走り込んで来て、私が唯一淡水で育てていた一株の花を食べてしまった。花はなかったが、二枚の緑の葉っぱは生き生きと育っており、ヤギはそれを一口で食べてしまったのだ。私は追い掛けて行ってぶったが、転んでしまった。その時は最高に怒《いか》っていたので、隣へ駆けて行って、家主の子供に文句を言った。

「あんたのとこのヤギが、私の植えた葉っぱを食べてしまったのよ」

その子は長男だったが、十五歳で、横柄な態度で私に聞いた。「何枚食べたんだね？」

「全部で二枚だけ育ってたのに、全部食べてしまったわ」

「二枚でかっかすることないよ。つまらん！」

「なんですって、ここが砂漠だってこと忘れたの。不毛の土地なのよ。私の花……」

「花なんていいさ。あんた、今晩何をするの？」

「何もしないわ」考えたが確かにすることはなかった。

「友達と宇宙人を捕まえに行くんだが、あんた行くかい？」

「空飛ぶ円盤？　空飛ぶ円盤が降りて来るって言うの？」好奇心がまた頭をもたげた。

「そいつだよ」

「イスラム教徒は人を騙すことは許されない、幼き者よ」

彼は手を上げて、本当にいると誓った。「今夜は月がないから、来るかもしれない」

「行くわ！　行くわ！」私はあわてて言った。怖かったが興奮していた。「捕まえるの？」

「いいね！　出て来たらすぐ捕まえる。だがあんたは男の格好をしないとね。土地の男の服を着るんだ。女を連れて行くのは絶対ごめんだ」

「言うとおりにするわ。頭を包む布と、それから厚いコートも貸してね」

5　一九五九年にアメリカで製作され5年間放送されたテレビ番組「トワイライト・ゾーン」。台湾でのタイトルは「奇幻人間」。日本でも放送された。

そこでその日の晩、私はバシンとその仲間たちといっしょに、二時間ちかく歩いて、まったくなんの明かりも見えない砂地まで行って伏せていた。周囲一帯は漆黒の闇、星は冷たく、ダイヤモンドのように寒々とした光を放っていた。風が顔に吹きつけ、まるでびんたをくらったように痛かった。私は顔を覆った布を引っ張り上げて、鼻を覆い、目だけを出していた。凍えて感覚がなくなりそうなまま待っていると、バシンが突然私を叩いた。

「しいっ、動くな。聞いてごらん」

ヒュー、ヒュー、ヒュー、モータのように繰り返しひきつる音が、四方八方から聞こえて来た。

「見えないわ！」私は大声を上げた。

「しいっ、声を出すな」バシンはさっと指をさした。少し離れたところ、高い空の上に、赤みを帯びたオレンジ色に光る飛行物体がゆるゆると飛んで来た。この時、私はわき目もふらずにその飛行物体を見ていたが、緊張のあまり手の爪はことごとく砂の中にめり込んでいた。その不思議な物体は、ぐるりと一回りすると飛んで行った。私は大きく喘いだが、それはまた、ゆっくりと低空を飛んで来た。

その時、私はそれが早く飛んで行ってほしい、宇宙人を捕まえるどころか、そいつに捕まらないだけでもっけの幸いだと思った。その物体は降りては来なかった。私はしばらくの間ぐったりなって動くことができず、あれほど寒かったのに、体じゅうに汗が流れていた。

帰る頃には、すっかり夜が明けていた。私は家の入口の前に立って、頭を覆う布と、コートを脱いでバシンに返した。その時、警官をしている家主が帰宅した。

「おや、おまえたちどこへ行ってたんだね？」

バシンは父親を見るなり、子犬のようにしっぽを巻いて逃げ込んだ。

「お帰りなさい！　空飛ぶ円盤を見に行ったの」家主に答えた。

「あの子にだまされて、あんたも行ったんだね」

私は少し考えてから言った。「ところが本当だったのよ。あのオレンジ色のゆっくり飛ぶもの、飛行機じゃないわ。ゆっくり、低く飛ぶの」

家主はちょっと考え込んでいたが、私に言った。「多くの人が見た。夜、よくやって来る。何年にもなるよ！　だが、何なのか説明がつかない」

その言葉にまた驚いた。「まさかあなたも、私がたった今見たものを信じてるんじゃないでしょうね？」

「お嬢さん、私はアッラーを信じている。だがあいつは、砂漠の空に確かに存在する」

私は一晩中凍えていたが、ベッドに入った後も長いこと寝付けなかった。


ところである夜のこと、友人の所でラクダの肉のバーベキューを食べて外に出ると、すでに深夜の一時になっていた。彼らは言った。「泊まっていきなさいよ！　あすの朝帰ればいい」

私はちょっと考えたが、一時はそんなに遅くもない。それで、やはり歩いて帰ることにした。主人は困惑した表情で言った。「送って行けないんだ」。

私は長いブーツを叩きながら、二人に言った。「送る必要ないわ。これがあるの」

「なに？」友人夫婦は同時に聞いた。

私は芝居気たっぷりに手を上げると、さっと、ぎらりと光るナイフを握っていた。奥さんが叫び声を上げたので、私たちはしばらく大笑いした。二人にいとまを告げると、歩き始めた。

家まで歩いて四十分かかる。そんなに遠い距離とはいえないが、恨めしいことに、途中二ヵ所の大きな墓地を通り抜けなければならなかった。この地のサハラウィは棺桶を使わない。彼らは死んだ人間を白い布で包んで砂の中に置き、その上から石ころで重しをして、死人が夜中にまた起き上がらないようにするだけだ。その夜は、月が出ていた。私は大声でこの地の「砂漠軍団」の軍歌を歌いながら前方に向かっていた。後から考えると、やはり歌わない方がよかった。歌えばより目立つ。砂漠に街灯はなく、ひゅうひゅうという風の音のほかは、自分の足音だけが聞こえた。

最初の墓場が月明かりの中にはっきりと現われた。私はとわの眠りについた人を踏まないように、注意深く、一つ一つの塚をよけて通り過ぎた。二つ目の墓場は厄介だった。それはちょっとした坂の下にあって、家に帰るには、この坂を下りなければならなかった。死人はぎっしりと埋められているので、ほとんど歩く道がない。先の方で何匹かの犬が墓場の中をうろうろと嗅ぎまわっていた。私はうずくまって石を拾うと、犬たち目掛けて投げた。犬たちは大きな鳴き声を上げて逃げ去った。

私は坂の上でしばらく立ち止まって、前後を見た。この時の心境は、誰も来ないと恐ろしい、しかし、荒野の中を人が来たらもっと恐ろしい。万が一やって来るのが人間でなかったら？　うわー、髪の毛が一本一本逆立った。くだらぬことを考えまい。さっさと通り過ぎよう。あれぇ、前方の地上で、何かが動いた。まず地面に伏せて、もがきながら両手を天に向けると、またくずおれる。すぐにまたもがき、またくずおれる。

私はびくびくしながら、下唇をかみしめ、気を静めてしっかりと立った。あれ？　その物影も動きを止めた。更によく見ると、ごたごたと寄せ集めた布を身にまとっていた。明らかに墓の中から出てきたものだ！　私は半分かがんで、右手でブーツの中のナイフのつかを確かめた。ひゅうひゅうと強い不気味な風が、吹いてきた。私は夢遊病者のようにその風に吹き押されて数歩その物影に近づいた。それは、月明かりの中で、またもがきながら立ち上がった。私は振り返って状況を見計らった。後退すれば細い坂道で、早くは登れない。前方に突き進む方がましだ。そこでゆっくりと一歩一歩前進した。その物影のそばに近づいた時、私は大きな叫び声を上げ、足を速め、飛ぶように通り過ぎた。なんと、私が叫んだ時その物影も短い叫び声を上げた――ああっ、ああっ。その声は私の声よりずっと悲惨だった。

私は十歩ほど突進したが、ぽかんとして足を止めた。人間の声じゃないか！　もう一度振り返ると、現地人の服を着た男が一人、茫然自失という状態でそこに立っていた。

「誰よ？　恥ずかしくないの。こんな所に隠れて女をおどして。情けない奴」もう怖くはなかった。私はスペイン語で罵った。

「俺、俺……」

「物取りなの？　夜中に墓場に来て盗みをする。そうでしょう？」どこから湧いてきた勇気か知らないが、私はずかずかと近づいて行った。一目見るなり、あれ！　若い子だ。二十歳に満たないほどで、顔中砂だらけだった。

「母さんの墓でお祈りしてたんだ。あんたをおどそうとしたんじゃない」

「そうじゃなかったって？」私はその子をぐいと押した。その子は泣き出しそうになった。

「お嬢さん、あんたが俺をおどしたんだ。ほんとにひどいよ。あんたが俺をおどした、俺……」

「あなたをおどした？　どういうこと？」私は泣くに泣けず笑うに笑えなかった。

「俺一心に祈っていたんだ。風の中から歌声が聞こえてきた。注意して聞いたけどまた聞こえなくなった。それから犬が大きな声で鳴きながら逃げて行くのが見えた。頭をさげてまたお祈りしていた時、あんたが坂の上から現われた。長い髪の毛が風に舞い上がっていて、俺は怖くて死にそうだった。それからあんたは俺の方へ突進して来た。大きな声で叫びながら……」

私は大笑いした。笑って笑ってよろめいて、死人の胸を踏んでしまった。思いっきり笑うと、その若者に言った。「そんな小さな肝っ玉で、よくも夜中にお祈りに出て来たわね。早く帰りなさい！」

その子は私に向かってちょっと腰をかがめると、立ち去った。

私は、片足でその子の母親の左手を踏んでいることに気がついた。周囲を見回すと、月の光はなかった。墓場の突き当たりのあたりから、なにかが這い出て来たような気がした。私は、早く逃げろと低い叫び声を上げ、一気に家まで走って帰った。ドアを押し開け、後ろ向きにドアに寄りかかり喘いだ。時計を見ると、四十分かかる道を、わずか十五分で走って帰っていた。

たしかに、友人の言うとおり。「砂漠には面白いことがいっぱいある。ゆっくり見つけることだ！」

今夜は十分楽しんだ。

結婚記

1

一九七三年の冬のある朝、ホセと私はマドリードの公園に座っていた。その日はとても寒かったので、私は目から下はすっかりコートで覆い、片手だけ出して雀にパンくずをやっていた。ホセは古びた分厚いジャケットを着て、航海に関する本を読んでいた。

「サンマウ、来年はどんな大きな計画があるの？」ホセが聞いた。

「特にないけど、復活祭の後、アフリカへ行きたいと思っているの」

「モロッコかい？　きみ行ったことがあるんじゃないの？」ホセはまた聞いた。

「行ったのはアルジェリアよ。来年行こうと思っているのはサハラ砂漠なの」

ホセには大きな長所があった。サンマウのするあれやこれやで、ほかの人から見るととてつもない行為に思われることでも、ホセにとってはあたりまえのことだった。だから彼といっしょにいると、たいへん楽しかった。

「あなたは？」

「夏、航海に出たい。やっと学校を出て、兵役をすませ、一段落ついたからね」そう言うと、手を伸ばして首の後ろで組んだ。

「船は？」彼が長らく小さな船をほしがっているのを知っていた。

「ヘイスの親父が俺たちに帆船を貸してくれるから、来年ギリシャのエーゲ海へ行って、潜るよ」

私はホセを信じている。それまで言ったことは、すべて実行した。

「サハラへ行ってどのくらい滞在するつもり？　行って何をするの？」

「半年か一年になるでしょうね！　砂漠を知りたいの」この望みは子供のころ、地理を習った時にはもう持っていた。

「俺たち六人で航海するんだ。きみも入っているよ。八月には帰って来られるかい？」

私はコートを鼻から引っ張り下ろし、興奮して彼を見た。「私、船のことは知らないわ、どんな仕事をすればいいの？」口調は大いに楽しげになる。

「きみはコック兼カメラマンで、俺の出納係もたのむよ。どうだい？」

「勿論行きたいわ。でも八月はまだ砂漠にいて帰れないかもしれないわ。どうしよう。両方ともやりたい」まさにどちらにも喉から手が出そうだった。

ホセはちょっと不機嫌そうに声を荒らげた。「知り合ってこんなに長くなるのに、きみはいつもあちこち飛び回っている。やっとのことで俺は兵役をおえたのに、きみはまたひとりで出掛けようとする。いつになったらきみといっしょにいられるんだ？」

ホセは今までめったに私に文句を言ったことがなかったので、不思議に思い、ちらっと彼を見て、パンくずを思いっきり遠くに投げた。ホセの大声に驚いて、スズメはみな飛んで行った。

「どうしても砂漠へ行くつもり？」彼はもう一度聞いた。

私はしっかりうなずいた。自分のしたいことははっきりしていた。

「わかった」彼はむっとしたようにこう言うと、また本を読み始めた。ホセは普段はたいへんおしゃべりで、うるさいほどだが、しかし肝心なときには決してしゃべらなかった。


思いがけないことに一九七四年の二月初め、ホセは誰にも言わず仕事をみつけると（それもサハラ砂漠での仕事を探して）、荷物をまとめて、私より先にアフリカへ行ってしまった。

私は彼に手紙を書いた。「あなたはなにも私のために砂漠へ行って苦労することはありません。それに私は行ったとしても、ほとんどの時間あちこちと旅をするでしょうから、めったにあなたにお会いできません――」

ホセは返事をよこした。「俺はよく考えたが、きみをそばに置いておくには、きみと結婚する以外ない。そうしないかぎり、俺はいつまでたってもこの苦しい思いから逃れることはできない。夏、結婚しよう。いいね？」手紙は淡々としていたが、私は十遍も読んだ。それから手紙をズボンのポケットに突っ込むと、一晩じゅう町をぶらつき、帰ったときにはもう決めていた。

その年の四月中旬、私は荷物を整理して、マドリードの家を引き上げ、スペイン領サハラ砂漠へやって来た。当時ホセは働いている会社の宿舎に住んでおり、私はエル・アイウンの小さな町に住んでいた。その間は往復百キロちかくあったが、ホセは毎日私に会いに来た。

「さあ、もう結婚できる」彼はご機嫌で、元気はつらつとしていた。

「今はだめよ、三ヵ月待ってちょうだい。あちこち見物してくるから、帰ってから結婚しましょう」

その頃、私はサハラウィに案内してもらって大砂漠を越え、西アフリカに出る機会を探していた。

「それは承知したよ。だがとにかく裁判所へ行って手続きのしかたを聞かなきゃ。きみの国籍の問題もあるし」話し合った結果、結婚後、私は二重国籍を持つことにした。

そこで二人でいっしょに現地の裁判所へ行って手続きの方法をたずねた。書記はすっかり白髪のスペイン人の男性で、こう言った。「結婚したいんだって？　えーと、ここではそういう事例はまだありませんね。当地のサハラウィは自分たちの風習によって結婚するのは御存知ですね。法律書を見てみましょう——」本をめくりながら言った。「公証結婚、えーと、ここだ、これはね、出生証明書、独身証明書、居留証明書、裁判所の公告証明書が必要ですね……お嬢さんの書類は、中華民国政府発行のものを、同国駐ポルトガル大使館が翻訳して証明する。証明がとれたらそれをスペイン駐ポルトガル領事館に送って公証をとる。その後スペイン外務省から、ここへ送付され審査を行う。審査がおわったあとここで十五日間の公告を行う。それからマドリードのあなたがたの以前の戸籍所在地の裁判所に送り、公告を行い……」

私は普段からごちゃごちゃと記入して手続きをするのが大嫌いで、書記氏が延々と読むのを聞くと、もうめんどうくさくなり、そっとホセに言った。「ねえ、手続きはすごく多いわよ。こんなにやっかいなのに、それでも結婚しなきゃいけないの？」

「そうだ。もう黙ってろ！」彼は真剣だった。続いて書記氏にたずねた。「どのくらいたてば結婚できるんですか？」

「そう、自分でお考えになってみることですな！　書類がそろえば公告します。二ヵ所の公告に一ヵ月必要です。それから書類のやり取りがあるから——まあ三ヵ月ぐらいのものでしょう」書記氏はのんびりと本を閉じた。

　ホセはそれを聞くとたいへん慌てて、汗を拭うと、どもりながら言った。「お願いします。もう少し早くしていただけないでしょうか？　結婚は早いほどいいのですが。待てないんです——」

　すると、書記氏は本棚に本を戻しながら、すばやく私のお腹のあたりに目をやった。私は彼がホセのはなしを誤解したのだと敏感に察したので、すぐに言った。「あのう、私は遅かろうと早かろうといいのです。問題があるのは彼の方なんです」言ってしまってから、こんなことを言ったら、もっとまずいと気がつき、即座に口をつぐんだ。

　ホセはおもいっきり私の指をねじり、書記氏に言った。「ありがとう。ありがとう。すぐ取り掛かります。さよなら、さよなら」言いおわると、私を引っ張って飛ぶように裁判所の三階からかけ下りた。私は走りながらくっくっと笑い続けた。建物の外へ出ると、二人はやっと走るのをやめた。

「なにが俺に事情があるんだ。きみは何を言ってるんだ！　俺が妊娠したとでも言うのか？」ホセは怒ってどなったが、私は笑って笑って返事もできなかった。

2

三ヵ月はすぐに過ぎた。ホセはこの間おカネを稼ぐことに励む一方、自分で家具も作り、また自分の持物を毎日少しずつ私の住家へ運んで来た。私はリュックとカメラを背負い、多くの遊牧民のテントをめぐり、めずらしいさまざまの風俗習慣を見て、それを記録し、スライドを整理した。サハラウィの友達も沢山でき、アラビヤ語さえも習い始めて、実りある楽しい日々を過ごしていた。

当然、私たちが最も懸命にやったことは、結婚に必要な書類を一枚一枚申請することだったが、これはまことに煩わしい仕事で、今思い出しても高い熱が出そうになる。

気候は暑くなった。私が住んでいた所には所番地がなかったので、郵便局に私書箱を借り、毎日一時間あまりかけて、町まで手紙を確かめに行かねばならなかった。来てから三ヵ月にもなると、この小さな町の大半の人々と知り合いになった。特に郵便局と裁判所へは、毎日行くので、みな友達になった。

その日私はまた裁判所に座っていた。焼けつくような暑さは耐えがたかった。書記氏が言った。

「よろしい。最後のマドリードの公告も終わりました。あなたがたは結婚できます」

「本当？」私はこの書類大戦争の終結を、やすやすとは信じられなかった。

「私がお二人のために日を選びました」書記氏は目を細めて言った。

「いつなの？」私はあわてて聞いた。

「明日の午後六時」

「明日？　明日ですか？」私の口ぶりはあまり信じない、また喜んでいないようにみえたらしい。

書記氏はいささか気分をそこねた。私が感謝を知らない人間のように思ったらしい。彼は言った。

「ホセは当初早く早くと言ってたじゃないですか？」

「そうよ、どうもありがとう。私たち明日来ます」私は夢遊病のように階段を下り、下の郵便局の石段に腰を下ろして、砂漠に目をやりぼうっとしていた。

その時ホセの会社の運転手がジープを運転して通り過ぎるのに気がついたので、あわてて走って行って呼びとめた。「ムハンマドサリ、あなた会社へ行くの？　ホセにことづけを頼むわ。彼に言ってね。明日私と結婚するの。だから仕事がおわったら、町へ来るようにって」

ムハンマドサリは頭を掻きながら、不思議そうに聞いた。「まさかホセさんは明日自分が結婚するってことを、今日知らないわけじゃないんでしょう？」

私は大声で答えた。「彼は知らないの。私も知らなかったわ」運転手はこれを聞くと私を見ながら、気味悪そうな様子で、車をよろよろと走らせて去った。私はやっと自分の言葉がまた誤解を招いたことに気がついた。彼はきっと私が結婚を待ちかねたあげく、気がふれたと思ったにちがいない。

ホセは仕事を途中で放り出して、すぐに車を飛ばしてやって来た。「本当に明日かい？」彼は信じられず、家に入りながら聞いた。

「本当よ、さあ、実家に電報を打ちに行きましょう」私はホセを引っ張ってまた家を出た。

「突然お知らせして申し訳ありません。私たちも事前には明日結婚するとわからなかったのです。どうかお許しを――」ホセの電文は手紙のように長かった。

私の方は、父宛の書留電報で、「明日結婚すサンマウ」というわずか数文字だった。この電報を受け取ったら、両親はどんなに安心し喜ぶだろう。長い間両親に苦労をかけ心配させてきたのはこの放浪児の私だもの。とても申し訳なく思っていた。

「ねえ、明日きみは何を着るの？」ホセが聞いた。

「まだわからないわ。適当に着るわ」私はまだ決めていなかった。

「休暇を取るのを忘れていた。明日はまだ仕事に行かなきゃならない」ホセが情けなさそうに言った。

「行きなさいよ。どっちみち結婚するのは午後六時よ。一時間早引けすれば、ちょうど間に会うわ」私は当日結婚する人でも仕事に行っていいじゃないのと思っていた。

「これから何をしよう？　電報は打ったし」彼はその日ひどくぼうっとしていた。

「帰って家具を作りましょう。テーブルはまだ仕上がってないわ。カーテンも私まだ半分しかできてないし」私はホセがなぜいつもと違うのか本当にわからなかった。

「結婚前夜にまだ働けってのかい？」どうやら前祝いをして、怠けたい様子だった。

「じゃあ、あなた何をしたいの？」私は聞いた。

「きみと映画を見に行きたい。明日からは、きみはもう恋人じゃないんだ」

そこで二人でわずか一軒だけある五流どころの砂漠の映画館へ行って、名画『その男ゾルバ』を見て、独身の日々との別れとした。

3

翌日ホセがやって来てドアをノックした時、私は昼寝をしていた。というのも、大きなポリタンクいっぱいの水をかかえて往復したため、とても疲れていたからだ。すでに五時半になっていた。ホセは家に入るなり大声を上げた。「はやく起きろよ。プレゼントがある」とても興奮した口調で、手には大きな箱を抱えていた。

私ははだしのまま跳び起きて、急いで行って箱をつかみ取ると大声を上げた。「きっと花ね」「砂漠から手品で花がわいて出るとでも言うのかい！　まったくもう」私が言いあてなかったのでホセはちょっとがっかりした。

すぐさま箱を開けると、むちゃくちゃに包みこんだ紙屑を引きはがした。わっ！　目玉がふたつのどくろだ。私はこの思いがけないプレゼントをぐいと引っ張り出した。よく見ると、それはラクダの頭蓋骨だった。青白い頭蓋骨は完全に揃っており、大きく一列に並んだ歯はむき出しになって私の方に向き、目は二つの大きな黒い穴だった。

私はすごく興奮した。このプレゼントは本当に私の心に届いた。私はそれを本棚の上に置くと、しきりに賞賛の声を上げた。「ああ、本当に豪勢だわ、本当に豪勢」さすが、ホセは私の知己だ。「どっから持って来たの？」私は聞いた。

「捜しに行ったんだよ！　砂漠を死ぬほど歩きまわって、この完全なのをひとつ見つけた。きみが気にいると思ってた」ホセは得意そうだった。本当にこれはなによりすばらしい結婚の贈物だった。

「はやく着替えろよ。間に合わなくなる」ホセは腕時計を見ながら私をせかした。

私は綺麗な服をたくさん持っていたが、普段はめったに着なかった。首を伸ばしてホセを見ると、ダークブルーのシャツを着て、もじゃもじゃのあご髭もきちんと整えていた。そう、私もブルーを着ましょう。そこで淡いブルーのローンのロングドレスを取り出した。新しいものではなかったが、素朴で優雅な風合いのドレスだった。靴はやはりサンダルで、髪の毛は下ろし、つばの広いむぎわら帽子をかぶった。花がないので、台所へ行ってパセリを持って来ると、帽子にかざった。バッグは持たないので、両手は空っぽだった。ホセは私を上から下まで眺めた。「すてきだ。田園調だ。こんなシンプルなのもかえっていいよ」

それから二人はドアに鍵をかけ、砂漠へ歩き出した。

私の住んでいるところから町まで四十分足らず、車がないので、歩いて行かねばならなかった。見わたすかぎりの黄色い砂と、無限に広がる大空のもとを、ただ私たち二人のちっぽけな姿だけが動いていた。周囲はしんと静まりかえり、砂漠は、その時この上もなく美しかった。

「きみは最初の歩いて嫁ぐ花嫁さんかもしれないね」とホセが言った。

「私はラクダにまたがって掛声をかけながら町へ駆け込みたかったわ。ねえ、すごく威勢がいいと思わない。本当に残念だわ」ラクダに乗れず溜息をついた。

まだ裁判所に着かないうちに、「来た、来た」と言う声が聞こえた。誰だか知らない人が飛び出して来て写真を撮った。驚いてホセに、「写真を撮るようにたのんだの?」と聞くと、「いいや、たぶん裁判所の人だろう」と言った。ホセは急に緊張してきた。

二階に上がると、裁判所の人はみんなスーツを着てネクタイを締めており、どちらかというとホセの方が見物人のようだった。

「なんてこと、ホセ。あの人たちこんなに正式にやろうとしてるわ。どうかしてる！」私は平生からもったいぶった儀式が大の苦手だったが、今回は逃げるわけにはいかなかった。

「ちょっとの辛抱さ。式はすぐ済むよ」ホセは私を安心させた。

書記氏は黒いスーツを着て絹の蝶ネクタイをつけていた。

「いらっしゃい、いらっしゃい。こちらへどうぞ」彼は私に顔じゅうに流れる汗を拭ういとまも与えず、ホールへ引っ張って行った。よく見ると、小さなホールの中にいるのはみな顔なじみで、だれもがにこにこ笑いながら、ホセと私を見ていた。あれっ！　どうしてみんな知っていたのだろう。

判事は若く、私たちと同じような年頃にみえた。彼はサテンの黒い法服を羽織っていた。

「そちらへどうぞ。お座りください」二人は木偶《でく》のように人の言うままになっていた。ホセはひげの上にまで汗が流れていた。

二人が腰を下ろすと、書記氏が話を始めた。「スペインの法律のもとに、あなたがたは結婚後三つのことを守らなければなりません。ただ今よりわたくしが読み上げます。ひとつ、結婚後、双方は共に住まなければならない――」

これって、まったくよけいなお世話じゃないの！　こんな滑稽な話ってあるの。私はひそかに声を殺して笑い始めた。そのあとは彼がなにを言っているのか、まったく耳に入らなかった。それから、判事が私の名前を呼ぶのが聞こえた――「サンマウ嬢」私はすぐに答えた。「何でしょうか？」参列した人々はみな笑った。「お立ちください」私はゆっくりと立ち上がった。「ホセさん、あなたもお立ちください」じれったいこと、どうして言わないの、「二人ともお立ちください」と。そうすれば、少しはこの耐え難い時間が短くなるのに。

この時、私は突然、その若い判事の書類を持つ手が震えているのに気がついた。そっとホセをつついて見るようにと合図した。これは砂漠の裁判所における最初の公証結婚だったので、判事は私たちより、もっと緊張していたのだ。

「サンマウ、あなたはホセの妻となることを望みますか?」と判事が聞いた。私は——「はい」と答えなければならないことを知っていたのに、どうしたことか——「いいです!」と答えてしまった。判事は笑った。続いてホセに聞くと、彼は大きな声で答えた。「はい」。二人が答えおわったのに、判事はその次になにを言ったらいいのかわからないようなので、三人ともじっと立っていたが、最後に判事は突然言った。「さあ、あなたがたは結婚しました。おめでとう」

私はこの窮屈な儀式がおわったことを知ると、急に元気になって、ぱっと帽子を取り扇子のかわりにして、バタバタとあおいだ。たくさんの人が寄って来て私たちと握手をした。年をとった書記氏はとくにうれしそうで、まるで私たちの親のようだった。突然だれかが言った。「あっ、あんたたち指輪は?」そうだ! 指輪は? ふりむいてホセを探すと、もう廊下の方にいた。そこで声をかけた。「ねえ、指輪は持って来たの?」ホセはうれしそうに、大声で答えた。「ここにある」。それから自分のぶんを取り出すと自分の指にはめ、「判事さん、私の戸籍謄本! 戸籍謄本が要るんです!」と言いながら判事を追っかけて行った。私にも指輪をはめなければいけないことをすっかり忘れていた。

結婚式はおわったが、砂漠にはろくなレストランもないし、私たちにはお客を招く予算もなかった。人々は帰って行き、二人きりになったがなにをすればいいのかわからなかった。

「国営ホテルで一晩泊まろうか？」ホセが言った。

「私は家に帰って自分で食事を作って食べたいわ。あんなところに一晩泊まるおカネで、一週間ぶんの食材が買えるわ」私は浪費をするつもりはなかった。

そこで、再び砂地を歩いて家に帰った。

鍵のかかったドアの外に大きなケーキが置いてあった。家に入って、箱を開けると、一枚のメモが落ちてきた――「結婚おめでとう」ホセの同僚がおおぜいで贈ってくれたのだ。私はとても感激した。砂漠で新鮮なバターケーキが食べられるなんてなんと幸福なこと！　もっとすごいことにはケーキの上に礼服を着た新郎新婦が立っており、白いウエディングドレスを着た花嫁の目は開いたり閉じたりさえするのだ。突如童心がよみがえった私は、ぱっと二つの人形を引き抜くと大声を上げた。「人形は私のよ」ホセは言った。「もちろんきみのだ！　俺が取るわけないだろう」それからケーキを切って私にすすめ、一方遅ればせながら結婚指輪をはめてくれた。ここにおいて私たちの婚礼はやっと本当におわりを告げたことになる。これが私の結婚のてんまつである。

向こう三軒両隣

わが隣人たちは、外見はいずれもひどく不潔なだらしのないサハラウィだ。

不潔な衣装とにおいから、彼らが貧しくて落ちぶれたやからだと錯覚されがちだ。だが実際は近所のどの家もスペイン政府の補助金が支給されているうえに、きちんとした職業もあり、さらにヨーロッパ人に家を貸したり、沢山の羊も飼っている。なかには町で店を開いている人たちまであって、所得は十分に安定しておりかなりなものだ。

それでこのあたり一帯に住むサハラウィは、経済的な基盤のないサハラウィは、小さな町エル・アイウンに来て住むことはできないのだとよく言っている。

私は一九七四年の初め砂漠へ来た最初の数ヵ月、まだ結婚していなかったので、たびたび町を出て大砂漠の奥深くまで旅をした。毎回旅行から帰ると、まるで強盗に身ぐるみ剥がれたかのようにすっからかんになっていた。砂漠に住む貧しいサハラウィは私のテントの釘まで抜いて持ち去るのだ。身の回りの品はさらに言うまでもない。

その「金河大通り」と呼ばれる長い通りに住み始めてから、近所に住む人はみな砂漠の資産家だと聞いて、心中大いに喜び、お金持ちの隣人となることの楽しみをあれこれと空想していた。

だがその後に起こったことからすると、これはまさしく私の思い違いだった。

はじめて隣の家にお茶に呼ばれ帰って来たら、ホセと私の靴には羊の糞がくっつき、私のロングスカートは、ハンティ[1]の子供のよだれの大きなしみでぬれていた。翌日から、私はさっそくハンティの娘たちに水でぬらしたモップで床を拭き、蓆《むしろ》を陽に干すことを教え始めた。当然ながら、バケツ、粉石鹸、モップ、水はすべて私の提供となる。

　ここの隣近所はこのように仲がよいので、私のバケツとモップはしばしば夕方まであちこちの家を回って、持主が使いたくても戻ってこない。しかしこのようなことは別に大したことではない。この二つの品物はどっちみち彼等が使いおわればいずれ私のもとに戻ってくるのだ。

「金河大通り」に住むようになってしばらくすると、私の家には表札がないのに、遠くから近くから住人が私を訪ねてやって来た。

　私は薬をあげる時にドアを開ける以外、ふだんあまり彼らと行き来はしなかった。「君子の交りは淡きこと水の若《ごと》し」[2]という教えを、神妙に守ったわけだ。

　そのうち、わが家のドアはしょっちゅう開け閉めしなければならなくなった。私がドアを開けるなり、女や子供たちがどっと入り込んで来る。そこで、私たちの暮らしぶりや日頃使う道具類がすべてばっちりとお隣りさんたちの目に入るのだ。

1 隣家の主の名。サンマウの家の家主。職業は警官。
2 『荘子』山木篇第二十「君子の交りは淡きこと水の若く、小人の交りは甘きこと醴《れい》（甘酒）の若し」とある。

ホセも私もけちではないし、人に対しても穏やかだと思っていたので、隣人たちは次第に私たちのこの「欠点」を、しっかりと利用することを悟ったのだ。

毎朝九時前後から、この家にはとぎれることなく子供たちがやって来て物を欲しがった。

「兄ちゃんが電球を貸してほしいって」

「母ちゃんが玉ねぎを一つちょうだいって――」

「父ちゃんがガソリンを一缶ほしいんだ」

「綿がほしい――」

「ドライヤーをちょうだい」

「アイロンを姉ちゃんに貸してやって」

「釘をちょっとと、それからコードもちょっと要るんだ」

そのほか彼らがほしがる物は奇妙きてれつ、恨むべくはたまたまわが家にはこれらの品物がどれもあって、彼らに渡さないと悪いような気がし、いったん渡したら、当然戻ってこないのだ。

「嫌な奴ら、なぜ街へ行って買わないんだ」ホセはしょっちゅう言うが、子供がやって来て欲しがるとやはり与えた。

いつの頃からだったか、近所の子供たちが手を出しておカネを欲しがるようになった。私たちは家を出るなり、すぐ子供たちに取り囲まれ、彼らは口ぐちに大声を上げる。「五ペセタちょうだい、五ペセタちょうだい！」

そのおカネを欲しがる子供たちの中には、むろん家主の子供らもいた。

おカネを欲しがっても絶対に与えなかったが、子供たちはあきらめることなく毎日やって来ては私にまとわりついた。ある日私は家主の子供に言った。「あなたの父さんは、このぼろ家を私に貸して一万ペセタ取っているの。もしこのうえあなたに毎日五ペセタあげるんだったら、私は引っ越した方がましだわ」

その時以来、子供たちはおカネは欲しがらなくなって、チューインガムだけ欲しがった。チューインガムを欲しがれば私は快く与えた。

彼らは私に引っ越してほしくなかったのだろう。だからもうおカネをくれと言わなくなったのだ。

ある日ラプという女の子がやって来てドアをたたいた。ドアを開けて見てみると、なんと驚いたことに、小山のようなラクダの屍体が一つ、地面に横たわり、そこいらじゅうに血が流れていた。

「母ちゃんがこのラクダをあんたの冷蔵庫へ入れといてって」

私は振り返って、自分の靴箱ほどの大きさの冷蔵庫を眺めて溜息をつき、しゃがみこんでラプに言った。「ラプ、母さんに言ってちょうだい。もしもあなたの家の大きな部屋を私の針箱用にくれるんだったら、このラクダも私の冷蔵庫へ入れるって」

彼女はすぐ聞いた。「針はどこにあるの？」

当然ラクダは冷蔵庫に入って来なかったが、ラプの母親のふくれっ面は一月ちかく続いた。彼女は私に向かって一言だけ言った。「あんたは私を拒絶して、私の誇りを傷つけたよ」

サハラウィは誰も皆非常に誇り高かったので、私はたびたび彼らを傷つける気にはなれず、やはり彼らに物を貸さざるを得なかった。

ある日、大勢の女性たちがやって来て私に「赤い水薬」をくれと言った。私はがんとしてきかず、ただこう言った。「誰か怪我をした人があったら、薬を塗ってあげるから来るように言ってちょうだい」

しかし彼女たちはどうしても持って行って塗るのだと言って承知しなかった。

数時間後、太鼓の音が聞こえたので外に飛び出して行って見てみると、共同の屋上の上で、女性たちが一人残らず私の赤チンを顔と両手に塗り、身体をくねらせ歌ったり踊ったりしており、この上なく楽しそうだった。赤チンにかくも奇妙な効能があるのを知って、私も腹を立てることができなくなった。

もっと悩まされたことは、近所のある家に病院で助手をしているサハラウィの男性がいたが、彼は文明の洗礼を受けていたので、家族といっしょに手づかみで食事をするのをいやがり、そのため毎日食事の時間になると、息子がわが家にやって来てドアを叩いた。

「父ちゃんがご飯を食べるんで、ナイフとフォークを貸してよ」これがおきまりのセリフだった。

その子は毎日ナイフとフォークを借りに来たが戻して来た。しかし、私はやはりこの煩わしさにたえきれず、思いきって一組買って彼に贈り、もう来てはいけないと言った。

なんたることか、二、三日たつと、その子はまた戸口に現れた。

「なぜまた来たの？　この前あげたあのセットは？」私は怖い顔をして聞いた。

「母ちゃんがあのナイフとフォークは新品だからしまっておくんだって。父ちゃんがこれから御飯を食べるから——」

「あなたの父さんが御飯を食べるのが私に何の関係があるのよ——」私はその子に向かって大声を上げた。その子は小鳥のようにちぢみ上がったので、責めるに忍びず、またナイフとフォークを貸すほかなかった。いずれにしろ食事というのは大切な事だ。


砂漠にある家は、屋根の中央に必ず一カ所穴のあいた所がある。わが家では、食事をしていようが寝ていようが、近所の子供たちは屋上のその四角に穴のあいた所から下をのぞくことができた。ある時、ひどい砂嵐が起り、部屋の中にも砂がまるで雨のように降って来た。そのような天候のもとで暮らすには、ホセと私は流沙河に住む沙悟浄を演じる[3]だけで、他の役を演じる余地はなかった。ホセは家主に何度も頼んだが、家主はどうしても屋根に蓋をしようとしなかった。そこで私たちは自分で材料を買い、ホセが日曜大工を三回して、黄色いすりガラスの屋根を葺いた。光はさし込むし、きれいで清潔なことこの上なしだ。苦労して大きくした九株の盆栽を新しい屋根の下に置くと部屋に緑が広がった。私の生活はこのおかげでずいぶん改善された。

ある日の午後、私は一心不乱に台所でレシピを見ながらケーキを作っていた。同時に音楽も聞いて

3『西遊記』。三蔵法師の第三の弟子沙悟浄は、流沙河という名の河に住んでいた。沙は砂のこと。

いた。突然ガラス屋根の上を誰かが踏んで歩くような物音を聞いた。首を伸ばして見ると、私の頭のてっぺんにはっきりと一頭の大きなヤギの影が写っていた。その憎らしいヤギはわが家の傾斜した屋根を坂道だと思って登っているのだ。

私は庖丁をひっつかむと屋上へ続く階段に向かって走った。まだ屋上に着かないうちに、板切れがミシミシと割れる音が聞こえ、続いて天地のひっくり返るような大音響とともに、板切れ、ガラスの破片が雨の如く落ちて来た。勿論その大ヤギも天から降って来て、小さな我が家へ落ちた。私は慌てふためき、急いでほうきでヤギをたたき出すと、ポカリとあいた穴の外の青い空を眺めて腹を立てた。

破れた屋根は誰に弁償してもらうすべもなく、自分で材料を買って来て修理するほかなかった。

「今度は石綿スレートでやったらどう？」とホセに尋ねた。

「駄目だ。この家は通りに向かって窓が一つあるきりだから、石綿スレートを使うと光線は全然入らなくなる」日曜まで仕事をするのは嫌だから、ホセは憂鬱だった。

しばらくして、新しい白い半透明のプラスティックの屋根がまた葺かれた。ホセは別に人の背丈の半分ほどの囲いを作って、隣の屋上とへだてた。

この囲いはヤギのみならず、隣の女の子たちの進入を防ぐ為でもあった。というのは彼女たちはしばしば屋上へやって来て、私の干してあるパンティを持って行くのだ。盗むのではなく、何日か使うと、また屋上へ持って来て、風に吹き飛ばされたかのようにほうり投げておく。

新しい屋根はプラスティックの板だったが、半年の間にヤギは四回も落ちて来た。堪忍袋の緒が切れた私たちは、近所の人々に向かって言った。今度屋根を通るヤギを捕まえたら、殺して食べてしまって、絶対返さないから、しっかり自分の囲いの中に閉じ込めておいてくれるようにと。

近所の人々は皆たいへん賢いので、私たちがやいやい言っても、まったく糠《ぬか》に釘で、ヤギを抱いて私たちに向かって目を細めて笑っていた。

「ヤギ、天窓より来る」という奇観は何度も起きたが、ホセはいつも家にいなかったので、その光景がいかに感動的なものかまだ体験していなかった。

ある日曜日の夕方、ヤギの一群が狂ったように柵を跳び越え、ちょっと油断したすきに、また屋根へ上がった。

私は大声で叫んだ。「ホセ、ホセ、ヤギが来たわ——」

ホセは雑誌をなげ捨て客間から飛び出して来たが、時すでに遅く、キングサイズのヤギが一匹プラスティックの板を突き破り、どしんとホセの頭上に落下し、一人と一匹はセメントの床の上でうなっていた。

ホセは這い上がり、物も言わず、ロープを引っ張り出してヤギを柱にくくりつけると、どこのバカモノがそのヤギを放したのか確かめるために屋上へ上がった。

屋上には誰もいなかった。

「よし、明日殺して食べてやる」ホセは歯ぎしりしながら言った。

私たちが下へ下りて、再びヤギを見ると、この捕虜は鳴きもせず、それどころか笑っているように見えた。さらに頭を低くしてよく見ると、ああ！　私が一年間苦労して育てた九株の盆栽、二十五枚の葉っぱは、ことごとくそいつの腹の中に収まっていたのだ。

私は驚き怒り悲しみ、手を振り上げ、満身の力を込めて、思いっきりヤギにビンタを食らわせ、ホセに向かって金切り声を上げた。「見てよ、見てよ——」それから浴室に飛び込み大きなバスタオルを抱きしめるとぼろぼろと涙をこぼした。

これは砂漠の生活の中で私が涙を流すほどがっかりした初めての出来事だった。

ヤギは勿論殺さなかった。

近所との関係は、相変わらず物を借りにやって来る彼らにドアを開けたり閉めたりしながら仲良く続いていった。

ある時、マッチを切らしたので、隣の家主のところへ貰いに行った。

「ないよ、ないよ」家主の奥さんはにこにこ笑いながら言った。

私はまた別の家の台所へ行った。

「三本あげるよ。うちにも沢山はないからね」ハティエは言ったが、顔つきはこわばっていた。

「あなたこのマッチは先週私があげたものね。全部で五箱もあげたのに、まさか忘れたわけではないでしょう?」私は腹が立ってきた。

「そうだよ、今は一箱しか残ってないの。沢山はあげられないね」彼女はますます不気嫌になった。

「あなたは私の誇りを傷つけたわ」私も彼女らの口ぶりをまねてハティエに言った。

三本のマッチを持って帰る道すがら、シュバイツァーのような人になるのはなんとも難しいことだとずっと考えていた。

ここに住んで一年半になるが、ホセは近隣の電気修理工、大工、左官――になり、私は、代書屋、看護婦、先生、お針子――になった。隣人たちが私たちをそのように鍛え上げたのだ。

サハラウィの若い女の子の皮膚はふつうあまり黒くなく、たいへん美しい目鼻立ちをしている。彼女たちは普段一族の前では必ず顔を覆っているが、私たちの家に来るとすぐにベールを取っていた。

中でもミーナという娘は、とてもチャーミングで、彼女は私を好きだったが、ホセのことをもっと好きだった。ホセが家に居さえすれば、きれいにお化粧をしてわが家にやって来て座っていた。そのうちそうやって座っていても何の意味もないことがわかると、理由をつけてはホセを自分の家へ連れて行こうとした。

ある日彼女はまたやって来て、窓の外に立って「ホセ！　ホセ！」と呼んだ。私たちはちょうど食事をしていたので、私は聞いた。「ホセに何の用なの？」

彼女は言った。「家のドアが壊れたので、ホセに直してほしいの」

ホセはそれを聞くと、フォークをおいて立ち上がろうとした。

「行っては駄目、食事を続けなさい」私は自分の皿の料理を次々とホセの皿にあけたのでホセの皿はまたふさがった。

ここの人たちは四人の妻をめとることができる。私は女四人でホセの給料袋を分けることは絶対御免だ。

ミーナは帰ろうとせず、窓の外に立っており、ホセはまたチラリと彼女を見た。

「もう見ては駄目。あれは蜃気楼だと思いなさい」私は厳しい声で言った。

この美しい「蜃気楼」はある日ついに結婚したので、私は喜んで、たっぷりの服地を贈った。

私たちが普段洗いものに使う水は、市役所が管理しており、毎日大きなタンク一杯分届けて来るがそれ以上はくれなかった。そこで私たちは入浴すれば洗濯はできず、洗濯すれば食器や床を洗うことはできなかった。そういう事は屋上のタンクの中の水の量を注意深く計算してやらないと駄目だ。この水は塩辛くて飲めないので、飲む水は店へ行って淡水を買わなければならなかった。水は、ここでは非常に貴重なものだ。

先週の日曜日、私たちは町で行なわれた「ラクダレース」に参加するため、数百キロにわたってキャンプ旅行をした大砂漠から急いで帰って来た。

その日はひどい砂嵐が起こった為、家に帰った時は全身砂まみれで、目もあてられないありさまだった。家に入るや、浴室へ飛び込み、ラクダに乗る時少しはさっぱり見えるようにとシャワーを浴びた。それというのも、スペインのテレビ局の砂漠駐在の記者がニュースに写してやろうと約束したからだ。

全身石鹸だらけになった時、水が止まった。私はすぐホセに物干し台へ上がって、タンクを見るように頼んだ。

「空っぽだ、水はないよ」ホセは言った。

「まさか！　この二日家に居ないから、水は一滴も使ってないわ」私は慌てざるを得なかった。

大きなタオルで体をくるむと、素足で物干し台へかけ上がった。タンクは悪夢の如く空っぽだった。

それから隣の物干し台を見ると、数十個の小麦粉の袋を干していたので、疑問はたちどころに解けた。水はかくの如く費やされたのだ。

私は体じゅうの石鹸をざっとタオルで拭い取り、ホセとラクダレースを見に行った。

その日の午後、底抜けに遊び好きなスペインの友人たちが、ラクダの背にまたがり疾走し、まことに壮観だったが、私はかんかん照りの太陽の下に立って、彼らを見物するほかなかった。この騎士たちは私の側を走り過ぎて行く時、私をからかいさえした。「臆病者！　臆病者！」

私がラクダに乗れないのはだらだら汗が流れては困るからで、汗が出れば身体がかゆくなるばかりか、ぷくぷくと泡が立つだろうなどと、どうして人に言うことができよう。

近所で私と一番仲が良いのはグーカだ。彼女はおとなしく賢く、たいへん考え深い女の子だ。しかし彼女にはひとつ欠点があって、彼女の考えることが私たちといささか異なっており、彼女の善悪に対する判断には、しばしばやたら驚かされた。

ある夜、ホセと私はこの地の国営ホテルで開かれるパーティーに行こうとしていた。私はしばらく着なかった黒いイヴニングドレスにアイロンをかけ、ふだんは使わないちょっと高価なネックレスもいくつか取り出して並べた。

「パーティーは何時から？」ホセが尋ねた。

「八時よ」時計を見ると、もう七時四十五分になっていた。

私はドレスも、イヤリングもきちんと身に着け、靴を履こうとした時、いつもはずっと棚の上に置いてある蛇柄のハイヒールがみあたらなかった。ホセに尋ねたがさわっていないと言う。「何でも履いていけばいいじゃないか」ホセは待たされるのが大嫌いだ。

私は棚の上にずらりと並んだ靴を見た――スニーカー、木のつっかけ、ぺたんこのサンダル、布靴、ブーツ――一足として黒いイヴニングに合うものはなく、焦ってきた。もう一度見ると、あれ！へんてこなもの、いつやって来たのだ？これはなんだ？

棚の上にひっそり乗っていたのは黒い汚い先の尖った砂漠の靴で、一目でグーカのものだとわかった。

彼女の靴がここにあるということは、なら私の靴はどこ？

私はすぐさまグーカの家へ飛び込んで行って、ぐいと彼女をひっつかまえると、怖い顔をして聞いた。「私の靴は？私の靴は？あなたなぜこっそり持って行ったの？」

それから大声で叱りつけた。「さっさと探して返してちょうだい。このお馬鹿さん！」

グーカときたらのろのろと台所、蓆の下、羊の群れの中、ドアの後ろとそこいらじゅう探したが、みつからなかった。

「妹が履いて遊びに行ったから、今はないわ」、彼女は落ち着き払って答えた。

「明日また来て話をつけるわ」私は歯ぎしりしながら家へ帰った。その夜のパーティは白い木綿の服に着替え、サンダルを履くほかはなく、ホセの上司の奥様がたの、きらびやかなムードの中で、不釣合なことといったらなかった。意地の悪いホセの同僚はわざと私をほめてくれた。「とてもきれいだよ、今夜の貴女はまるで羊飼いの少女のようだ。杖がないけどね」

翌日の早朝、グーカは私のハイヒールをさげて返しに来たが、もうみるかげも無かった。私は彼女をにらみつけると、靴をひったくった。

「フン！　あんたは怒った、怒った。私こそ腹が立つじゃないか」グーカの顔はまっ赤になり、ひどく怒っていた。

「あんたの靴はわたしの家にあったし、私の靴もちゃんとあんたの家にあったじゃないか。私の方がもっと腹が立つよ」彼女はまた続けて言った。

私はこのでたらめ極まる言い分を聞くと、こらえきれずに大笑いした。

「グーカ、あなた精神病院へ入るべきね」私はグーカのこめかみを指さして言った。

「なんの病院？」グーカはわからない。

「わからなければいいの。グーカ、まずあなたに聞きたいわ。それからあなたの近所の女の人みんなに聞いてちょうだい。私のこの家で、私の『歯ブラシ』と『夫』以外に、あなたたちが興味を感じないもの借りに来ないものがありますかって？」

彼女はそれを聞くと夢からさめたようにあわてて聞いた。「あんたの歯ブラシはどんなの？」

私はかっとなって大声で叫んだ。「出て行ってよ——出て行って」

グーカは後ずさりしながら言った。「私はちょっと歯ブラシを見たかっただけよ。それに私はあんたのだんなさんなんかほしがらなかったわ、ほんとに——」

ドアを閉めてからも、グーカが通りで別の女に大声でしゃべっているのが聞こえた。「ねえ、ねえ。あの女は私の誇りを傷つけたわ」

感謝すべきは隣人たち。私の砂漠での日々は彼等によって、さまざまに彩られ、およそ寂しさの味なぞ知らないのだ。

にわか医者施療を為す

私は病気になっても医者にかかるのは気がすすまない人間だ。これは私がめったに病気をしないということではなく、それどころか、四六時中どこか調子がわるく、それで医者に見てもらうのがおっくうなのだ。この半生、私の何よりも大事なものは大きな紙箱いっぱいの薬で、どこへ行くにもいつも持って行った。ながらく使っているうちに、ちょっとした病気なら治す心得がおのずと身についた。

一九七四年大砂漠を旅行した時、二粒のアスピリンで年老いたサハラウィの女性の頭痛を治した後、その数日テントに泊まっていた間に、子供や老人の手を引いた人々がひっきりなしに薬をもらいにやって来た。当時、私が差支えないと考え彼らに分けてあげた薬は、赤チン、消炎の軟膏それに鎮痛剤ぐらいのものだったが、文明から完全に隔てられた遊牧民にとっては、こういう薬は確かに大いに効き目があった。小さな町エル・アイウンに帰る前に、私は手元のすべての食糧と薬を、テントに住む貧しいサハラウィに残してきた。

小さな町に住むようになって間もなく、わがアフリカの隣人は頭が痛いから薬をくれとやって来た。この町には政府運営の病院があるので、彼女に薬をあげるつもりはなく、病院へ行って医者に見てもらうようにすすめた。ところがなんとここの女性はみんな私と同好の士で、病気になっても決して医者に診てもらおうとしなかった。だがその理由は私とは違っていて、医者が男だから、この一日中ベールの中に隠れている女性たちは、たとえ病気で死んでも男の医者に診てもらうわけにはいかないのだ。そこでしかたなく彼女に二粒の鎮痛剤をあげた。この時以来、誰が宣伝したのか、このあたりに住む女性がしょっちゅうやって来て、ちょっとした病気を診てくれと言った。さらに彼女らを喜ばせたのは、薬といっしょにたまにあげた西洋の衣服だ。そうなると私を訪ねて来る人はさらに多くなった。私の考えはこうだ。彼女らがどうしても医者にかかろうとしないからには、命に別条のないちょっとした不具合だったら、私がすこし手助けすることで彼女らの苦痛は少しは楽になるし、私の砂漠での生活も寂しくなくなる。一挙両得ではなかろうか？　同時に私から薬をもらった女性や子供の内、八〇パーセントが薬を飲むだけで良くなったことがわかった。それで私はしだいに大胆になり、時にはなんと往診にも出掛けるようになった。ホセは私が病人を治すのを人形ごっこをするのと同じように思い、いつも手に冷汗を握っていた。私がでたらめをしていると思っていたのだ。でたらめの背後に大きな愛の心が存在していることを知らなかった。

隣のグーカは十歳で、まもなくお嫁にいこうとしていた。嫁入りの半月前に、ふとももに赤いできものができた。最初見た時はコインほどの大きさで、膿はもたず、さわると堅く、表面は腫れて光っており、リンパ腺にも二つぐりぐりができていた。翌日また見に行くと、それはくるみ程の大きさに腫れ上がり、彼女は痛がって床の汚い蓆《むしろ》の上に寝転がってうめいていた。「だめだわ、医者に診せなくちゃ！」私は母親に言った。「ここじゃ医者には診せられないよ。それにあの子はもうすぐ嫁に行くからね」母親はきっぱりと拒絶した。私は続けて消炎の軟膏を塗り、消炎の頓服を飲ませるしかなかった。

このように三、四日なんとか間に合わせをしたが、少しも良くならなかった。そこで今度は父親に聞いた。「医者に診せたらどう？」答えはやはり、「だめだ、だめだ」。私はふと家にまだ少し大豆があったことを思い出した。しかたない。アフリカ人に漢方薬をお試し願うか。そこで家に帰ると豆をすりつぶした。ホセは私が台所にいるのを見るとのぞきこんで聞いた。「食べるもの？」

私は答えた。「漢方薬を作っているの。グーカに塗ってやるわ」

ホセはポカンして私を見ると、また聞いた。「なんで豆を使うの？」

「中国の薬の本で見た昔からの方法なの」

ホセはそれを聞くととても賛成できないという様子で言った。「ここの女たちは医者にもかからず、なんときみの治療を信じている。自分から深入りするんじゃないよ」

私は大豆をつぶして糊のようにしてお椀に入れると、「私はアフリカの巫女《みこ》医者よ」と言いながら、グーカの家に向かった。その日は大豆のペーストをグーカの赤く腫れたところに塗り、その上にガーゼをかぶせた。二日目に行ってみるとできものは軟らかくなっていたので、また大豆を取り換えて塗った。三日目には黄色い膿が皮膚からにじみ出ており、四日目の午後には大量の膿が出た後、すこし血が出た。それで水薬を塗ったが何日もたたないうちに完全に良くなった。ホセが仕事から帰った時、私は得意になって言った。「ちゃんと治ったわ」

「大豆で治ったのかい？」

「そう」

「きみたち中国人は実に神秘的だね」ホセはけげんそうに頭をふった。

またある日のこと、隣のハティエットがやって来て私に言った。「いとこが大砂漠から来て家に泊まっているけど、死にそうなの。見に来て？」

死にそうと言うのを聞いて、私は一瞬ためらった。「どんな病気？」ハティに聞いた。

「わからないわ。とても弱って、めまいがして、目もだんだん見えなくなって、すごく痩せて、死にかかっているの」

その説明の言葉が真に迫っていて、興味をそそられた。その時、ホセが部屋の中にいて二人の会話を聞きとめ、あわてて大声を上げた。「サンマウ、おせっかいはやめろ！」

私はやむなくハティエットにそっと言った。「後で行くわ。うちの人が仕事に行ってからじゃないと出られないわ」

ドアが閉まるなりホセはどなった。「その女性がもし本当に死んでしまったら、きみが殺したと思われるよ。医者にもかからず、死んだってあたりまえだ！」

「あの人たち知識がないのよ。かわいそうに――」私は言い張ったが、ホセの言うことには実際一理あった。だが好奇心には勝てず、そのうえ大胆でもあったので、ホセの言うことは聞かなかった。ホセが仕事に出掛けるやいなや、私も続いて家を抜け出した。ハティの家に着くと、ガリガリに痩せた若い娘が床に横たわっており、目は黒い穴のように深く落ちくぼんでいた。さわってみると、熱もなく、舌、爪、目の中とどこも健康な色をしていた。どこが具合が悪いのか聞いても、なにを言っているのかはっきりしないので、ハティにアラビヤ語で通訳をしてもらった。「目がしだいに見えにくくなって、耳もいつも耳鳴りがしており、起き上がる気力がない」

私はとっさにある考えが浮かび、ハティに聞いた。「あなたのいとこは大砂漠のテントに住んでたの？」彼女はうなずいた。「あまりちゃんと食べてないの？」また聞いた。ハティは言った。「もともと食べる物なんてないようなものよ！」

「待ってね」と言う一方家に飛んで帰り、マルチビタミン剤を十五粒持って来ると、ハティに渡した。「ハティ、羊をさばいてあげられる？」と聞くと、すぐ、いいとうなずいた。「まずこのビタミン剤を飲ませるの、一日に二、三回ね。それと羊のスープを作って飲ませてあげて」このようにして十日もたたないうちに、そのハティエットに死にかかっているいると形容されたいとこは、自分で歩いて私のところへやって来て、しばらく座って帰って行くほどになり、気分もよくなった。ホセは帰って来て彼女を見ると、笑い出した。「どういうことだい、死にかかっていた人が治った？　なんの病気？」私は笑顔で答えた。「病気じゃないの、極度の栄養失調よ！」

「どうやってわかったの？」ホセは聞いた。

「思いついたの」私はホセが私の気持ちを少しばかりほめてくれたのだと思った。

私たちが住んでいた所は小さな町エル・アイウンの町はずれで、ヨーロッパ人はほとんど住んでいなかった。ホセも私も現地の人々と知り合いになるのを喜んでいたので、二人がつきあう友達はほとんどがサハラウィだった。

私はふだん用のない時は、家で無料の女学校を開き、土地の女性や子供に数をかぞえることやおカネの見分け方を教え、少し程度の高い生徒には、算数（1＋1＝2の類）を教えた。全部で七人から十五人の女生徒がいたが、彼女たちは気ままに来たり来なかったりしたし、ここはとても自由なのだと言うこともできた。

ある日授業が始まったが、生徒は集中力がなく、私の本棚まで行くと、本を引っ張り出した。たまたまそれは『赤ちゃんの誕生』という本だった。本はスペイン語で書かれており、中には図表や、絵や、カラー写真があって、女性がいかにして妊娠し赤ん坊が生れて来るのか、たいへんわかりやすく説明してあった。生徒たちはこの本を見るとすぐ好奇心を起こしたので、算数はほっといて、この本の解説に二週間を費やした。

彼女たちは図を見ながら、小さな、甲高い声を上げた。生徒の中には、三、四人の子供を持つ母親が何人もいるというのに、生命というものがいかに誕生するのか全くわかっていないようだった。

「まったく天下の奇聞だよ。子供を生んだことのない先生が、子供を生んだ母親たちに、子供がどのようにして生れるか教えているんだからね」ホセはそう言いながら笑いが止まらなかった。

「以前彼女たちは生むだけだったけど、今ではどういうことかわかったわ。これは知るは難く行うは易しってことね」少なくとも彼女たちには常識が増えた。この常識が彼女たちの生活をより幸福により健康的にすることはできないだろうが。

ある日、ファティマという生徒が私に聞いた。「サンマウ、私がお産するとき来てくれる？」それを聞いて私は絶句して彼女を眺めた。ほぼ毎日彼女を見ているのに、妊娠していることを知らなかった。「あなた、何ヵ月？」と聞いた。

彼女は数が数えられないので、当然何ヵ月かわからなかった。なんとか彼女を説得し、身体も頭もぐるぐる巻いていた大きな布をとらせ、中に着ている長いスカートだけにした。

「前のお産はだれに手伝ってもらったの？」私は三歳の男の子がいることを知っていた。

「母さんよ」彼女は答えた。

「じゃあ今度もお母さんに来てもらうよう頼むといいわ。私にはできないわ」

彼女はうつむいた。「母さん来られないわ、死んだの」

それを聞くと黙るほかなかった。「病院で生んだらいいじゃない？　怖いことないわ」また聞いた。

「だめ、医者は男よ」一言のもとに拒絶した。

お腹を見ると、およそ八ヵ月ぐらいだった。私はうろたえて言った。「ファティマ、私は医者じゃないし、お産の経験もないの。できないわ」

彼女はたちまち泣きそうになって言った。「お願い、あの本にあんなにはっきり書いてあったでしょう。助けてよ、お願い」頼まれると気持ちが揺らいだが、考えるとやはり無理なので、心を鬼にして言うほかなかった。「だめよ、無理を言わないで。私のせいで命を落とすかもしれないわ」

「そんなことないわ。私は健康だから、自分で生める。ちょっと手伝ってもらえばいいの」

「考えとくわ！」私は承諾しなかった。

一月あまりが過ぎ去って、私はとっくにそのことを忘れていた。ある日の夕方、見知らぬ女の子がやって来てドアをたたいた。ドアを開けると、その子はただくり返し言った。「ファティマ、ファティマ」それ以外のスペイン語は何もしゃべれなかった。私はドアに鍵をかけて外に出ながら、その子に言った。「ファティマの旦那さんを呼んで来て。わかる？」彼女はうなずくと飛ぶように駆けて行った。ファティマの家へ行って見ると、彼女は痛がって床の上で汗を流しており、そばで三歳の息子が泣いていた。彼女の横たわった薦には、水が流れていた。私は子供を抱き上げると隣の家へ駆けこんであずけ、それから、一人の中年の女性を引っ張ってファティマの家へ戻った。このアフリカ人は協力精神がなく、お互いの間に人情がとぼしい。その中年の女性はファティマの様子を見るなり、ひどく怒って私に向かってなにやらアラビヤ語でののしり、それからすぐ引き返して行った（あとでわかったことだが、ここでは人の出産を見るのは不吉なことだとされていた）。私はしかたなくファティマに言った。「心配ないわ、帰って道具を持って、すぐ来るわ」

私は家に飛んで帰り、まっすぐ本棚まで走って行って本を抜き出すと、出産の章を開いてさっとひととおり目をとおし、頭の中でまた考えていた。「はさみ、綿花、アルコール、ほかに何が要る？ほかに何が要る？」この時ホセが帰って来て、不思議そうに私を眺めているのに初めて気がついた。「ああ、ちょっと緊張するわ。どうもできそうにないわ」小声でホセに言いながら、すこし震えていた。

「なんだい？　なんだい？」ホセにも自然と私の緊張がうつった。

「産婆をするの！　もう破水したわ」私は片手にその本を抱え、片手に一巻きにした大量の綿花を抱え、はさみを探しまわっていた。

「気でも狂ったのか、行っては駄目だ」ホセは寄って来ると本を取り上げた。

「きみはお産もしたことがないのに、彼女を死なせてしまうよ」大声でどなった。

その時は少し頭がはっきりしており、屁理屈を言った。「本があるし、それに出産の記録映画も見たことがあるわ――」

「行っては駄目だ」ホセは走って来て、ぐっと私をつかまえた。私は両手に物を持っていたので、肘で力いっぱいホセの肋骨を叩くほかなかった。もがきながら叫んだ。「この情け知らずの冷血漢、放してよ！」

「放さない、行っては駄目だ」ホセはどうしても放さなかった。

私たちがもみ合っているとき突然、ファティマの夫が不安にかられた表情で窓の外から中をのぞいているのに気がついた。ホセは私から手を放すと言った。「サンマウは産婆はできない。そんなことをしたら、奥さんはたいへんなことになる。今から車を探すから、病院へ行って生むんだ」

ファティマは結局政府の病院で無事男の子を生んだ。現地の住民だから、スペイン政府が無料でめんどうをみる。彼女は退院して帰って来ると大変いばっていた。彼女はここいらでは病院で出産した最初の女性なのだ。医者が男だとは、口に上ることはなかった。

ある朝屋上に出て洗濯物を干していると、家主がわが家の屋上に作った羊小屋の中に、一対の小羊がふえているのに気がついた。ひどく興奮した私は大声でホセを呼んだ。「はやく来て見て！　可愛い子羊が二匹生れたわ」ホセは駆け上がって来てちょっと見ると言った。「こういう子羊はバーベキューで食べると最高だよ」びっくりした私は腹を立てて言った。「なにをふざけたことを言うの」そう言いながらいそいで子羊を雌羊のほうへ押しやった。その時はじめて、出産した雌羊が体内から心臓のような大きな塊を引きずっているのに気がついた。たぶん胞衣《えな》だろう。すごく気持ちが悪かった。三日たっても、この大きな汚い物は体からぶら下がったままとれなかった。「殺して食べよう！」と家主が言った。

「殺してしまったら子羊は何を食べて生きていくの？」私は慌てて子羊を救う手立てを考えた。「こうやって胞衣をひきずっていたらどうせ死んでしまう」家主は言った。

「私が治してみるわ。とにかく殺さないでね」ついそう言ってしまったが、どんな処置をすればいいのか自分でもわからなかった。家に帰ってしばらく考えた。あれだ。私は葡萄酒を一瓶かかえると屋上に上がり雌羊を捕まえると、無理やり口から流し込んだ。なにとぞ酔っぱらって死にませんように、そうすれば半分は助かる見込みがある。これは農夫が話しているのをたまたま耳にした方法で、突然思い出したのだ。

翌日、家主が言った。「治ったよ。腹の中の汚いものは全部出てしまった。もう大丈夫だ！　どうやって治したんだね？　ほんとにありがとうよ！」私は笑いながら、さりげなく言った。「瓶いっぱい葡萄酒を飲ませたの」彼はすぐにまた言った。「ありがとうよ！」考えてみるとイスラム教徒は酒を飲むことが許されないのだから、彼の羊も当然飲むことはできない。だから家主はどうしようもないという表情で行ってしまったのだ。

この巫女医者の私の治療は誰に対しても効きめがあったが、ホセだけはひどく恐ろしがって普段は絶対に手を出す機会を与えてくれなかった。そこで私はあの手この手で信用を得ようとしていた。ある日ホセは胃痛を訴えたので、一服の粉薬――「シロン－U」を取り出し、水といっしょに飲むように言った。ホセは聞いた。「何だい?」、私は言った。「とにかく飲んでみてよ。私にはとても効くの」。無理やり一服飲まされた後、心配になった彼は薬の入っていた小さなプラスチックの袋を調べた。そこに書いてある中国語は読めなかったが、たまたま英語で書かれた文字があった――ビタミンU――泣き出しそうな顔をして私に言った。「まさかビタミンにUってのはあるまい? 本当に胃がなおるの?」実は私も知らなかったので、袋をつまみ上げて見てみると、はたして書いてあった。私はしばらく笑いがとまらなかったが、ホセの胃痛は本当に治った。

獣医をやるのは実に面白かったが、ホセが先日ファティマのお産で、肝を冷やしてからは、私が素人獣医をやったことはもう黙っていた。そのうちホセは私が医者ごっこをするのに興味がなくなったと思っていた。

先週は三日休みが続いた。天気は寒くも暑くもなかったので、ジープをレンタルして大砂漠へキャンプに行く計画を立てた。二人が家の前で水を入れたタンク、テント、食糧を車に積み込んでいる最中、色のまっ黒な隣人がやって来た。

彼女はベールで顔を覆うこともせず、おうように近づいて来ると、私が口を開く前に、実に明朗にホセに言った。「あんたの奥さんはほんとに大したもんだね。私の歯は詰めてもらった後、ずっと痛まないよ」

これを聞くなり、私は慌てて話題を変えようと大声で言った。「あら、パンは？　……どこへいったのかしら！」同時にくっくっとひとりで笑い出した。はたして、ホセはなんともいえぬ顔をしてじっと私を見ていた。「いったいあなたさまはいつから歯医者に転業なさったので？」私はうまく取りつくろうのは無理だとみて、顔を上げてちょっと考えて言った。「先月始めたの」

「何人の歯に詰めたの」ホセも笑い出した。

「女性が二人と子供が一人、誰も病院へ行こうとしないから、しかたがなかったの。だから……実際詰めてあげたら、みな痛みが取れたし、ちゃんと噛めるの」これは本当のことだった。

「どんな材料を使ったの？」

「それは言えないわ」すぐさま答えた。

「言わないのなら、キャンプに行かない」なんと、理不尽な脅迫ときた。いいわ！　まず一歩離れて、ホセから少し遠ざかり、ちょっと声をひそめて言った。「はずれなくて、水を透さず、粘着性があって、良い匂いがして、色がきれいなものよ。この便利なものは何でしょう？」

「なんだい？」ホセはすかさず聞いた。まったくもう、少しも頭を使おうとしない！

「マ・ニ・キュ・ア」大声で言った。「うわっ、マニキュアを人の歯に詰めたの！」ホセは驚いて髪の毛が一度に逆立った。まるで漫画の人物みたいで傑作だった。ホセがあまり驚いたので、私は笑いながら安全地帯まで逃げた。気がついたホセが追いかけようとした時には、この巫女医者はさっさと逃げ出していたというわけだ。

幼い花嫁さん

はじめてグーカを見かけたのはちょうど去年の今頃だった。彼女は家族と共に小さなわが家のすぐ近くの大きな家に住んでおり、警官のハンティの長女だった。

その頃のグーカは太いおさげに結って、アフリカ風の大きな花模様の足もとまである長いワンピースを着て、裸足で、ベールは着けず、身体に布を巻きつけることもせず、よく私の家の外で、声を上げながら羊を追っていた。澄んだ元気な声をして、まさに快活な少女そのものだった。

その後私の所で勉強するようになったので、歳を尋ねると彼女は言った。「歳のことはあんたがハンティに聞いてよ。サハラウィの女は自分が何歳か知らないの」彼女も兄妹たちも誰もがハンティをお父さんとは呼ばず、直接名前で呼んでいた。ハンティは私にグーカは十歳だと言ったが、同時に逆に私に聞いた。「あんたも多分十幾つだろうね？　グーカはあんたと気が合うよ」私はこのおかしな質問になんとも答えようがなく、笑うに笑えず彼を見ているほかなかった。

半年あまりたつと、私とハンティ一家はすでに大変仲良くなっていて、ほとんど毎日いっしょにお茶を沸かして飲んだ。ある日お茶を飲んでいた時、ハンティと彼の妻グーバイだけが部屋の中にいた。ハンティが突然言った。「うちの娘はもうすぐ結婚する。あんた都合のいいとき、あれに言ってやってくれ」私はぐっとお茶を飲み込むと、ひどく困って聞いた。「グーカのことなの？」彼は答えた。「そうだ。ラマダンが終わって十日したら結婚する」ラマダンはイスラムの断食月で、まもなく始まろうとしていた。

私たちは黙ったまま、もう一回お茶を飲んだが、ついにこらえきれず口に出した。「グーカはまだ若すぎると思わない？　わずか十歳でしょう」ハンティはとんでもないとばかり言った。「なにが若い、家内が私の所に嫁いで来た時はわずか八歳だった」それが彼らサハラウィの風習だから、私があまり主観的な見方でとやかく言うことはできないと思ったのでもう黙っていた。「グーカに言ってやってね、あの子はまだ知らないの」母親はまた私にたのんだ。「あなたたち、どうして自分で言わないの？」不思議に思って問い返した。「こんな事はあからさまに言えるもんじゃないだろ？」ハンティは理の当然とばかり答えた。彼らはときにはまったくむちゃくちゃだ。

翌日、算数をおえてから、私はグーカに残るように言い、火を起こしてお茶を沸かした。「グーカ、今度はあなたの番よ」

私はお茶を手渡しながら言った。「なにが？」彼女はけげんそうに聞いた。「バカね、あなた結婚するの」私はずばりと言った。彼女は明らかに驚き、顔をぱっと赤らめ、小さな声で聞いた。「いつなの？」私は答えた。「ラマダンが終わって十日後よ。多分だれだか知ってるでしょう？」彼女は首を横にふり、湯飲みを置くと黙って帰って行った。それは、私がはじめて見たグーカの憂い顔だった。

それからまたしばらくたって、私が街で買物をしていた時、グーカの兄ともう一人の青年に出会った。彼はその青年を紹介しながら言った。「アプティは警官で、ハンティの部下だよ。おれの仲良しで、グーカの未来の夫でもある」。グーカの婚約者だと聞くと、私は意識して彼をじろじろ見た。アプティは色は黒くなく、がっちりとして背も高くハンサムだった。話しぶりも礼儀正しく、目つきは穏やかで、第一印象は大変良かった。私は帰り道、グーカの所に寄って言った。「安心しなさい！あなたの婚約者はアプティよ。若くてハンサムで、粗野な人じゃないわ。ハンティはあなたにいいかげんに選んだんじゃないわ」グーカは私の話を聞いて、はずかしそうにうつむいて黙っていたが、表情から察すると、すでに結婚という事実を受け入れていた。

サハラウィの風習では、結納は親が娘を嫁がす時の大きな収入だった。昔、砂漠には貨幣がなかったので、女の親が要求する結納は、羊の群れ、ラクダ、布、奴隷、小麦粉、砂糖、茶の葉……等々をもって勘定されていた。今では少し当世風になって、彼らが書き並べる目録はやはりこのような品物だったが、紙幣がそれらに取って代わった。

グーカの結納が収められる日、ホセはお茶に招ばれて行ったが、私は女だから家に居るほかなかった。一時間もたたないうちにホセは帰って来て私に言った。「あのアプティはハンティに二十万ペセタ贈ったが、グーカがあんな大金になるとは思わなかった」（二十万ペセタはニュー台湾ドル十三万元あまり）[1]

「これはまるで人身売買だわ！」私は納得できずに言ったが、心の中ではどういうわけかちょっとグーカが羨ましかった。私が結婚する時は、羊一匹さえ両親のために儲けてやらなかったもの。

一ヵ月もたたないうちに、グーカの身なりも変わった。ハンティはグーカに沢山の布を買ってやったが、色はどれも黒か紺の無地ばかりだった。生地の染色が悪いので、色がことごとく肌にうつり、グーカが濃い藍色の布で身体を包むと全身が藍色になり、妙な雰囲気をかもしていた。やはり彼女は裸足だったが、今ではもう金銀のアンクレットをはめ、髪の毛は巻き上げるようになり、身体には鼻をつく香料が塗られていたが、それが年中入浴したことのない身体の妙な匂いと混じり合って、彼女がまぎれもなくサハラウィの女になったことを感じさせた。

ラマダンの最後の日、ハンティは二人の小さな息子に割礼を受けさせたが、私は勿論どんなものか見に行った。その頃グーカはもうめったに外へ出て来なかったので、彼女の部屋をのぞいてみたら、依然として汚い蓆《むしろ》を敷きつめているだけで、唯一の新しい品物といえばグーカの何枚かの衣類だけだった。

私は聞いた。「あなた結婚したら何を持って行くの？　鍋も新しいコンロもないじゃないの！」

「私は行かないわ。ハンティがここに残って住むようにって」

私はひどく意外に思った。「あなたの旦那さんは？」

「ここに住むの」私は実に彼女が羨ましかった。

「どのくらいたってから出て行くの？」

「しきたりではまる六年住んでから出ることになっているの」どうりでハンティがあんなに多額の結納を要求したわけだ。なんと娘婿は結婚後妻の実家に住むことになっていたのだ。

1 当時の日本円でおよそ百万円あまり。

グーカは婚礼の前日に慣例どおり家を離れることになっており、結婚当日はじめて花婿が花嫁を迎えに行って連れて帰るのだ。私はイミテーションの玉《ぎょく》の腕輪を祝いとして贈った。それは彼女が以前からずっとほしがっていたものだった。その日の午後グーカが家を離れる前、グーカの母方の伯母さんがやって来た。彼女はたいへん歳をとったサハラウィの女で、グーカが彼女の前に座ると化粧が始められた。髪の毛は下ろされ三十数本の非常に細いおさげに結われ、頭の上には別にまたかつらの小さなまげが載せられた。中国の昔の女官の頭とよく似ていた。一本一本のおさげに色のついた珠《たま》を編み込み、頭の上にはきらきら光るイミテーションの宝石をいっぱい刺したが、顔には化粧はしなかった。髪の毛を結いおわると、母親が新しい衣装を持って来た。

グーカが沢山ひだのある真っ白なスカートをはいた後、上半身に黒い布を巻きつけると、もともと太っていた身体がいっそうふくれて見えた。「太ってるわね！」私は嘆息した。伯母さんは答えた。「太っているのが、きれいだよ。太ってなきゃいけない」服を着おわると、グーカは静かに床に座ったが、その顔は非常に美しく、頭いっぱいの宝石にその薄暗い部屋も輝くばかりだった。

「さあ、出かけよう！」伯母さんといとこはグーカを連れて外へ出た。彼女は今夜は伯母さんの家に泊り、明日になって帰って来るのだ。その時、突然あることに気がついた。あれ、グーカは入浴していないんだ。結婚の前にさえも、入浴しないのだろうか？

婚礼の当日、ハンティの家は少し様変わりしていた。汚い蓆は姿を消し、ヤギは追い出され、入り口の前には殺されたラクダが一頭置かれており、家の広間には何枚もの赤いアラビヤじゅうたんが敷かれていた。最も興味をひかれたのは、部屋の片隅に置かれた羊の皮でできた大太鼓で、それは見たところ少なくとも百年はたっていそうだった。

夕方になって、太陽はまさに地平線に沈もうとし、はてしなく広がる砂漠は一面血のような紅に染まった。その時太鼓が鳴り始めた。その音は重苦しく単調で、遥か遠くまで伝わった。もし事前に婚礼だということを聞いていなかったら、そのような神秘的なリズムに実際恐怖を感じただろう。私はセーターを着ながらハンティの家の方へ歩いて行ったが、同時にアラビアンナイトの美しい物語の中へ入り込んでいくような幻想にふけっていた。

部屋の中へ入るとそんな雰囲気ではなかった。客間には大勢のサハラウィの男たちが座っており、それが皆たばこを吸っているので、ひどく空気が悪かった。かのアプティもこの多くの男たちに挟まれて座っていたが、もし以前に会っていなかったら、いったい今夜彼のどこが花婿らしいのか、見てもわからなかった。

部屋の隅に炭のように黒い女性が座っていた。彼女は男たちの群れの中に座っている唯一の女性で、顔を覆わず、黒い大きな布をまとい、頭をもたげひたすら力を込めて太鼓を叩いていた。数十回叩くと立ち上がり、身体をゆすりながら、口の中でひゅうと鋭い声を上げたが、その声はひどく原始的で、北アメリカのインディアンにそっくりだった。部屋じゅうで彼女がいちばんすばらしかった。「あれは誰?」グーカの兄さんにたずねた。

「祖母の所から借りてきた奴隷で、太鼓の名手なんだ」

「本当に大した奴隷ね」私はしきりにほめそやした。

この時、部屋に三人の年とった女性がかがんで入って来ると、太鼓の音に合わせて起伏のない歌を歌い始めた。その旋律はまるでむせび泣くかのようだった。同時に男たちは皆歌に合せて手拍子を取り始めた。私は女だから、窓の外でこれら一切のことを見ているほかなかった。若い女たちは皆窓の外にぎっしり寄り集まっていたが、彼女らの顔は完全に覆われ、ただ美しい大きな瞳だけが見えていた。

二時間近く見ていると、日はすっかり暮れたが、太鼓の音は依然として変わりなく、手拍子を取って歌う人もやはり同じ調子だった。グーカの母親に聞いた。「こうやって何時まで続くの?」

彼女は言った。「まだこれからだよ。あんたは帰って寝なさい!」私は帰る時、グーカの妹に、早朝花嫁を迎えに行く時起こしに来てくれるよう、念を入れて頼んだ。

明け方三時の砂漠はまだ身震いするほど寒かった。グーカの兄さんはホセとカメラをいじりながら話をしていた。私がコートを羽織って出て行くと、グーカの兄さんはひどく不服そうに言った。「彼女も行くつもり?」私はすぐさま連れて行ってくれるよう頼み、なんとか承知してもらった。女はここでは常に地位がないのだ。

私たちが住んでいたその通りには、ジープがそこらあたりいっぱいに止まっていた。新しいのも古いのもあり、その様子からするとハンティは一族の中ではかなり声望があるのだろう。私とホセは花嫁を迎えに行く車に乗った。その長い車の列はひっきりなしにクラクションを鳴らしながら砂地をごろごろと進んだ。男たちは口の中で原始的な叫び声を上げながら、グーカの伯母さんの家に向かって車を走らせた。

過去の風習ではラクダに乗り、空砲を放って、テントへ花嫁を迎えに行ったそうだが、現在ではジープがラクダに替わり、クラクションが空砲に替わった。だが騒々しく騒ぐことはやはり変わりはなかった。

いちばん腹が立ったのは、花嫁を迎えるのを見た時のことだ。アプティは車を降りると、若い友人たちとひとむれになってグーカの座っている部屋へ突進した。誰にも挨拶もせず、グーカに近づいて行くとその手をつかみ無理やり外へ引っ張った。皆は笑っていたが、グーカだけはうつむいてもがいていた。彼女はとても太っていたので、アプティの友達も行って彼女を引っ張るのを手伝った。この時、彼女は声を上げて泣き出したが、私は本当に泣いているのかうそ泣きなのかわからなかった。だが、彼らがそのように乱暴に彼女をつかむのを見ると、かっとなった。私は下唇をかみしめこのドタバタ芝居にどのように幕が下りるのかと見ていたが、怒りはむらむらと胸の中に込み上げてきていた。

その時グーカはすでに家の外にいたが、突然手を伸ばしアプティの顔をつかむと、ぎゅっと引っかき、アプティの顔にはいく筋も血がにじんだが、アプティも負けてはおらず、その手でグーカの指を逆にねじ上げた。その時、周囲はしんと静まり、ただグーカの口から時折もれる短い泣き声だけが夜空にこだました。

彼らはグーカをぶちながら、グーカはジープのそばへ引っぱられて行った。動転した私は、グーカに向かって大声で叫んだ。「バカ、車に乗りなさいよ。かないっこないわ」

グーカの兄さんは笑いながら私に言った。「大丈夫だよ、これは風習なんだ。結婚のとき反抗しなかったら、後で人に笑われるよ。こうやって必死で争ってこそまともな女だ」

「必死で争わなきゃならないんだったら、結婚しないほうがいいわ」私はひそかに溜息をついた。

「後で床入りの時また声を上げて泣かなきゃいけない。あんた待っていて見るといい。すごく面白いぜ」

いかにも面白い。しかし私はこのような結婚のやり方は御免だ。

どうにかグーカの家へ戻ったが、すでに朝の五時になっていた。ハンティはすでに逃げ出していたが、グーカの母親や弟、妹、そして親類や友達が眠らずにいた。私たちは広間にまねき入れられアプティの親類や友達といっしょに座り、用意されたお茶を飲みラクダの肉を食べ始めた。グーカはすでに別の小さい部屋へ連れて行かれ一人で座っていた。

少し食べていると、太鼓の音がまた起り、男の客たちは再び手拍子を取って呻くような声を上げ始めた。私は一晩中寝ていなかったのでとても疲れていたが、去りがたくもあった。「サンマウ、先に帰って寝てろよ。俺が見て帰って話してやる」ホセは言ったが、ちょっと考えて、いちばんの見どころはこれからだと思い、帰らなかった。

歌と手拍子はにぎやかに夜明け近くまで続いた。その時、アプティが立ち上がるのに気がついた。彼が立ち上がるなり、太鼓の音はピタリとやんだ。皆が彼に目をやり、友達はくだらぬ冗談をとばして彼をからかい始めた。

アプティがグーカの部屋の方へ行くと、私はひどく緊張してきた。何とも言えず嫌な気分になり、グーカの兄さんが私に言ったこと——「床入りの時また声を上げて泣かなきゃいけない——」というのを思い出し、外で待っている人は私をふくめて、皆ひどく恥知らずだと思った。おかしいのは風習を口実にこれを改める人がいないことだ。

アプティがカーテンを引いて入って行ってから長い間、私はずっとうつむいたまま客間に座っていた。何世紀も過ぎたかと思われる頃、グーカの——「あー」という泣くような叫び声が聞こえ、その後は何の物音もしなかった。風習に従って声を上げたにしても、その声はあまりにも痛々しく、あまりにも真に迫り、あまりにも救いがなく長く響いた。私はじっと座っていたが、涙がにじみ出てきた。「考えてよ、彼女は何といってもわずか十歳の女の子よ。残酷！」私は怒りが込み上げ、ホセに言った。彼は頭を上げて天井を眺めていたが、一言も返ってこなかった。その日、私たちはその場に居合わせた唯一のよそ者だった。

アプティが血のついた白い布切れをもって部屋から出て来ると、彼の友人たちは大声を上げ始めた。その声は形容しがたいいかがわしいものだった。彼等の観念においては、結婚初夜とは公然と暴力を用いて一人の少女の貞操を奪い取るものにすぎなかった。

私は結婚式のかくなる結末に失望すると同時に滑稽にも思い、立ち上がると誰にもいとまも告げずさっさと外に出た。

婚礼の祝いは合計六日間続いた。この六日間、毎日午後五時になると客はハンティの家へ行きお茶を飲み食事を始めた。同時に歌声と太鼓の音は夜半まで続いた。

彼等のだしものは毎日変わることがなかったので、私はもう行かなかった。五日目にハンティのもう一人の女の子が私を呼びに来た。彼女は言った。「グーカがあんたに会いたがっているのに、なぜ来ないの」私はしかたなく服を着替えてグーカに会いに行った。

この六日間の祝いの間、グーカは風習どおり小さな部屋に引き離され、客はいっさい彼女を見ることを許されなかった。ただ花婿だけが出入りできた。私はよそ者だから、グーカの家へ行くと、委細かまわず、カーテンを開けて入って行った。

部屋の中の光線は暗く、空気はひどく濁っていた。グーカは壁の隅に積み上げた毛布の上に座っていたが、私を見るとひどく喜び、這って来て私に頬ずりをした。そして言った。「サンマウ、行かないでね」

「行かないわ。何か持って来て食べさせてあげる」私はとび出して行って大きな肉の塊をつかんで来ると、彼女に食べさせた。

「サンマウ、私こうやってたらすぐに子供が生れるの？」彼女は低い声で聞いた。

私はどう答えたらいいのかわからなかった。彼女の以前のまるまる太っていた顔が五日の間にすっかり痩せて目が落ちくぼんでしまったのを見ると、胸がきゅっと痛くなり、呆然として彼女を眺めていた。

「私に薬をくれない？　飲むと子供が生れないっていう薬よ」彼女はせっかちに声をひそめて私に頼んだ。私はずっと目をそらすことができず、ひたと彼女のその十歳の顔をみつめていた。

「いいわ、あげる。心配ないわ。これは私たち二人の間の秘密」私はそっと彼女の手の甲をたたいた。

「今から少し寝なさい。婚礼はもうおわったわ」

禿げ山の一夜

その日の午後、仕事から帰ったホセは、いつものように入っては来ず、車に乗ったままクラクションを鳴らした。その音は「サンマウ、サンマウ」と聞こえた。そこで私は遊び半分に書いていた習字の筆を置いて、返事をしようと窓際まで走って行った。

「どうして入って来ないの？」

「ミドリガメと貝殻の化石がある所を知ってるけど行くかい？」

私は跳び上がるなり答えた。「行くわ、行くわ」

「早く出て来いよ！」ホセが呼んでいる。

「服を着替えるから待ってよ。食べ物を持って行くわ。それに毛布」私は窓に向かって言いながら、走って準備に取り掛かった。

「早くしろよ。なにも持っていかなくていい！　二、三時間ですぐ帰って来るから」

私はせっかちだから、またせかされると、ぱっと一秒でドアから飛び出した。足首まである長い木綿のワンピースを着て、足にはつっかけ、家を出る時、なにげなく戸口に掛けてあった皮の酒袋を手に取った。中には葡萄酒が一リットル入っていた。それが私の全装備だった。

「いいわ、行きましょう！」私はすっかりご機嫌で、車のクッションの上で飛び跳ねた。

「往復二百四十キロあまりだから、三時間車に乗って、一時間化石を探すと、帰るのは十時だからちょうど晩飯だ」ホセはひとりごとを言っていた。

私は往復二百何十キロと聞くと、思わずすでに西に傾きかけた太陽に目をやり、やめるように言おうかと思った。しかしこの人は車を手に入れてからは、潜伏していた「車コンプレックス」が益々高じて、おまけにO型の人間で、簡単に考えを変えることはなかった。それで私は夕方になってそんなに遠くへ出掛けるのは少しまずいと思ったが、しかし反対するようなことは一言も言わなかった。

国道に沿って町の南の方へ二十キロあまり走ると検問所で、そこから先は道がなくなり、見渡す限り果てしない砂漠へと入って行く。

検問所の哨兵《しょうへい》が車の窓のそばまで歩いて来るとちらと中をのぞいて言った。「おや、またきみたちか。こんな時間になってまだお出かけかい？」

「近くだ。このあたり三十キロを一回りして来るよ。彼女がサボテンを欲しがるんだ」ホセはそう言いおわると、車を発進させた。

「どうして嘘をつくの？」私は文句を言った。

「嘘を言わなきゃ出してくれないよ。そうだろう、こんな時間に。そんなに遠くまで行かせるかい？」

「万一なにかあっても、あなたの言ったのは方向も距離も正確じゃないわ。あの人たちどうやって探しに来てくれるの？」私は聞いた。

「探しに来てくれないよ。この前のあのヒッピーたち、なぜ死んだんだ？」ホセはまた嫌なことを持ち出した。その数人のヒッピーたちが惨死したのを私たちは見たのだ。

すでに六時前になっていた。太陽は傾いていたが、周囲はまだまぶしいほど明るく、吹く風はすでに少し冷たく感じられた。

車はスピードを上げて砂地の上を走っていた。私たちは以前誰かが走った車のわだちに沿って進んだ。じゃりを敷き詰めたような砂地が、平にまっすぐ視線の尽きるかなたまで伸びていた。蜃気楼が左手前方に一つ、右手前方に二つ現れていたが、それぞれちょっとした樹の茂みに囲まれた湖水のように見えた。

周囲は風の音のほかは何も聞こえず、しんと静まりかえった大地は、巨人さながらにそこに横わっていた。それは獰猛で不気味で、二人は彼が静かに広げた体の上を走っていた。

「考えてるんだけど、いずれある日私たちはこの荒野の中で死ぬのね」私は吐息をついて窓の外を眺めていた。

「どうして？」車はガタガタ飛び跳ねながら、前方に向かって疾駆していた。

「私たちは砂漠へやって来て一日中砂漠をかき乱すわ。砂漠の化石を探したり、砂漠の植物を掘ったり、砂漠の羚羊を捕まえたり、ジュースの瓶や紙パックや汚いものを捨てる。おまけに車輪で体を押しつぶす。砂漠は嫌だと言って、かわりに人間の命を欲しがるのよ。こうよ――う、う――」私はそう言いながら、手で首をしめる恰好をした。

ホセは、ワッハハと大笑いした。私のたわごとを聞くのを、なにより面白がった。

その時、私は車の窓ガラスをぜんぶ閉めた。気温はいつの間にかもう随分下がっていたのだ。

「迷宮山だ」ホセは言った。

私は顔を上げ、地平線の果てまで目をやった。遠くの方に見えるいくつかの黒い点が次第に大きくなってきた。それはそのあたり三百キロにおける唯一の群山だが、実際は一群の高く積もった砂の山が、周囲約二、三十キロの荒れ地の中に点在しているのだった。

それらの砂の山は風に吹き寄せられてできたため、すべて弧形をしており、外観はどれもそっくり同じ形をしていた。山々はあたかも一群の半月が、天空の大きな不思議な一本の手につかまれて、サハラ砂漠に置かれたように見えた。さらに不思議なのは、これら高さ百メートル前後の砂の山は、どれもほぼ等間隔に並んでいた。人がもしここに踏み込んで、ちょっと油断するとすぐ迷って方角を失う。私は迷宮山と呼んでいた。

迷宮山は次第に近づき、ついに最初の大きな砂の山が目の前にそびえ立った。

「入るの？」私はさりげなく聞いた。

「そうだ。入ってから右へ十五キロほど行くと、そこが化石のある場所らしい」

「もう七時半を過ぎるわ。幽霊に道を迷わされて帰れなくなる」なぜか妙に嫌な気分がして唇をかんだ。

「迷信さ、なにが幽霊だ」ホセは信じようとしなかった。

この人は大胆で大ざっぱ、その上無類の頑固者ときていた。そこで私たちはついに迷宮山に乗り入れ砂の山に沿って進んだ。太陽は二人の真後にあったので、東に向かって進んだことになる。

その時は迷宮山に迷わされることなく、三十分もかからずそこを出た。さらに先へ進むと、砂の上のわだちは完全に消えていた。二人ともその辺りはよく知らなかった。その上乗っていた車は砂漠を走るにはおよそ不都合な普通車だったので、内心たいへん心細かった。ホセは車を下りると、地面を見た。

「帰りましょう！」もう化石を探す気持は全く失せていた。

「帰らない」ホセは私の言うことにはてんで取り合わず、車をびゅんと発車させると、またその見も知らぬ所に向かって走り出した。

二、三キロ進むと前方に低地が現れた。色は濃いコーヒー色で、一帯に淡い紫色の霧もたち込めていた。数千万年前は、そこは大きな河だったのかもしれない。

ホセは言った。「ここは下りていける」車はゆっくりと広い斜面にそって滑り下りて行った。

ホセは車を止めると、また下りて地面を見た。私も下りて、土をひと握り採って見てみると、それは湿った泥で、砂ではなかった。私は立ち止った。どう考えても訳がわからなかった。

「サンマウ、運転してよ。俺が前を走るから、止まれと合図したら、そこで止まってくれ」

言いおわるとホセは走り出したので、私はホセと一定の距離を保ちながら、ゆっくりと車を動かした。

「どうだい？」ホセが聞いた。

「大丈夫よ」頭を出して答えた。

ホセは走って私からだんだん遠ざかると、今度は私の方に向きを変え、後ろ向きに走りながら、両手を上げて前進するように合図した。

その時、私はホセの背後の泥地が泡だっているのに気がついた。おかしいと思ったので、とっさにブレーキを踏みホセに向かって大声を上げた。「気をつけて、気をつけて、止まって――」

車のドアを開けると叫びながらホセに向かって走った。しかしホセはすでにその大きな泥沼に踏み込んでおり、ぬれた泥にたちまち膝まで埋まった。ホセは明らかに驚いた様子で、振り返って見たが、またよろよろと二、三歩よろめいた。泥はたちまちふとももまできた。倒れそうになったらしく、二、三歩もがいた。だがどうしたことか、もがけばもがくほど遠くに行ってしまい、二人の間はひどく離れてしまった。

私は口も利けずにそこに立ちすくみ、驚きのあまり全身が凍りついた。これが事実だとは信じられなかったが、目の前の情景はまがうことなき現実なのだ！　これはすべて数秒間に起こった出来事だった。

ホセはなんとか足を持ち上げようとしていたが、今にも泥沼に飲み込まれそうだった。その時、ホセの右手二メートルあまり先に、沼から突き出た石があるように見えた。私は、急いで思いっきり叫んだ。「そこよ、そこに石があるわ」

ホセも石に気がついた。またもがきながら近づいて行ったが、泥はすでに腰まで達していた。私は遠くから見ていたが、なんの役にも立たず、焦るあまり全身の神経がずたずたになりそうで、これは悪夢を見ているのではないかと思った。

ホセが両手で泥の中に突き出た大きな石につかまったのを見ると、やっと我にかえり、すぐ車に戻ると、ホセを引っ張り出すことのできるものを捜した。しかし車の中には例の酒袋の他は、空き瓶が二つと『聯合報』[1]が少々、トランクに工具箱がひとつあるきりで、それ以外はなにもなかった。

私はまた泥沼まで走って戻りホセを見ると、彼は声もなく、呆然と私をみつめていた。私はそこらじゅうを狂ったように走りまわり、ひも一本、板切れ幾つか、なんでもいいからなにかないかと探した。だが、そのあたりには砂と小石以外なにもなかった。

ホセは石にしがみつき、下半身泥に埋まってはいたが、しばらくはそれ以上沈みそうになかった。

「ホセ、あなたを引っ張るものがみつからないの。ちょっと我慢してね」大声を上げたが、二人の間の距離は十五メートルほどあった。

「慌てなくていい、慌てなくていい」ホセは私を安心させようとしたが、その声はすっかり変わっていた。

まわりは風の音のほかはただ砂で、もうもうと空中を飛びかっていた。前は大きな泥沼で、後ろは迷宮山。振り返って太陽を見ると、まもなく沈もうとしていた。それからまたホセを見ると、ホセもちょうど太陽を見ていた。

黄昏の夕日は本来美しい眺めだが、その時の気持ちはとてもそれどころではなかった。冷たい風が絶えず吹いてくるので、ちらっと自分の薄い服を見た。それから泥水につかったホセに目をやり、また振り返って太陽を見た。太陽は一つ目怪人の真っ赤な目がまさに閉じようとしているかのようだった。

数時間以内にこの辺りは零度まで下がるだろう。ホセを救い出すことができなければ、むざむざ凍死させてしまう。

「サンマウ、車へ入れよ。行って誰か呼んで来てくれ」ホセは私に向かって叫んでいた。

「あなたを置いて行けないわ」突然、胸がつぶれる思いがした。

前方の迷宮山は方角がわかるので出ることはできる。だが迷宮山から検問所まで行って、人を呼んで戻って来るとすれば、日は必ずもう暮れている。日が暮れると、迷宮山を捜してホセのいる所へ戻って来ることは不可能だ。夜明けを待つしかない。夜が明ける頃にはホセはきっともう凍え死んでいるだろう。

太陽は完全に見えなくなり、気温は急激に下がった。それは砂漠の夜の当然の現象だった。

「サンマウ、車の中へ行けよ。凍えてしまう」ホセは怒って大声を上げたが、私は依然として水際にうずくまっていた。

ホセは私よりもっと凍えている。私はガタガタ震えて声を出す気もしなかったが、ホセが上半身を石にもたせかけ、動こうともしないので、立ち上がって叫んだ。「ホセ、ホセ、動いて、体をねじるの。がんばって――」それを聞くとホセは少し動いたが、そんな状態で動けといっても無理なことだった。

空はすでに薄墨色に変わり、私の視界も夕闇の中で次第にぼやけていた。頭の中では狂ったようにあがいていた。私がホセを離れて人を呼びに行ったら、彼を助けに戻ることができなくなる危険がある。それよりは彼といっしょに凍え死のう。

1 台湾で発行されている日刊新聞。

その時、地平線に車のライトが見えた。はっとして跳び上がると、確かに車のライトだった！　随分遠いが、しかしこちらに向かって走って来ていた。

私は大声を上げた。「ホセ、ホセ、車が来るわ」そう言いながら、走って行って車のクラクションを鳴らした。死にもの狂いでクラクションを鳴らし、ライトを点滅させて注意を引いた。それから車の屋根に飛びうつり、両手を無茶苦茶にふって、叫びながら飛び跳ねた。

ついにその車は私に気づき、こちらに向かって走って来た。

私は車の屋根から飛び下りると、その車に向かって走って行った。車がはっきりと見えてきた。砂漠を走る長距離用のジープで、車の上に茶の葉が入った木箱を大量に乗せており、車の中にはサハラウィの男が三人いた。

彼らは私から三十メートルほど離れた所で車を止めると、遠くから私を眺め、近寄って来なかった。私はむろんわかった。彼らはこの荒野のなかで見知らぬ人間に警戒心を抱き、近づこうとしなかったのだ。そこで私はすぐに走って行ったが、彼らはちょうど車を下りるところだった。私たちの状況は彼らにはっきりわかったはずだ。まだ日は完全には暮れていなかった。

「お願い、夫が泥沼に落ちたの。引き上げるのを手伝ってください」私は息も絶え絶えに走って彼らの前まで行くと、祈るような気持ちで頼んだ。

彼らは私には目もくれず、土地の言葉であれこれ言い合っていたが、「女だ、女だ」と言うのが聞きとれた。

「早く、お願い、凍え死ぬわ」私はまだハアハアと息をきらしていた。

「ロープを持っとらん」一人が答えたのであっけにとられた。けんもほろろの口ぶりなのだ。

「あなたたち、ターバンを巻いてるじゃない。三本を結びあわせたら充分長くなるわ」私はまたためしに言ってみた。車に乗せた木箱を縛っているのは太い麻のロープであるのを私ははっきりと目にしていた。

「あんた、俺たちが助けると思っているのかい、おかしいね」

「私……」再び彼らを説得しようと思ったが、彼らの目付きが落ち着かず、嫌な感じで私を上から下までじろじろ見ていたので言葉を変えた。

「そう、嫌だというのに無理も言えないわ。いいわ」私は引き返そうとした。禿山の荒地で気がふれた奴に会ったのだ。

　瞬間の出来事だった。私が歩き出そうとすると、その三人のサハラウィのうちの一人が突然さっと頭を上げた。もう一人が背後から跳びかかって来ると、右手で私の腰に抱きつき、左手を胸に伸ばして来た。

　私は驚きのあまり気が遠くなりそうになったが、思わずありったけの声を上げ、この気違い男の鉄のような腕の中で野獣のようにわめきもがいた。しかしなんの役にも立たなかった。男は私の身体をねじって自分の方に向け、その恐ろしい顔を近づけて来た。

　ホセはそこから、斜面の上で起こっていることが完全に見えた。泣くような声で叫んだ。「おまえたち、殺してやる」

ホセは石から手を放し、泥を踏みつけて抜け出そうとした。それを見るなり私は慌て、我を忘れ、ホセに向かって大声を上げた。「ホセ、やめて、やめて。おねがい――」言いながら、泣き出した。

その三人のサハラウィは私が泣き出すと、一斉にホセの方に注意を向けたので、私は私を抱きすくめていた気違い男に向かって、満身の力を込めて足を上げ、その下腹の方を蹴飛ばした。男はその不意の致命的な一撃に、叫び声を上げてうずくまったので、手は当然私から離れた。私は身を翻して逃げ出したが、もう一人が大股で追っかけて来た。私はうずくまると両手に砂をつかみその男の目をめがけて投げつけた。男は両手で目をおさえた。その数秒の隙に私は、履いていたつっかけを蹴飛ばし、裸足で車の方に向かって死にもの狂いで走った。

三人は追っかけては来ず、ジープに乗るとゆっくりと私の方へと車を動かして来た。

彼らはその時きっとある思い違いをしたのだと思う。車を運転できるのはホセだけで、私がいくら走りまわっても逃げきれないと思ったのだろう。だから、あんなにゆっくりと車で追っかけて来たのだ。

私は車の中に飛び込むと、エンジンをかけ、石のそばに残したままのホセにさっと目を走らせた。胸が鞭でびしりと打たれたようにひきつり痛んだ。

「逃げろ、逃げろ。サンマウ、逃げるんだ」ホセが必死で私に向かって叫んだ。

ホセに何を言う暇もなく、思いっきりアクセルを踏んだ。車は飛び出し、ジープが来る前に、もう坂の上まで上がって飛ぶように前進していた。ジープは道をふさごうとしたが、私は車で「特攻隊」のようにぶつかって行った。ジープは逆に慌ててよけた。

アクセルをいっぱいに踏んでいたが、ジープのライトから逃げ出すことができなかった。彼らはしつように私を追って離さず、私は緊張のあまり心臓が飛び出しそうに動悸を打ち、息も絶え絶えにあえいでいた。

運転しながら、四つのドアをすべてロックすると、左手でシートの後ろをさぐり、ホセが隠しておいた飛び出しナイフを掴んだ。

迷宮山だ。私は少しも考えることなく突き進んだ。一つ砂の山が来たので、ぐるりとまわると、ジープも追って来たので私は狂ったようにこの砂の山の間を次々と縫って走った。ジープは少し遅れたかと思うと、また正面から突っ込んで来たり、どんなに必死で逃げても、逃げきることはできなかった。

その時私は気がついた。この車のライトを消さないかぎり、ジープはいつまでも追って来るだろう。もし、このままガソリンを使い果たしてしまったら、私は死ぬほかない。

ここまで考えると、私は腹をすえ力いっぱいアクセルを踏んだ。山を半分まで進み、ジープがまだ追いついて来ないのを確かめると、すぐライトを消し、車のスピードは落とさず、ハンドルにしがみついて、左へ急カーブを切り、つまり前には逃げず、一回りして追って来るジープの後ろの砂の山へ戻った。

弧形の砂山は夜大きな影となる。私は車をできるだけ砂の山に近づけて止めると右側のドアを開け、そこから這い出し、車から少し離れ、手にナイフを握った。その時私はその車が黒、それともコーヒー色、せめて鉄色だったらと、どんなに願ったことか。よりにもよって白だった。

ジープは私の行った方向を見失い、前方をぐるぐると走り回って私を探していたが、私が隠れているとは思わなかったので、何度か回った後またスピードを上げて前方へ追って行った。

私は砂地に沿って五、六歩走ったが、ジープは本当に走り去った。だが戻って来やしないかと心配で、また砂の山のてっぺんに登り見張った。ジープのライトはついに完全に遠くへ消えてしまった。

砂の山を滑り降りて車の中に戻ると、全身冷汗にぬれているのに気がついた。目の前に黒い影がゆらゆらと浪のように湧き上がり、今にも吐きそうになった。私はまた車から這い出ると、地面に横たわって凍える寒さに気力を奮い起こそうとした。断じて倒れることはできなかった。ホセはまだ沼地に残っていた。

何分かたつと、完全に落ち着きを取り戻した。空を見上げると、大熊座がはっきりと見え、ひしゃくのように空に懸かっていた。子熊座はその下にあり、一粒一粒道を示すダイヤモンドのように思えた。迷宮山は、夜はかえって昼間よりもっと簡単に方角を判断することができた。

私は考えていた。西に向かえば迷宮山を出る。迷宮山を出て北に向かって百二十キロ程走ると、検問所に行きつくはずだ。助けを求めて人を連れて戻って来るには、いくら急いでも今夜中は無理だ。するとホセは——あの人は——私は手で顔をおおった。それ以上考えている暇はなかった。

私はそのあたりでちょっと立ち止まった。ただ砂があるばかりで道しるべになるものはなに一つなかった。だが、ここに必ず何か目印を残しておかねばならなかった。明日早朝戻って来て探せるように。

凍りつくような寒さに全身がびりびりと痛くなったので、しかたなく車に戻った。なにげなく後部座席を見たが、そのシートはそのまま取りはずすことができるのだ。私はただちに工具箱を開けてドライバーを取り出してくると、ネジ釘をはずし、両手で力いっぱいシートを引っ張った。果たしてシートははずれた。

　車からシートを引っ張り出すと、砂の上に投げた。こうしておけば明日来たときに道を探しやすい。車に戻るとライトをつけ、検問所の方に向かって発車しようとした。心の中では必死で自分を押えていた。感情的になってはいけない。引き返してホセを見ているより、助けてくれる人を捜しに行くほうがいいのだ。彼を見殺しにするのではない。

　ライトが砂地の上の私が放り出した黒い大きなシートを照らしていた。車にはすでにエンジンがかかっていた。

　この瞬間、私は針で突かれたように飛び上がった。シートはとても大きく、また平らで、沈むことはないはずだ。私は興奮のあまりガタガタ震えながら、あわてててまた車を下りるとシートを拾い上げ、やはり後ろの座席に放り込み、車をUターンさせると沼に向かって走った。

　道に迷わないように、自分の車のわだちに沿ってゆっくりと進んだので、そのためひどく迂回したうえ、時々完全にわだちを見失ったので、沼へ戻った時は、車をあまり近づけるのが恐ろしく、少し離れた所からどうにかライトを照らした。

　沼は静かに闇の中に横たわり先刻と同じように、時折プクップクッと泡を立てていた。泥の上は静寂につつまれ、ホセの姿は見えず、あの突き出た石もなかった。

「ホセ、ホセ――」私は車のドアを押し開け、沼に沿って走りながら大声で彼の名を呼んだ。しかしホセは本当にいなかった。私は震えながら、狂ったように上へ下へと沼の際に沿って走り、叫んでいた。

ホセは死んだ。きっと死んだ。恐怖がこだまとなって胸の中を打ち続けた。泥沼がすでにホセをのみ込んだのだとほとんど確信した。恐ろしさのあまり気が狂いそうになった。車にかけ戻ると、ハンドルにつっぷして風の中の木の葉のように震えていた。

どのくらいたったのだろう、弱々しい声が私を呼んでいるのに気がついた――「サンマウ――サンマウ――」あわてて頭を上げると声の主を探したが、暗闇の中でなにも見えなかった。ライトをつけると、少しずつ車を動かした。今度ははっきりと聞こえた。ホセが私を呼んでいたのだ。一分ほど車を動かすと、ホセがライトの中に浮かび上がった。やはりあの石のそばにいたが、私が車を止める場所を間違ったため、むざむざ大騒ぎをしたのだ。

「ホセ、ちょっと我慢してね。すぐに引っぱり出してあげる」

ホセは両手で石にしがみつき、頭を腕に乗せ、ライトの中でぴくりとも動かなかった。

私はシートを引っ張り出すと、半分引きずり、半分抱くようにして沼まで走って行き、泥の中へ足を踏み入れた。泥がすねにまといつく所まで進むと、その大きな後部座席のシートを思いきり放り投げた。それは泥の上に浮いて沈まなかった。

「スペアタイヤ!」自分に向かって言うと、またスペアタイヤを車のボンネットの下から引っ張り出した。沼まで走って行って、シートに乗り、それから泥水の上にタイヤを投げた。そうすると、ホセとの距離がまた縮まった。

冷気が、何百本ものナイフのように私に突き刺さった。まだ零度にはなっていないはずだが、凍えて倒れそうになった。やらねばならない。急いでなすべきことがいくつもあった。車の中で縮こまってなんかいられなかった。

私はジャッキで支えて車の右がわを動かし、前輪のタイヤを取り外し始めた。早く、早くと自分をせかし続けた。私の手足が動くうちに、ホセを引っ張り出さなくてはならなかった。

前のタイヤを外すと、後ろのタイヤも外した。この作業は普段はそんなに早くはできなかったが、その時はわずか数分で全部取り外した。

ホセを見ると、ずっとそのまま、身動きもせずこわばっていた。

「ホセ、ホセ」私は手の平ほどの石を彼に向かって投げ、意識を呼びさまそうとした。もう意識がなかった。

はずしたタイヤを抱いて坂を下り、浮かんでいたシートとスペアタイヤに飛び移って、手にもっていた前輪のタイヤも泥の上に浮べた。同様にまた一往復して、タイヤが三個とシートが一個、全部泥の上に浮かんだ。

私が足を開いてバランスをとり三つめのタイヤの上に立っても、ホセとの間はかなり離れていた。

ホセは悲しそうな目つきで私を見た。

「私の服!」思い出した。私が着ていたのは地面まで届く長い木綿の服で、スカートは大きな円形だった。私はまた車まで走り、頭から服を脱ぐと、ナイフで裂いて四本の幅の広い帯を作り、しっかりと結び合わせ、帯の先端にペンチを括《くく》りつけると、その帯の山を両手に抱きかかえて、飛ぶように沼のタイヤの上まで走った。

「ホセ、ねえ、いま投げるからうまくつかまえてね」大声でホセの注意を引くと、布の帯を手でゆっくりとぐるぐる回しながら、少しずつ遠くへ伸ばしていった。帯は沼に落ちる前に、ホセの手にしっかりとつかまれた。

ホセの手が私の持っていた帯のもう一方をつかんだ瞬間、私はどっと気がゆるみ、タイヤの上にペタンとしりもちをついて泣き出した。この時、寒さも感じ、飢えも感じていたが、パニックはすでに去っていた。


わあわあ泣くと、ホセのことを思い出し、あわててホセを引っ張った。しかし一度気がゆるむと、気力が失せてしまい、いくら引っ張ってもホセが動く様子はなかった。

「サンマウ、帯をタイヤに縛りつけてくれ、自分で引っ張る」ホセはかすれた声で言った。

私がタイヤの上に座ると、ホセは徐々に帯を引っ張った。ホセが近づいて来たのを見て、私は帯を解くと、次のタイヤに縛りつけてホセがもっと近づいて来れるようにした。様子から見て、ホセがタイヤの上を渡って岸に上がる気力はないと思えたからだ。彼はもうすっかり凍えていた。

ホセは岸に上がるなり倒れた。私はまだ走ることができたので、急いで車まで走って帰ると酒袋を手に取った。これが命を救ってくれる。ホセの口に何度も葡萄酒を注ぎ込み、すぐ車の中に入るように言うと、ホセのことはそのままにして、泥の中へ行ってタイヤとシートを取って来るほかなかった。

「ホセ、手足を動かすの。ホセ、動かして、動かして――」私はタイヤを取り付けながら、ホセの方を振り返って叫んだ。ホセは地面を這っていた。顔は石膏のように白く、見るも恐ろしかった。「俺がやるよ」と車のそばまで這って来たが、私はちょうど後ろタイヤのナットを締めつけたところだった。

「車へ入って、早く！」言いおわると、ドライバーを投げすて、自分も車の中へ這い込んだ。

もう一度ホセの口に葡萄酒を注ぎ込むと、ヒーターを全開にした。ナイフでホセの濡れたズボンを切り裂くと、足を私の裂いた服の帯で力いっぱいこすり、それから胸に葡萄酒をたらして胸をこすった。

一世紀が過ぎ去ったかと思われる頃、ホセの顔に少し血の気がさしてきて、目をちょっと開けたがすぐまた閉じた。

「ホセ、ホセ」私はパタパタとホセの顔を叩きながら、名前を呼び続けた。

それからまた三十分ほどすると、ホセは完全に気がついた。ホセは目を大きく見開くと、亡霊でも見るかのように私をみつめていたが、口の中でもぞもぞと何か言った。「きみは、きみは……」

「私、私がどうかしたの？」ホセの表情にひどく驚いた。

「きみは――ひどい目に遭って」そう言うとぐっと私を抱きしめ、涙を流した。

「なにを言ってるの。ひどい目になんか遭わないわ！」私はわけがわからず、彼の腕の中から抜け出した。

「あの三人に捕まった？」ホセは聞いた。

「いいえ！　逃げたのよ。とっくに逃げたのよ」大声で言った。

「それじゃ、なぜ裸なんだ。服は？」

私はその時はじめて自分が下着だけで、全身泥だらけでいるのに思い至った。ホセは確かに凍えて気が変になっていたのだ。それでその時になるまでずっと、私がなにも着ていないことに気がつかなかったのだ。

帰り道、ホセは隣で横になっていた。ホセの足はすぐ医者に見せなければならない。おそらく凍傷になっているだろう。夜は更《ふ》けた。迷宮山は妖怪のように二人の後に遠ざかって行った。私は小熊座に導かれて北に向かって車を走らせた。

「サンマウ、まだ化石がほしいかい？」ホセはうめくような声で聞いた。

「ほしいわ」手短に答えた。「あなたは？」私も聞いた。「ますますほしいね」

「今度はいつ行く？」

「明日の午後」

砂漠観浴記

ある日の夕方、ホセは突然思い立って、もじゃもじゃの髪の毛を角刈りにすると言い出した。それを聞いた私は、すぐ台所へ行って魚を切る大きなはさみを持って来ると同時に、ホセの首のまわりに布巾を巻こうとした。

「ちゃんと座ってちょうだい」と言うと、

「なにをするんだ?」ホセはびっくりした。

「散髪よ」ホセの髪の毛をぐっと一握り引っ張った。

「自分のを切るだけで十分だろう?」ホセはそう言うとぱっと逃げた。

「町のあの理髪師よりも上手よ。やはり節約しましょう。さあ! さあ!」私は捕まえにかかった。

ホセはさっと鍵をつかむと外へ逃げ出したので、私もはさみを放り出して後を追った。

五分後、二人はそろって不潔で蒸し暑い理髪店に座っていた。ホセの頭をどのように刈るかについて、理髪師、ホセと私の三人でもめ、互いに譲らなかった。理髪師はひどく機嫌が悪く、恐ろしい顔付で私をにらんでいた。

「サンマウ、きみは外に行ってくれない?」ホセはうるさそうに言った。

「おカネを頂戴、そしたら行くわ」私はホセのポケットから青いお札を一枚引っ張り出すと、さっさと店を出た。

店の後ろの細い道に沿って、町の外に向かった。不潔な通りにはごみがいっぱい積み上げられ、蝿が群れをなして飛びまわり、多くの痩せたヤギたちが餌をあさっていた。そのあたりにはそれまで行ったことがなかった。

窓のないぼろ家の前を通ったが、門口にとげのある枯木が山のように積み上げられていた。興味をひかれたので足を止めてよく見ると、入口には看板が掛かっており、そこには「泉」と書かれていた。私は訳がわからなかった。こんなごみだめの中の家にどうして泉があるのだろう？　そこで鍵のかかっていない木戸のあたりまで行って、頭を突っ込んでのぞいてみた。

かっと照りつける陽射しの中から家の中の暗がりをのぞいたので、全く何も見えなかったが、だれかが驚いたような妙な叫び声を上げた——「あ……あ……」同時にアラビヤ語でがやがや言い合っているのが聞こえた。

私はきびすを返し数歩歩いたが、狐につままれたような気がしていた。中にいた人はいったい何をしていたのだろう？　どうしてあんなに私を恐れたのだろう？

その時、家の中から、中年の男がサハラ風の長衣《ジェルバ》を引っ掛けて追いかけて来た。私がまだそこでぐずぐずしているのを見ると、飛びかかって来てつかまえそうにした。

「何をしてるんだ。どうして人が風呂に入っているのをのぞき見するんだ？」その男はかんかんに怒ってスペイン語で私をなじった。

「お風呂ですって？」私はさっぱり訳がわからなかった。

「恥知らずの女め、さっさと行くんだ。しっ――しっ――」その男はまるで鶏を追い払うような手つきで私を追い払った。

「しっとは何よ。ちょっと待ってよ」私も大声でわめき返した。

「ねえ、中にいる人たちはいったい何をしてるの？」聞くと同時に、また建物の中の方へ歩いた。

「風呂だよ。ふーろ。もう見るんじゃない」彼の口からまたしっと言う声が出た。

「ここでお風呂に入れるの？」好奇心がぐっと頭をもたげた。

「そうだ！」その男はうるさそうに答えた。

「どうやって入るの？　あなたたち、どうやってお風呂に入るの？」私は大いに興奮した。サハラウィも風呂に入るなんて初めて聞いた。とことん聞かずにいられようか。

「自分で入ればわかるよ」男は言った。

「私が入れるの？」思いがけない好意を示され驚いて聞いた。

「女は朝八時から正午十二時まで、四十ペセタだ」

「ありがとう、ありがとう。明日来るわ」

私はすぐに理髪店まで走って行ってホセにその新しい穴場を教えてやった。

翌日の早朝、私はバスタオルをかかえ、厚く積もった羊の糞を踏んで、「泉」に向かった。その道筋はずっとひどく嫌なにおいがして、いささかむかむかした。

ドアを開けて入って行くと、部屋の中には中年のサハラウィの女性が座っており、見たところ、抜け目がなさそうで、気が荒そうな感じもした。たぶん女主人だろう。

「風呂に入るのかい？　先払いだよ」

私は彼女に四十ペセタ渡してから、まわりを見渡した。その部屋には錆びたブリキの桶がごろごろところがっている他はなにもなく、光線の具合はひどく悪かった。はだかの女性が一人出て来て、桶を取るとまた入って行った。

「どうやって入るの？」私は田舎者のようにきょろきょろあたりを眺めた。

「おいで。ついておいで」

女主人は私の手を引いて奥の部屋へ連れていった。その小さな部屋はわずか「たたみ」三、四枚分ほどの広さで、針金が何本か横に張られており、針金の上にはサハラウィの女性たちの下着やスカートや身体に巻きつける布などが掛かっていた。むっとするような臭気が鼻をつき、私は息をとめた。

「ここだよ。服をお脱ぎ」女主人は命令するように言った。

私は黙ったまま服を脱いで、家で事前に下に着てきたビキニの水着だけになり、同時に脱いだ服を針金に掛けた。

「脱ぐんだよ！」女主人はまたせきたてた。

「脱いだわ」私はそっけなく彼女をにらんでやった。

「こんなおかしな物を着てどうやって入るんだい？」そう言うと、荒っぽい手つきで花模様のブラジャーを引っ張ったり、パンティを引っ張ったりした。

「どう入ろうと私の勝手でしょう」と言うと、彼女の手を押しのけ、またにらんでやった。

「わかったよ、あっちから桶を持っておいで」

私はおとなしく隣の部屋から桶を二つ取って来た。

「こっちだよ。さあ洗うんだ」彼女は一つのドアを開けた。そこは一くぎり一くぎり、と部屋が奥へ続き、ちょうど山型食パンのような形になっていた。

泉はついに現れた。砂漠で初めて地面から湧き出る水を見て、全くひどく感動した。意外にも部屋の中にあったのだが。

それは深い井戸で、沢山の女性たちが井戸のそばで水を汲み、笑い声を上げ、なかなか賑やかな感動的な光景だった。私は空の桶を二つ抱えたまま、ポカンとその様子を眺めていた。

彼女たちは服を着て入って来た私に気がつくと、おしゃべりをやめた。互いにしばらくじろじろ見合っていたが、微笑が浮かんだ。彼女たちはスペイン語をあまり話せなかった。

一人の女性が近づいて来ると、私に水を汲んでくれ、たいへん好意的に言った。「こう、こうするのよ」

それから私に桶一杯の水を頭からざぁっとかぶせた。私はとっさに手で顔をぬぐったが、次の桶の水がまたざぁっと来た。あわてて壁ぎわまで逃げると、「ありがとう。ありがとう」と言ったが、ご親切はもう充分だった。

「冷たいの?」別の女性が聞いた。

うなずきながら、私はすっかりうろたえていた。

「冷たかったら中へお行き」と彼女たちはまた次のドアを開けた。この食パン型の家はいったい幾つの区切りに分れているのだろう。

私はもう一つ奥の部屋へと送り込まれた。熱気がむっと正面から襲いかかって来たが、一面もうもうたる湯気で、なにも見えなかった。数秒すると、なんとかまわりの壁が目に入ったので、手を伸ばし手さぐりで二、三歩踏み出すと、だれかの足を踏んだような気がしたので、身体をかがめて見てみた。そこではじめてそのひどく小さな部屋の床に女性たちが並んで座っており、正面の壁のそばの、大きなタンクの中でお湯がぐつぐつと沸き上がっているのに気がついた。湯気はそこから出ており、トルコ風呂によく似ていた。

その時だれかが数分間部屋のドアを開けたので、ちょっと涼しくなり、中の様子が少しはっきり見えた。

そこに居た女性たちはそれぞれ傍らに一つか二つ桶を置いており、中には冷たい井戸水が入っていた。部屋の温度があまり高いので、床は蒸されて焼けつくように熱く、足が熱くてたまらないので私はたえず足を動かしていた。床に座っていた女性たちはどうして平気なのかわからなかった。

「ここにお座り」壁の隅のほうに座っていた裸の女性が場所をあけてくれた。

「立っているからいいわ、ありがとう！」その一面泥水のようなぬれた床を見たら、熱いのがいやでも実際座る気になれなかった。

見ていると、一人一人が小さな石ころを水にぬらし、それで自分の身体をこそいでいた。こそぐたび、身体から一筋のどろどろの黒い汁となった垢が出て来た。彼女たちは石鹸は使わず、水もたいして使わず、身体じゅうの垢をこそげ出し、それからはじめてざあっと水を流した。

「四年になるわ。四年間風呂に入ってないの。ハイマに住んでいるの、遠い遠い砂漠の――」一人の女性がにこにこと笑いながら話しかけてきた。「ハイマ」というのはテントのことだ。

彼女が話しかけてくる時私は息を止めていた。

彼女は桶を頭の上に持ち上げると勢いよく水をかぶった。湯気の中で、彼女から流れ出した黒いどろどろの水がだんだんと私の清潔な裸足の足をぬらすのを見ると、胃の中がむっとひっくり返りそうになったが、唇をかみしめて立っていた。

「あんた、なぜ洗わないの。石を貸してあげるから洗いなさいよ」親切に石をくれた。

「汚れてないわ。家で洗って来たの」

「汚れてないのなら来なくていいじゃないの！　私なんか三、四年にたった一度よ」洗ったと言うが見たところやはりとても汚かった。

その部屋はひどく狭く、窓はなく、そのうえタンクにいっぱいの湯がたえず熱気をたてていたので、私は動悸がし、汗が滝のように流れた。加えて部屋には人がいっぱいで、その体臭が混ざり合い、吐きそうになった。そこでじっとりとぬれた壁ぎわに移ってちょっとよりかかった。ところがその壁には鼻汁のようなずるずるしたものが厚く積もっており、それが私の背中にべっとりとくっついた。私は歯をくいしばり、あわててタオルで必死に背中をぬぐった。

砂漠の美の基準では太った女こそ美しい。そこで女たちはだれもがあらゆる方法で自分を太らせようとした。ふだん女性たちが外出する時は長いスカートのほか、大きな布で身体と頭部を風も透さぬとばかりにぐるぐると巻いた。少しハイカラになると、そのうえにサングラスをかけたので、その本来の姿はいっこうにはっきりしなかった。

　ミイラのように布に包まれた女性を見慣れていた私は、その時突然彼女たちの全裸の身体がずいぶん太って大きいのを見て驚いた。まさに風呂場で正体を現したのだ。彼女たちと比べると、私の方は、大きく太った乳牛の傍らに生えた貧相なネコジャラシのようで、どうにも見劣りがした。

　一人の女性が全身の黒い垢をすっかりこそげ、まだ水で流していない時、別の部屋で赤ん坊が泣き出した。裸のまま飛び出した彼女は、その数カ月の赤ん坊を抱いて戻って来ると、床に座って乳を飲ませはじめた。彼女のあご、首、顔、髪の毛からしたたる汚い水が胸に流れ込み、赤ん坊はこの汚い水もいっしょに乳を飲んでいた。

　その恐ろしい不潔きわまる光景を呆然と眺めていると、胃の中がまたひっくり返りそうになったので、それ以上がまんできず、早々にその部屋を出た。

　いちばん外の部屋まで一気に走って行くと、胸いっぱい新鮮な空気を吸った。それから針金の所へ戻って服を着た。

「あんたはちっとも洗わず、立って見ていただけというけど、何が面白いんだね？」女主人は興味津々で私に聞いた。

「あなたたちがどうやってお風呂に入るのか見ていたの」私は笑いながら答えた。

「四十ペセタも出してただ見に来ただけ？」彼女は目を見開いた。

「高くないわ。来たかいがあったわ」

「ここでは身体の外側を洗うんだが、中も洗うよ」彼女はまた言った。

「中を洗う？」その言っている意味がわからなかった。

続いて腸を取り出すまねをしたので、私はびっくり仰天した。

「どこで洗うの、教えてちょうだい」驚いたり興奮したりで、服のボタンもまともに掛けられなかった。

「海辺だよ。行って見てごらん。ボハド湾にハイマをいっぱい張ってね、春は皆あそこへ行って住むよ。七日間洗うんだ」

その日の晩夕食の支度をしながらホセに言った。「中も洗うんですって、ボハドの海辺よ」

「聞き違いじゃないだろうね？」ホセも驚いた。

「確かよ、手まねまでしたの。見に行きたいわ」ホセに頼んだ。


小さな街アイウンから大西洋の海岸までそんなに遠くはなく、往復四百キロたらずで、日帰りができた。ボハドに湾があることは聞いていたが、そのほか、ほぼ千キロ近くに及ぶスペイン領サハラの海岸は、ほとんどすべて岩の崖で砂浜はなかった。

車は砂地の上の前人の残したわだちに沿って走り、海までずっと路に迷うことはなく、それから海岸の切り立った崖の上をゆっくりとボハド湾を探して、また一時間かかった。

「ほら、あそこの下の方」ホセが言った。

車を崖のそばに止めた。数十メートル下は、藍色の海水が穏やかに半円形の湾に流れ込んでおり、湾の砂浜には無数の白いテントが張られ、男、女、子供たちが行ったり来たりしており、とてもくつろいだ安らかな情景だった。

「この乱世に、なんとまだこんな生活があったのね」羨ましくて溜息が出た。まさに桃源郷の境地だった。

「下りられないよ。探し廻ったけど足場がない。下にいる人たちにはきっと自分たちの秘密の通路があるんだ」ホセは崖の上をかなりの距離歩いたが、帰って来てそう言った。

ホセは車から新しい太い麻のロープを取り出すと、車のバンパーに縛り付け、それから大きな石を一個車輪にかまして固定し、縛ったロープの具合をたしかめると、崖の下にロープを垂らした。

「こうするんだ。全体重をロープにかけないようにして、足の下の石をしっかり踏むんだ。ロープはきみを安定させるだけのものだ。怖い？」

私は崖の上に立ってホセの説明を聞きながら、風に吹かれてがたがたと震えていた。

「怖い？」ホセはまた聞いた。

「怖いわ、かなり怖い」正直に答えた。

「よし、怖いんだったら俺が先に下りる。続いておいで」

ホセは写真器材を背負って下りた。私は靴を脱いで、裸足でロープにぶら下がった。途中で変な鳥が現れ私の回りをぐるぐると飛び回るので、目をつつかれやしないかと心配で、ひたすらいっときも速く下りようとして、そのため気がまぎれ、恐怖を感じるひまもなく、すぐ地面に着いた。

「しっ！　ここだ」ホセは大きな石の後ろにいた。

下り立った私に、ホセは声を出すなと合図をした。見ると三、四人の全裸のサハラウィの女性が海水を運んでいた。

女性たちは桶に汲んだ海水を砂浜まで運んで来ると、大きな缶に移した。その缶の下にはチューブが付いており、水が流れるようになっていた。

一人の女性が砂の上にうつぶせになってうずくまると、もう一人がチューブをその人の体内に挿入した。ちょうど潅腸の要領だ。同時に缶を手で持つと、水はチューブを通って腸の中に流れて行く。

私はホセをつっついて望遠レンズを指さし、セットするように合図をした。ホセは写真を撮ることも忘れて見入っていた。

大きな缶いっぱいの水が流れつきると、そばにいた女性がまた缶いっぱいに海水を満たし、うつぶせになった女性の体内に続けて流し込んだ。三度めになると、その人はこらえきれずうめき始め、さらにもう一度缶いっぱいの水が流し込まれると、叫び声を上げ始めたが、ひどい苦痛に耐えているようだった。

ホセと私は石の後ろから眺めながら、恐ろしさのあまりわなわな震えた。

そのチューブはついに抜きとられたが、また腸を洗うため、別の女性の体内に挿入された。一方、そのすでにたっぷりと水を流し込まれた女性は、今度は口から水を注がれていた。

「泉」のあの女主人の話では、このようにして一日に三度身体の中を洗い、合計七日洗ってやっと終わるということだった。まさにその名のとおり春の大掃除だが、人間の身体にかくも大量の水が入るとは、実に不思議なことだ。

しばらくすると、その充分水を流し込まれた女性はよろよろと這い上がり、よたよたと二人の隠れている方に向かって歩いて来た。

彼女は砂の上にしゃがむと排泄を始めた。腹の中から汚いものがおびただしく出てきて砂の上に盛り上がる。するとすぐ後ろへ数歩下がり、そこでまた排泄する。同時に両手で砂をすくって目の前にある自分の糞便にかぶせる。そのようにして排泄する一方砂をかけていくが、小山を十いくつ作ってもまだ終らなかった。

彼女がそこにしゃがんだまま突然歌を歌い始めた時には、私はこらえきれずワハハと思いきり大笑いした。その時の様子があまりにも滑稽で、どうしても我慢できなかったのだ。

ホセは飛び上がって私の口を手でふさいだが、すでに遅かった。

その裸の女性は振り返るなり、石の後ろの私たちを見つけた。驚きのあまり顔はひきつり、口を開けたまま、数十歩走って逃げて、はじめてものすごい叫び声を上げた。

ホセも私も叫び声を聞いたまま、突っ立っていたが、もう一度、彼女の方を見ると、そのあたりのテントから大勢の人が飛び出して来て、彼女が私たちを指さすなり、男たちがすごいけんまくで、二人の方に向かって突進して来た。

「早く、ホセ」私は笑えてくるやら焦るやら、ホセに大声をかけるとさっさと逃げ出したが、ちょっと走ると振り返って叫んだ。「ちゃんとカメラを持って来てよ！」

ロープの垂れ下がったところまで逃げると、ホセは力いっぱい私を押し上げた。どこにそんな力があったのか、私は一気に崖の上まで上がった。ホセもすぐに上がって来た。

不気味なことに、明らかに道のない断崖を、私たちを追って来た男たちはロープも使わず、どの神秘の道を通って来たのか、わらわらと湧いて出て来たのだ。

二人で車を止めておいた石ころを取りのけると、ロープをはずす暇もなく、私は車の中に転がり込んだ。車はそのまま弾丸の如く飛び出した。

一週間あまり過ぎても、私はまだあの崖っぷちに残してきたきれいなサンダルに未練を残していたが、もう一度車で取りに行く勇気もなかった。突然、ホセが仕事から帰って来て、窓の外でサハラウィの友達と話しているのが聞こえてきた。

「近頃東洋人の女が一人、あちこちへ行っては人が風呂に入るのを見ているそうだが、お宅の――」

そのサハラウィはホセに探りを入れていた。

「俺、そんなこと聞いたことないな。家内もボハド湾なんか行ったことはないよ」ホセは答えていた。

それを聞くなり、ああ！　あの馬鹿者は「盗んだ金はここにありません」と白状しているわ。私は直ちに飛び出して行った。

「そうよ！　東洋人の女が、人がお風呂に入るのを見に行くのよ」私は満面の笑みをたたえて言った。

ホセはひどく驚いた顔をした。

「先週、飛行機でどっと日本人観光客が来たでしょう。日本人はよその人がどうやって風呂に入るかを調べるのが好きなの。特に日本の女性はいたる所で風呂に入る場所を聞きまわっていたわ――」

ホセは私を指さして、口をポカンと開けたので、私はその手をパチンとたたいた。

そのサハラウィの友達は私がそう言うのを聞いて、すっかり納得した。「日本人だったのか、俺はまた、俺はまた……」彼は私の方にちらりと目をやると、顔を赤らめた。

「あなた、私だと思ったんでしょう。そうでしょう？　私は実はご飯を炊いたり洗濯するほかは、どんなことにも興味がないの。あなたの勘違いね」

「すまない。思い違いだった。ごめんよ」彼はまた赤くなった。

そのサハラウィが遠くへ行ってしまっても、私はまだドアにもたれたまま、目を閉じて微かに笑っていたが、突然、ホセにポンと頭を叩かれた。

「ぼやっとしてるんじゃないよ、蝶々夫人。はやく飯にしてくれ！」

愛の果て

私が住んでいる小さな家の近所に、七、八ヵ月前、小さな雑貨店が開店した。店では日頃必要なものはなんでも売っていたので、そうなると、私たち町から遠く離れて住むこのあたりの住民にとって、随分便利なこととなった。私ももう大小の荷物を抱えて、カンカン照りの道をながいこと歩く必要がなくなった。

この店に私は一日に多分四、五回は出入りした。時には料理の途中で店に駆け込んで、砂糖を買ったり小麦粉を買ったり、いつも一刻を争う状態だった。あいにく時にはお客がこみあっていたり、そうでなければおつりがなかったりして、行くたびいつも自分の思いどおり十秒間で走って往復できず、私のようなせっかちはたいへん具合が悪かった。

一週間たってから、私はこの店を管理する若いサハラウィに申し出た。つけ払いにした方がいいじゃないか。私が昼間買った物を毎晩つけて、ほぼ千ペセタになったら支払いをすると。その若者は兄に聞かないと返事ができないと言った。翌日彼は、我々はつけ払いを歓迎すると言い、彼らは字が書けないので、私に大きなノートを渡し、私の方で買った物をつけてくれと言った。

それでその時から私はシャロンと知り合いになった。

シャロンは普段はいつも一人で店番をしていた。彼の兄さんはほかにも事業をしており、朝晩ちらっと店にたち寄るだけだった。私が店へ行って精算して支払いをするたび、シャロンはいつも私が書いたつけをどうしても確かめようとしなかった。私が丁寧に頼むと、耳まで赤くなって、もぞもぞと口も利けなくなるので、やがてもう無理に言うのはやめた。

彼が私を信頼していたので、私は精算するとき、特に慎重にやった。すこしでも間違って彼がとがめられてはいけないと思っていた。店は彼のものではなかったが、とても責任を感じているようだった。夜店を閉めた後も町へ出掛けることはなく、いつもひっそりと地べたに座って暗い空を見上げていた。大変朴訥でまじめだったが、開店して一月近くたっても、どんな友達もできたようには見えなかった。

ある日の午後、私はまた店へ行って精算をした。おカネを払いおわって帰ろうとしたが、その時シャロンは私のノートを手にし、うつむいていじっていた。その様子はノートを返すのを忘れたようには見えず、なにか言いたいことがあるように感じられた。

少し待ったが、やはり同じ様子でなにも言わないので、彼の手からノートを取って言った。「じゃあね、ありがとう。また明日！」と店を出ようとした。

ところが、彼は突然頭を上げて私を呼んだ。「クェロの奥さん——」

私は足をとめて彼が話すのを待ったが、彼はまた口をつぐんでしまった。顔は緊張のあまりすっかり真っ赤になっていた。

「どうかしたの？」私は彼がこれ以上緊張しないように、たいへん穏やかにたずねた。

「あのう――あなたに大事な手紙を書いてもらいたいんだけど」彼は話をする間じゅう顔を上げて私を見ることができなかった。

「いいわよ！　誰に書くの？」と聞いたが、ほんとうにひどく恥ずかしそうだった。

「俺の女房に」消え入りそうな低い声だった。

「あなた、結婚してたの？」私はひどく意外に思った。シャロンはずっとこの小さな店で生活していたからだ。親もなく、兄さん一家も彼に冷淡だったし、奥さんがいるとはいっこうに知らなかった。

彼は私に一大秘密を洩らしたかのように緊張してうなずいた。

「奥さんはどこにいるの？　どうして連れて来ないの？」私には彼の気持ちが察せられた。自分ではなにも言おうとしないが、私にぜひとも聞いてほしいのだ。

彼はやはりだまっていたが、あたりを見回して、だれも店に入って来ないのを確かめると、突然カウンターの下の引き出しからカラー写真を一枚取り出して私の手に押し込み、またうつむいた。

それはすでに四隅がすりきれてしまった写真で、西洋の身なりをしたアラビアの女性が写っていた。整った顔立ちで、目が大きく、しかし決して若くはない顔に厚化粧をほどこし、なんともけばけばしい。服装は上半身がぐっと胸のあいた大きな花模様の袖なしのブラウスで、下は当時もう流行遅れになっていたうす緑色のミニスカート、腰にはチェーンのベルトをつけ、太いふとももの先にはひどく高い黄色のハイヒールを履き、その紐は交差しながら膝まで巻き上げられていた。黒い髪の毛は一部を鳥の巣のようにふくらませ、そのほかは肩のうしろにかかっていた。全身安物のアクセサリーで飾りたて、そのうえピカピカの皮もどきの黒いビニールのハンドバックを提げていた。

写真を見るだけで、目がくらみ、堪《たま》らないのに、もし本物が現れたら、白粉《おしろい》の匂いも加わり、きっといちだんとすごいことだろう。

シャロンに目を移すと、私の写真に対する感想を待ちかねていた。彼をがっかりさせるにはしのびず、といって実のところこの「アラビアの造花」を賛美する適当な言葉も見つからず、しかたなくゆっくりと写真をカウンターの上に置いた。

「とてもモダンね、このあたりのサハラウィの女の子たちとは、ずいぶん違っているわ」彼を傷つけず、また自分の良心を欺かないためにも、こう言うほかなかった。

シャロンはこれを聞くとたいへん喜んで、すぐに言った。「とてもモダンで、とても綺麗で、このあたりに彼女にかなう女の子はいないよ」

私は笑いながらたずねた。「どこにいるの?」

「今モンテカルロにいるんだ」奥さんのことになるとまるで女神のことを話しているようだった。

「モンテカルロへ行ったことがあるの?」私は自分が聞き違えたのかと思った。

「行ったことはない。俺たち、去年アルジェリアで結婚したんだ」

「結婚したのに、なぜ、あなたといっしょに砂漠へ帰って来なかったの?」

そう聞かれると、彼の顔色はさっとくもり、高揚した表情が消え失せた。

「シャイダは言ったんだ。俺に先に帰るようにって。四、五日たったら、彼女の兄さんといっしょにサハラへ来ると。だのに、だのに――」

「いっこうに来ないのね」話を繋《つな》げると、彼はうなずいて視線を落とした。

「どのくらいになるの？」

「一年ちょっと」

「どうして早く手紙を書いて聞かなかったの？」

「俺——」と喉をつまらせたような声を出すと、「誰に相談したらいいんだ——」と溜息をついた。

私は心の中で、どうして何の関係もない私には話すのよと思った。

「住所を教えてちょうだい」私はちょっとばかり協力することに決めた。

住所を書いたものを取り出してきたが、やはりモナコのモンテカルロで、アルジェリアではなかった。

「この住所はどうやってわかったの？」

「アルジェリアへ妻を訪ねて行ったんだ。三ヵ月前に」しどろもどろに答えた。

「まあ、どうしてそれを言わないの。話がはっきりしないわね。やはり訪ねて行ったのね」

「シャイダはいなかった。彼女の兄さんが彼女はよそへ行ったと言って、俺にこの写真と住所をくれて帰るように言った」

はるばる苦しい長旅をしたのは、写真のその品のない女のためだったのか？　私はシャロンの正直で温厚な顔をため息と共に眺めていた。

「シャロン、聞くんだけど、あなた結婚するとき、相手方にどのくらい結納金を渡したの？」

突然砂漠の風習を思い出した。

「たくさん」彼はまた頭をたれた。私の質問が心の傷口に触れたようだった。

「どのくらい？」軽く聞いた。

「三十万あまり」（ニュー台湾ドル二十万元あまり）[1]

私は驚き、信じられずに聞いた。「そんな大金があるはずないでしょう、冗談言わないで！」

「あったよ、あったんだ。父が一昨年死んだ時残してくれたんだ。兄に聞いたらわかるよ」シャロンはかたくなに弁解した。

「わかったわ。その後は私が言ってみましょう。あなたは去年そのお父さんのおカネを持ってアルジエリアへ商品を仕入れに出掛けた。サハラへ持って帰って売ろうと思ったのね。ところが品物は買えず、写真のシャイダをお嫁にもらい、おカネは彼女にあげ、あなたは帰って来た。彼女はいっこうに来ない。そうでしょう？」ごく単純なつつもたせだ。

「そうだ、そのとおりだ。どうして見たようにわかるの？」彼は私が言いあてたので、少し嬉しそうだった。

「あなた、本当にわからないの？」私は不思議でたまらず、目を見開いた。

「俺、彼女がどうしてここへ来ようとしなのかわからないんだ。だから、あんたにどうしても手紙を書いてもらいたいと思って。彼女に言ってほしいんだ、俺――俺――」急に感情が高ぶり、両手で頭を抱えた。「俺、今はなにもなくなった」とつぶやくように言った。

私は急いで視線を移し、このまじめで朴訥な人間がこのように真情を吐露するのを見て、大きな感

1 当時の日本円で百五十万円あまり。

動を覚えた。はじめて会った時から、彼はなんともいえない孤独な悲哀感を漂わせていた。さながら旧ロシア時代の小説の中の、ひどい苦難に耐え忍んでいる人のようだった。

「さあ、手紙を書くわ。今暇だから」私は気力を奮い起こして言った。

シャロンはおずおずと申し出た。「兄にはどうかこの手紙のことは内緒にしてください」

「言わないわ。心配しないで」私はノートを開いて書き始めた。

「さあ、言ってちょうだい、書くから。言ってよ……」ふたたび促した。

「シャイダ、私の妻よ――」シャロンは震えるようにこれだけ言うと、また口をつぐんだ。

「だめだわ。私スペイン語しか書けないのに、彼女どうやって読むの？」その嘘つき女がこの手紙を読むはずがないのはわかり切っているし、そのうえ妻であることを認めっこないと思うと、また書くのが嫌になった。

「かまいません、書いてください。誰かに読んでもらうだろうから、お願いです……」シャロンは私が書かないのを恐れるかのように、あわてて頼んだ。

「いいわ、続けて！」私はうつむいてまた書き始めた。

「去年別れて以来、俺はいつもあんたのことを思っている。この前あんたに会いにアルジェリアへ行ったが――」私には察せられた。シャロンにもしその女性に対する大きな愛がなければ、恥ずかしさもかえりみず、よく知りもせぬ他人の前で心の奥深く秘めた熱情を告白するはずはないのだと。

「できたわ！　あなたサインして」書き上げた手紙をノートから破り取った。シャロンはアラビア語で自分の名前を書くことができた。

シャロンはていねいに名前を書き入れると、ほっと溜息をつき、期待に満ちた声で言った。「あとは返事を待つだけだ」

私はその姿を見て、どう言えばいいのかわからず、黙っているほかなかった。

「返信の住所にお宅の私書箱の番号を使わせてもらっていいだろうか。ホセさんは迷惑に思わないだろうか？」

「心配ないわ。ホセは気にしないから。そう、返信の宛先を書いてあげましょう」私はその時まで返信のための住所がいるとは思いつかなかった。

「今から自分で出してくる」

シャロンは私から切手をもらうと、店を閉め、町に向かって飛ぶように走って行った。

手紙を出した翌日から、シャロンときたら私が店へ入るのを見るなり、跳び上がらんばかりに驚いた。もしも私が頭を横にふろうものなら、失望の表情がすぐさまありありと表れた。こう早々と返事を待つ苦しみが始まっては、この先の日々をどうやって過ごそうというのか？

一ヵ月がまた過ぎた。私はシャロンの声なき声にまといつかれて、どうにも頭が痛かったので、もう店へ買い物に行かなかった。彼になんと言えばいいのだ。返事はない、返事はない、返事はない——あきらめてよ。私が店へ行かないと、彼は毎日店を閉めるとすぐ家にやって来て、窓の外にしょんぼりと立っていた。ドアをたたきもせず、私が彼に気がついて、返事はないと告げると、やっと小さな声でありがとうと言って、とぼとぼと小さな店へ帰って行った。帰ると地べたに腰を下ろし、ぼんやりと空を眺めていたが、そうやって何時間も座っていた。

それから長いことたって、ある時私書箱を開けると、私あての手紙が数通あったほか、郵便局からの通知書も入っており、事務室に行くように書いてあった。

「なんでしょうか？」と係員にたずねた。

「書留です。あなたの私書箱あてでシャロン……ハミダとかに。友達ですか？　それとも間違いですか？」

「あっ――」私はこのモナコからの手紙を受け取ると、驚いて声を上げ、全身に鳥肌が立った。手紙を握ると、家への道を走るように歩いた。

そのことについて私はまったく思い違いをしていたらしい。彼女は嘘つきではなかった。手紙をよこした。それも書留で。シャロンはどんなに喜ぶかわからない。

「早く読んで、早く！」

シャロンは店を閉めながら言ったが、体は震えており、目は狂ったように光っていた。

封を切ると、手紙はフランス語で、彼にはなんとも申し訳なかった。

「フランス語だわ――」私は指をかんだ。シャロンはそれを聞くと、窮地に陥ったかのように焦った。

「俺にくれたことには間違いないんだね！」と低い声で聞いた。大声を出したら、この美しい夢からさめると恐れていた。

「あなたへの手紙よ。あなたを愛していると書いてるわ」私にはこの一言だけが読み取れた。

「想像してみて、たのむ。ほかになんと書いてある？」シャロンは半狂乱だった。

「想像できないわ。ホセが帰るまで待ってよ」

私は家へ帰ったが、シャロンはキョンシーのようにずっと私の後にくっついて来た。しかたがないので家に入ってホセを待つように言った。

ホセは時々仕事のうえで同僚に嫌な思いをさせられて、恐ろしい顔付きで帰って来ることがあったが、私はもう慣れて、気にはならなくなっていた。

その日、ホセは特別早く帰って来たが、シャロンがいるのに気がついても、冷たく会釈をしただけで、すぐに靴を履き替えに行って一言も口を利かなかった。シャロンは手紙を持ったまま、ホセがもう一度自分に注意を向けてくれるのを待っていた。しかしホセは彼にはかまわず、また寝室に入って、やっとのことで出て来たが、ショートパンツのまま、また浴室に向かった。

緊張して待ち構えていたシャロンはこの時極限状態に達した。突然ものも言わず、手紙を手に、がばとホセの足下にひれ伏した。ホセの足を抱かんばかりの勢いだ。私は台所からこの光景を目にして驚愕した。シャロンはやりすぎだ。私は自分に腹が立った。この気が変になった男を小さな我が家に連れて来たばかりに引っかき回される。

ホセは自分のその世界をさまよっていたが、突然シャロンにひざまずかれて、死ぬほど驚き、大声を上げた。「どうした、どうした。サンマウ、早く助けてくれ――」

私は力いっぱいシャロンを引っ張って、なんとか二人を落ち着かせたが、もう疲れてなにをするのも嫌になり、ただひたすら早くシャロンに出て行ってもらい、静かになりたかった。

手紙を読みおわったホセは、シャロンに言った。「あんたの奥さんの言うには、彼女もあんたを愛しているが、今はサハラへ行くことはできない。カネがないからだ。それでなんとか工面して十万ペセタを、アルジェリアの彼女の兄さんの所まで送ってほしい。兄さんがその金で飛行機の切符を買って奥さんをあんたの所へ行かせる。そうすればもう離れないということだ」

「なんですって？　いいカモにして、またおカネを取ろうというの――」私は叫んだ。

シャロンはしかし少しも気を落とさず、くり返しくり返しホセに確かめた。「シャイダは来ると言ってるんだね？　来るんだね？」夢を見ているかのような幸福な目をしていた。

「カネ、問題はない。たやすいことだ、たやすいことだ――」ぶつぶつとつぶやいていた。

「やめときなさいよ、シャロン――」忠告してもわかりそうにないと判断した。

「これをあげるよ」シャロンは喜びのあまり頭がどうかしたようで、指にはめていた唯一の銀の指輪を抜き取ると、ホセの手に握らせた。

「シャロン、もらえないよ。自分で持っていなさい」ホセはさっとまたシャロンの指にその指輪をはめた。

「ありがとう、とてもお世話になった」と、シャロンはたいへんな感激のうちに帰って行った。

「あのシャロンの奥さんてのはいったいどういうことなんだ？　あいつは彼女のために気がふれている」ホセには訳がわからなかった。

「なにが奥さんよ、娼婦に決まっているわ！」あんな造花はこう呼ぶほかない。

その手紙を受け取った後、シャロンは散々苦労してアルバイトを見つけてきた。昼間店を管理し、夜は町の大きなパン屋でパンを焼いた。昼も夜もせっせと働き、ただ明け方の五時から八時頃まで、わずかに眠ることができた。

半月たつと、げっそりとやつれてきた。ひどく痩せて、目は充血し、髪の毛はぼうぼうで汚れ、服は雑巾のようにくちゃくちゃになっていた。だがよく話をするようになり、話をする時は生命に対して期待がみなぎっていた。だが私はなぜか彼が内心やはり大きな苦痛に耐えているように感じられた。

そのうち、私は彼が煙草までやめているのに気がついた。

「一ペセタでも倹約しなきゃね。煙草を吸わなくても、なんともない」

「シャロン、あなた昼も夜も苦労して、いくらたまったの？」

二ヵ月たって、彼はすっかり骨と皮になっていた。

「一万ペセタだ。二ヵ月で一万ためた。すぐだ。すぐだ。あんた、俺のために気をもむことないよ」

彼は言うことが支離滅裂だった。長い間の睡眠不足で、もう神経がどうしようもなく衰弱していた。

私はずっと考えていた。シャイダにどんな魔力があって、このわずか三日しかいっしょにいなかった男をこうも夢中にさせたのか、こうも自分の与えた幸福におぼれさせたのか。

それからまた暫くたったが、シャロンは依然として半死半生の状態でがんばっていた。一人でこのように死ぬまで持ちこたえようというのか？

ある晩、シャロンは疲労のあまり、両手を真っ赤に焼けた鉄板の上に置き、ひどい火傷をおった。

昼間の店の仕事を、兄さんは店を閉めて休むことを許さなかった。

私が見た時には、シャロンは物を売るのに、それらを両手首のあたりにはさんでお客に渡しており、慌てうろたえると、ポトリポトリとそれらを取り落とした。兄さんがやって来て、冷ややかに横から眺めていると、いっそう緊張して、トマトが落ちてばらばらと転がる。拾おうとするが、指は膿をもっているので、痛くて力が入らず、汗が、だらだらと流れ落ちた。

かわいそうにシャロンは、いつになったらシャイダへの狂った思いから抜け出すことができるのだろうか。彼の毎日はさらに孤独となっていた。

火傷をした後、彼は毎晩我が家へ薬を塗りに来て、それからパン屋へ仕事に行った。私たちの家に居る間だけ、彼は心の秘密を思うまま漏らすことができた。彼はもう以前シャイダに与えられた傷をすっかり忘れており、ただ一ペセタでも多くおカネをためさえすれば、夢見る幸福がより近づいて来るのだ。

その日の晩も、いつものようにやって来たので、私たちはいっしょに食事をするようにすすめた。だが彼は手が不自由なので、いっそのこと物を食べないのだと言った。

「もうすぐよくなるよ。手の傷はほとんどかわいてきた。今日はパンを焼けるかもしれない。シャイダは――」またあの変わることのない夢を見始めた。

ホセはこの時はたいへんやさしく、穏やかにシャロンの話を聞いていた。私はちょうど綿花とガーゼを取り出してシャロンの薬を塗り替えようとしていた。しかし彼がまた同じことを言うのを聞くと、またその話と、うんざりしてしまい、シャロンに言った。「シャイダ、シャイダ、シャイダ、朝から晩までシャイダね。あなた本当にわからないの、それともわからないふりをしているの。シャ・イ・

ダ・は娼婦よ――」

その言葉は口をついて飛び出し、引っ込めることはできなかった。ホセはぱっと顔を上げるなりシャロンを見つめており、部屋は凍りつくかのように静まり返った。

私はシャロンが飛び掛かって来て首を絞めるかと思ったが、しかし彼はそうしなかった。私の口から出た言葉は大きな丸太棒のようにシャロンを打ちのめした。彼はゆっくりと私に顔を向けるとじっとみつめ、なにか言おうとしたが、一言も言えなかった。私もしっかりと、まるで幽霊のように痩せ細ったその哀れな顔をみつめていた。

彼の顔には怒りの表情はなかった。自分の焼けただれた両手を持ち上げると、なんども、なんども、眺めていたが、涙が突然わっとあふれ出した。そして一言も口を利かず、部屋を飛び出すと、暗闇の荒野に向かって走って行った。

「だまされていたことがわかったと思う?」ホセは静かに聞いた。

「最初から今まで、心の底でははっきりとわかっていたのよ。ただ目を覚まそうとしなかっただけよ。自分で自分を救おうとしなかったら、誰が救ってくれるの」私はシャロンの気持を当然だと思った。

「シャイダは妖術を使ってシャロンを惑わせたんだ」ホセは言った。

「シャイダがシャロンを夢中にさせたのは、単に情欲のなせるわざよ。でもあのシャロンはシャイダの肉体を、どうあろうと、彼がこの生涯で手にすることのできなかった物すべての化身と考える必要があったの。彼が求めたものは愛であり、肉親の情であり、家であり、ぬくもりだったの。そんなきまじめな孤独な若者の心が、少しばかりの、たとえ偽物だろうと、愛に触れたんだから、当然すべてをなげうって掴かもうとしたのよ」

ホセは黙ったまま灯を消し、暗闇の中に座っていた。

翌日私たちはシャロンはもう来ないだろうと思っていたのに、彼はまたやって来た。私は薬を塗り替えてから言った。「よくなったわ！　今夜はパンを焼いてももう痛くないでしょう。あと二、三日ですっかり新しい皮膚になるわ」

シャロンはとても静かで、あまり口も利かなかった。帰る時、なにか言いたそうな素振りを見せたが、なにも言わなかった。ドアのそばまで行った時、突然ふりかえって、ひとこと、「ありがとう！」と言った
私は不思議な気がしたが、口ではただ答えた。「なによ、また変にならないでちょうだい。早く行きなさい、仕事よ」

彼も妙な顔をしてちらっと笑顔をみせたが、私はドアを閉めながら、一瞬嫌な感じがして、たしかにどうかしていると思った。シャロンはそれまで笑うことがなかったのだ！

その翌々日、ごみを出そうとドアを開けると、ちょうどむこうから警官が二人やって来た。

「クエロ夫人ですね？」

「はい、そうです」私は心の中で自分に言った、シャロンはついに死んだのだと。

「シャロンハミダという男を――」

「友達です」私は静かに答えた。

「どこへ行ったかご存知ですか？」

「シャロンが？」思わず問い返した。

「あの男は昨夜兄さんの店から仕入れの金を持ち出し、パン屋からも集金した金を持って逃げてしまった……」

「えっ――」彼がこのような選択をしようとは思いもよらなかった。

「あいつ近頃なにかおかしな話をしませんでしたか、それともどっかへ行きたいとか？」警官は聞いた。

「いいえ、もしシャロンを御存じでしたら、彼がとても無口だということがおわかりでしょう」

警官を送り出すと、私はドアを閉めてしばらく眠った。

「シャロンがこの砂漠を捨てられるはずはないだろう？　ここはサハラウィのよりどころだ」食事時、ホセは言った。

「どっちみちもう帰ることはできないわ。いたるところで彼を捜してる」

食事の後二人は屋上に座っていた。その夜は風がなく、ホセは私にランプをつけるように言った。灯がともると、すぐ小さな虫が次々と群れになって飛んで来て、灯のまわりをぐるぐると休むことなく飛び回っていた。まるでその光が虫たちの生きていることを証明する唯一のあかしであるかのように。

二人はじっとその飛び回る虫たちを眺めていた。

「なにを考えている？」ホセが言った。

「考えていたの。蛾が火の中に飛び込む時は、きっとこのうえなく満ち足りて幸福なのよ」

日曜漁師

ある日曜日、ホセは時間外出勤で会社へ行って、一日中家にいなかった。

私は暇つぶしに、今年三月からそれまでホセが稼いだおカネを、きちんと細かく計算して、真っ白な紙に書き上げ、ホセの帰りを待っていた。

夜になって、ホセが帰って来ると、私はその紙を彼の前に置いて言った。「見てよ、半年間に私たち全部でこんなに沢山おカネを稼いだのよ」

私が書いた計算書をちらっと見て、ホセも大変喜んで言った。「そんなに沢山稼いでいたとは思いもよらなかった。砂漠での苦しい日々を辛抱するだけのことはあったな！」

「外で食事をしようよ。こんなに沢山カネがあるじゃないか」ホセは上機嫌で提案した。

ホセが私を連れて国営ホテルへ行って食事をしようとしたのがわかったので、急いで服を着替えて家を出た。こんなことはめったになかった。

「極上のワインに海鮮スープ。俺にはビフテキ、妻にはクルマエビを四人前、デザートはアイスクリームケーキ、これも四人前ね！」ホセはウエイターに注文した。

「幸い今日は朝からなにも食べていないの。しっかりといただくわ」私はそっとホセに言った。

国営ホテルはスペイン政府の経営で、食堂はアラビアの宮殿風に設計されていた。エキゾティックな雰囲気で、照明は柔らかく、食事をする人はいつもそれほど多くはなかった。ここの空気はきれいで、砂ぼこりのにおいもなく、ナイフもフォークもピカピカで、テーブルクロスにはピンとアイロンがかかっており、聞こえるともなく音楽がせせらぎのように流れていた。そこに座るといつも自分が砂漠にいることを忘れてしまって、また以前の良き日々に帰ったような気がした。

しばらくすると、料理が運ばれて来た。美しい銀の大皿の上には、濃い緑の生野菜で飾られた大きな海老フライがたっぷりと並んでいた。グラスには真紅の葡萄酒。

「ああ！　幸福の青い鳥がやって来たわ！」私はそのご馳走を見て感嘆の声を上げた。

「気に入ったら、またたびたび来ようよ！」ホセはその夜はとても気前が良く、大いに楽しんだように見えた。

長らくの砂漠における生活から、ただひとつ良いことを学んだ。現実の生活におけるどんな些細な楽しみでも、おのずと、心をこの上なく満足させ、高めることができるようになった。つまり私たちは、自分たちの胃袋を自分たちの脳味噌より重視したのだ。

食事がおわると、緑色のお札を二枚支払い、二人とも上機嫌で散歩しながら帰宅した。その夜の私は幸福な人間だった。

翌日、私たちは勿論わが家で食事をした。食卓の上には丸いコロッケが一個、白いパンが一個、水が一瓶あった。

「分けるわね、このコロッケ、あなたは三分の二食べてね、私は三分の一よ」

私はコロッケを切り分ける一方、少しでもお皿がふさがるよう、パンをまるごとホセのお皿に載せた。

「おいしいわよ、玉葱を入れたの。食べて！」私は食べ始めた。

ホセはコロッケをがつがつとあっという間に食べてしまい、立ち上がって台所へ行こうとした。

「なにもないわよ。今日はこれっきり」私は即座に呼び止めた。

「今日はどうなってるの？」ホセはわけがわからないというふうに私を見た。

「見てちょうだい！」私はもう一枚の計算書を手渡した。

「これは二人が半年間に使ってしまったおカネよ。昨日計算したのは働いて入ったぶん。今日計算したのは使って出ていったぶん」ホセの肩に頭をもたせて説明した。

「こんなに沢山、こんなに沢山使ったの？　すっからかん！」ホセは大声で怒鳴った。

「そうよ」私はうなずいた。「ほら、ここにきちんと書いてるわ」

ホセは私の書いた出納簿をつかみ上げると声を出して読んだ――「トマト一キロ六十ペセタ、西瓜一個二百二十ペセタ、ブタ肉五百グラム三百――」

「どうしてこんな高いもの買ったんだ。俺たち食費をちょっと倹約しないとね――」読み上げながらぶつぶつと言っていた。

「車修理代一万五千、ガソリン半年で二万四千――」まで読むと、声はますます高くなり、ついに立ち上がった。

「興奮しないで！　半年で一万六千キロ走ったのよ。そんなに沢山ガソリン代がかかるものかどうか計算してよ」

「それで稼いだカネは全部使ってしまい、苦労は水の泡というわけか」ホセはおおいに悔んでいるようで、その表情は、さながら舞台劇そのものだった。

「でも無駄使いはしていないわ。衣料費は半年間一ペセタも使ってないし、全部友達と食事をしたり、写真を撮ったり、長距離の旅行などでおカネは消えてしまったの」

「よし、今日から独身の友達は食事に来させない。写真は白黒のみ。旅行はこれでもう行かない。この砂漠の縦断にしてもなんど縦断したかしれない」ホセは断固宣言した。

この哀れな小さな町には、映画館は不潔でおんぼろのが一軒あるだけ。町の通りは、一本も賑やかなところはない。本新聞雑誌は届く頃にはほとんどが時期遅れ、テレビは平均月に二、三度映るだけ。映る人物はぼうっとして幽霊のよう。一人で家にいても見る気になれない。停電断水はさらに日常茶飯事。ちょっと散歩しようにもひねもす砂嵐。

ここでの日々はサハラウィが自在に過ごしている以外、ヨーロッパ人の酒浸り、夫婦喧嘩、独身男の自殺はしょっちゅう起きた。いずれも砂漠によって引き起こされる悲劇だ。私たちだけが、まだしも「生活の技《わざ》」を解していると言えた。苦しい生活も乗り切って、なんとかまあまあやってきた。

私はおとなしくホセの宣言した倹約計画を聞いていたが、警告を始めた。

「そんなふうに倹約していたら、三ヵ月の後、二人ともすっかり気が変になるか自殺していると思わない？」

ホセは苦笑いした。「そうだ。休みに出掛けてひとっ走りしないと、むざむざ悶死するよ」

「ねえ、ホセ。私たちアルジェリアあたりの内陸部を走らずに、海岸へ行きましょうよ。この千キロ以上もある海岸線を利用しなくちゃ」

「海岸へ行くには、砂漠を横切って往復するから、ガソリンもたいへんだよ」

「魚を捕るのよ。捕って塩漬の干物にしたら食費が助かるし、ガソリン代のたしにもなるわ」私は意欲満々で、遊びとなると怯《ひる》むことを知らなかった。


その次の週末、私たちはテントを積み込み、海岸線に沿ってゆうに百キロ近く走って岩の多い海岸を探し、夜は崖の上にテントを張って寝た。

砂州《さす》のない岩浜はたくさん良い点があった。ロープを垂らして崖を下りるのに都合がよく、潮が引くと岩にはあわびがくっついて現われた。岩の隙間には蟹がおり、水たまりには蛸、蛇にそっくりのまだら鰻、丸いお皿のようなしびれえいもいた。それに無数の黒い貝が石の上に林立していたが、それは「イガイ」と呼ばれているものだとわかった。そのうえ干して乾かしたらスープができる大きな昆布もあった。流木は現代彫刻で、きれいな小石は拾って帰ってボール紙に貼りつけると絵になる。このあたりの海岸は今まで人が来たことがないので、依然として原始のままで、また豊かな資源があった。

「ここはソロモン王の宝庫ね、金持ちになったわ！」

私はつるつる滑る石の上をとびまわって大声を上げ、この上なく興奮していた。

「この山もりの石ころをぜんぶあげるよ。はやく拾うんだ。潮が引いてきた」

ホセは私に桶と軍手とナイフを投げてよこすと、ダイビングスーツを着た。潜って大きな魚を刺そうというのだ。

一時間もたたないうちに、私の桶は剥がしとったイガイとあわびで一杯になった。そのほかに小さな洗面器ほどもある大きな赤い蟹を十六匹捕ったが、桶に入らないので、石で囲って牢屋を作り、とりあえずそこに閉じ込めておいた。山ほどの昆布はひとくくりにした。

ホセが水から上がって来た時には、腰の回りに大きな魚が十匹ちかくもぐるりとつながれていた。魚はどれも薄い赤色をしていた。

「見てよ、持ち切れないわ、多すぎるわ」私はこの時はじめて欲張りの気分がわかった。

ホセは私の捕まえた大きな蟹を見て、また二十匹ほど黒っぽい小さな蟹を捕って来た。

ホセは言った。「小さいのはニコルスといって大きいのよりうまいんだ」

次第に潮が満ちてきたので、二人は崖下まで退き、魚のうろこを取り去り、腹をきれいに洗って大きな袋いっぱいにつめた。私は長いズボンを脱いで、両方の裾をくくり、そこへ蟹を全部入れた。桶をロープにつるし、そうやって私は崖の上まで上がっていった。

その週末の最初の探検は、収穫を満載して帰ったと言える。

帰り路、私はしきりにホセをせかした。

「スピードを上げてよ。速く。独身寮の同僚たちに夕飯に来るよう声をかけましょう」

「干物は作らないの？」ホセは聞いた。

「一回目はいいわ。お客を招いて食べてしまいましょう。あの人たち普段ちゃんとしたものを食べてないわ」

それを聞いたホセは大変喜んで、家に帰る前にビール一ケース、ワイン半ダースを客たちのために買った。

それから後の何度かの週末、同僚たちは皆いっしょに魚を捕りに行きたがった。調子に乗った私たちは、気前よく牛肉を十キロ、白菜を五個買い、パンケーキを十幾つ焼いた。そのほかに小さなクーラーボックス、木炭用のコンロ、大きなポリタンク五つ、軍手六足も買い、その上コーラを一ケースと牛乳を一ケース買い、意気揚々と何台も車を連ね、海岸線に沿って北へ南へと走りまわり、夜になるとテントを張り、バーベキューをし、おしゃべりに花を咲かせ、痛快に遊んだ。おカネをためるということはいつの間にやら忘れていた。

わが家では、どちらもおカネの管理はせず、おカネは、中国風コートのポケットに入れてあり、ほしい人が一枚ずつ取り出していた。使ったおカネは、もし覚えていれば書いた。つまりそこらあたりの紙切れに書いて、大きなキャンディの空瓶に入れていた。

海岸へ行くようになって何回にもならないうちに、ポケットは空になり、キャンディの瓶は小さな紙切れで一杯になった。

「またからっぽになったわ。あっと言う間！」私はコートを抱いてひとりごとを言った。

「最初海へ行ったのは、魚の干物を作って食費を節約するためじゃなかったの？　それがこんなに多くの余計な出費が出た」ホセは納得できず頭を掻いた。

「友情もおカネでは買えない財産よ」こう言って慰めるほかなかった。

「来週は思いきって魚を捕ってきて売ろう」ホセはまた決心した。

「そうよ！　魚は食べられるんだから売ることができるのよ！　頭がいいわね。私は思いつかなかった！」私は飛び上がってポンとホセの頭を叩いた。

「遊びに使ったぶん取り戻しさえすればいいよ」ホセはおうようだった。

「よし、魚を売る。来週は魚を売る」私は野心満々で大いに儲けるつもりだった。


その次の土曜日朝四時半、二人は闇の中を手探りで車に乗り込み、歯の根もあわぬほど震えながら出発した。腕に自信があり怖いもの知らずで道にも慣れたことをいいことに、強引に暗闇の砂漠を走った。

あけがた八時すぎ、太陽が昇って間もない頃、私たちはもう高い崖の上に着いていた。車を下りると、背後には神秘的な静まりかえった砂漠が果てなく続き、眼前にはどうどうと波の砕け散る大海原とごろごろとした岩が広がっていた。紺碧の空には一筋の雲もなく、海鳥が群れになって飛び交い、ときたま少しばかり鳴声を上げ、あたりの寂寥をいっそうきわだたせていた。

私はジャケットの襟を立て、両腕を広げ、頭をもたげて風に吹かれるまま、じっとそうしていた。

「なにを考えているの？」ホセが聞いた。

「あなたは？」聞き返す。

「俺は『カモメのジョナサン』に書かれた境地を想像していたよ」

ホセはさっぱりした人だった。その時その景色から、想像するのは当然その本がぴったりだった。

「きみは？」ホセはまた聞いた。

「考えてたの。私はハンサムな足の不自由な将校を熱烈に愛してしまったの。今私は彼とこの高原を散歩しているんだけど、あたりには美しいシャクナゲが咲き乱れ、風は私の髪の毛を乱して吹き渡っていくの。彼は燃えるようなまなざしで私をみつめている――ロマンティックで切ない日々！」私は悲嘆していた。

それから目を閉じ、両腕を交差させて自分を抱きしめ、満足の吐息をついた。

「きみが今日演じているのは『ライアンの娘』[1]だろう？」ホセが言った。

「そのとおり、さあ、仕事を始めましょう」

私はポンと手を打つとロープをたらし、崖を降りる用意を始めた。こういう馬鹿げた空想をすることで、仕事にはずみがついた。それは私が無味乾燥な日々の中で考え出した気分転換法だった。

「サンマウ、今日は本気だね。しっかり手伝ってくれよ」ホセは真面目くさって言った。

二人は石がごろごろしているあたりに立った。ホセは水に潜ると刺して捕った魚を一匹ごと浅瀬に投げてきた。私は走って行って拾うと、石の上にひざまずいてナイフでうろこを取り、腹を出してきれいに洗い、ポリ袋に入れた。

大きなのを二、三匹始末すると、手にとげが刺さって血が流れ、海水が染みるとヒリヒリと痛かった。

ホセは水の中へ潜ったり浮かんだりして、絶えず魚を投げてよこした。私は必死で片付けて、きれいになった魚をポリ袋にきちんと並べて入れた。

「お金儲けはあまり簡単じゃないわね！」私は頭を振ってぶつぶつとひとりごとを言った。ひざまずいていたため、膝は赤くはれてきた。

ずいぶんたって、ホセはやっと上がって来た。私はすぐ牛乳を持って来て飲ませた。彼は目を閉じて石の上に横たわっていたが、顔色は青ざめていた。

「何匹？」ホセは訊ねた。

「三十四以上よ。すごく大きくて全部で六、七十キロあるわ」

「もうやめよう。くたくただ」また目を閉じた。

私はホセの口に牛乳を注ぎながら言った。「私たちって、素人の日曜漁師ね」

「魚はなまぐさだよ、サンマウ」

「私はそのなまぐさとか精進を言ってるんじゃないわ。[2] 昔パリに一群の人々がいてその人たちは平日には仕事に行き、日曜日に絵を描いたの。それで自分たちのことを日曜画家と言ったの。私たちは週末に魚を捕るでしょうから、だから日曜漁師よ。そうでしょ！」

「きみは持ち札が多いね。魚を捕るにも新しい名前を考え出すんだから」ホセは明らかに興味を感じていなかった。

ゆっくりと休憩した後、二人は三度に分けてその山のような魚をすべて崖の上まで吊り上げ、車の

1　一九七〇年に製作されたイギリス映画。
2　「素」は「精進」の意味を表す。

トランクへ積み込み、その上にクーラーに入れて来た砕いた氷をばらまいた。

激しく太陽の照りつける砂漠を見ると、その二百キロあまりを運転して帰るのは一苦労だった。おかしなことに今回はそれまでの数回のように面白くはなく、その上疲れてたまらなかった。

車がまもなく町へ着くという時、私はホセにぼそぼそと頼んだ。「お願い、ちょっと寝かせてちょうだい。それから魚を売りに行きましょう。お願い！　とても疲れたの！」

「だめだ、魚が腐ってしまう。きみは帰って休んでろよ。俺が売る」

「売るなら一緒に売るわ。もうちょっとがんばるわね」そう言うほかなかった。

車が国営ホテルの砦のような塀を通り過ぎる時、はっとある考えがひらめき、大声を上げた――止めて――

ホセがブレーキを掛けると、私は裸足で車から飛び下りて行って、入り口から頭を突っ込んできょろきょろと中をのぞいた。

「ねえ、ねえ、しっ――」私はカウンターにいたアントニオを小声で呼んだ。

「やあ、サンマウ！」彼は大声で挨拶した。

「しっ、声を出さないで。裏門はどこ？」そっと尋ねた。

「裏門だって？　どうして裏門へ行くの？」

説明しようとしたら、ちょうどその支配人がやって来たので、驚いて柱の陰に隠れた。彼が首を伸ばしてのぞいたので、私はさっさと外へ逃げ出し車に戻った。

「だめ！　売ることはできないわ。すごく恥ずかしい」私は両手で顔をおおいひどく腹を立てていた。

「俺が行くよ」ホセは車のドアをバタンと閉め、さっさと入って行った。さすがホセ、度胸がある。

「ねえ！　あの、支配人さん」

ホセがちょっと手招きすると、支配人はすぐやって来た。私はホセの後ろに隠れていた。

「新鮮な魚があるんだが、買いませんか？」ホセの口調は傲慢でもなく卑屈でもなく、顔を赤らめることもなかった。どうも意識的にやっているように思えた。

「なんだって？　魚を売るって？」支配人は二人のボロのズボンに目をやり、とても嫌な表情をした。私たちにからかわれたと思ったらしい。

「魚を売るなら通用門へ行くんだ。料理場の責任者に言うんだね——」と通用門を指さして威圧的に言った。

私はたちまち萎縮して、懸命にホセを引っ張って言った。「ねえ、あの人、私たちを軽蔑してるわ。よそへ行って売りましょう。今後なにかパーティーでもあったら、またあの支配人と顔を合わせなくちゃならないわ——」

「あの支配人は馬鹿だよ、気にするな。行こう、料理場だ」

料理場の中にいた人たちが皆私たち二人を見に集まって来た。どうやらとても珍しいことのようだった。

「一キロいくらだね」ついに買い手がついた。

二人は顔を見合わせたまま言葉が出なかった。

「ええと、一キロ五十ペセタだ」ホセは値段をつけた。

「そうよ、そうよ、五十ペセタよ」私もあわてて口を合わせた。

「よし、十匹もらう、秤にかけよう」そこの責任者はたいへん愛想がよかった。

私たちは大喜びで飛ぶように走って行ってトランクから十四大きな魚を選んで彼に渡した。

「受領書だ。十五日以降に、これを持って会計へ行ってカネを受け取ってくれ」

「現金で支払ってくれるんじゃないんですか？」二人は聞いた。

「役所仕事だからね、わるいな！」責任者はこう言うと、私たちと握手した。

そこで二人は最初の魚で儲けた千ペセタあまりの納品書を手にして、しげしげと眺め、注意深く私のズボンのポケットにしまいこんだ。


「さて、次はティティ酒場へ行こう」ホセは言った。

その「ティティ酒場」というのはサハラにその名を轟かせていたもので、ふだんは労務者に食事を賄っていたが、夜は酒場となり、二階の部屋は賃貸していた。建物の外側はピンク色のペンキで塗られ、中では一日中流行歌が流れており、ライトは緑色で、いつも大勢のはでに着飾った白人の女たちが商売をしていた。

スペインから来た道路工事の労務者たちは、給料をもらうなり、ティティ酒場へ駆け込み、酔っ払うと追いだされ、一月苦労して手に入れた給金は、あらかたそこの女たちのポケットへ消えていった。

酒場の入口まで行くと、ホセに言った。「行ってきてよ。外で待ってるわ」

二十分近く待っても、ホセは出て来る様子はなかった。

私は魚を一匹ぶらさげると、酒場に入って行った。ちょうどカウンターの中にいたセクシーな「ティティ」がホセの顔をなでているところだった。ホセはまるで阿呆鳥のように突っ立っていた。

私はずかずかと近づいて行くと、その女に向かって恐ろし気に顔をこわばらせて大声を上げた。「魚を買わない、一キロ五百ペセタよ」

そう言いながら手にぶらさげていた死んだ魚を、力いっぱいカウンターの上に投げつけると、バーンとすごい音がした。

「えらく急に値上がりするのね。旦那はさっき五十ペセタと言ったわよ」

私はその女をにらみつけると、声には出さずに言った。あんたがこれ以上ホセの顔をなでようものなら、五千ペセタにしてやるわ。

ホセはぎゅっと私を酒場から押し出すと小声で言った。「入って来て嫌がらせなんかして、もうちょっとで全部あの女に売ってしまうとこだったのに」

「買わないのならおしまい。あなた、魚を売ってたの、それともこびを売ってたの？　顔をさわらせたりして」私がホセにげんこつをくれてやると、ホセは勝ち目がないとみてとり、頭をかかえて私に殴られるままだった。

私は一気に、また店の中に飛び込んでそのカウンターの上に放り出した大きな魚をつかむと戻って来た。

ぎらぎらと照りつける太陽のもと、私たちは暑くて、おなかをすかせ、喉はかわき、疲れていた。お互いに腹を立て、私は魚を全部捨ててしまいたいと本気で思ったが、口には出せなかった。

「あなた、砂漠軍団の炊事兵のバークを覚えていない？」ホセに聞いた。

「兵営に売るつもりかい？」

「そうよ」

ホセは物も言わずすぐ車を発進させ砂漠軍団の駐屯地に向かった。駐屯地に着くまでに、バークが道を歩いているのがおりよく目に入った。

「バーク」私は大声で呼んだ。「新鮮な魚は要らない？」期待満々で聞いた。

「魚だって、どこにある？」

「この車のトランクの中よ。二十匹あまりあるわ」

バークは私を見ながら強く首をふった。

「サンマウ、三千人以上の兵営が、きみのその二十匹ぐらいの魚で足りると思う？」あっさりと断られた。

「そうともかぎらないわ。まず持って行って料理してみてよ！　イエスの五つのパンと、二匹の魚は、五千人の飢えを満たしたわ。あなた、これをどう思う？」私は反論した。

「いいことを教えるよ。郵便局の前に持って行って売るんだ。あそこは一番人出が多いから」バークは間違いを指摘してくれた。当然私たちの商売の相手はヨーロッパ人だ。サハラウィは魚を食べない。

そこでまた文房具店に行って小さな黒板と数本のチョークを買い、知り合いの雑貨店で秤を一つ借りた。

黒板に飛び跳ねる一匹のいとよりの絵を描き、それに書き添えた。「新鮮な魚売り出し、一キロ五十ペセタ」

車が郵便局の前に着いたのは、ちょうど午後五時で、航空便の小包や手紙が届き、大勢の人々が私書箱を開けており、とても賑やかだった。

車を止めると、黒板をフロントガラスの前に立て掛け、後ろのトランクを開いた。この一連の動作が終わるころには、もう顔がいいかげん赤くなっていた。二人は大通りに向かう歩道へ走って行き座っていたが、道を行きかう人をまともに見ることさえできなかった。

人の群れは次々と通り過ぎて行ったが、立ち止まって魚を買おうとする人はいなかった。

しばらく座っていると、ホセが言った。「サンマウ、きみ、俺たちは素人の漁師だと言ったよね？素人なら遊びの物を売って暮らすことはないね！」

「帰るの？」私はすっかりやる気をなくしていた。

ちょうどその時、ホセの同僚のひとりが通りかかり、二人に気がつくとやって来て声をかけた。

「ああ、涼んでいるの？」

「そうじゃないよ」ホセはひどくもじもじと立ち上がった。

「魚を売っているのよ」私は通りの向こうに止めていた車を指さした。

その同僚は年配の独り者で、大ざっぱで気の良い男性だった。彼は歩いて行って黒板を見ると、次に開けっ放しのトランクをのぞき、事情を察した。すぐ戻って来ると、私たち二人をつかまえて通りへ連れて行った。

「魚を売るんだったら、呼び声を上げて売らないとね！　そんなに恥ずかしがっていては駄目だ。よし、手伝おう」

彼はさっと一匹の魚を持ち上げると、大声を上げげた。「よう、よう、新鮮ないい魚だ！　一キロ七十五ペセタだ――よう――魚だ！」

なんと勝手に値段までつり上げていた。

その声に、わっと人垣ができた。二人とも思いがけなく大喜びしたが、二十数匹の魚はいとも簡単に、あっという間に売り切れた。

ホセと地べたに座って計算してみると三千ペセタあまりあった。それから振り返ってその同僚を捜すと、彼はにこにこ笑いながらずっと先を歩いていた。

「ホセ、あの人に忘れずにお礼を言わなくっちゃね！」と言った。

家に帰ると二人とも疲労困憊していた。お風呂に入ってから、私はタオルのバスローブのまま、台所で鍋にお湯を沸かし、ラーメンを一袋放り込んだ。

「こんなもの食べるの？」ホセは機嫌が悪かった。

「何でもいいわ。疲れて死にそう」本当にご飯も喉を通りそうになかった。

「明け方から今まで苦労してラーメンごときを食べさせるのか。要らないね」ホセは怒って、服を着ると出て行った。

「どこへ行くの?」私は大声で叱りつけた。

「外で食べるよ」話の主の頭の中はたちまちセメントでいっぱいになりカチカチだ。

私はまた服を着替えて追っかけ一緒に出掛けるほかなかった。外で食べるといえば、当然行く所は一カ所あるだけ――「国営ホテル」のレストラン。

レストランで私は小声でホセに文句を言っていた。「世の中にあなたほどの馬鹿はいないわ。一番安い料理を注文するのよ。いいわね」まさにこの時、ホセの上司の一人がポンと手を打って近づいて来ると、大声で言った。「よかった、よかった。ちょうど食事の連れがなくてね。三人で一緒に食べよう」

彼は一人でしゃべると腰を下ろした。

「今日は料理場に新鮮な魚が入ったらしいが、どんなもんかな。三人分注文しよう。こういう新鮮な魚は、砂漠ではめったにお目にかかれないよ」やはり一人でしゃべっていた。

上司ということに慣れたこの人は、相手の様子もうかがうべきだということを忘れ、私たちに問いもせず、ウエイターに注文した。「生野菜のサラダと魚を三人前。酒は先にもらおう。デザートは後で」

給仕頭はその日の正午に、料理場で私たちから魚を買ったその人で、彼はたまたま私たちのテーブルの側を通り過ぎる時、ホセと私がまさに十二倍の値段で自分たちが売った魚を食べているのを見て、驚いてポカンと口を開けた。馬鹿者が二人いると思ったに違いない。

勘定を払う時、私たちは上司とあらそって払おうとしたが、結局ホセが勝った。午後郵便局で魚を売った収入で支払うと、わずかな小銭が戻っただけだった。この時私はやっとわかったのだが、魚はたとえ五十ペセタにしろ七十五ペセタにしろ、あまりにも安すぎたのだ。なにしろ我々は砂漠に居るのだ。

翌日の朝、二人は遅くまで眠ってやっと目がさめた。起きると私はコーヒーを沸かし、洗濯をした。ホセはベッドに寝転がったまま私に言った。

「幸いまだ国営ホテルの売掛金を貰うことができる。でなきゃ昨日一日散々だったよ。ガソリン代もかかってることだし。ましてや、あの苦労はね」

「売掛金ですって――　あの受領書――」

私は叫び声を上げ、浴室に飛び込むと、洗濯機を止め、石鹸の泡の中から自分の長いズボンを引っ張り出すと、ポケットに手を突っ込んでさぐった。くだんのつけはとっくにふやけてとろとろの白い塊となり、つなぎ合わせようにもつなぎ合わせることはできなかった。

「ホセ、最後の魚も逃げてしまったわ！　またコロッケを食べなきゃ」

私は浴室の入口の石段に腰をかけると、泣き笑いするしかなかった。

死を呼ぶペンダント

イスラムの断食月「ラマダン」はまもなく終わろうとしていた。私はこの数日、毎晩屋上へ上がって月を眺めていた。現地の人から、最初の満月の日が、イスラム教徒の断食明けの祭の日だと聞いていたからだ。

隣人たちは羊やラクダをほふって祭を祝う準備をしており、私も土地の女たちが「ヘンナ」と呼ぶ染料で、手のひらを赤茶色のきれいな模様に染めてもらおうと待っていた。それは彼女たちが、この祭に欠かすことのできない装いのひとつだったが、私も郷に入れば郷に従えで、皆と同じおめかしをするのを楽しみにしていた。

土曜日のその週末は、家を離れて大砂漠へ旅行する予定がなかったため、ホセも私も一晩中本を読んでいて、夜が明ける頃やっとベッドに入った。

翌日二人は昼まで寝て、起きると、町へ行って朝の飛行機で送られて来た数日遅れのスペイン本土の新聞を買った。

簡単な昼食をおえたあと、私は食器を洗うと、客間へ戻った。

ホセはじっくりと新聞を楽しんでおり、私は床に寝転んで音楽を聞いていた。

たっぷりと眠ったのでたいへん気分がよく、夜は町へ行ってチャップリンの無声映画――『街の灯』を見ようかと考えていた。

その日はうららかな日和で風も穏やかで、空気の中に砂ぼこりもなかった。美しい音楽が小さな部屋に流れ、満ち足りたのんびりとした日曜日だった。

午後二時過ぎ、サハラウィの子供たちが窓の外から私の名を呼んで、切った肉を容れるのにいくつか大きな袋をくれと言った。私は色のついた大きな新しいポリ袋を一包み持って行って、それぞれに分けてやった。

袋を分けると、私は立ったまま砂漠を眺めた。向い側の通りには新しい家が多数建築中で、美しい砂漠の景色は日ごとに視野から切り取られており、とても残念に思った。

しばらく立っていると、少し離れた所で、顔見知りの小さな男の子たち二人がなぜか喧嘩を始め、自転車が一台、道端に放り出されていた。喧嘩に熱が入ってきたので、私は走って行ってその自転車にまたがり、遊び半分にそのあたりをグルグルと回った。喧嘩が本気になってきたので、自転車を止めてそばに行き、取り成してもう喧嘩をやめるように言った。

自転車を下りる時、突然、地面に麻の紐を通した土地のペンダントが落ちているのに気がついた。ここの人なら老若男女だれもが首に掛けているものだ。私はなんとも思わずそれを拾い上げると、手に取ってその二人の子供に聞いた。「あなたが落としたの?」

二人の子供は私が手にした物を見るなり、喧嘩もやめ、ぱっと何歩も跳び逃げ、ひどく怯えた表情で口をそろえて言った。「僕のじゃない、僕のじゃない!」触りに来る気配もなかった。少し変だと思ったが、子供たちに言った。「それじゃ、家の戸口に置いておくから、誰か探しに来たら、落としたペンダントは入り口に置いてあると言ってやってね」そう言いおわると、また家に帰って音楽を聞いた。

四時過ぎに、ドアを開けて外を見たが、通りには人影もなく、ペンダントはやはり元の場所にあった。そこで手に取ってよく見てみた。それは小さな布で包んだものが一つ、ハート形の果物の実《さね》が一つ、それに銅片、この三つを一緒に紐に通して作られていた。

そのような銅片は以前からひとつ欲しいと思っていたが、町で売っているのも見かけず、小さな布包みと実は見たことがなかった。紐に通したものはとても汚く、なんの値打ちもないし、誰かが要らないので捨てたのかもしれないと考え、ちょっとためらったが思い切って拾って帰った。

家に帰ると、喜んでホセに見せた。ホセは、「そんな汚い物を、人が捨てたのをまた拾ってきて」と言うと、再び新聞に没頭した。

私は台所へ走って行って、はさみで麻の紐を切った。布包みは匂いを嗅ぐと変な匂いがして気持ちが悪かったので、ごみ箱に捨てた。実もやはり変な匂いがしたので、捨てた。ただその小さな乾燥豆腐のような赤錆色の銅片は滑らかでつやがあり、きれいなブリキの枠にはめ込まれており、皆が掛けているものとは違っていた。それがとても気に入ったのでクレンザーできれいに洗うと、幅広の絹のリボンを探して首に掛けたら、頃合いの長さで、なかなかモダンに見えた。

また、ホセのところへ走って行って見せた。ホセは言った。「きれいだ、あの胸がおおきく開いた黒いシャツによく似合うよ。首に掛けて遊ぶといい！」

私はそのペンダントを掛けて、また音楽を聞いていた。そのうちその事をすっかり忘れていた。テープを何本か聞いているうちに、うとうとと眠くなった。起きてから何時間もたっていないのに、どうして身体じゅうこんなにだるいのだろうと不思議に思った。あまり眠いので、ラジカセを胸の上に乗せて上を向いて寝た。そうしていると起き上がってテープを換えなくてすむ。首にかけた銅の札《ふだ》はラジカセにぴたりとくっついていた。

その時、ラジカセのテープが数回まわったかとおもうと、突然狂ったようにぐるぐるとむちゃくちゃな回転を始めた。曲の速度も調子もでたらめで、まるで怒っているかのようだった。ホセは飛び起きて、スイッチを切ると、不思議そうにあちこちを見て、ぶつぶつ独り言を言った。「ずっと調子がよかったのに、たぶん砂ぼこりがひどいんだろう」

二人はそれからまた床に腹ばいになって調子を試してみた。今度はさらにひどいことに、テープは全部からまりあってひと塊になってしまった。そこでヘヤピンでめちゃくちゃになったテープをほじり出した。ホセは修理をしようと道具を取りに行った。

ホセが道具を取りに行っている間、私は手でラジカセをたたいた。我が家で電気器具が故障したとき、私が手でいいかげんにたたいてやると、またよくなることがたびたびあった。分解して修理する必要がなかったのだ。

ちょっとたたくなり、鼻がむずむずして、くしゃみが出た。

私は昔からひどいアレルギー性鼻炎の持病があり、よくくしゃみが出て、鼻はちょっとしたことですぐ炎症を起こした。だがしばらく前あるスペイン人医師の治療を受けて良くなり、長らく再発していなかった。その時、またくしゃみが出だしたので、私は、「ああ、また来た！」とつぶやくと、立ち上がってティッシュペーパーを取りに行った。経験からするとそのあとすぐ鼻水が出るのだ。浴室まで数歩しかないのに、また続いていくつもくしゃみが出た。同時に右の眼が少し鬱陶しい気がした。鏡を見ると、目じりが少し赤くなっていたが、鼻水が出そうなのでかまいもしなかった。

それから続けざまに二十あまりもくしゃみが出たので、ちょっとおかしいなと思った。以前にはそのようにたて続けに出ることはめったになかったからだ。しかしやはり大して気にとめず、台所へ行って薬を取り出すと一粒飲んだ。ところが二十数回もくしゃみが出て、十秒もしないのに、なんとも驚いたことにまた続いて出るのだ。

ホセはそばに来て、不思議でたまらないという顔つきで言った。「医者はそもそも治してくれてなかったんだな！」私はうなずくと、また手で鼻をおおい、クション、クションとくしゃみを続けた。口を利くどころではなく、さんざんの体《てい》だった。

合わせて百以上もくしゃみが出て、私は涙と鼻水でもうめちゃくちゃになっていた。どうにか数分間止まったので、いそいで窓のそばまで走って行って新鮮な空気を吸った。ホセは台所へ行ってコップに熱い湯を注ぎ茶の葉を入れて来ると、私に飲ませてくれた。

椅子に寄りかかって座り、二口三口お茶を飲んだ。鼻をかんでいると、目のあの赤くなった所が熱くなったような気がしたので、また鏡の前に走って行って映してみた。それは大きく腫れていた。こんなに急に、二十分もたっていないのにと、不思議に思ったが、やはり気にしなかった。とにかく、まずくしゃみを止めなければならなかった。くしゃみは時には数十秒も続いた。私はちりかごを抱え込むと、鼻をかんでは捨てた。次にまるで台風にも似た勢いで大きなくしゃみが一つ飛び出すと、鼻血まで吹き出してきた。私はホセの方に向き直って言った。「いけない、鼻血が出た！」

もう一度ホセを見ると、目の前でその姿が急激に揺らいだ。映画のシーンが横倒しになったかのようになり、続いて周囲の壁、天井板がみな回り始めた。私はホセに飛びついて行ってしがみつくと、叫び声を上げた。「地震なの？　目が回る――」

ホセは、「そうじゃない！　はやく横になるんだ」と言うとぐっと私を抱きしめた。

その時私はべつに怖くはなかったが、ただわけがわからなかった。わずか三十分のうちに、自分がいったいなぜ突然こんなふうになったのか。

ホセは私を寝室の方へ引っ張って行ったが、目の前がぐるぐる回り、目を閉じると、上下逆さになったようで、くらくらしていた。ベッドに横になって二、三分すると、胃のあたりがおかしくなったので、必死にこらえて浴室に飛び込むとゲーゲーと嘔吐が始まった。

以前にも私はよく嘔吐することがあったが、こんなふうではなかった。その日ときたら、身体の中で胃がひっくりかえっただけでなく、身体じゅうの内臓も全部吐き出さんばかりにこっぴどくいためつけられた。昼食べた物を吐きおわると、水のようなものを吐き、水を吐きおわると黄色い胃液を吐いた。胃液を吐くと、もう吐くものがなくなったが、どうにも止めようはなく、ゲーゲーと音ばかりの嘔吐を続けた。

ホセは後ろからしっかりと私を抱きかかえていたが、私はそんなふうに吐き、くしゃみをし、鼻血を流すと、気力はすっかり使い果たされ、ついには床に座りこんでしまった。

ホセはまた私をベッドの上まで引っ張って行って、タオルで私の顔を拭きながら、あせったようすで聞いた。「なにか悪いものを食べた？　食中毒だろうか？」

私はぐったりして答えた。「下痢をしてないから、食あたりじゃないわ」そしてすぐ目を閉じた。しばらく横になっていると、不思議なことに、これらの現象はすべてなくなり、身体の中で浪のように暴れていたものは姿を消した。全身の力が抜けてしまったように感じ、身体じゅうに冷汗が流れていたが、部屋は回っておらず、くしゃみも止まり、胃もなんともなかった。私はホセに言った。「お茶を飲みたいわ」

ホセはあわてて立ち上がると、お茶を取りに行った。一口飲むといくらもたたないうちにすっかり気分が良くなったので、身体を起こしてベッドにもたれ、目を見開いてぼうっと座っていた。

ホセは私の脈を取り、それからぐっとお腹を押して聞いた。「痛い？　痛い？」

「痛くないわ、良くなった。ほんとにおかしいわね」と言いながら、ベッドから下りようとした。ホセは私が本当に良くなったのを見ると、しばらくポカンとしていたが、言った。「まだ寝てろよ。ゆたんぽを作ってきてあげる」。私は答えた。「ほんとに良くなったの。要らないわ」

その時、ホセが突然私の顔をひきよせて、言った。「あっ、きみの目はいつの間にこんなに大きく腫れたの？」手でなでてみると、右の目はぷっくりと腫れていた。

「鏡で見てみるわ」と言いながら、ベッドを下りて二、三歩歩いたかと思うと、突然胃に、鞭で打たれるような痛みが走った。私は「あっ」と叫んでうずくまった。そのおかしな胃は、けいれんを始めた。急いでベッドに戻ったが、痛みは稲妻のように私を襲った。胃の中で誰かが手でもんだりひねったりしているような気がした。身体をまるめて懸命にこらえていたが、だがどうにも我慢できずうめき声がもれた。我慢しても我慢しても、痛みはひどくなるばかりで、どうしようもなくなった私はベッドの上をころげまわって叫び声を上げていた。ついには痛さのあまり、目の前がまっ暗になり、自分のまるで野獣のように叫び狂う声だけが聞こえていた。ホセは手を伸ばして私の胃をさすろうとしたが、私は思いっきり押しかえし怒鳴った。「触らないで！」

起き上がってみても、ひっくりかえってみても、引きつるような激痛はとどまることを知らなかった。声はかれ、みぞおちから肺の中まで痛くなってきて、空気を吸うごとに肺葉の先まで引きつれた。その時、私はさながらボロボロの布人形で、目に見えない恐ろしいものに少しずつ引き裂かれていた。目の前は完全にまっ暗で、なにも見えなかったが、意識ははっきりしており、身体だけが激痛の奴隷となり、甲斐のないあがきを続けていた。叫ぶこともできなくなった私は、つぎには枕をかみ、シーツをひっつかみ、全身汗びっしょりになっていた。

ホセはベッドの側に身をかがめ、心配のあまり涙を流さんばかりになって、「妹妹《メイメイ》！　妹妹！　妹妹――」と中国語で、子供の頃両親と姉だけがそう呼んでいた私の幼名を呼び続けていた。

その声が耳に入ると、しばらくぼうっとなった。まわりは一面の暗闇で、耳の中で鈍い音がはじけているようで、それがまた雷鳴のようにゴロゴロと聞こえてきた。激痛はしかし一刻も私を離さず、私はまた金切り声を上げていた。自分が中国語でむちゃくちゃに叫んでいるのがわかった。「母さん！　父さん！　死ぬわ、痛いよ――」

その時、頭の中は空っぽで、口は叫び声を上げていたが、身体にはだれかに内臓をねじ切られるような気の狂うような痛みを感じていた。

ホセは私を抱き起こすと外へ向かった。玄関のドアを開けると、私をドアにもたせかけ、走って行って車のエンジンをかけ、私を車の中へ押し込んだ。私は自分が外にいることがわかると、唇をかみしめ、声を上げないようにした。強烈な光が射してくるので、目を閉じたが、光が怖くてたまらなかった。手で目を覆ってホセに言った。「光、光はいや。はやく何かかぶせて」だが彼は相手にしなかったので、私はまた金切り声を上げた。「ホセ、光がきついわ」ホセは後ろの座席のタオルをつかむと私に投げた。私はなぜか、ひどく恐ろしくなって、ぱっとタオルを自分にかぶせると、膝の上に突っ伏した。

日曜日の砂漠の病院に医者がいるはずがなかった。医者がいないとわかると、ホセは一言も口をきかず、Uターンして砂漠軍団の兵舎に向かった。兵舎の近くまで行くと、衛兵が私の様子を見て急いで手をかし、ホセと二人で半分引っ張り半分抱くようにして私を医務室へ運び込んだ。衛兵はすぐに人をやって軍医を探しに行かせた。私は診察台の上に横たわっていたが、だんだんと良くなるような気がした。耳鳴りも止まり、目の前も暗くなくなり、胃の痛みも消えた。二十分あまりして、軍医が小走りにやって来た時には、もう身体を起こして座っていた。ただ少し身体に力がないように感じただけで、そのほかはなんの異常もなかった。

ホセはこの半日のすさまじい病状を医者に説明した。医者は私の心音を聞き、脈を取り、それから舌を診てトントンと胃をたたいたが、私は心臓が少しドキドキするだけで、どこも痛くはなかった。医者は不思議そうに吐息をついてホセに言った。「問題ありませんよ！　どこも悪いところはみあたりません」

ホセががっくりしたのがわかった。軍医をだましたようで申し訳ないのだ。ホセは言った。「目を診てください」

軍医は私のまぶたをひっくり返して診ると言った。「膿がたまっていますね。炎症を起こして何日もたつんでしょうね？」

一時間の間に腫れてきたのだと、二人で懸命に弁明すると、軍医はひととおり診て、消炎の注射を打ってくれた。それからもう一度私の様子を眺め、冗談ではなさそうだとわかると言った。「食中毒かもしれませんね」。私は答えた。「いいえ、下痢はしていません」「アレルギーかもしれない、食べたものが悪かったのかな」とまた言うので、「皮膚に発疹は出ていませんから、食物アレルギーではありません」と答えた。軍医はイライラすることもなく私を診ると言った。「では少し横になっていなさい。もしまた吐き気がしたり劇痛が起こったら、すぐ呼んでください」軍医は診察室を出て行った。

なんとも不思議なことに、一時間前には私の身体は悪霊《あくりょう》にとりつかれたかのように痛んでいたのに、診察室では全くなんの症状も表れなかった。半時間が過ぎると、衛兵とホセにささえられて車に乗った。衛兵は親切に言ってくれた。「また悪くなったら、すぐ帰っておいで」

車に乗ると、ひどい疲れを感じた。ホセが「俺にもたれろよ」と言うので、彼の肩によりかかり目を閉じた。首に掛けた札はホセの膝の上に斜めに垂れていた。

砂漠軍団からわが家に帰る道は、急な下り坂になっていた。ホセは車を発進させると、ゆっくりと下り始めた。何メートルも行かないうちに、私は車が妙に軽いように感じた。ホセは別にアクセルを踏んでいないのに、車はまるで誰かに後から押されているかのようにスピードを上げて滑っていった。ホセはぐっとブレーキを踏んだがブレーキは利かなかった。ホセがあわててサイドブレーキを引き、ギヤをロウに入れるのが目に入った。同時に激しい口調で言った。「サンマウ、俺にしっかりつかまってろ!」車はコントロールを失って坂道を飛ぶように下に向かって突進し始めた。ホセはまたブレーキを踏んだが、頑として利かない。坂道はそれほど急ではないので、理屈から言っても、スリップしたところでそんなにスピードが出るはずはなかった。一瞬の間に二人はまるで空を飛んだかのように下まで滑って行った。ホセはまた大声で叫んだ。「しっかりつかまってろ、大丈夫だ」私はかっと目を見開いたが、ホセの前の道路が飛ぶように襲いかかってくるのが見えた。叫ぼうとしたが、喉になにかがつまったかのように声が出なかった。真正面に十輪の軍用大型トラックが現れた。まさにぶつかろうとした瞬間、はじめて「あー」と狂ったような声が出た。ホセは力いっぱいハンドルをきった。車は道路を飛び出し、またしばらく滑っていったが止まらなかった。前方に砂の山があるのを見て、ホセはそれをめがけて突進して行った。車は止まった。二人はぼうぼうたる砂の山の中で恐ろしさのあまり手も足も氷のようになり、萎《な》えて身動きもできなくなっていた。

正面の軍用車に乗っていた人たちは、すぐに車を下りてこちらに向かって走って来た。「どうもないか、大丈夫かい!」と聞いていたが、私たちは口も利けず、ただ首をふるだけだった。

彼らがシャベルを持って来て砂を取りのぞいている間も、二人とも座席の上でぐにゃっとしたままで、催眠術をかけられたかのようになっていた。

しばらくたって、ホセはやっと一言、その兵士たちにむかって言った。「ブレーキだ」

運転していた兵士はホセに車を下りるように言うと、乗りこんで試してみた。なんと驚いたことに、車を動かして、何度も何度もブレーキをかけてみたが、いずれも問題はなかった。ホセは信じられないので、自分でも乗って試してみたが、やはりなんともなかった。たった今起こった数秒間は悪夢だったのか、目覚めたら影も形もなかった。二人とも口も利けず車を眺めていた。目の前の事実が信じられなかった。

その後、二人がどうやってまた車に乗り、どのようにのろのろと家まで運転して帰ったのか、後から思い出そうとしても、なにも覚えていない。あの催眠術にかかっていたようなしばらくの時間は全く記憶の中にはなかった。

家の戸口まで来ると、ホセは私を抱えて車から下りた。「具合はどうだ?」と聞いたので、「とても疲れたわ、でももう痛くない」と答えた。

その時、私は上半身をホセにもたせかけたまま、左手はまだ車のドアを握っていた。私の身体がホセの身体に寄りかかっていたので、あの小さな銅の札はまたホセに触れていた。これは後で記憶をたどっていて思い出したことで、その時は勿論こんなささいなことには気がつかなかった。

ホセは私を抱えていたので、足でドンと車のドアを蹴った。その瞬間私は目のくらむような痛さを感じた。四本の手の指はぎゅっと車のドアにはさまれていた。ホセは気がつかず、懸命に私を家の方に引っ張って行こうとした。私は言った。「手が――手が、ホセ――」ホセは振り返って見るなり叫び声を上げ、私を放すとすぐにドアを開けた。取り出した手は、人差し指と中指がぺしゃんこになっており、二、三秒すると、わっとなま暖かい血が流れ出て、手のひらをぬらし始めた。

「なんてことだ！　俺たちがなんの悪いことをしたっていうんだ――」ホセは震え声で言うと、私の手を持ったまま、そこに立ってがたがたと震え出した。

私はどういうわけか身体の中の最後の気力が使い果されるような気がした。手の痛みではなく、言いようのないけだるさに、ただもう一刻もはやく眠らせてほしかった。

ホセに言った。「手は心配ないわ、横になりたいの、はやく――」

その時、隣家のサハラウィの女性が後ろから小さな声で私を呼んだが、すぐに走って来て私の下腹をおさえた。ホセはまだドアにはさまれた手を見ていた。彼女はあわてた様子でホセに言った。「この人――子供が――流産するよ」


私はただ意識がだんだんと遠ざかっていき、彼女の声が遥か遠くの方から聞こえてくるような気がした。頭を上げてぼんやりとホセを見ると、その顔は波の上の影のようにゆらゆらと揺れていた。ホセはかがんで力いっぱい私を抱くと、その女性に向かって言った。「誰か呼んで来て！」

その声が耳に入ると、気力を奮い起こしてどうにか言った。「どういうこと？　私はどうなったの？」

「心配ないよ、出血がひどいんだ」ホセの穏やかな声が返ってきた。

うつむいて見てみると、血が筋になってだらだらと両足を伝わって流れ出し、地面で赤い水たまりとなり、スカートは一面にぬれていた。血は止まることなく、下腹からずっと流れ続けていた。

「すぐに軍医のところへ戻らなきゃ」ホセはひどく震えていた。

意識はその時とてもはっきりしており、ただ自分がふわふわと飛んで行ってしまいそうなほど軽く感じられた。ホセに言ったことも覚えている。「家の車は使えないわ、だれか探して」

ホセはぐっと私を抱き上げると、家まで歩いて行き、ドアを蹴り開け、私をベッドに横たえた。横になった瞬間、下半身がばっと突き破られるように感じ、血が泉のように湧き出した。

その時少しも痛いとは思わなかったが、自分が羽毛と化し、ゆっくりと自分の中から飛び去ろうとしていた。

ハンティの妻のクーバイが走り込んで来た。ハンティはズボンをはいた姿で後ろに続いていた。ハンティはホセに言った。「慌てることはないよ、流産だよ。うちの家内も経験がある」

ホセは言った。「流産のはずはない。家内は妊娠していない」

ハンティはひどく腹を立ててホセを叱っていた。「あんたは知らんのだろう。奥さんは言ってないのかもしれんよ」

「どうでもいいけど、あんたの車で病院に連れて行かなくては。彼女は確かに妊娠してないんだ」

彼らの言い争う声が波のように繰り返し押し寄せ、まるで鉄の鎖が大きな音をたてて私のその時の衰弱しきった神経を痛めつけているような気がした。生命はこの時私にとって何の意味もなく、唯一の望みは彼らが話をやめ、私に永遠の静けさを与えてくれることだった。たとえ命がなくなろうとも、その声に苦しめられるよりはありがたかった。

ハンティの妻がまた大声でしゃべっているのが聞こえた。その声は私の今にも切れそうな神経の糸が繰り返し繰り返し弾かれるようで、苦痛極まりなかった。

私は無意識に両手を上げ、耳をふさごうとした。

手が乱れに乱れた長い髪の毛に触れた時、ハンティの妻が金切り声を上げ、ドアのところまで跳びのくと、私を指さして、大声で、土地の言葉でハンティになにやら言った。ハンティもすぐさま二、三歩後ずさりすると、厳しい声でホセに向かって聞いた。「あの首の札は誰が掛けたのだ？」

ホセは言った。「はやく病院に連れて行かなきゃ、札のことなんか後にしてくれ」

ハンティは大声を上げた。「取るんだ。すぐにあれを取るんだ」

ホセがぐずぐずしていると、ハンティはおそろしい顔をしてまた怒鳴りつけた。「はやく、はやく取るんだ。死んでしまうよ。身の程知らずの大馬鹿野郎どもが」

ホセはハンティに押し出されると、近寄って来て、ぐっと札を引っ張った。リボンが切れ、札はホセの手に残った。

ハンティは靴を脱ぐとそれで力いっぱいホセの手をたたいた。札はホセの手から、私が横わっていたベッドのそばに落ちた。

彼の妻はまたひとしきりわめいた。ハンティはほとんどヒステリーのようになって、ホセに聞いた。

「はやく思い出すんだ。この札はほかに誰にさわった？　何にさわった？　はやく！　時間がない」

ホセにもハンティ夫婦のおびえがうつり、どもりながら言った。「俺にさわった、ラジカセにさわった、そのほかは——別にないと思う」

ハンティはまた聞いた。「もっとよく思い出してみるんだ、はやく！」

ホセは答えた。「本当だ。ほかのものにはさわっていないよ」

ハンティはアラビヤ語で言っていた。「神よ、守り給え」それからまた言った。「もういい、外へ行って話そう」

「血が出てる……」とホセはひどく心配そうに言ったが、やはりハンティについて出て行った。

彼らが前の廊下へ通じるドアを閉める音が聞こえた。三人とも客間にいた。


不思議なことに私はまた気分が良くなってきた。おびただしい冷汗が流れていたが、しっかりとゆるやかに呼吸をした。目は腫れて開かなかったが、身体はもうふわふわしていなかった。

その時、まわりはとても静かで、とても清々しく、なんの物音もしなかった。私はただ心地良い疲れにゆるゆるとひたっていくように感じた。

私は眠りの中に落ちていった。

何秒もたたないうちに、私の敏感な神経はなにかをかぎつけた。それは姿の見えないある力で、この小さな部屋に向かって流れ込んでいた。それが発するスースーというかすかな音までも感じた。必死に目を開けたが、天井板と衣装棚のそばのカーテンしか目に入らず、また目を閉じたが、私の第六感は小さな川か、蛇か、何か長いものがすでに入り込んで来ていることを感じ取っていた。それらは床のあの札に向かってとどまることなく流れ、緩やかにしのびより、ゆっくりと昇り、刻々と部屋の中に満ちていた。いいしれぬ寒けと恐れを感じ、また大きく目をみひらいたが、私の感じたものはどこにも見えなかった。

そのように十秒あまりが過ぎ去ったが、ある記憶が頭の中で火花のようにひらめいて消え、その瞬間、恐ろしさのあまり石像になるかと思った。自分が狂ったような叫び声を上げるのがわかった。

「ホセ――ホセ、ああ――助けて――」

寝室のドアは閉まっており、大声で叫んだつもりが、かすれ声にしかならなかった。二度、三度と金切り声を上げ、身体の位置を動かそうとしたが、その力はなかった。ベッドの枕もとの小さなテーブルの上に湯飲みがあるのに気付き、満身の力をふりしぼってそれをつかむと、持ち上げてセメントの床に投げつけた。湯飲みは音をたてて割れ、ドアの開く音がして、ホセが飛び込んで来た。

私はホセにしがみつくと気が狂ったように言った。「コーヒーポット、コーヒーポット、あの札を洗った時、いっしょにクレンザーでポットも洗ったわ――」

ホセはしばらくぼうっとしていたが、また私を横にした。ハンティがこの時部屋に入って来て、クンクンと匂いを嗅ぎまわった。ホセも匂いを嗅いでいたが、二人は同時に叫んだ。「ガスだ――」ホセは私をベッドから引っ張り起こし、私はハンティとホセに家の外まで引っ張って行かれた。そしてホセは再び家の中に飛び込むと、ガスボンベの栓を閉め、また飛び出して来た。

ハンティは通りの方へ走って行って手にいっぱい小石を拾って来ると、ホセを押しやって言った。

「はやく、この石であの札を丸く囲むのだ」

ホセがまた数秒ためらっていたので、ハンティが必死で押しやると、ホセは石を手に、家の中へ飛び込んで行った。

その日の夜、私たちは友人の家に泊まった。家じゅうのドアと窓はガスを追い出すため、開け放たれていた。二人は互いに向き合ったまま、一言も口が利けなかった。恐怖のために二人の神経と意志はすっかり麻痺していた。

友人の家から戻った日の夕方、私は客間の長椅子に横になったまま、車が通るたびに聴き耳を立てていた。一刻も早く、ホセに仕事をすませて帰って来てほしかった。

近所の人たちは、子供すらもいつものように窓ぎわに立ってのぞこうともせず、私は完全に一人ぼっちだった。

ホセは仕事がひけると、三人のサハラウィの同僚といっしょに帰って来た。

「これは最も悪辣で最も激しいまじないだ。きみたちはなんとも運悪く拾って来たものだ」

ホセの同僚の一人が説明してくれた。

「イスラムのものなの？」私は聞いた。

「俺たちイスラム教徒はこんなことはしない。南の『モーリタニア』あたりの巫術《ふじゅつ》だ」

「きみたちはサハラウィなら誰でもこんな小さな銅片を掛けているんじゃないの？」ホセは言った。

「俺たちが掛けているのは違うよ。もし同じものなら、とっくに皆死んでいるよ」一人がひどく不機嫌に言った。

「あなたたち、どうやって区別するの？」私はまた聞いた。

「あんたのあの札は、ほかに果物の実《さね》と小さな布包みが掛けてあったろう？　銅の札のまわりはブリキの枠がはまっていたね。運よくあと二つのものを捨てたから良かったが、そうじゃなかったらあんたはすぐに死んでたよ」

「偶然よ。そんな迷信なんか信じないわ」私は言い張った。

その言葉を聞くなり、三人のサハラウィはひどく恐れ、異口同音に言った。「なにを言うんだ、やめろ」

「この科学の時代に、どうしてそんなおかしなことが信じられるの？」私はまた言った。

彼ら三人とも恐ろしい顔をして私を眺め、聞いた。「あんた、以前に、おととい起きたような発作がどれもあったんじゃない？」

よく考えてみると、たしかにあった。アレルギー性鼻炎があり、しばしばものもらいができ、吐き気がし、しょっちゅうめまいがして、胃が痛み、過激な運動の後にはいつも下腹から少し出血し、料理をする時にはよく手を切った――

「あるわ、どれもたいした病気ではないけど、しょっちゅう、こういう不具合はあったわ」私は認めざるを得なかった。

「このまじないの魔力は、本人の持っている健康上の弱点を攻撃するもので、ちょっとした弱点を悪霊に変えて命を奪うんだ」サハラウィの友達はまた説明してくれた。

「コーヒーポットからあふれ出た水がガスの火を消したのも、あんたは偶然とかたづけるのかい？」

私は黙ったまま、ドアにはさまれて怪我をした左手を持ち上げ眺めていた。

あれから二日、繰り返し繰り返し考えても、どうしても頭から離れないことがあった。

「考えるんだけど――もしかして――もしかして私、潜在意識で自分の命が終わって欲しいと望んでいたのかもしれない。だから――具合が悪くなった」ぼそぼそと私は言った。

私がそんなことを言い出したので、ホセはたいへん驚いた。

「こういうことなの――こういうことなのよ――砂漠の生活に順応しようといかにも努力したけれど、こういう生活の仕方と環境はもう限界なのよ」

「サンマウ、きみは――」

「私は決して砂漠への熱愛を否定しているのではないのよ。でも私はしょせん普通の人間よ。気が弱くなる時もあるの――」

「きみがコーヒーを沸かしたのを知らなかったよ。後で俺が湯を沸かしに行った時も、コーヒーで火が消えたことには気がつかなかった。まさかきみは俺が潜在意識で俺たち自身を殺そうとしていたと思うんじゃないだろう？」

「そのことは心理学をやっている友達と話す必要があるわ。私たちは自分の心の中の世界について知らなすぎるのよ」

なぜか、こういう話題は人を憂鬱にする。人間は自分自身を知ることを最も恐れる動物なのだ。私は溜息をつくと、もうこういうことを考えるのをやめた。

わが家のベッドのわきにあった札は、結局イスラム教の教長、土地の人びとが「シャントン」と呼ぶ老人が来て持って行った。彼がナイフで二枚の銅片を挟んでいたブリキを断ち開くと、中からいきなり一枚の絵を描いた呪文が出てきた。実際に自分の目でそのありさまを見ると、あらためて全身に冷水を浴びせられたような寒けを感じた。

悪夢は去った。私の健康状態はわずかに衰えたように思われ、多くの友達から健康診断を受けに行くように勧められたが、私にとって、これら一切のことは説明がついたのだから、このうえ医者を煩わすことはないと考えた。

今日はイスラムの断食明けの祭りだ。窓の外には洗ったような青空が広がり、涼しいそよ風が吹き込んでくる。夏はもう過ぎ去った。砂漠の美しい秋の始まりだ。

天へのはしご

車の運転だが、思い出そうとしてもどうやってマスターしたのかいっこうに記憶がない。長年にわたって、人が運転する時、わきに座って注意力を集中して目で覚えた。その後機会があるたびに、ハンドルに手を触れた。そうやっているうち、いつの間にか自然と運転できるようになった。大胆にも、私は人の車に乗せてもらうと、いつも大変ていねいに持ち主に訊ねた。「私に運転させていただけませんか？　充分に気をつけます」

ほとんどの人が私が控え目におとなしく頼むのを見て、ハンドルを任せた。無論大型車、小型車、新車、古い車を問わず、私は人の好意を裏切ることなく、上手に運転し、一度も問題を起こしたことはなかった。

これら私に運転を任せてくれた人々は、いつも私に最も大事なことを聞くのを忘れていた。彼らが聞きもしないのに、私も軽率に口を開くのもどうかと思い、それでいつも黙ったままあちこちへと車を走らせていた。

ホセが車を買うと、私はたちまちその「仮想の白馬」が大好きになった。それでしょっちゅうこの白馬を連れて出かけ、町で用事を片付けた。時には白馬で職場へ私の「仮想の王子」を迎えに行った。

まともに運転していたし、誰も私に運転免許証について聞く人もいなかったので、私はいつの間にやら自己欺瞞のわなに陥り、自分はすでに免許証を持った人間なのだと、かたくなに幻想を抱いていた。

幾度となく、ホセの同僚たちが我が家で話していたが、彼らが言うには、「ここで運転免許を取るのは、天へ昇るよりもっと難しい。誰々の奥さんは十四回も試験を受けてまだ筆記試験に通らないし、サハラウィの一人は二年たってもまだ実技試験が駄目だ」

私はこの恐ろしい話をさりげなく聞きながら、声も出せず、顔も上げられなかった。だが、車は毎日ひそかに乗り回していた。

「天へ昇る」というが、私はまだ当分交通大隊へ行ってはしごを登る気にはなれなかった。

ある日、父から手紙が来て、こう書いてあった。「運転免許は砂漠にいる暇な間に、早く取るように、いつまでも延ばさないように」

ホセは実家からの手紙を見ると、いつも内容を聞いた。「お父さんやお母さんはなんだって？」

私はその日うっかりしてつい漏らしてしまった。「父が言うには免許証はこれ以上ほっといては駄目だって」

ホセはそれを聞くと、へっへと得意げにせせら笑った。「そうだ、今度はお父さんの命令で、決して俺が無理に言っているのではない。どうやって逃げおおせるつもりかね」

思うに、自分を欺くことは、喜んで望むところで、だれの迷惑にもならない。だが、もし無免許で運転しながら、同時に父をだますということならば、それはしたくなかった。それまで父は私が運転することについて聞いたことがなかったので、だましたということにはなるまい。

運転免許を取るには、スペインでは必ず「自動車学校」へ行って勉強し、学校を通じて申し込みをしなければ受験もできなかった。だからすでに運転ができるとしても、学費を払う必要があった。

私たちはスペイン本土を遠く離れたアフリカに住んでいたが、その地はスペインの属領だったので、やはりスペインの法律に従うのだ。

私が自動車学校へ行くことを承知した翌日、ホセは同僚から何冊も各自動車学校の練習問題集を借りてきて、まず交通規則を読むように言った。

私はとてもやる気にはなれず、ホセに言った。「本を読むのは好きじゃないわ」

ホセは不思議そうに言った。「きみは一日中ヤギのように紙をかじっているじゃないか。本を読むのが嫌いなはずはないだろ」

それから本棚を指さした。「きみの本は天文、地理、悪魔妖怪、サスペンスロマン、動物、哲学、園芸、語学、料理、漫画、映画、裁縫、それから漢方薬の秘方、手品、催眠術、染色まで、なんでもごちゃ混ぜにあるじゃないか。こんなわずかな交通規則ぐらいでてこずるはずがないだろ?」

私は溜息をついて、ホセの手から何冊かのうすっぺらな本を受け取った。

そういうことじゃない。人に強要された本なんか読む気になれないのだ。

数日後、私は学費を持って、車を運転して自動車学校へ入学申し込みに行った。

その「サハラ自動車学校」の経営者は、どうやら自分の姿がなかなかお気に入りのようで、さまざまな服を着た、十幾枚の大きな自分のカラー写真を事務室にかかげており、その賑々しいこと、まるで映画館にいるような気がした。

受け付けのカウンターの前にはわいわい騒ぎたてるサハラウィの男たちが大勢集まり、商売はすこぶる繁盛していた。車の運転は、砂漠でブームとなっており、砂漠に張られた沢山のおんぼろテントの外に、大きな乗用車が止まっていたりした。砂漠に住む多くの父親が、美しい娘を売って、車に換えたのだ。サハラウィにとって、文明に踏み出す唯一の象徴は自分で運転する車に乗ることだった。身体じゅう臭いとかなんとかいうことは、どうでもよいことなのだ。

私はやっとのことで彼らをくるんだその布の群れをぬってカウンターにたどりつき、申し込みをしたいと言ったその時、私の右側に一人のサハラウィを隔てて、スペイン人の交通警官が二人立っているのに気がついた。

驚いた私は、慌ててそこを抜け出し、ずっと離れた所まで逃げてまた校長の映画スターのような写真を眺めていた。

額ぶちの中の反射するガラスに、さっきの警官のうちの一人が急ぎ足でやって来るのが映った。

私は落ち着きはらって、身動きもせず、一心に校長のシャツのボタンの数をかぞえていた。

その警官は、私の側に立ってくりかえし私を眺めていたが、ついに口を開いた。彼は言った。「お嬢さん、お目にかかったことがあるように思いますがね！」

私はしかたなく振り返って、こう言った。「ごめんなさい、まったくお会いしたことがありませんわ」

彼は言った。「あなたが入学の申込みをしたいと言うのを聞いたんですがね。おかしいですね！

あなたが町の中あちこち車を乗り回しているのを一度ならず見ましたよ。まさかまだ免許証を持っていないんじゃないでしょうね？」

私は状況が不利なのを見て取って、ただちに英語に切り換えた。「ごめんなさい、スペイン語はわかりません。なんとおっしゃっているんですか？」

私が彼らの言葉を話さないと聞くと、彼はぽかんとした。

「免許証！　免許証！」とスペイン語で大声を上げた。

「聞きとれません」私はひどく困ったように彼に向かって途方に暮れた顔をした。

その警官は走って行ってもう一人の警官を呼んで来ると、私を指さして言った。「今朝この目で彼女が車を運転して郵便局へ行くのを見たんだ。彼女だ、間違えるはずがない。その彼女がたった今入学を申し込みに来たんだよ。どう処罰しよう？」

もう一人の方が言った。「今車に乗っているわけじゃない。なぜその時つかまえなかったんだ？」

「俺は一日中彼女が車を運転してるのを見てたんだ。とっくに免許証を持っているもんだと思ってた。止めて調べるなんて思いもしなかった」

二人はあれこれと議論して私のことを忘れたので、私はさっさと身をかわしまたサハラウィの布の群れのなかにまぎれ込んだ。

すばやく手続きをおえ、学費を払い、受付けの娘さんに、同時に受験の書類も揃えてもらい、再来週受験することになった。

それらのことをおえると、学校でもらった数冊の交通規則等の本を手にして、ほっとして門を出た。

車のドアを開け、車に乗り、エンジンをかけて、まさに発車しようとした時、バックミラーを見ると、あの二人の警官が私を捕まえようと塀の角に隠れていた。

またまたびっくりした私は、車を飛び下り、車をおいたままスタスタと歩き始めた。ホセが家に帰ってから、やっと「白馬」を救い出してきてもらった。

私が実習する時間はお昼の十二時半に決められていた。自動車学校の設備は、町はずれのへんぴな砂地に、舗装して何本かのコースを作ったものだった。

教官と私は小さな車の中に閉じ込められて、まるで二十日鼠のようにぐるぐると円を描いて走り回っていた。

真昼の砂漠は、気温が五十度以上に達し、全身汗みずくで、目の中にまで汗が流れ込み、砂が顔にまるでびんたをくらわすかのように吹きつけてきた。実習はわずか十五分間だったが、気も狂わんばかりの喉の渇きと酷暑は、まるで狂犬のように私にかみついて放さなかった。

教官は暑さにたまりかね、私にことわりもせず、上着を脱いで上半身裸で隣に座っていた。

三日続けたが、その熱さにはどうにも耐えられず、教官に時間の変更を申し出た。彼は言った。

「お前さんなんか畜生まだ運がいいや。もう一人のかみさんなんか夜の十一時だよ。寒くて暗くて、なに一つ覚えられやしない。それなのにお前さんは畜生時間を変えたいんだって」

そう言うと、焼けつくように熱くなった車の屋根をバーンと叩いた。屋根の一部がぺこんとへこんだ。

その教官は決して悪い人ではなかったが、私はその後十五回の実習で、移動式オープンの中、上半身裸の男の隣に座っているのは、どうにも気がすすまなかった。おまけに彼は口を開けばまずお決りの「畜生」ときた。これも耐えがたかった。

私は考えたあげくこう言った。「ねえ、こうしたらどうかしら。私はあなたの教えるべき時間にぜんぶサインするわ。でも実習は受けず、試験は自分で責任を持つ」

彼はそれを聞くと、すぐ同意した。「わかった！　畜生休みにしてやるよ。俺たちこれまでにしよう、じゃ試験の時にな」

別れぎわに彼は実習の終わりを祝してジュースを一瓶ごちそうしてくれた。

ホセは私がみすみす学費を払いながら、もう学校に行かないので、とても腹を立て、夜間の学校に行くように強要した。交通規則を習って来い。学費がとても高いので、元をとって来いと言った。

私は夜間学校へ行って最初の授業を受けた。

隣のサハラウィのクラスは、まったくおかしなありさまだった。全員が朗々と、交通規則を暗唱しているのだ。一項一項と、酔うが如く痴れるが如く、私はそれまでにそれほど多くのまじめなサハラウィを見たことがなかった。

我々スペイン語クラスは、子猫が三、四匹いただけで、生徒は沢山いたが、授業に出て来なかった。先生はたいへん教養のありそうな痩せて背の高い短い口髭をたくわえた中年の男性で、例のお決りのセリフなんぞは口にせず、文教官と技教官はまるで違っていた。

私が席につくと、先生はやって来て極めて礼儀正しく、私に中国文化について教えを求めた。私は一時間講義を行い、またわが国の象形文字をいくつも書いて説明した。

翌日私が教室へ入って行くと、その文教官はさっとノートを開いた。そこにはびっしりと漢字が書かれていた――人人人天天天……

彼はとても謙虚にたずねた。「どうでしょうか？　なんとか字になっているでしょうか？」私は答えた。「私より上手に書けていますわ」

先生はたいへん喜んで、孔子について、老子について、また私に問題を出した。ちょうどそれは私の専門分野だったので、噛んで含めて答えてあげた。それから私は彼に荘子を知っているかと聞くと、彼はまた私に荘子とは胡蝶でないかと聞いた。

一時間はまたたく間に過ぎた。私は信号灯について先生に教えてもらおうと思ったが、先生はけげんそうな顔をして私に聞いた。「あなた、色盲じゃないでしょう？」

その文教官が私を五千年の「タイムトンネル」から解放してくれた時は、もうすでに凍りつくように寒く夜の闇は深かった。

家に帰ると大急ぎで夕飯を作り、待ちくたびれていたホセに食べさせた。

「サンマウ、トラックの後にある小さなライトは全部ちゃんと区別がつくかい？」

「すぐわかるわ。先生がきちんと教えてくれるから」

ホセが昼間仕事に行くと、私は洗濯をし、アイロンをかけ、ベッドをととのえ、掃除をし、砂ぼこりを拭き取り、料理をし、編物をし、終日バタバタしていたが、あの交通規則の本はいいかげんにはできず、常にぶつぶつと唱えていた。子供の頃教会の日曜学校へ行ってしたように、その交通規則を、あたかも聖書の聖句の如く暗唱した。どの章もしっかりと覚えた。

その時期、近所の人たちは皆私が試験を受けることを知っていたので、私はドアを閉めきり、誰が来ようと開けなかった。

近所の女たちはひどく恨んで、毎日文句を言っていた。「いつ試験が終わるの！　あんたがドアを開けないとすごく不便だよ」

私はいっさい相手にしなかった。その時ばかりは本気だった。

試験が目前に迫った。運転実技は心配なかったが、筆記試験はちょっとたよりなかった。交通規則は野菜、卵、毛糸、孔子、荘子などといっしょくたに覚えたので、当然ながらややもたもたしていた。

金曜日の夜、ホセは交通規則の本を持ち出してきて言った。「明々後日《しあさって》は筆記試験だ。もし合格しなかったら、実技試験どころじゃない。さあ、今から聞くよ」

ホセはずっと私のことを馬鹿と天才紙一重の人間だと思っており、やたらとあれこれ聞いてきた。激しい口調で表情も声も厳しく、そんなふうにやられては私は一言も耳に入らなかった。

「もっとゆっくり言ってちょうだい！　何を言っているのか全くわからないわ」

ホセは続けていくつも問題を出したが、私はやはり答えられなかった。

ホセは本を放り出すと、怒って、私をにらみつけて言った。「あれだけ多くの授業を受けてまだできない。ばか！　ばか！」

私も怒った。台所へかけ込むと料理用の老酒《ラオチュー》をぐいとあおり、気をしずめ、頭をはっきりさせると、交通規則の本をホセに投げつけた。

それからおもむろに一言一言すべて暗唱してホセに聞かせてやった。薄い本でも百ページ近くあったが、一つもらさず全部暗唱しおわった。

ホセはぽかんとした。

「どう？　この丸暗記ってのはね、小学校の先生に罰としてさんざん鍛えられたの」私は得意満面で言ってやった。

ホセはそれでも安心できなかった。「もし月曜日、あがってしまって、スペイン語がわからなくなったら、悔しいじゃないか」

そう言われると、その夜は輾転《てんてん》として、寝つかれなかった。

私には確かにその心配があった。頭がカーッとなってしまって白紙の答案を出すことがある。後で考えればわかるのに、その時は脳が固まって回転しなくなってしまうのだ。

それは「此の情追憶を成すを待つべけんや。只是れ当時已に惘然」[1]というところだ。

眠れぬ夜を過ごして、明け方をむかえた。ホセは熟睡していた。一週間くたくたになって働いたのに、起こすにしのびなかった。

着替えをすますと、そっとドアを開け、車にエンジンをかけ、町から遠く離れた交通大隊に向かっ

1 唐、李商隠の七言律詩「錦瑟」の中の二句。追憶となるのを待つまでもなく、あの頃から、もう私の心はぼんやりと虚ろであったのだ。

た。

無免許運転で、それも交通大隊へ行くなんて、まさに飛んで火に入る夏の虫だ。だが歩いて行くとなると、髪の毛はぼうぼうになる。それでは人に与える印象が絶対よろしくない。そうなると私がやろうとすることは目的を果たせなくなるだろう。

事務所の入り口まで車で乗りつけたが、勿論だれも免許証を調べに来なかった。世の中によくもこんな底抜けに大胆な馬鹿がいたものだ。

入り口まで行って中に入るなり、誰かが声をかけてきた。「サンマウさん！」

驚いてその男性に聞いた。「なぜ私をご存知じなの」

彼は言った。「あなたの申し込み書の写真が、ここにあります。ほら、月曜日が試験でしょう！」

「そのことで来たんです」慌てて言った。

「筆記試験の主任試験官にお会いしたいんですが」

「何でしょう？　主任は大隊長の大佐ですが」

「お取り次ぎいただけないでしょうか」

彼は私のいわくありげな表情を見ると、すぐ中へ入って行ったが、しばらくすると出て来て言った。

「こちらの方からお入りください」

事務室にいた大隊長は、意外にも風格のある瀟洒《しょうしゃ》なごましお頭の士官だった。ながらくの砂漠暮らしで、そのように立派な風采の人物に出会ったとたん、突然父のことが思い出されて、しばらくぼうっとなってしまった。

彼はテーブルを離れると、私のそばへやって来て握手をした。それから椅子を引き寄せて座るようすすめると、係官にコーヒーを持って来るように命じた。

「なにか御用ですか？　あなたは――」

「クェロ夫人です――」

私は彼に頼み始めた。その昨夜一晩中眠れなかった問題を解決するには、彼にすがらねばならなかった。

「わかりました。だからあなたは交通規則を口頭試問で受験したい。あなたが言うのを私が聞く。そういうことですな？」

「そうです。そういうことです」

「お考えはもっともです。だが先例がありません。それに――あなたのスペイン語はたいへん立派で、問題があるとは思われませんよ」

「駄目なんです。問題があるのです。どうか私に先例を作ってください」

彼は私をみつめたまま、黙っていた。

「サハラウィには口頭試問が可能というのに、どうして私は駄目なんですか？」

「サハラ砂漠内での運転免許証がほしいだけでなら、口頭試問で結構ですよ」

「私はどこでも通用するのが欲しいのです」

「それじゃ筆記試験でないと駄目ですね。試験は選択制ですから、記号を入れるだけでいいのです。字を書く必要はありません」

「選択問題の文章はどっちつかずであいまいですわ。緊張すると意味をとり違えます。私は外国人ですから」

彼はふたたびしばらく考え込んだが、それから言った。「駄目ですね。答案は保存しておかなければならないが、口頭試問だと答案がない。我々では対処できません。致しかたありません」

「方法はあるんです。私が保存用に録音します。大佐殿、どうかなんとか融通してください――」

私の論争好きな性格がまた頭をもたげた。

彼は大変やさしそうな表情で私を眺めていたが、こう言った。「それじゃ、月曜日に安心して筆記試験をお受けなさい。きっと合格しますよ。もう心配することはありません」

私はその様子から、どうしても駄目だと判断し、無理を強いるのも良くないと思い、お礼を言うと、心おだやかに外に向かった。

入り口まで行くと、大佐はまた私を呼びとめた。「ちょっとお待ちなさい。うちの子たち二人にお送りさせます。ここは遠いですからね」

彼は部下を子たちと呼んだ。

もう一度お礼を言って外に出ると、二人の「子たち」が車の側で直立不動の姿勢で私を待っていた。相手を見るなり、お互いびっくり仰天した。

なんとその二人はあの日無免許運転の私を捕まえようとした警官たちなのだ。

私は丁寧に断った。「とてもお二人にそんな面倒はかけられませんわ。もし大目に見ていただいて、見逃して下さるなら、自分で帰ります」

私には二人はその時絶対に私を捕まえないという自信があった。

こうして私は車を運転して家に帰った。

家に着いたら、ホセはまだ眠っていた。

その日曜日は一日中暗記した。二人はバターを挟んだパンと砂糖だけ食べた。


月曜日早朝、ホセは仕事に行こうとしなかった。もう休暇は取ってあり、次の土曜日にかわりに出勤するので、試験について行くと言うのだ。私はまったく来てほしくなかった。

試験場に着くと、外は黒山のような人だかりだった。二、三百人はいただろう。サハラウィも大勢いた。

筆記と実技の試験場は同じ場所にあった。ちょうど向かいはサハラの刑務所だ。そこに入っているのは重罪犯ではなく、重罪犯は警察部隊の中に監禁されていた。

その刑務所に監禁されていたのは、大部分が酒場の女を奪い合って嫉妬のため人に怪我をさせたり、また酒に酔って、サハラウィと集団で喧嘩をしたカナリア諸島から来た労働者たちだった。

本当の社会のならず者、土地のごろつきは、砂漠にはいなかった。多分このあまりにも厳しい風土の中では、そういう者たちが来たところで、やっていけないのだろう。

私たちが試験場に入るのを待っていると、向かいの囚人たちはベランダに立って見物していた。

独身のスペイン人の女が試験場にやって来るたびに、そのがさつな男たちは手をたたいて大声を上げた。「よう！　べイビー、べっぴんさん。畜生、うまくやりな。心配ないさ。俺さまたちがここで応援してるぜ。チェッ、チェッ、ぐっとくるぜ！」

私はそのがさつ者たちが豪快至極に盛んに叫んでいるのを聞いて、思わず笑い出した。

ホセは言った。「きみは一人で行くなんて言ったが、もし俺がいなかったら、きみもベイビーとからかわれたよ」

だが私はそのベランダのいかれた男たちをけっこう楽しんだ。すくなくともそれまでにかくも多くの嬉々とした囚人の群れを見たことがなかった。まさしく『今古奇観』[2]の新たな一章だ。

その日の受験者は二百名あまりおり、初めて受ける者も再受験の者もいた。

大隊長がもう一人の係官を連れてやって来て試験場の門を開くと、私の心臓は鼓動が高まり不規則に乱れてきた。頭もぼうっとし、吐き気がし、手の指は凍ったように曲がらなくなった。

ホセはしっかりと私の手を引っ張り、敵前逃亡を防ごうとしていた。

名前を呼ばれた人は、屠殺を待つ子羊のようにおとなしく、恐ろしい大きなほら穴へ入って行った。

大隊長が私の名を呼ぶと、ホセはそっと私を押した。私は進み出るよりほかなかった。

「おはようございます！」私は泣き出しそうな声で大隊長に挨拶をした。

彼はじっと私を見るとわざわざ言った。「第一列目の右側の一番端の席に座ってください」

彼は他の人には座席を指定しなかった。どうして私だけを十字架にかけようとするのだろう！　私を疑っているのに違いないと思った。

場内はしんと静まりかえり、答案用紙はすでにそれぞれの座席の椅子の下に配られていた。試験問題はどれも異っているので、他人のものをのぞこうとしても無駄だった。

「はい、今から始めてください。十五分で提出してください」

私はすぐに椅子の下から答案用紙を取り出したが、紙の上には外国の蟻がいっぱいいて、一個さえも識別できなかった。必死で落ち着くよう、気分を鎮めるよう自分に言い聞かせたが、何の効果もなかった。蟻はどれも外国語をしゃべっていた。

私は思いきって鉛筆を置き、両手を組み合わせ、しばらくじっと座り、それからまた見た。

ホセは窓の外で私が「座禅」を始めたのを見て、いらだつあまり飛び込んで来て太い棒を振り上げて大喝せんばかりの勢いだった。

落ち着いてから、もう一度問題を見ると、わかった。

私がどうしてわざわざその場所に釘づけにされたのか、ついに謎が解けた。

その答案用紙の問題はこうなのだ。

――車を運転していて赤信号に出会ったら
一、突進する　二、停車する　三、思い切りクラクションを鳴らす
――横断歩道に歩行者がいたら
一、手をふって歩行者をどかせる　二、人込みの中に車を突っ込む　三、停車する
用紙二枚にわたる問題は、どれもこういう類のとてつもなく滑稽なものばかりだった。

それを見ながら、私はくっくっと息がつまりそうなほど忍び笑いをし、あっという間に書きおえた。

2　明末に「三言二拍」と言われる五冊の小説集から四十話を選んで編まれた白話短編集。当時の庶民の生活や感情が描かれている。

最後の一問は、こうだった。

――あなたが運転をしていると、ちょうどカトリック教徒が聖母像をかついで町をねり歩いて来るのに出会いました。あなたは
一、拍手する　二、停車する　三、ひざまずく
私は「停車する」と答えた。だが試験問題はカトリック国家が出したものだから、もし私が――「ひざまずく」と答えたら、彼らをもっと喜ばすに違いないと考えた。

このようにして、わずか八分で、答案を提出した。

答案を渡すとき、大隊長は私に向かって意味深長な微笑をした。私はさりげなく「ありがとうございます！　ご機嫌よう！」と言った。

頭をかかえてうなる人、鉛筆を噛む人、けしゴムを使っている人、震えている人、眉をよせて考える人、こういう人々の群れを縫って、私はそっと退場した。

口頭試問の順番となってサハラウィが試験場に入って行くとき、ホセはしきりに私をなぐさめた。

「気にするなよ。これはなにも大したことじゃないよ。駄目だったら、また来週受けるさ。気を楽にもつんだ」

私は一言も口を利かなかった。ホセにたっぷり気をもませてやるのだ。

十時きっかり、係官が名簿を持って来て、合格者の名前を読み上げ始めた。次から次へと読んでいったが、私の名前はなかった。

ホセはいつの間にか私の肩に手を乗せていた。

私は一向に平気だった。

「サンマウ」——という名が大きな声で読み上げられると、私ははじめておどけた顔をしてホセを見た。

それほど気をもませたわけではなかったが、だが、ホセは降って湧いた天にも昇るような喜びに、ぎゅっと私を抱きしめた。すごい力で、私は肋骨が折れるかと思った。

ベランダの囚人たちは、その一幕を見ると、またもや大声で喝采した。

私は彼らに向かってVサインをしたが、その顔つきは当時のニクソン大統領とまったく同じだった。

私のあの答案は、「ウォーターゲート」を地でいったようなものだ。

続いてすぐに「場内実技試験」を受けた。

自動車学校の大型トラック、乗用車などがぜんぶ出揃い、横一列に並び、賑やか極まりなかった。

囚人たちもやんやの応援で、競馬場の観客よりもっと力が入っていた。

二百人あまりが筆記試験を受けて、わずか八十数名しか残らなかったが、野次馬は依然と黒山のように群れていた。

私の技教官はその日は裸ではなく、びしっときめこんでいた。

教官は再三私に注意した。「最初の三台の車には決して乗るんじゃない。人が乗ってエンジンがぬくもってから乗るんだ。そうすればエンストの心配はあまりない」

私はうなずいた。運転には自信があったので、緊張することはなかった。

二人目が終わった時、私は言った。「待てないわ。今から乗ります」

試験場の信号灯が緑色に変わると、私の運転する車は野生の馬のように飛び出した。

ギアを上げ、ギアを戻し、停車し、発車し、カーブを切り、「へ」の字型にバックし、ふたたび逆「へ」の字型にバックし、坂道を登り、それから車を停車した別の二台の車の間にサンドイッチのなかみのようにバックで入れる……坂を登り、ブレーキをかけ、発車し、坂道を下り、ギアを上げ……ひとつひとつ、整然と完璧にやってのけた。コースの終わりは目前に迫ってきていた。観衆が私に拍手をしているのが聞こえ、サハラウィまでが叫んでいた。「中国の女の子はすごい、すごい！」

調子に乗った私は、その時、頭がおかしくなったに違いない。突然後を振り返って主任試験官の座っている塔を見た。その瞬間、車はコースをはずれ、目を射るような砂の海へ滑りこんで行った。私はあわてた。だがエンジンは止まってしまい、車はそこで動かなくなった。

拍手は驚きに変わり、やがて大笑いとなった。ひときわ大きな笑い声の主はほかならぬホセだった。私も我慢できなくなって笑いながら、車から逃げ出した。ギリシャの神々と同じように、私もこのまま自分を笑いながら死んでしまいたかった。

その一週間は苦い経験から教訓をくみ取り、切実に反省した。「油断すれば荊州を失う」[3]と言う。今度は必ず慎重にやるのだ。

次の月曜日、ひとりで試験場へ行った。そのときは慌てず、気がせくのを我慢して、四、五十人が全部乗りおえるのを待ち、それからいよいよ出陣した。

四分以内で終えるべきすべての動作を、私は二分三十五秒でぜんぶやり、ミスはまったくなかった。合格者の発表では、わずか十六人の名前が読み上げられたにすぎなかったが、私は唯一の女の合格者だった。

大隊長は私をからかった。「サンマウの運転はまるで弾丸のようなスピードだ。将来交通警官をやってもらうと、頼もしい助っ人になるよ」

歩いて家に帰ろうとしていると、ホセがいかにもうれしそうな顔をして迎えに来た。数十キロも離れた所で仕事をしていたのに、昼休みを利用して駆けつけてくれたのだった。

「おめでとう！　おめでとう！」やって来るなり言った。

「あら、あなた千里眼なの？」

「たった今ベランダの囚人さんが教えてくれたよ」

私は本気で考えていた。刑務所に閉じ込められている人々は、必ずしも、外で自由にしている人々より悪いとはかぎらない。

この世の中で本当に悪い奴は、我々中国人の言う「龍」のように、大きくもなり小さくもなり、姿を隠したり現れたりして、捕まえることはできないし、閉じ込めておくこともできないのだ。

ホセのために昼御飯を作っている間に、ホセに刑務所までコーラの大箱二ケースとたばこを二カートン届けるよう頼んだ。なんといっても彼らは私が試験を受ける時、鼓笛隊のように応援してくれた

3『三国志通俗演義』。蜀の関羽は荊州の守りについていたが、天下無敵を誇るあまり注意をおこたり、ついには呉の呂蒙の計略にかかって荊州を失った。

のだもの。

彼らを軽蔑することはできなかった。私自身、彼らよりどれだけ高潔だというのか。

午後長いドライブをしてホセを仕事場まで送ると、そのまま町まで引き返し、車を隠してから、歩いて最後の関門「路上試験」を受けに行った。その「はしご」は登れば登るほど面白くなり、私はこのような試験の過程を大いに楽しむようになっていた。

五十度にもなる正午には、焼けつくような陽射しが、一列ごとに並んだ建物の影を人通りの絶えた街道に短く落としているだけで、町じゅう死んだようになり、時間もここでは凝固し始めていた。

その時私が見た光景は、完全に一幅の超現実主義の絵の再現で、[4] 深く感動した。もしその時鉄の輪を転がして走る少女の姿が加われば、より真に迫っただろう。

「路上試験」は、つまりそのような交通量のないところで始まった。

私はその時刻なら、町では犬一匹轢くこともなく、町の外では木にぶつかることもないとわかっていた。だがやはり油断は禁物だった。

発車の前には方向指示器を出し、後をよく確認する。発車したら道の右側を走り、黄色いラインはふまない。十字路では停車、横断歩道は、徐行する。町には信号がないので、この部分は省略。

十六人はまたたく間に試験をおえた。大隊長は全員に交通隊の売店でジュースを御馳走してくれた。そのうち八人がスペイン人、七人がサハラウィ、それと私だった。

大佐は全過程の合格者にすぐ臨時の運転免許証を発行してくれた。正式の免許証はスペインから送られてくる。

先週私はずっと自分に言い聞かせていた。モロッコの国王ハッサンが「スペイン領サハラ」へやって来てお茶を飲むまでに、私はあの天へのはしごをてっぺんまで登らなくてはならないのだと。今てっぺんまで登った。「魔王」はまだ来ていない。

大佐は七枚の免許証を発行した。私はそのうちの一枚をもらった。

免許証があると、運転するのに気分も態度も無論以前とは大違いだった。比較して初めてその違いがわかった。

ある日、車を止め、歩きだそうとした瞬間、突然にゅっと湧いて出たように例の二人の警官が現れ、私を一喝した。「わっ、今度は捕まえたぞ！」

私は落ち着きはらって免許証を取り出すと、二人の前にかざした。

ところが二人はそれにには目もくれず、反則切符を切った。

「罰金二百五十ペセタ」

「なんですって？」自分の目が信じられなかった。

「バス停の前に停車するのは違反です！」

「この町にバスは走ってないわ。走ったことさえないわ」大声を上げた。

「将来走ります。標識はもう立ってます」

4　キリコ「通りの神秘と憂愁」。

「そんなのってないわ。払いません。お断りよ」

「標識があれば停車できません。バスが走っていようがいまいがね」

私は腹を立てると、頭が特別に冴えてくる。交通規則を一ページ一ページ頭の中ですごいスピードでめくった。

次に警官を押し返すと、車に飛び乗り、猛スピードでバス停の標識から数メートル離れたところまで移動し、車を止めた。車を降りると、反則切符を警官の手に押し戻した。

「交通規則によると、ある場所に停車して二分以内に発車すれば、停車とは認められないとあるわね。私は停車して二分以内に発車したわ。だから違反にはなりません」

「官兵強盗を捕まえる」[5]でこの二人はまた負け。切符はヤギに御馳走することね。

私は大笑いすると、野菜籠をさげて「砂漠軍団」の酒保に向かった。今日は新鮮な果物や野菜が買えるかどうか、さてさて運だめし。

一日、また一日と、もともと砂漠育ちではない「変り者」の私は、長々しい苦しい、悠久の歳月を、面白おかしく暮らしていこうとどうにか努力している。

――涼しい気持ちのいい秋――。

5 台湾の子供の遊び。数人で官兵と強盗に分れて捕まえっこをする。

II　哀哭のラクダ

自宅の見取り図

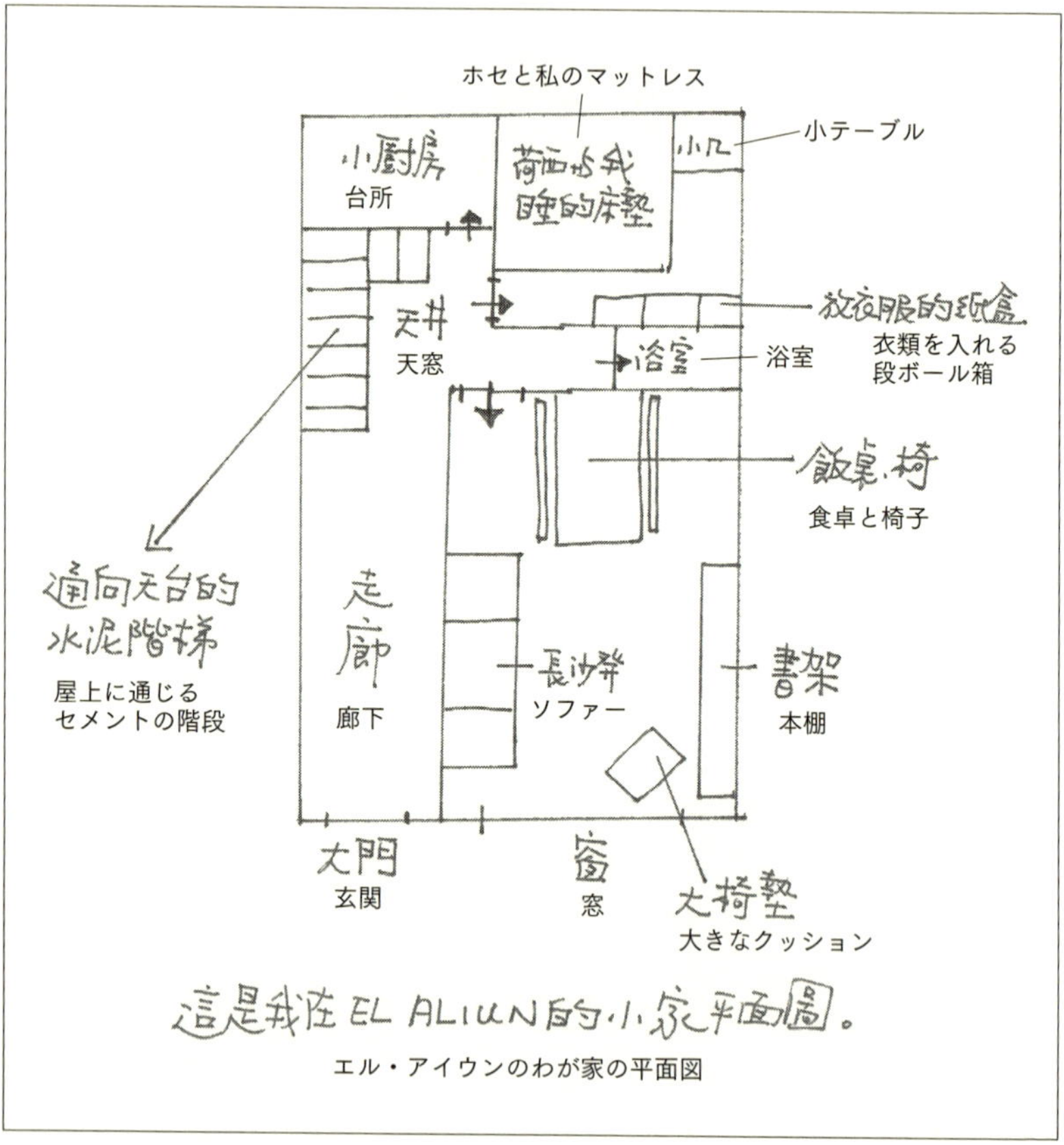

＊見取り図は三毛直筆

わが手で城を

実は、当初あくまでもサハラ砂漠へ行くと言い張ったのは私で、ホセではなかった。その後、長く滞在することになったが、それはホセのためであって、私のためではなかった。

それまでの私はずいぶん多くの国々を放浪した。高度な文明を持つ社会に、住んだし、よく見、充分に味わいもした。感動しなかったわけではないし、私の暮らしぶりについても、なにがしかの影響をうけた。しかし所詮一ヵ所にとどまって、自分の心をその住んでいる都市にとどめるようなこともなかった。

以前、いつのことだったか覚えていないが、たまたまアメリカの雑誌『ナショナル・ジオグラフィック』をめくっていたら、その号に、ちょうどサハラ砂漠が紹介されていた。それを見るなり、自分でも説明できない前世を追憶するような郷愁が、わけもなく、ことごとくその見たこともない大地に呼び寄せられた。

再びスペインに戻り落ち着くことになった時、サハラ砂漠にはまだ二十八万平方キロに及ぶスペインの属領地があったため、そこへ行きたいという懐かしい狂おしい思いにまたもや苦しめられるようになった。

そんな気持も、私の知人の間では、ほぼ物笑いの種となっていた。

私は、しょっちゅう、一度砂漠へ行きたいと言っていたが、だれも本気にしなかった。

わりと私のことを理解してくれる友達もいたが、彼らは私の砂漠へのあこがれを、浮世を見限り、解脱を求めているのであって、行けばもう帰ってこないのだと解釈していた――

どれもあまり正しい見方ではなかった。

幸い、他人がどのように私を分析しようと、私自身には些かの関係もないことだった。

時間をやりくりして、砂漠で一年間暮らすことにした時、父が励ましてくれた以外、只一人、私の計画を笑いもせず、止めもせず、その上、私を煩わすこともない友人がいた。彼はだまって荷物をまとめると、先に行って砂漠の燐鉱石会社に仕事をみつけ、落ち着くと、私が一人でアフリカへ行った時めんどうを見られるよう待っていた。

彼は私が自分の考えを押し通す強情な女で、計画を変えないことを知っていた。

その人が愛のため砂漠で苦労している時、私は心の中ではすでに、彼と共に天の果て地の果てまでも生涯さまようことを決めていた。

その人こそ、今のわが夫ホセである。

もう二年も前のはなしだ。

ホセが砂漠へ行った後、私は一切の瑣事を片付けたが、誰にも別れは告げなかった。飛行機に乗る前、一緒に部屋を借りていた三人のスペイン人の女の友達に手紙と部屋代を残した。ドアを閉め外に出て、こうして一時は慣れ親しんだ生活方式に区切りをつけると、いっさんに未知の大砂漠へ向かった。

飛行機がプレハブのエル・アイウンの飛行場に着くと、別れて三ヵ月になるホセがいた。

その日ホセはカーキ色の軍服のようなシャツを着て、ひどく汚れたジーンズをはいていた。私を抱きしめた腕はとても力強かったが、両の手は見るに堪えないほど荒れ、髪の毛も髭も黄色い砂ぼこりだらけで、吹きさらす風に顔は赤黒くかさかさになり、唇は乾いてひびわれ、目にはなにか痛手を受けたかのような苦痛が漂っていた。

わずか数ヵ月で、見かけや顔の表情がこうも激しく変わったのを見て、驚き、胸が引きつるように痛かった。

そこではじめて思い至った。今これから始まる生活は、私にとって、すでに大きな試練という事実になっており、もはや夢見ていた、ロマンチックとさえ言える幼稚な考えは通用しないのだ。

飛行場を出ると胸がときめき、内心の興奮をこらえ難かった。ずっと抱き続けてきた郷愁、突然この地に戻って来たとなると、込み上げる感動を抑えることができなかった。

サハラ砂漠は、私の心の奥深くにあって、長年ずっと私の夢の恋人なのだ！

目を上げて見渡すと、無限に続く黄色い砂の上を、寂しげな強い風がむせび泣くように吹き渡っていた。天は高く、地はどっしりと重々しくそして静かだった。

ちょうど夕暮れ時で、夕日は砂漠を血のようにまっ赤に染め上げ、悲しいほどに美しく恐ろしかった。初冬に近い時候で、もともとは炎熱と烈日を期待していたが、大地は見渡す限りの詩情ある荒涼とした風景と化していた。

ホセはじっと私を待っており、私はホセに目を移した。

ホセは言った。「きみの砂漠だ。今きみはその懐の中にいるんだ」

私はうなずいたが、喉がぐっと詰まった。

「異邦人《エトランゼ》、行こう！」

ホセは何年も前から私をそう呼んでいた。当時ちょうどカミュの小説が流行っていたからではなく、「異邦人」というのが、私にぴったりの呼び方だったのだ。

というのも、私はこの世で、従来自分が世間にあまたいる人々の中の一人だとは思っていなかった。私はしばしば普通の人々が生活するレールから飛び出そうとし、その理由も説明できないことをしていた。

飛行場はひっそりしていた。飛行機から降りたわずかな人々は、もうとっくにいなくなっていた。

ホセは私の大きなトランクを担ぎ上げ、私はリュックを背負い、片手にピローケースをさげて、ホセについて歩き出した。

飛行場から、ホセが半月前に借りておいた家まで、かなりの距離があった。途中、トランクもリュックもひどく重かったので、二人はのろのろと歩いた。ときおり何台か車が通ったので、手を挙げて乗せてもらおうとしたが、だれも止まってくれなかった。

四十分近く歩いて、坂道の方へまがり、舗装した道路へ出ると、やっと炊事の煙と人家が見えた。ホセは風の中で言った。「ほら、これがアイウンの町の外まわりだ。俺たちの家は下にある」

二人が歩いて来た道のずっと遠くの方には、何十ものおんぼろの大きなテントが張られており、トタンぶきの小屋もあった。砂地にはひとこぶラクダが数頭と群れになったヤギがいた。

その常に濃い藍色の布を好んで身に着ける民族を初めて見たが、それは私にとって、別の世界の幻想の境地へ入って行くことだった。

風に乗って少女たちの遊ぶはしゃいだ笑い声が聞こえてきた。

人の居る所には、言い知れぬ活気とおもしろみがあった。

生命は、そのような辺鄙で立ち後れた貧しい地方でも、同じように活気にあふれて息づいており、それは、決してあがきつつ生存しているものではなかった。砂漠の民にとって、彼らのこの地における生老病死はいかにもごく自然な営みのようだ。立ち昇る煙を見ながら、そのゆったりとしたさまは優雅だとさえ思った。

自由自在な生活は、私の解釈では、精神上の文明だ。

やっと、二人は長い通りへ入った。通りのそばには、さびれたブロック建の四角い家が、夕日をあびて点在していた。

私は一列に並んだ家のいちばん端の小さな一軒、入口が楕円形のアーチ型をした家にことさら目を引かれた。直観的に、あれがきっと私の家だとわかった。

ホセははたしてその家の方へ歩いて行くと、汗びっしょりの背中から大きなトランクを入口に下ろすと言った。「着いたよ。これが俺たちの家だ」

その家の真向いは広いゴミ捨て場で、その先は一面波のような砂の谷、更に遠くは広大な空だった。家の後ろは急な坂で、砂はなく、大きな石がごろごろ転がり、堅い土だった。隣家には人影も見えず、ただ絶え間なく吹く風が、激しく、私の髪の毛と長いスカートをなびかせていた。

ホセがドアを開けた時、私は肩にかけていた重いリュックを下ろした。

短い廊下が薄暗い光の中に見えた。

ホセは後ろから私を抱き上げると言った。「俺たちの初めての家だ。きみを抱いて入る。今からきみは俺の奥さんだ」

淡々として深い結びつきだった。私はそれまでに熱烈に彼を愛したことはなかったが、だが同じように充分に幸福で心地よかった。

ホセが大きく四歩歩くと、廊下は尽きた。目を上げると天井の真中に大きな四角の穴が見え、穴の外は薄墨色の空だった。

ホセの腕の中から抜け出すと、ピローケースを放り出し、すぐ部屋を見に行った。

この家では実は歩く必要はなく、大きな穴の下に立ってちょっと見れば一目瞭然だった。

少し広めの一部屋は通りに面しており、行って歩いてみると、横が大きく四歩、縦が大きく五歩あった。

もう一つの部屋は小さくて、大きなベッドを一台おいたら、出入りする場所と、そのわきに腕を伸ばしたほどの横長の空間があるだけだった。

台所は新聞紙を四枚広げたほどの広さで、黄ばんで割れ目のある水槽が一つと、セメントの調理台があった。

浴室には水洗式の便器があったが、貯水タンクはなく、洗面用シンクがあった。もう一つなんともびっくりさせられたのは白いバスタブがあって、それはダダイズムの芸術作品そのものだった――実際に使うことがないのなら、それは彫刻なのだ。

その時はじめて、台所と浴室の外にあるセメントの階段を思い出した。どこへ通じているのか見たかった。

ホセは言った。「見なくていいよ。上は共同の屋上だ。明日見てごらん。数日前に雌のヤギを一匹買ったんだ。家主のといっしょに飼ってもらっているから、これから新鮮な乳が飲めるよ」

自分たちにヤギがいることを聞いて、私は思いがけなく、大喜びした。

ホセはせっかちに、私にこの家の第一印象を聞いた。

私は自分がわざとらしい声で緊張して答えていることがわかっていた。「いいわ、気にいったわ。本当よ。だんだんと整えていきましょう」

そう言いながら、私は必死でその辺一帯を見回していた。床はセメント、そしてでこぼこ、壁はブロックそのままの灰色、石灰の上塗りはしていない。ブロックの継ぎ目に垂れたセメントがそのまま乾いていた。

頭を上げると、吊り下げられた裸電球はとても小さい。コードには蠅がびっしりと止まっていた。壁の左の隅には穴が開いていていて、風が絶え間なく吹き込んできた。

水道の蛇口をひねると、濃い緑色の液体がポタポタと滴るだけで、一滴の水も出てこなかった。崩れ落ちてきそうな屋根を見上げながら、ホセに聞いた。「ここの家賃は一月いくらなの」

「一万ペセタ（ニュー台湾ドル七千元）[1]、水と電気代は別だ」

「水は高いの？」

「ドラム缶一杯が九十ペセタだ。明日市役所へ行って配達を申請しなくちゃ」

私はがっくりしてトランクの上に腰をかけたまま、黙りこくっていた。

「さあ、すぐ街へ行って冷蔵庫を買って、なにか食べる物を買おう。生活上の問題は早急に解決しなくちゃね」

あわててピローケースを手に取ると、ホセの後に続いて外に出た。

街までの道筋には人家や、砂地や、墓場や、ガソリンスタンドがあった。すっかり日が暮れる頃に、やっと街の明かりが見えてきた。

「それが銀行だ。あれが市役所、裁判所はその右隣。郵便局は裁判所の一階だ。店は何軒もある。俺たちの会社の本社事務所は正面に並んでいる大きなやつだ。緑色のライトがついているのが酒場で、

1 当時の日本円で五万円あまり。

壁に黄土色のペンキが塗ってあるのは映画館――」

「あそこに並んでいるアパートはずいぶんすっきりしてるわね。どんな人が住んでるの？　あら、あの大きな白い家には樹も植わっているし、プールもあるわ――白いレースのカーテン越しに音楽が聞こえてくるあの大きな建物もレストランなの？」

「アパートは上級職員の宿舎で、白い家は総督の住まいだ。当然庭園もあるよ。音楽が聞こえてくるのは将校クラブ――」

「まあ、イスラムの王宮があるわ。ホセ、ほら――」

「あれは国営ホテルで、四つ星だよ。政府の要人が泊まるのさ。王宮じゃない」

「サハラウィはどこに住んでるの？　たくさん見たわ」

「町の中、町の外、どこにでもいるよ。俺たちの住む一帯は墓場区って言うんだ。これからもしタクシーに乗ったら、そう言えばいい」

「タクシーがあるの？」

「あるよ。しかも全部ベンツだ。買い物を済ませたらタクシーで帰ろう」

同じような雑貨店でひどく小さな冷蔵庫を買い、冷凍チキン、ガスコンロ、毛布を一枚買った。

「こういうことは俺が前もってできなかったわけじゃない。先に買ってきみが気に入らなかったらいけないと思ってね。さあ、自分で好きなのを選んでおくれ」ホセは低い声で言い訳をするように言った。

なにを選ぶというのだろう？　小さな冷蔵庫はその店にただ一つしかなかったし、コンロはどれも皆同じ。それに借りたばかりのあの灰色の家を思い出すと、なんの楽しみもわいてこなかった。

お金を払う時、ピローケースを開けて言った。「まだ結婚してないから私もちょっと払うわ」

それはホセと知り合って以来の長い習慣で、勘定は割り勘にしていた。

ホセは私がいつも手にぶらさげている物がなにか知らなかったので、首を伸ばしてのぞき込んだが、飛び上がるほど驚いた。ぱっとそれを胸に抱きかかえると、ポケットをまさぐりお金を取り出し、店に支払った。

外へ出てから、ホセは声をひそめて言った。「こんなに沢山の金をどうしたの？　なぜピローケースに入れてたのをひとことも言わなかったんだ」

「父がくれたの。全部持って来たわ」

ホセはこわばった顔をして黙っていた。私は風の中でじっとホセをみつめていた。

「あのね——つまり——、きみが長いこと砂漠に住むのは無理だと思うんだ。きみの旅行がおわったら、俺も仕事をやめるから、いっしょに帰ろう！」

「どうして？　私がなにが気に入らないと言ったの。どうしてあなたが仕事をやめないといけないの？」

ホセはピローケースをポンポンとたたくと、ぎごちない笑顔をみせた。

「きみがサハラへ来るのは、うわべは強固な意思だが心の中ではロマンを追ってるんだ。すぐ嫌になるよ。そんなに沢山金を持っているのに、ほかの人と同じように暮らしていく気にはなれないさ」

「お金は私のではないわ。父のよ。使わない」

「いいよ、明日の朝早く銀行へあずけよう。きみは——以後俺の稼ぐ給料で生活するんだ。とにかくやっていくしかない」

ホセの言うことを聞いていると、むかむかと腹が立ってきた。知り合ってこんなに長くなるのに、あんなに多くの国々を一人でさまよって来たのに、その少しばかりの金のために、結局ホセの目にうつる私はやはり軽薄で見栄っ張りの女なのだ。言い返そうと思ったが、黙っていた。私の底力を、今後の生活で証明してみせるのだ。今あれこれ言っても、言うだけ無駄というものだ。

その最初の金曜日の夜は、やはりベンツの大きなセダンに乗って墓場区の家まで帰った。

砂漠での最初の夜は、私はシュラフの中に縮こまり、ホセは薄い毛布にくるまって、零度近い気温のもと、セメントの床にテント用のシートを一枚敷いただけの上で、二人とも夜が明けるまで凍えていた。

土曜日の早朝、二人で町の裁判所へ行って結婚の申請をした。それから法外な値段のベッド用マットレスを買った。ベッド本体を買うなど夢のようなはなしだった。

ホセが市役所で水の配達を申込んでいる間に、私はサハラウィが使う大きな目の荒い蓆《むしろ》を五枚と、鍋一個、皿四枚、フォークとスプーンを各二組買った。ナイフは、二人の手持ちを合せると十一もあって、料理にも使えるので買わなかった。そのほかに水桶、ほうき、ブラシ、ハンガー、石鹸、米や油や酢や砂糖等……。

品物はどれも高くて気が滅入った。私はホセが渡してくれた薄っぺらなお札のたばを握りしめたま、それ以上なにを買う気にもなれなかった。

父のお金は、中央銀行に定期預金として預けた。半年据置きで利息は〇・四六パーセントだった。

お昼に家に帰ってから、初めて家主一家を訪ねた。家主は意気軒高たるサハラウィで、ともかく第一印象は互いになかなか良かった。

その家でポリタンクに半分水を借りて帰ると、ホセが屋上に上がって大きな貯水タンクの中の汚れをきれいに洗った。私はまず御飯を炊いた。米が煮えると、鍋をあけ、それからまたその鍋でチキンを半分煮た。

蓆の上に座って食べていると、ホセが聞いた。「米に塩を振ったの?」

「いいえ、家主に借りてきた水で炊いたの」

その時やっと思い出したが、アイウンの水は深い井戸から汲み上げている濃い塩水で、淡水ではなかった。

ホセは普段は会社で食事をしていたので、当然そのことには気がつかなかったのだ。

家には、かなりの物を買い入れたが、目につくものといえば床に敷きつめた蓆だけだった。二人は週末のすべての時間を掃除にはげんだ。ぽっかりあいた天窓から、キャッキャとおかしな声を上げるサハラウィの子供たちが首を伸ばしてのぞき出した。

日曜日の夜には、ホセは家を離れて燐鉱石の現場まで行かねばならなかった。翌日の午後に来るかどうかたずねると来ると答えた。彼が働いている場所は、家から往復百キロ近くの行程だった。

この家には週末だけ男の主《あるじ》がいた。平日ホセは仕事がおわるとすぐ帰って来て、夜も更けてから、会社の送迎バスで寮へ戻った。昼間私は一人で町へ行き、午後涼しくなると近所のサハラウィが遊びに来ることもあった。

結婚手続きの書類は遅々としてはかどらなかった。私は退職した外人部隊の司令官に紹介してもらって、よく水売りの大型トラックに便乗して周辺数百キロの砂漠の中を走り回った。夜になると自分でテントを張って遊牧民のそばで眠った。軍団司令官の声がかりだったので、敢えて私に手出ししようとする者はいなかった。私も常に砂糖、ナイロンの釣り糸、薬、たばこなどを持って行って、何一つ持っていない住民に分けてあげた。

砂漠の奥深く入り込んで、夜明けや日没の頃、野生の羚羊が幾つも群をなして疾駆する美しい光景を見ている時だけ、現実生活の単調さや苦労も忘れた。

このように、二ヵ月にわたり、一人でたびたび町を出て旅をして過ごした。

結婚については、マドリードの二人の元の戸籍があった地区の裁判所で結婚の公告が行なわれた時、まもなく本当に落着くのだとわかった。

家というものが、突然離れることのできないところとなった。

あの私たちのヤギだが、私がつかまえて乳をしぼろうとするたびに、飛び上がって角で私を突こうとした。私は毎日沢山、牧草と麦を買ってきて食べさせたが、家主は自分の家の柵を使われるのがあまり気に入らぬようだった。

時には、少し遅れて行くと、乳はもう家主の奥さんがすっかりしぼっていた。私はそのヤギを可愛がりたいと思っていたが、ヤギは私にも、ホセにも懐こうとはしなかった。そこでヤギは家主に贈り、ヤギに懐いてもらおうと無理強いするのはやめた。

結婚前のしばらくの間、ホセは少しでも多く金をかせぐため、他人の分まで夜勤をした。夜を日に継いで働いたので、めったに会うことができなかった。家のことは、ホセが来ないので、多くの荒仕事も全部自分で手掛けた。

近所にはサハラウィ以外に、一軒だけスペイン人一家が住んでいた。そこの奥さんはカナリア諸島出身の元気でたくましい女性だった。

彼女は飲用水を買いに行くたびに、いつも一緒に行こうと私を誘った。

行きはポリタンクはからっぽだから、当然彼女の歩調について歩くことができた。

だが十リットルの淡水を買った後は、いつも彼女に先に行ってもらった。

「なんと情けない人だね、これまでに水を運んだことがないっての」彼女は大笑いして私をからかった。

「でも——とても重いの。先に行っててちょうだい——待たないで」

焼けつくような陽射しの中、両手でタンクの取手を持ち、四、五歩歩くと、すぐ立ち止まる。一息ついて、また持ち上げて十歩ほど歩く。また立ち止まり、また歩く。汗はダラダラと流れ、背骨は痛くてガタガタし、顔から耳まで真っ赤になり、足元までふらついた。だが家は、はるか彼方の黒い点で、永遠に行き着くことができないように思えた。

家にたどり着くと、すぐ蓆の上に上向きに寝転んだ。こうすると背骨の痛みが少しはやわらいだ。

時にはガスがきれたが、空のボンベを引っ張って町まで交換に行く元気はなかった。タクシーはまず町まで歩いて行って呼んで来なければならなかったので、これもおっくうだった。

そこで、私はよく隣のブリキのコンロを借りて、家の前にうずくまって火を起したが、煙にむせて涙が止まらなかった。

そんな時は、母が千里眼でないことを喜んだ。そうでなければ、最愛の娘のために、その美しい頬を涙でぬらしたであろう――うちの娘は、私たちが、掌中の珠《たま》といつくしみ育ててきたのにと。母はきっとそう言ってさめざめと泣いたであろう。

私は別に滅入ってなどいなかった。人間にとって、より多くの異なる生活を経験することはいずれにしろ貴重なことだ。

結婚前、ホセが残業をすると、私は蓆の上に座って、窓の外を吹き渡る泣くが如き訴えるが如き風の音を聞いていた。

家には本や新聞はなく、テレビはなく、ラジオもなかった。食事は床に座って、眠る時はもう一つの部屋へ移って、じかに床に敷いたマットレスの上で横になった。

壁は日中は火傷をしそうに熱く、夜は氷のように冷たかった。電気は運がよい時は来るが、大半は停電だった。夕方になると、あの四角い天井の穴を眺めた。砂が音もたてず、粉のように降ってきた。

夜になると、白い蝋燭をつけ、溶けて流れる涙のような蝋が、何の形になるのか眺めていた。

この家には引き出しもなく、洋服だんすもなかったので、二人の衣類はトランクにしまっていた。靴やこまごました日用品は大きなダンボール箱に入れ、字を書く時は板切れを探してきて膝の上に乗せて書いた。夜、黒っぽい冷たい壁を見るといっそう陰欝な気持ちがつのった。

ある時、ホセは夜間の送迎バスで現場に戻ろうと急いでいた。彼がドアを閉めるかたっという音を聞いたとたん、感情を抑えきれず涙が出た。屋上まで駆け上がると、まだ後姿が見えたので、また駆け下りて家を飛び出して追っかけた。

息もつげないほど走って追いつくと、あえぎながらうつむいて彼について歩いた。

「家に残れない？　お願い。今日はまた電気が来ないし、すごく寂しいの」両手をポケットに突っ込んで、吹きつける風に向かい頭を上げホセに哀願した。

ホセもやはり辛らかったのだ。彼が出かけた後私が追いかけて行くようなことをすると、ホセの目のまわりは赤くなった。

「サンマウ、明日は人の早番を代わったので、六時には居なければならない。ここに居たら、早朝、あんな遠いとこ間に合うわけないだろ。それに朝の乗車証をもらってないしね」

「そんなに働かなくてもいいわ。銀行にお金があるから、無理しなくても大丈夫」

「銀行の金は、将来お父さんに借りて小さな家を買おう。生活費は、もっとかせぐからね。辛抱してくれ。結婚したらもう残業はしない」

「明日は来てくれる？」

「午後きっと来る。朝、建材店へ行って材木の値段を聞いといてよ。仕事が退けて帰って来たら急いでテーブルを作ってあげる」

ホセはぎゅっと私を抱き締めると、家の方へ押しやった。私はゆっくりと家の方へ走りながら、またふり返ると、ホセもずっと遠くの星空の下で私に向かって手を振っていた。

時にはホセの家族持ちの同僚が、夜、車で私を呼びに来てくれた。

「サンマウ、うちで夕食を食べて、テレビを観よう。それから車で送ってあげる。一人で閉じこもっていることないよ」

彼らの好意の中に私をあわれむ気持ちがあると思ったので、誇り高くきっぱりと断った。その当時、私は傷ついた野獣のようで、些細なことが私を怒らせ、はてにはすっかり気弱になって激しく泣いたりした。

サハラ砂漠はこよなく美しい。だがそこでの生活は、この上ない気迫をあがなって自分を適応させていく必要があった!

砂漠が嫌になったのではない。そこに馴染むまでに、少々の挫折を味わっただけのことだ。

翌日、ホセが書いておいたリストを持って、町の大きな材木店へ値段を聞きに行った。

長いこと待ってやっと私の順番がきた。店の人はあれこれと計算した末、二万五千ペセタ以上かかり、木材はまだ品切れだと言った。

お礼を言って店を出て、郵便局へ私書箱を見に行こうと思った。家具を作るための予算は、数枚の板切れを買うにも足りなかった。

その店の外の広場を通り過ぎる時、その店先へ商品を入れて送ってきた長い木箱を山積みにして放り出してあるのが目に入った。すごく大きな板切れをブリキのテープでとめたもので、どうも捨てているようだった。

走って店に戻ると、聞いてみた。「外にある空の木箱ですがいただけないでしょうか?」そう言いながら、顔が真赤になった。生まれて以来人に板切れをくれなどとたのんだことはなかった。

店の主人はおだやかに言った。「いいよ、いいよ、好きなだけ持っていきなさい」

「五個ほしいのですが、沢山、いいでしょうか?」

「お宅、家族は何人?」

私は返事をしながらおかしなことを聞くなと思った。

店主の了解を得ると、すぐサハラウィの集まっている広場へ行って、ロバの引く荷車を二台呼んできて、五個の空箱を積んだ。

同時に買い添える道具を思い出したので、また、鋸、かなづち、巻尺、大小異なる釘をあわせて一キロ、それから滑車、麻縄、目の粗いサンドペーパーを買った。

帰り路、ロバの荷車について歩きながら、私は口笛を吹きたいような気持になっていた。

私は変わった。私は砂漠に来る前のホセと同じで、砂漠での三ヵ月の生活を経て、過去の私はいつの間にか姿を消していた。わずか数個の空の木箱のために、そんなにも喜ぶようになっていた。

家に着いたが、箱は家には入らない。外に置いておくと、近所のサハラウィが来て私の宝物を拾って行きやしないかと心配だった。

その日は一日中、五分ごとにドアを開けて箱がまだあるかどうか確かめた。夕方までそんなふうにやきもきしていたが、やっとホセの姿が地平線の上に現れた。

急いで屋上に上がると手を振って二人の間の信号を送った。ホセは了解。すぐに走り出した。入口まで走って帰ると、窓もふさいでいる大きな木箱を見たホセは、目を見開き、近寄ってあちこちなでまわした。

「どこからこんな良い木を持ってきたの？」

私は屋上の低い塀にまたがって答えた。「もらってきたの。日が暮れないうちに、滑車を作って、ここに釣り上げましょう」

その晩、二人はゆで卵を四個食べて、肌を刺す冷たい風の中で滑車を作り、木箱を屋上に吊り上げ、ブリキのベルトをはずし、懸命に木箱を分解した。ホセの手は釘にあたって血が流れた。私はしっかりと大きな箱をかかえ、足で塀をふんばって、ホセが一枚一枚と分厚い板にばらしていくのを手伝った。

「ねえ、私たちどうして必ず家具を作らなきゃいけないの？　どうしてサハラウィのように一生蓆の上で過ごせないの？」

「俺たちがサハラウィでないからさ」

「私はどうして生活を変えられないのかしら。教えてちょうだい？」三枚の板切れを抱えたまま、またそのことを考えていた。

「彼らはどうしてブタ肉を食べないのかね？」ホセは笑い出した。

「それは宗教上の問題で生活様式の問題じゃないわ」

「きみはどうしてラクダの肉が嫌いなの？　キリスト教徒はラクダの肉を食べてはいけないの？」

「私の宗教では、ラクダは針の穴を通るのに必要なの。[2] ほかのことには要らないの」

「だから俺たちはやはり、惨めに暮らさなくてすむよう、どうしても家具が必要なんだ」

なんともお粗末な解釈だった。だが家具がほしいのは確かなことで、この件についてはなんとも面映い。

翌日ホセは来ることができなかった。その頃にはホセの給料はもう残っていなかった。ホセは必死に残業をして、先々少しでも安定して暮らせるようにと備えていた。

翌々日もホセはやはり来られなかった。ホセの同僚が車で知らせに来てくれた。

屋上に二人分の高さの分厚い長い板をいっぱいに積み上げていたが、ある朝早く、町へ行って帰ってみるともう一人半の高さに減っていた。そのほかの端板は、隣の家が持って行って、羊の囲いにかぶせていた。

一日中物干し台に座って見張りをしているわけにはいかないので、仕方なく、向かいのゴミ捨て場に行って空き缶を沢山拾ってきた。缶に穴を開けると、積み上げた木材の四隅に吊した。誰かが宝物を盗もうとしたら音がするから、上がって行って捕まえようというのだ。

だが十数回も風にだまされた。風が吹いても、缶は音をたてた。

その日の午後、船便で届いたダンボールいっぱいの本を整理しているうち、偶然何枚か自分の写真

2 金持ちが神の国に入るよりも、ラクダが針の穴を通るほうがまだ易しい。『聖書』マルコによる福音書ほか。

を見つけた。

一枚はイブニングドレスを着て毛皮のコートを羽織り、髪の毛をアップに結い上げ、長いイヤリングをつけたもので、ベルリン国立歌劇場で『リゴレット』を聴いてホールを出た時のものだった。

もう一枚はマドリードの冬の夜、遊び好きの男女の一群が、旧市内の小さな酒場で歌ったり踊ったりワインを飲んだりしているもので、写真に写った私はとても綺麗で、艶のある長い髪の毛を肩に垂らして、にっこりほほえんでいた——

一枚また一枚と自分の過去を眺めているうちに、大きな一束ほどもあった写真を放り出して、がっくりと床のうえに寝転がった。その時の心境は、死んでしまった肉体が、魂を望郷台[3]へ連れて行かれてその肉親を眺めているかのようで、気が滅入りやりきれない思いがした。

振り返ってはいられなかった。物干し台の空き缶がまた私を呼んでいた。板を守らなければならなかった。その時、私の木箱以上に大事なものは、何もなかった。


生きていく過程において、たとい高尚な文学芸術であれ、豆腐の野菜炒めであれ、どちらもいかなるものか味わってみたい。それでこそ生き甲斐があるというものだ！

（とは言え、豆腐の野菜炒めですら口に入らない）

別に大したことではないが、この世で、「大漠孤煙直《なお》く、長河落日円《まど》かなり」[4]という光景を見ることのできる幸運な人間、私のような人間がどのくらいいるのだろうか？（長河はなく、煙もまっすぐに立ち上らないが）

こんなのもあった——古道の西風痩馬、夕陽西に下れば、断腸の人天涯にあり——この境地は、私にぴったり当てはまる。(痩せた馬もいないが痩せたラクダがいる)

金曜日がいちばん待ち遠しい日だ。ホセが家に帰って来て、日曜日の夜までいてまた出かける。ホセはあまりロマンチックな人間ではなかったし、私も砂漠では花鳥風月もかなわなかった。二人が考えることは、環境の改善と、物質上精神上の大苦難を克服することだった。

以前私は馬鹿なことに、御飯を炊くのとおかずを作るのを、たった一つしかない鍋で、二度に分けて作っていた。今では賢くなって、生米と肉や野菜をいっぺんに同じ鍋に入れて炊き、それで料理は出来上がり。ぐっと簡単になった。

金曜日の夜、ホセは蝋燭の光のもとで、家具のデザインをこまごまと沢山描いて私に選ぶように言った。私はいちばん簡単なものを選んだ。

土曜日の明け方、二人は分厚いセーターを着込んで、仕事に取り掛かった。

「まず全部を寸法どおりにノコで切ろう。切りやすいように板の上に座っていてくれ」

ホセは休むことなく仕事を続け、私はノコで切った板に番号を書いた。

一時間一時間と過ぎ去り、太陽は頭の真上に昇った。私はぬらしたタオルをホセの頭にかぶせ、裸

---

3 あの世で死者の霊が前世の自分の家を眺めると言われている場所。

4 唐・王維「使至塞上」。

5 元・馬致遠「秋思」。

の背中にオイルを塗った。ホセの手には水ぶくれができた。私は何もできなかったが、板を押さえていたり、時々氷水を持ってきてホセに飲ませたり、飛び込んでくる羊の群れや子供たちを追っ払ったりした。

太陽はドロドロに溶けた鉄のように降りかかってきた。炎熱にさらされ、天地がゆっくり回転しているように見えた。

ホセは一言も口をきかず、あたかも巨石を押し続けるギリシャ神話のシジフォスのようだった。そんな夫がいることを私はすごく誇らしく思った。

以前は彼がきちんとタイプした書類とラブレターしか見たことがなかったが、その日また彼の新たな一面を知った。

食事がすむと、ホセは床の上に寝転んでいたが、私が台所から出てきた時には、もう寝入っていた。起こすには忍びなかったので、そっと屋上へ上がり、テーブル、本棚、衣装掛け、台所の小さなティーテーブル用などに切り分けた板を、分類してそれぞれ重ねておいた。

ホセが目を覚ましたのはもう夕方で、飛び起きると怒って文句を言った。「どうして起こしてくれなかったんだ?」

私はうつむいたまま黙っていた。沈黙は女の最高の美徳だ。体が持たないとか、休憩が必要だとか言い訳する必要はなかった。ホセの頭は上等のセメントでできているのだから。

夜の十一時までがんばって、なんとテーブルが一つ出来上がった。

翌日は安息日だったので、当然仕事をおいて休息しなければならなかったが、ホセは仕事をしないことには魂の安息を得られなかったので、やはり物干し台で金槌を手に奮闘を続けた。

「夜もう食べなくていいように沢山おくれ。衣装掛けはまだ壁に取り付けなきゃならないが、これがなかなかめんどうで、ちょっと時間がかかる」

食事の時、ホセは突然頭を上げた。何かを思い出したらしく私を見て笑い出した。

「あの木箱だがもともと何を入れてきたと思う？　あの日、マーティン、あのトラックの運転手だ、あいつが教えてくれたんだ」

「あんなに大きいから、大型冷蔵庫かしら？」

ホセはいつまでもクックと笑っていた。

「言ってやろうか？」

「機械を入れてきたんじゃないでしょうね？」

「棺《かん》――桶《おけ》――だ。建材店がスペインから十五個棺桶を買ったのさ」

それでわかった。思い出した。金物屋の主人がたいへん穏やかに家族は何人かと訊ねたが、つまりそういうことだったのか。

「つまり、私たちこの生きた人間二人は、墓場地区に住み、棺桶の外箱で家具を作るというわけね――」

「あなた、どう思う？」重ねて聞いた。

「なんてことないね」と言うと口をぬぐって立ち上がり、また仕事をしに屋上へ上がって行った。

その意外さに、私はとても興奮した。私には特別のことに感じられて、新しいテーブルが益々好きになった。

それから何日もたたないうちに、裁判所から、結婚できると知らされた。

結婚式を終えると、二人はすぐにホセの会社の本社に寄って、ホセの早番乗車証、結婚補助金、住居手当、税金の控除、私の社会健康保険……の請求手続きをした。

私たちが正式に結婚した時、この家には、本棚が一つあり、テーブルが一つあり、寝室の空間に横長の衣装掛けを取り付けており、台所には小さなティーテーブルがあって調理台の下に押し込んで油や砂糖の瓶を置いていた。そのほかに新品のサハラの麻布のきれいな縞模様のカーテンがあった。

お客が来てもやはり蓆の上に座るほかなく、鉄枠のベッド本体も買っていなかった。壁はやはりブロックで、石灰の上塗りはしておらず、当然ペンキは塗れなかった。

結婚後、会社は二万ペセタの家具補助金の支給を認め、給料は七千ペセタあまり増え、税金は減り、住宅手当が月に六千五百ペセタ支給され、そのうえ、半月の結婚休暇もくれた。

二人が結婚証書に署名をしたので、意外にも経済上大いに改善された。だから私はもう伝統に楯突くことはやめた。結婚には良いところがあるのだ。

私たちの仲の良い友達がホセの勤務を自主的に代わってくれたので、まるまる一ヵ月完全に自分たちの時間ができた。

「最初に、きみに燐鉱を見せに行く」

二人は会社のジープに乗って、鉱石の爆破現場からずっと輸送ベルトに沿って、百キロ余り走り、輸出の荷積みをする海上の長い堤防まで走った。そこがホセの仕事場だった。

「うわっ！　これはジェームスボンドの映画ね！　あなたは００７で、私は映画の中のあの東洋の悪女よ――」

「壮観だろう！」ホセは車の中で言った。

「この偉大な工事はどこが請け負ったの？」

「ドイツのクルップさ」ホセはちょっとしょげた。

「スペイン人はこんなすごいもの作れないと思うわ」

「サンマウ、ちょっと口を慎んでもらえないかね」

新婚旅行は、ガイドを雇い、ジープをレンタルで借り、西に向かって走った。「メクネス」を経て「アルジェリア」に入り、再び西サハラに戻ると「セマラ」から斜めに「モーリタニア」に入り、まっすぐセネガルとの国境まで行き、それからもう一本のルートを北上してスペイン領サハラの南部の「ビラシスネロス」へ出て、そこからようやくアイウンへ戻った。

この時のサハラ縦断で、二人そろって砂漠のとりことなり、もはやこの花もない不毛の荒野を離れられなくなった。

スイートホームに帰った時には、休暇はわずか一週間しか残っていなかった。二人は猛然とそのあばらやの手入れを始めた。

家主に壁を塗るよう頼んだが、家主は承知しなかったので、街へ行って借家の家賃を聞いてみたが、どれも三百米ドル以上して、状況は厳しかった。

ホセは一晩中計算すると、翌日町へ行って石灰とセメントを買ってきた。それから梯子と道具も借りてきて、自分で仕事を始めた。

二人は昼も夜もせっせと働き、食パン、牛乳と総合ビタミン剤だけで体力を維持した。しかし長期に渡る苦しい旅行から帰るなり、立て続けに休む暇もなかったので、二人とも急激に痩せ、目ばかり大きくギラギラ光り、足元もおぼつかなかった。

「ホセ、私はまた休めるけど、あなたは来週からすぐ仕事よ。一日か二日休んでからやるわけにはいかないの？」

ホセは梯子の上にいて私の方を見もしなかった。

「私たちどうしてそんなに倹約しなくちゃならないの。それに――私――銀行にまだお金があるわ」

「ここじゃ左官は時間あたりで手間賃を取るのを知ってるだろ？　それに俺の腕はあいつらに劣りゃしない」

「馬鹿ね、あなたいつまでもお金を預けておいて、将来子供に無駄使いさせるつもり？」

「もし子供が生れたら、十二歳になったら家を出て自分で働きながら勉強させる。金はやらない」

「じゃ将来誰のためにお金を使うの？」梯子の下からまた小声で聞いた。

「両親の老後の生活に使う。きみの両親も俺たちが砂漠を引き上げて、落ち着いたら、迎えるよ」

ホセが遥か彼方にいる私の両親のことを言うのを聞いて、涙がにじんできた。

「父も母もとても私たちのことを気遣ってくれるけど内心非常に誇り高い人なの。父は特に外国に住むのを承知しないわ――」

「承知しようがしまいが、帰って両手で抱えておいでよ。二人がまた台湾へ逃げ帰ろうとしても、ずっと先のことさ」

そこで私はこの立派な婿殿の築く空中楼閣のために、またがんばって石灰とセメントを混ぜるほかなかった。梯子の上から時々ポタポタとぬれた塊が落ちてきて、私の頭の上や鼻の先にあたった。

「ホセ、はやく中国語を覚えてよ」

「覚えられない。それはお断り」

ホセはなんでもできたが、語学の才には恵まれなかった。フランス語はもう十年になるが、大して話せるとは思えなかったし、ましてや中国語は言うに及ばず、このことは無理強いしなかった。

休暇最後の日には、この家は、中も外も真白に塗り上げられた。墓場区ではまさにはきだめに鶴で、所番地の札がなくても市役所へ申請に行く必要はなかった。


七月は、一ヵ月分多く基本給を貰った（ここでは十一ヵ月働いて、十四ヵ月分の給料を貰う）。結婚補助金、住居手当も全部支給された。

ホセは仕事がおわると、坂道を走り近道をして帰ってきた。家に入るなり、あちこちのポケットからおカネを取り出すと、床の上に置いた。緑色のお札の山だ。

私からすると、驚くほどでもなかったかもしれないが、社会に出たばかりのホセにとっては、初めてかせいだ大金だった。

「ねえ、ねえ、これでスポンジのマットレスが買えるよ。毛布がもう一枚と、シーツも枕も買える。外で食事もできるし、貯水タンクももう一個買える。新しい鍋も、新しいテントも――」

おカネの大好きな二人は床にひれ伏してお札を拝んだ。

おカネを数えおわると、私は笑顔で八千ペセタを別にして置いた。

「それはどうするの？」

「あなたの服を買うのよ。ズボンは全部テカテカだし、シャツの襟も全部擦り切れてるわ。靴下はどれも穴があいてるし、靴も、一足ちゃんとしたのが要るわね」

「要らない、まず家だ。俺の改装はそれからだ。砂漠で服は必要ない」

ホセはやはり底に穴のあいた革靴を履いて仕事に行った。

私はブロックを部屋の右側に並べて敷き、その上に棺おけの板を置いた。それから厚いスポンジのクッションを二個買ってきて、一個を壁にもたせかけて置き、もう一個は板の上にぴたりとねかせて置いた。その上にカーテンと同じ色とりどりの縞模様の布をかぶせて、後を糸で細かく縫った。

こうしてまがいもなく立派なソファーができ上がった。様々な色彩がまっ白な壁にはえて、ひときわ明るく美しかった。

テーブルは、白い布をかぶせ、その上に母が送ってくれた細い竹のすだれを置いた。可愛い娘のために、母は、娘のほしがっていた中国製のコットン紙の電燈のシェードまで送ってくれた。

陶器の茶道具も一組受け取った。大の親友林復南は大きくひと巻にした現代版画を送ってくれ、平さんは航空便で皇冠叢書を大きな段ボールいっぱい送ってくれた。父は仕事の帰りに風変わりなポスターを見つけ、買って送ってくれた。姉からの貢物は衣類、弟たちのは最高に傑作で、和服風の湯上がり着を手に入れてホセに送ってきた。ホセが着ると三船敏郎みたいだった――三船は私のもっとも好きな映画俳優のひとりだ。

母のコットン紙のシェードを低く吊り下げ、林懐民の黒地に白抜きの「雲門舞集」[6]という雄渾自在な四字の書を壁に貼ると、我が家に、なんとも言えないムードと情緒が出てきた。

こういう家であってこそ、はじめて更に磨きをかけようという意欲が生れるのだ。

ホセが仕事に行っている間に、本棚を濃い木肌色に塗った。ペンキではなく、褐色の塗料だが、中国語で何というのか知らない。本棚はこれでいっそう貫禄がついた。

よく自分を分析してみるのだが、人間は、生れながらに割り当てられた境遇を抜け出そうとしてもそれは非常に難しい。わが家だが、サハラウィから見れば、必要とするような物は何もない。しかし私は、この束縛から逃れることができず、身の回りの環境をまた以前と同じように複雑にしようとしていた。

だんだんと、また以前の自分に戻っていた。つまり、再び花鳥風月にこだわりだしたのだ。

ホセが仕事に出掛けると、すぐに向かいのごみ捨て場へごみを拾いに行った。

古いタイヤは、拾って来るときれいに洗い、蓆の上に置いて、その中にまっ赤な布のクッションをはめ込んだ。鳥の巣のようで、誰が来ても争って座った。

6 林懐民によって一九七三年に創設された台湾を代表する現代舞踏団の名称。

濃い緑色の大きな空瓶を抱えて帰ると、勢いよく繁った野生のいばらを一群れ挿した。そこには強烈な、苦痛を覚えるような詩情があった。

様々な形のジュースの空瓶は、小さなペンキの缶を買って来て、インディアン風の模様と色で厚く塗った。

ラクダの頭蓋骨はとっくに本棚の上に置いていた。またホセに無理を言ってブリキとガラスでランプも作ってもらった。

腐りかけた羊の皮は、拾って来るとサハラウィのするように、まず塩で、それから「スボ」(明ばん)を塗ってなめすと、敷物が一枚でき上がった。

クリスマスには、私たちは砂漠を離れてマドリードへ舅、姑に会いに帰った。

再び砂漠に帰る際、ホセは子供の時から大学までの本を全部持って来た。砂漠の小さな家は、以来、読書人の家という趣が生じた。

私は砂漠を本当に美しいと思ったが、砂漠は私のことをそうだとは思っていない。

哀れな文明人よ!　こういう無用の品々から抜け出すことができない。

「この家にはまだ植物が足りないわ。緑ってものがないわね」

ある晩ホセに言った。

「足りないものはいっぱいあるよ。永遠に満足できないさ」

「そんなことないわ。だからあちこち拾いに行かなくちゃ」

その晩二人は総督邸の低い塀を這い上り、四本の手で必死に庭の花を掘った。

「早く、ポリ袋に入れてよ。早く、あの大きな、つるが伸びてるのも一本欲しいわ」

「あれっ、この根っことときたらなんて深いんだろう！」

「土も要るわ。早く入れてよ」

「もういいだろう。三本もある」ホセは声をひそめて言った。

「もう一本ほしいわ。もう一本でいいから」私はまだ抜いていた。

突然、正門の前に立っていた衛兵がゆっくりとこっちに向かって歩いて来るのが目に入った。驚いて腰を抜かしそうになった私は、大きなポリ袋をホセの胸に押しこんで、慌てて叫んだ。

「抱いて、ぎゅっと。しっかりキスするの。狼が来た、早く！」

ホセがあわてて私を抱きしめたので、可愛そうに、花は二人の間に挟まれた。

衛兵は果たして駆足でやって来ると、銃弾をガチャと銃に込めた。

「何をしてるんだ？　こんな所でこそこそと？」

「私――私たち――」

「さっさと出て行け。ここはおまえたちがいちゃいちゃする所じゃない」

二人はしっかりと抱き合って、低い塀に向かって歩いた。神よ、塀を登る時、どうか花が落ちませんように。

「シーッ、正門から出て行くんだ。さっさとしろ！」衛兵はまた怒鳴った。

二人は抱き合ったままそぞろ歩いて逃げ出した。私はその上衛兵にむかって十五度のおじぎをした。このことを後で外人部隊の老司令官に話したら、彼はながいこと大笑いした。

この家に、まだ満足できなかった。音楽のない所は、あたかも山水画に渓流や瀑布を欠いたようなものだ。

倹約してラジカセ代を工面しようと思い、私は歩いて遠い「外人部隊」の酒保まで買い物に行った。はじめて行った時はとても気をつかって、ほかの女性たちのように、無理に割り込んだりひったくったりできず、きちんと列に並び、四時間待ってやっと籠いっぱいの食材を買った。値段は一般の雑貨店に比べて三割がた安かった。

それから、私はしょっちゅう行った。そこの軍人たちは私に確かに分別があると見て、義侠心を起こした。

彼らはちょっとえこひいきまでして、私がカウンターの方へ行って、まだ列に並ばないうちに、太ったがさつな女たちの群れ越しに公然と大きな声をかけてきた。「今日はなにが要るの?」リストを手渡し、しばらくすると、彼らは奥で全部きちんと箱に詰めてくれる。私は支払を済ませると、走ってタクシーを呼びに行く。遠くの方からタクシーが来て、まだ止まらないうちに、軍服姿の立派な兵士が、箱を担いで来てタクシーに積み込んでくれ、私は半時間もしないうちに家に帰り着くのだ。

ここにはいろいろな兵団が駐留していたが、私は外人部隊だけが好きだった(以前言った砂漠軍団だ)。

彼らは男らしく、苦難に耐えることができる。敬意を受けるべき類の女性たちに敬意を表する。戦争もするが、風雅も解する。毎週日曜日の夕方、外人部隊の交響楽団は市役所の広場で演奏する。「魔笛」、「禿山の一夜」、「ボレロ」等、種々のクラシックが演奏され、「メリーウィドー」でフィナーレとなる。

ラジカセとテープは軍団の酒保で節約して手に入れた。テレビ、洗濯機にはずっと魅力を感じなかった。

私たちはまたお金を貯め始めた。次の計画は白馬だった。現代の馬はローンで買うことができたが、しかしホセは現代人であるのをいやがり、一度で支払おうとしていた。そこで、私はまた歩くしかなかった。白馬を手に入れるのは四、五ヵ月待っての話だ。

町へ行く唯一の近道は、サハラウィの二ヵ所の広い墓場を抜けて行く道だった。彼らの埋葬の方法は死者を布にくるんで砂に掘った穴に入れ、表面を大小の石ころで覆うのだ。

ある日いつものように、あちこちに盛り上がった石ころの群れをよけて歩いていた。永遠の眠りについた人々を踏んで彼らの安らかな眠りをじゃましたくなかった。

その時、ひどく年をとったサハラウィの男が、墓のそばに座っているのが目に入った。彼がなにをしているか興味をひかれたので行ってみたが、近くまで行ってはじめて彼が石に彫刻をしていることがわかった。

なんと！　彼の足下には二十個ちかくの石像が積んであった。立体的に盛り上がった人の顔、鳥、子供の立ち姿、裸体で横たわった女は両足を開いており、陰部には生れ落ちんとする赤子が半身をのぞかせた姿も彫られていた。その他さまざまの異なる動物、カモシカやラクダ等があった……。気が遠くなるほど驚いた私はしゃがみこんで声をかけた。「すばらしい芸術家ね、これは売るの？」手を伸ばして人の顔の彫刻を取り上げた。自分の目が信じられなかった。なんと荒削りで感動的、自然な創作。是が非でも手に入れたかった。

老人は顔を上げてぼうっと私を見ていたが、その表情から頭がおかしいように思われた。

私は石像を三つ手に取り、彼の手に千ペセタ握らすと、町へ行くことも忘れて、家に向かって足をはやめた。

その時彼ははじめてかすれた声を上げ、よろよろと私を追いかけて来た。

私は放すまいと、しっかりと石を抱きかかえた。

彼は私をつかまえると引き戻すように引っぱったが、私も必死で聞いた。「お金がたりないの？今手元に持ち合わせがないの。あとでもっとあげるわ。もっとあげる――」

彼は口が利けなかった。腰をかがめると足下から鳥の石像を二個拾い上げ私の懐に押し込むと、やっと私から手を放した。

その日、私は食事もとらず、床に寝転がって、その偉大な無名の大家の芸術品を手に取って楽しんだ。その感動は言葉では表現できなかった。

サハラウィの隣人たちは私が買ったものが千ペセタ払って手に入れたものだと知ると、笑い転げた。

彼らは私が大馬鹿だと思い、私は、それは単に、文化レベルの相違であって、それによって生ずるものは互いに理解できないことだと思った。

私にとっては、それは値段のつけようのない宝物だった！

翌日、ホセがまた二千ペセタくれたので墓場へ行ったが、あの老人はもう現われなかった。

焼けつくような陽射しがだだっ広い墓場に照り付けており、黄色い砂と積み重ねた石の山以外は、人影ひとつ見当たらなかった。私のあの五つの石像は、亡霊からもらった記念品のような気がして、ひどく感激した。


屋根に空いた四角い大きな穴は、間もなくホセが蓋をした。

わが家には、また色々なものが増えた。羊皮の太鼓、羊皮の水袋、皮のふいご、水ギセル、砂漠の住人手織りの色鮮やかなベッドカバー、変てこな奇妙な形をした、砂などが結晶化した石――土地の人はこれを砂漠のバラと呼んでいた。

二人が注文した雑誌も次々と届いた。スペイン語と中国語のもの以外、当然アメリカの『ナショナル・ジオグラフィク』も欠かすことができなかった。

わが家は、一年の後には、すでに本物の芸術の城となっていた。

独身の同僚たちは休みになると、遠路もいとわずやって来て、一日中わが家にいた。

家のない人がやって来ると、私はいつも必死であの手この手を考え、彼らに新鮮な果物や野菜を食べさせ、スペアリブの甘酢煮などを作った。

ホセはこのようにして、一途に私たちのことを思ってくれる幾人かの親友を得た。

友人達は御馳走になりっぱなしですませるようなことはしなかった。彼らの母親が遥か彼方のスペインから送ってきたハムやソーセージを、ホセの退勤時、彼に託して、私にも分けることを忘れなかった。みんな誠意のある人々だった。

ある週末、ホセが突然、最高に貴重な「極楽鳥花」(ストレリチア)の大きな花束をかかえて戻って来た。私はそっと手を差し伸べて受け取った。この大きな花束をあらっぽく受け取っては、鮮やかな紅色の鳥たちが天国へ飛んで帰りそうな気がしたからだ。

「マノリンからきみへのプレゼントだ」

私は黄金よりもっと貴重な贈物を受け取った。

それから毎週末、極楽鳥花は部屋の隅で、自らを焼きこがさんばかりに咲き誇っていた。花はいつもホセに託して届けられた。

ホセは、彼の本といえばほとんどが大平原や広大な原野、深海、星空に関するもので、人間の心の中の問題を探索するのは好みではなかった。そういう本も読むには読むが、人生というものはそんなふうに分析するものじゃないといつも言っていた。

そういうわけで、ホセは極楽鳥花に対しては大変大事にして水を換え、アスピリンをやり、だんだんと腐っていく茎を切り取っていたが、マノリンの心理には、いっこうに注意を寄せなかった。

マノリンは燃える火の鳥がわが家に来るようになってからは、もう来ようとしなくなった。ある日ホセが仕事に出掛けた後、会社に行って内線電話でマノリンを呼び出し、私一人の時に会いたいと言った。

彼はやって来た。私は冷たいジュースを出し、真剣な態度で対応した。

「言いなさいよ！　気が楽になるわ」

「俺――俺――わかっているだろう？」両手で頭を抱え、苦悩極まる様子だった。

「以前少しそんな気がしたけど、今はっきりしたわ。マノリン、大事な友達。顔を上げてちょうだい！」

「どうこうしようというんじゃない。希望なんか少しも持っていない。責めないでくれ」

「もう花を贈るのはやめて、いいわね？　受け取れないわ」

「わかった。もう行くよ。許してくれ。あなたには申し訳ないと思っている。それにホセ、俺は――」

「ピク、（彼の姓を呼んだ）あなたは私に悪いことなんかしてないわ。一人の女に大きな賛美と励ましを与えてくれたわ。私に許しを求める必要なんかないのよ――」

「もうあなたに面倒はかけない。さよなら！」その声は低く、声を押し殺して泣いているかのようだった。

ホセはマノリンが一人でやって来たことを知らなかった。

それから一週間が過ぎた。仕事を終えて帰ってきたホセは、ダンボール一杯の本を抱えていた。

「マノリンはおかしな奴だよ。突然仕事をやめて帰国した。会社が月末まで残るように言ったのに聞かないんだ。この本を全部俺たちにくれた」

無造作に取り上げた一冊を見ると――『アジアの星空のもとに』というものだった。

胸の中にふと、かすかな失意がよぎった。

以後独身の友達が来た時は、いつも特に自分の言動に気をつけた。台所を守る主婦が、以前、男の子たちの中に混じって気炎を揚げていた主要人物に取って代わった。

家の中はこのように快適に清潔に美しく整えられたが、私が開校した無料の女学校は長い休暇に入っていた。

近所の女たちをほぼ一年教えたが、彼女たちは数字に関心を示さず、保健衛生に関心を示さず、またお金の見分けがつこうがつくまいがいっこうに気にかけなかった。彼女たちは毎日やって来たが、走り込んで来ては私の服を着たがり靴を履きたがり、口紅、眉墨、手に塗るクリームをほしがるか、そうでなければ皆でベッドの上に寝転がった。私はすでにベッドの本体を買っていたので、地べたに敷いた蓆の上で寝る彼女らにはひどくめずらしかったのだ。

彼女たちがやって来ると、きちんとした家の中はめちゃめちゃになった。本は読めないが、ジャクリーヌ・ケネディやオナシス等の有名人のことは私より詳しく、ブルース・リーまで知っており、スペインのセクシーな男女スターともなるとそれこそお手の物、好きな写真を見つけると、雑誌から破り取って帰る、服は体にまとった布の下に着こんでそのまま帰って行く。数日後に返してはくるが汚れているしボタンは切り取られている。

この家は、彼女らが来ると、シナリオを書くまでもなく、彼女らが自作自演でびっくり仰天の「災難映画」を披露してくれるのだ。

ホセがテレビを買った時、彼女らがいくらドアをたたいて私を罵ろうとも、いっさい開けなかった。テレビは電気が来た時、私たちにとって唯一、最も直接的に外の広大無辺な世界と接触するものだった。だが私はやはりあまり好きではなかった。

シーツを手で何回洗ったかわからなくなった頃、ついに小さな洗濯機がホセによって我が家に運び込まれた。

それでも私は満足しなかった。白馬が欲しかった。カラー写真の広告にあるようなあんな白馬が欲しかった。

その頃、町で多くのヨーロッパの女性と知り合った。

私は従来近所へおしゃべりに行くような習慣はなかったが、ホセの上司の奥さんでとても気の合う中年の婦人がいて、その人が自発的に、裁縫を教えてあげると言った。あまり気がすすまなかったが、ときたま会社の上級職員宿舎へ会いに行った。

ある日のこと、袖口が合わない服を持って教えてもらおうと彼女を訪ねた。ちょうどそこには大勢奥さんたちが座り込んでいた。

最初彼女たちは私に対してとても愛想がよった。それは私の学歴が彼女たちの学歴より高かったからだ。（なんたる俗人、学歴が人の何をはかることができるのか？　学歴が何の役に立つのか？）

そのうちだれやら馬鹿者が私に訊ねた。「どの宿舎に住んでいるの？　今度お訪ねするわ」

私はごくあたりまえに答えた。「ホセは一級職員で、管理職ではありません。だから宿舎には入れないの」

「それでもお訪ねするわ！　私たちに英語を教えてちょうだい。町のどこに住んでいらっしゃるの？」

私は答えた。「町の外です。墓場区です」

部屋の中が突然いたたまれないように静まりかえった。

優しい上司の奥さんはすぐ私をかばうように彼女たちに言った。「彼女の家はとても品よくしつらえてあるのよ。思いもかけなかったわ。サハラウィの借家も彼女の手にかかると、まるで雑誌に出てくる部屋のように美しく変わるの」

「あのあたりは行ったことがないわ。ほっほっ、伝染病にかかりやしないかと心配でね」もう一人の奥さんが言った。

私は卑屈な人間ではないが、彼女たちの言葉にやはり傷ついた。

「砂漠へ来て、生活上の物質に苦労をする経験をしないのは、だれにとってもせっかくの経験に大きな損失だと思いますわ」私はゆっくりと言った。

「砂漠ですって、いいえ、こういう宿舎に住んでいたら、砂漠だってこと全く感じもしないわ。あなた！　残念ね、どうして町に来て住まないの。サハラウィといっしょだなんて――チェッチェッ――」

さよならを言って出てくると、上司の奥さんが追っかけてきて、そっと言った。「また来てね！きっとよ！」

私は笑いながらうなずくと、階段を駆け降り、わがいとしの白い家へ飛んで帰った。

町には住まないと決心した。

砂漠ではモロッコとモーリタニアがスペイン領サハラを分割しようとしていた時であったため、この地は風雲地帯となり、各国の記者が大量の撮影機材を携えてやって来た。

彼らは皆国営ホテルに泊まっていたが、そこへは私はめったに行くことはなかった。

その頃私たちは車（私の白馬）を買ったので、休日町にいることはなおさらめずらしかった。

たまたまある日、車で町へ帰ってくる途中、町から五十キロほど離れた所で、誰かが手を振っているのが目に入ったので、なにごとかと思いすぐ車を止めた。

その人の車が軟らかい砂に完全にめり込んで、助けを待っていたのだ。

私たちには経験があったので、すぐに古いじゅうたんを取り出し、まずその外国人といっしょに手でタイヤの下に四本の溝を掘った。それから前輪にじゅうたんを敷いて、彼に車を発進するよう言い、二人は後ろから車を押した。

もっと軟らかい砂地でも、大きなじゅうたんを敷けば、タイヤは沈まない。

ほぼ一時間かかって、やっと完全にその車を舗装道路まで上げることができた。

その人は通信社から派遣されて来た記者で、国営ホテルで食事を御馳走すると言ってきかなかった。

ホセも私もその時はくたくたに疲れていたので、彼の誘いを振り切って家に戻った。そのことは翌日にはもう忘れていた。

それから半月もたっていなかった。一人で家にいる時、窓の外から話声が聞えてきた。「間違いないよ、この家だ。聞いてみよう」

ドアを開けると、目の前に立っていたのは、あの日車を押してあげた人だった。彼は手にセロハン紙で包んだ大きな――「極楽鳥花」の花束を抱えていた。もう一人友達がいっしょで、彼の同僚だと紹介された。

「おじゃましてよろしいでしょうか？」たいへん礼儀正しく聞いた。

「どうぞお入りください」

私は受け取った花束を台所に置いてから、冷たいジュースを用意して出て来た。その時手に盆を持っていたので、そろそろと歩いていた。

するとその外国人がもう一人に英語でひそひそと話している声が聞こえた。「驚いた！　俺たちサハラに居るんだろうか？　なんと！　なんと！」

小さな部屋に入って行くと、二人はすぐにソファーから立ち上がって盆を受け取った。

「どうも、お座りになって」

彼らはきょろきょろと部屋の中を見回していたが、我慢できなくなったように、私が墓場で買ってきた石像のところへ行くと手に取って撫でた。そして私の方を振り向きもせず、しきりに感嘆の声を上げた。

　もう一人は私が壁の隅に吊り下げていた小さな自転車の錆びたホイールをそっと手で押した。その輪は弧を描いて揺れた。

「砂漠での暮らしは、ポップアートでいくしかないわ」私は鉄の輪を押さえて笑った。

「なんてことだ！　この家は私が見たどこよりも美しい砂漠の家だ」

「廃物利用よ」私はまた威張って笑った。

　二人はまた戻ってソファーに腰をかけた。

「気をつけて！　お座わりになっているのは棺桶の板よ」

　驚いて飛び上がった二人は、そっとカバーをめくって中を見た。

「ミイラは入っていないから、大丈夫」

　最後に、石像を一個売ってほしいと散々たのまれた。

　私はうーんと一瞬うめいてから、石でできた鳥を一個取り上げ彼らに渡した。鳥の体には石本来の淡紅色を残した部分があった。

「お幾らですか？」

「お金はいらないわ。このすばらしさのわかる人には、値段のつけようがありませんし、それが分らない人には、一文の値打ちもありません」

「しかし――気持ちだけでも」

「極楽鳥花をくださったじゃないの？　これでおあいこよ」

彼らはしきりに礼を言いながら帰って行った。

また数週間が過ぎた。ホセと二人で町で映画を観ようと待っていた時、突然また別の、他所から来た男性が近づいて来た。その男性が先に手を伸ばしてきたので、私たちはわけのわからぬまま握手するほかなかった。

「他の通信社の記者から聞いたんですが、あなた方は砂漠じゅうで一番美しい家を持っていらっしゃるのですね、きっとあなた方でしょう！」

「そうですわ。ここでは、私が唯一の中国人です」

「あのう――もし――もしあまり失礼でなかったら、お宅を拝見したいのですが。ちょっとあることの参考にしたいのです」

「あなたは――」ホセが聞いた。

「私はオランダ人ですが、スペイン政府の委託を受けて、ここにサハラウィの為の住宅を建てます。団地です。お差しつかえないでしょうか――」

「いいですよ。いつでもどうぞ」ホセが答えた。

「写真を撮ってもいいでしょうか？」

「かまいません。そんなこと気にすることはありません」

「奥さんの写真もよろしいでしょうか？」

「私たちはごく普通の人間ですから、ご遠慮します」私は即座に答えた。

翌日、彼はやって来た。たくさん写真を撮り、また私たちがこの家を借りた時はどんな状況だったのか聞いた。

私は来て最初の一ヵ月に写したフィルム一本分の写真を見せた。

帰りぎわに記者は言った。「御主人にお伝えください。お二人は美しいローマを築かれたと」

私は答えた。「ローマは一日にして成らずよ」


人というものは、本当に不思議なもので、他人に証明してもらわないと、往々にして自分の価値がわからない。

私は、それから当分、その砂地の中の城でうっとりとしていた。


ある日、家主がやって来たが、彼は日頃はめったに家に入って来て座るようなことはなかった。入って来ると、腰を下ろし、それからいばった様子で立ち上がるとあちこちと眺めた。

続いて言うことには、「以前言ったように、あんたたちが借りたのは、サハラじゅうで一番立派な家なんだ。もうはっきりとわかっていると思うがね！」

「ご要件はなんでしょうか？」私はずばりと聞いた。

「これほどの家は、以前の値段では借りられない。つまり――家賃を上げたいんだ」

こう言おうと思った――「あんたはブタだ！」

だが私は黙ったまま、契約書を取り出してくると、家主の目の前に冷やかに突きつけて言った。

「値上げするのなら、明日あなたを告訴するわ」

「あんたは――あんたは――あんたたちスペイン人は俺たちサハラウィを馬鹿にする」なんと私よりもっと怒った。

「あなたはちゃんとしたイスラム教徒じゃないわね。たとえ毎日お祈りしたって、神はあなたの力になってくれないわ。さっさと出て行ってよ」

「わずかな値上げで、俺の宗教はあんたに侮辱された――」家主はわめいた。

「あなたが自分で自分の宗教を侮辱したのよ。どうぞお引き取りください」

「俺は――俺は――畜生――」

私はわが城門を閉じ、つり橋を収め、彼が門の外でわめき歩くのに耳を貸さなかった。テープをセットすると、ドボルザークの『新世界から』が部屋いっぱいに流れた。

私は、タイヤで作った丸いクッションまで歩くと、ゆっくりと腰を下ろした。あたかも王のごとく。

親愛なるお姑様

うちの主人ホセと私が結婚した顛末は、駆け落ちというロマンチックな事態までは至らなかったが、しかしこの結婚式は二人が歩いて裁判所まで行って手続きをして、めでたし、めでたしとなったもので、両家の父母はいずれも列席しなかった。

私の方の家庭では、従来子女に対して進歩的で理解があったので、私は両親に何でも話し、結婚についても事前に両親の承諾を得ていたので、あとから突然電報で期日を知らせた。こういうやり方は親不孝で無礼ではあるが、親は心から娘を愛しており、この世界の果てをさすらう娘が立派な婿を選んだのを見て、悲喜交々の思いにかられたに違いない。両親は心からホセを受け入れてくれた。父はそのうえ私に繰り返し言い聞かせた。キリスト教の父なる神が、世の人に言ったように――これは我が愛する息子（婿）である、以後彼に従うように――

一方ホセの家では、私の舅と姑はどうしてこんなに運が悪いのかわからないが、四人の娘と一人の息子の結婚で、なんと、一人として事前に親に相談した者はいなかった（あと息子二人娘一人が未婚なので、まだ希望があるかもしれない）。

かわいい子供たちの中には、結婚前日にやっと宣言した者（ホセ）、結婚してからようやく手紙で知らせた者（アメリカにいる長姉）、さらに、本人はマドリードの両親の前にちゃんと座っていながら、同時に南米コロンビアの教会で、密かに権限を代行させて花嫁不在の海外結婚を成立させた者（次姉）がいた。

この兄弟姉妹たちは、明らかに立派な相手を見つけ、申し分のない結婚をしていた。たまたま、事前に、皆親にとって納得しがたいユーモアの一手を用いようとしたのだ。家の中では何の動静もなかったが、外では八人の兄弟姉妹が互いに警戒防備して助け合い、一致協力のもと、十六本の手で天を覆ったので、騙された年老いた両親は訳もわからず、威光を示そうにも、米はすでに炊き上がってしまった――後の祭りというわけだ。

これは躾があまりにも厳しく、保守的で、専制のもとに引き起こされたどたばた悲喜劇かもしれない（読者諸賢、中国の伝統文化においてのみ躾を重んじるとは考えないように。西洋世界にもおかしな現象が山ほどあるのだ！）。

さて、私は結婚した後、身分証に夫の家の姓が冠せられた。[1] そこで私は実家に対しては、まったく構わないことにした（嘘だ）。

舅、姑に対しては、僻地にあっては皇帝の力も及ばないというから、もともと構わずとも差し支えない。しかしホセに代わって子としての責任を果たすため、私は毎週一通手紙を書いた。手紙には日々のご機嫌伺い、暮らしぶりや飲食のことなどを詳細に報告した。過ちを認め深く謝罪することで、

1 台湾や中国では男女とも結婚後も姓は変えず、女性も旧姓のままである。女性は夫の姓を自分の姓の上に重ねて名乗ることも選択できる。

彼らの歓心を得ようとひたすら願った。これも彼らにとって遅まきながらの幸福と言えよう。

およそ世の中の男性というものは、表面的にはいかめしく恐ろしいかもしれないが、実際胸の内はきわめて善良で、包容力があり、意志薄弱だ。この手の人には、ちょっと手管を弄するだけで、偽りのない真心をころっと手に入れることができる。

その子あれば必ずその親あり。舅はすぐに私と手紙のやり取りを始めた。私を愛してくれる気持ちは、ホセを愛する気持と同じだった。

筆者はもとより女であり、姑も同性なので、私は互いのことがわかるばかりか、一を聞いて十を知るというところだ。自分がかくも器量にとぼしいことを考えれば、相手もそうとびきりご立派ではあるまい。私が八卦を見誤っているのであれば、もしかしたら意外にも、観音菩薩（女性かどうかわからない）のような姑か、あるいは聖母マリア（これはたしかに女性でかつ処女だ）のような姑と出たかもしれない。そうであれば、私はきっと恩愛慈悲を得ることができるだろう。

残念ながら、私の姑はそのどちらの類でもなかった。

結婚して半年過ぎ、私は辛抱強く手紙を書いたが、姑からは一字も返ってこなかった。私は決して気落ちせず、ひたすら彼女の心を盗もうとした。これは気長に一歩一歩やらねばならない（本人は「天下の大どろぼう」[2]を自称しており、なにも立派なやつではない）。

嫁の立場にある読者諸姉、あなたの結婚が、もしイブが独断でアダムに禁断の木の実を食べさせ、かく成立したのであれば、それなら、あなたと私の状況は似たようなものだ。姑の対応について、ゆめゆめ気を許してはならないと忠告する。

もし、あなたがやはりイブであっても、姑が肋骨を使ってあなたを作りあなたの夫に送ったのであれば、以下の文章は読む必要はない。あなたの貴重な時間を浪費することになる。

（しかし、用心のためだが、『孔雀は東南に飛ぶ』[3]の物語をまだ忘れていなかったら、やはり我慢して以下の文章を読んでいただきたい。飛び去らないですむ参考となるかもしれない）

さて、禁断の木の実を食べた二人は、自分たちの過ちを知って、早々に自分たちを世界の果てに打ち遣り、羊を放牧して夫婦の生活を始めた。

こういう生活は、突如喧嘩になったり、突如睦み合ったりして、平凡な日々が過ぎていく。

実家に送った手紙の中に、ざんばら髪の写真を入れ、写真の裏に書いた——乱れる髪は萌え立つ草の如く、行けば行くほど、益々遠く、益々生い茂る——写真に写った住まいは荒涼悲惨にして地獄に落ちたかのようだが、実のところ、心の中は天国に昇ったかのように幸福極まりないのだ。

天帝姑は遥か彼方におわし、私は家で勝手気まま、なんでもござれ、したい放題の有頂天——

そう、こんな時、思い出すのだ。昔、白さんという人が、こんなことを言った——離離たる原上の草、一歳に一枯栄す、野火焼けども尽きず、春風吹いて又生ず[4]——

2『案山子の手記』に収められた作品のタイトル。三毛はこの作品で、空っぽの人間だった自分は、その空洞を埋めるために古今東西の書物や他人の心を盗んだ天下の大どろぼうだと述べている。

3 中国古代最長の叙事詩。姑に厭われ実家に帰された妻が兄嫁に再婚を迫られたため自害する。それを知った夫も後を追うという悲劇を歌ったもの。「孔雀」は妻の化身である。

4 唐・白居易「古原の草」。

冬が来ると、その緑の草の生い茂る地の地主ホセ様が突然言った。「クリスマスだ。母さんに会いに帰ろう」

この言葉を聞くなり、私は興奮して涙が出た。発言主をつかんで、気もそぞろに聞いた。「どっちの母さん？　あなたのそれとも私の？」

答えは、「俺たちのだ」（外交辞令だ。つまらん）。

その時、あなたは悟るだろう。あなたの原っぱの草の「栄」はすでに過ぎ、今から「枯」に入るのだ！（泣き続ける！）

十二月のはじめに盲腸炎、腹痛、胃の出血、気管支炎を起こしたり、ぎっくり腰、足を骨折する等、こういう苦肉の策を弄しても駄目だ。私は全部やってみた。十二月二十日になると、やはり小さなスーツケースを提げて、大の男に後ろからナイフを突きつけられて、飛行機に乗り、壮士として仁を成しに行くのだ[5]——

私は法律に携わる者の家系に育ったので、小さな時から、社会のあらゆる犯罪行為をよく見聞きし、よく知っている。

そのうえ両親はまた正真正銘一流の聖人君子であり、始終こう戒めていた——外にあって身を処し世に処するには、まず自らの言行を慎み省み、立場を替えて考え、その人の環境や心情を思いやること。そこで初めて世界の公民となることができる——（法律の和解手続きの第一歩は常にこう始まる）。

そこで、私は結婚後、常に自らを省み、自己批判し、自分が犯したクェロ家の嫁としての種々の罪状を一つ一つ数えあげた。

ざっと考えても、すごい。民事、刑事を問わず、「親告罪」は勿論、あらゆる大罪を犯していた。列挙すると、姑に対していえば、姦淫、強奪、詐欺、横領、誘拐逃亡、虐待、傷害、家庭妨害等々等々の許されざる罪状を犯していた。

それを自覚するなり、まず豪気な気分が消沈した。

だが、心配することはない。悪いことを存分やったからには、いっそ面の皮をちょっと厚くして、やましい気持ちは自分の秘密として、決して姑に気づかれないように。

そう、考えれば考えるほどわかってきて、突然気がつくだろう。姑はきっと恨みに恨んでいる。自らの確かな想像力を疑う必要はない。間違いない、彼女は恨んでいる。彼女は「仮想敵」第一号だ。彼女の家に向かう飛行機の中で、その敵の一応のイメージが、すでに頭の中に描かれたはずだ。

「仮想敵」が生れたからには、あまり単純であってはならない。その人はもしかするとCIA（中央情報局）かもしれないので、自分をFBI（連邦捜査局）に配置する。どっちみち身内だからと思って、断じて油断してはならない。いずれも「局」ではあるが、「ペテン当局」、或いは「賭場当局」かもしれないのだ。

マドリードに着いて飛行機を下りた。事前に知らせておいたが、当然、花束を持って罪人を迎えに来ることはあり得ない（私服を着て、手錠を持って到着を待っている奴らがいないだけで、もっけの

5　23頁注2参照。

さいわい。さっさと宝くじを買うべきだ)。

空港で、喉が渇いたと言い張り、まずコーヒーショップへ行って腰を下ろし、ジュースを三杯飲んでねばり、やはりしぶしぶタクシーに乗った(このジュースにどうして大腸菌が入ってないのか。それならば急性腸炎になって病院へ入院して面会謝絶できるのに!)。

ついに、私は些か震える足をふみしめ、姑の美しいマンションの入り口に立った。スーツケースを置くと、緊張してホセに言った。「チャイムよ! チャイムを押して! 私が来たと言って」

その息子たる者は、当然こういうたわごとには取り合わない。彼は、身につけていたキーを取り出すと、自分でドアを開けて入って行った(放蕩息子の改心は金にも換えがたい!)。

あなたの夫は、ずかずかと果てしなく長い廊下を歩いて行く。「父さん、母さん、俺たち帰ったよ!」と大声を上げながら。

その時、どんなに度胸があったとしても、私にその一線を超える勇気はなかった。ひきつった微笑を浮かべたまま、ドアの外に立って、一分一秒とカウントダウンした。七—六—五—四—三—二—一……。

突然、廊下の端から大勢の一族が飛び出して来るのが見えた。舅が先頭をきり、姑がそれに続く。ホセの妹が叫び声を上げげて後ろから押している。長兄も次兄も遠くから腕を大きく広げた(二人ともヒゲ面)。

私は時すでに来たりぬと悟った。これも運、命! ここではじめてぐっと腹をすえ、さっと飛び込んだ。まずは舅の懐に飛び込むのが安全と思ったが、思いがけなく先に姑に捕まりしっかりと抱きしめられた。彼女は私をくりかえし眺め、あふれる笑顔。

「仮想敵」は果たしてすごい。立派な手並み。要警戒、要警戒。

われらクェロ家の新しい嫁はこのように家に引き入れられたのだ。

「お父さん、お母さん、私はたいへん申し訳ないことをしました。どうかお許しください」

（注意、あなたは――「私」と言うべきで、「私たち」と言ってはならない。息子はさらわれたのであって、無罪なのだ）

もし中国の姑だったら、あなたはもっとひどいことになっただろう。家に入るなり、まず両膝をついて、ニンニクをつぶす時のように頭を床に打ちつけて礼をする。しかし心配は無用。これは三百日も雪の中程門に立って[6]、あなたを凍えさすようなことではない。姑がよくできた人ならば、自らあなたを引き起こすだろう。

「仮想敵」を――「お母さん」と呼ぶのは、きっと抵抗を感じたろうが、なんとか口にした。不満に思うことはない。まだ「ママ」がいる。それこそが本当の愛称だ。外交辞令を、おろそかにしてはいけない。まさか彼女を――ミセス・クェロと呼ぶつもりはないだろう？（それならあなたは第一ラウンドで負けだ。愚かなり！）

家に入ってから、私はあちこちを見回した。しかしながらこの家は、整然として、明窓浄机、浴室は真っ白、ベランダの花や木は枝ぶりよく見事に育ち、どの寝室のベッドも四隅がぴんと整えられ、

6　宋の程頤に教えを乞いにきた二人の学生が雪の門前で、師が瞑座しているのを待ったという故事から、弟子が教えを乞う際の心構えをいうもの。「三百日」というのは三毛の誇張。

台所のナイフもフォークもピカピカ、定年退職した舅は清潔で品がよいものを身につけ、長兄次兄のズボンにはピシッとアイロンがきいており、妹は親切で礼儀正しかった。これらの成績を、一つ一つ細かく目に収め、ひそかに姑の成績表に書き入れる。「仮想敵」の修行度はまた一ランク上がった。私は深く息を吸い込むと、フェザー級の身で、重量級と闘う覚悟をした（姑は敵なのだ。臥薪嘗胆《がしんしょうたん》、忘るべからず、忘るべからず！）。

さて、自分の家にいるか、「ママ」の家にいるのなら、十三時まで寝て起きなくても平気だし、白湯《さゆ》に醤油を混ぜただけのものを主人に食べさせても平気、一週間に一度も洗濯しなくても平気、主人の髪の毛をつかんで、すねを蹴飛ばしたり、好き勝手に小切手帳を切る等々等々悪いことを心置きなくできるし、その報復はない。

今、不運にも敵の館に連れ込まれたのだ（彼女はあなたに恨みがあるが、あなたに言いはしない。だから自分の仮説を固め、より注意して証拠を探すのだ）。

人に害を与えたのは自分の方が先であり、防御には当然油断は禁物だ。至るところに罠が仕掛けられている。

「仮想敵」がもし間抜けだったら、家に入るなり、あなたに大きな花瓶を投げつけ、あなたは頭から血を流すだろう。それならまさに思う壺、さっさと逃げ出すことができる――君子が仇を討つには三年かかっても遅くはない――しかし、原罪はあなたにあるのだ。あなたには良心があるのだから、傷を調べて彼女を訴える必要はない――そんなことをしたら、あなたの見識はなんともお粗末なことになる！

逆に、私の「仮想敵」はこうではない。彼女の技は高く、罵ったり殴ったりすることはない。これはより恐ろしいのだ。思うに、彼女の渡ってきた橋は、私が歩いてきた道よりずっとずっと多い。じっくりと思い出してみよう――『孫子の兵法』、『三国志演義』、『水滸伝』、『紅楼夢』、『西遊記』……こういうすぐれた本は知恵を貸してくれるし、『孝女経』、『朱子家訓』にも逆の効果があるので、必要に応じてページをめくってみることだ。姑に臨む心得は、本の中至るところに先例がある。

私は何日か姑の家で過ごしたが、ずっと忘れまいと思っていた。目の前にいるのはあなたを恨みに恨んでいる人だから、想像力を緩めてはならず、しっかりと覚えておかねばならない（本人には計略があるの。へへ！）。

姑の家の客となっても、防備のない都市であってはならない。客ではあるが、忘るる勿れ、嫁でもあるのだ。

早朝、姑が起床して洗面所に行く音を聞いたら、ただちに這い起きて、服を着て、化粧をし、うがいをした後、敵が雑巾と箒に手を出す前に、早い者勝ちに奪い取る。家じゅうの清掃作業を、完璧にやらなければならない（敵に弱点をつかまれてはならない！）。

さて、この家で、舅、姑、姉妹に対して、私はわきまえて友好的にふるまっているが、ホセに対してはしばしば正体が露見する。一人で浴室に居るとき、よくひそかに自分を戒めた――ホセを叱ってはならない。ホセは今は彼女のものであり、彼を叱ったら、彼女はあなたをぶつだろう――これは子供でもわかる理屈であり、秘密ではない。

そう、姑の前で主人を叱っては駄目だ、ぶたれるかもしれないと言ったので、それを真面目に受け取るあまり、いいわ、ではせいぜい甘く彼女の息子に接しよう。もともと彼を愛しているのだ！　そういうふうにやれば仮想敵も和解してくれるかもしれない、と思うかもしれない。

あなたは、今の時代に生を享けた者。あなたのいう甘くとは、お聞きしたいが、どういう方法で表わすのだろうか？　ごく普通に夫に寄り添ってテレビを観ている。これは姑から見れば、すでに良俗を損なっていることかもしれない。そう考えたことがあるだろうか。

それに、あなたは姑が舅の膝の上に座ってケーキを食べるのを見たことがあるだろうか？　きっとないだろう？

だから、私は姑の前では、絶対ホセの膝の上には座らないし、クッションのかわりにもたれることもしない。さらに、キスなどもってのほか、死罪に相当する。

テレビさえも観ない方がよろしい。午後、長編の番組が始まったら、チャンスだ、台所で大量の油だらけの皿や鍋、箸、ナイフ、フォークやグラスにいどむ。これに勝ることはない。

万一長時間台所で奮闘して出て来ると、舅は昼寝、妹も兄さんたちも皆外出、姑は愛する息子とテレビのある部屋でおしゃべりをしている。あなたはばつが悪そうに入って行って、そっと腰を下ろす。姑はちらりとも目をむけない。あなたはそっと主人のそばに座を移し、話題に入ろうとする。しかし主人は突然あなたのことがちょっと嫌になったように、かすかに身をかわす。もしあなたが敏感なら、自分は感染症に罹っていたのだとようやく悟るだろう！

この時、むやみにかっかとなってはいけない。大事な主人をビスケットサンドにして、たいへん辛い思いをさせることになる。立ち去るべきだ。どんなに腹が立っても、時には公正さや道理をわきまえなくてはならない（たまのことだから、あまりがっくりすることもないだろう）。

あなたには話し相手がいないから、注意が必要だ。朝の七時に起きると、敵の後を追って、掃除、ベッドの整頓、買い物、台所で切ったり洗ったり、食事を整え、テーブルに並べ、それからまた大量の皿や鍋を洗うかもしれない。もしかすると実家でのお嬢さん生活に慣れているので、疲れるかもしれないし、舅をまねて昼寝をしたいかもしれない。しかし、敵は目を見開いているのに、自分は目を閉じていては、危険すぎやしないだろうか？　小のために、大を失うようなことはしないに限る。やはり裏のベランダへ行って、乾いた洗濯物を取り入れ、アイロン台を探してきて、台所で美しい義妹のために、ジーンズにぴんとアイロンをかけてあげよう。彼女は勉強する以外は、ボーイフレンドと付き合うので、これ以上彼女の仕事に負担をかけてはいけない。

「仮想敵」はもっとも危険な敵だ。彼女はあなたの婚姻の結末が吉になるか凶になるかということに対して、重大な支配権を握っている（世の中に母親を愛さない息子がいるだろうか？）。

彼女は「息子コンプレックス」で、あなたの夫は（私の夫も同様だが）、「マザーコンプレックス」で、これは天下におのずと運行する道理のひとつだ。もしあなたが、どうしても納得できない、「人間の力は自然を克服できる」とおっしゃるのなら、心理学者のフロイト先生に聞いてください。のちのちどうなるか想像に堪えない。私は催眠術のようなものをちょっと学んだが、この病を治そうにも、まだそこまで達していない。

アイロンをかけ終わったら、もう家々に明かりがともる夕方になっているかもしれない。長らく砂漠に住んでいるので、多くの車が行き交う街の、着飾った男女の群れに加わって賑やかに過ごしたい、きらめくネオンサインを見て、文明人の苦楽を味わいたいと思うかもしれない。

ちょっと試しに聞いてみよう——「ホセといっしょにちょっと外出していいですか?」

もし姑がこう言ったとする——「午前中もう外出したじゃないの、なぜまた出かけなければいけないの?」

どうか顔をこわばらせて口答えなどしないように。——「午前中はあなたと食材を買いに行ったのです。それとは別です」

ましてや、頭がおかしくなって、許可がもらえないからと、コートをひっかけて街へ飛び出し、夜遊びをして帰らないなどということをしてはならない。

敵を尊重して、極力衝突を避ける。これが自分がダウンしない基本的要素である。しょせんあなたはなんといってもフェザー級のかかしなのだ。[7]

クリスマスがついにやって来た。三日前に、姑は食事に集まる人数がどのくらいになるのか数える。舅、姑、三男五女、婿四人、嫁一人、叔母二人、叔父、その妻、いとこ二人、長男の外国人の彼女、末娘のフランス語の先生、大声を上げて走り回る孫たちが全部来て十四人……。

一家勢ぞろいして合計三十七人。

——クリスマスのご馳走作りは今年は新婚さんの担当よ、私たちの食べたいものは酢豚、モツ炒め、鶏肉の味噌炒め——

家族会議で、全員大喜びのうち挙手可決した。私は心臓が騒ぎ、口から飛び出しそうになり、さっとホセに目をやると、スリラー小説に没頭しており、耳はふさがり、目まで見えなくなったようだ。その時、あなたはやっとわかるだろう。鶏が鳴く前に、親愛なる夫は、イエスの使徒ペトロと同じように、三度、主を知らないと言うのだと。

二十三日、早朝に起床すると、大きな買い物籠を三つ、小さな手押し車を一つ持って、一個大隊の人間が食べる食材の買い出しに出掛けようとする。

首をのばして姑の姿を見ると、床に膝をついて客用の大量の皿を整理しており、振り返って義妹を探すと、このところずっと早朝から彼氏とデート、午後は学校で、当然ながら影も形も見えない。

何気なく部屋へ行ってブーツを出すふりをし、顔を上げ親愛なる夫をちらりと見る（まだベッドの上で布団にくるまっている）。

――一緒に行って買い物籠を持ってくれない？

たまたま姑が入って来る。あなたの夫はまた「ペトロ」に変わり、大声で答える。――自分で行けよ。男は市場へ行かない――（ペトロは二度目、主を知らないと言った）

彼を恨んではならない。母親の前であなたの奴隷になれるわけがない。

一人で市場へ向かう道を大股で歩き出す。両手はいつものようにポケットに突っ込むことはできず、歩くと空っぽの籠どうしがぶつかり合って具合がわるい。だが、たとえ困り果てても、頭はやはり高くもたげ、胸をぴんと張らなければならない。こうすれば、あの熱くしょっぱい液体が腹の中に逆流

7　275頁注2『案山子の手記』の序に書かれた案山子のイメージ。雀にバカにされ散々つつかれても一人で愚直に田圃を見守る姿を自らに重ねている。

して、きれいに塗り上げた大きな目を汚すことはない。

ということで、事実上は、負けたように見えるかもしれないが、しかしこの賭けはまだ終わっておらず、結果が出るまで、誰が勝つのかわからないので、早々と落ち込むことはない。これぞ肝心、肝心!!

二十四日、クリスマスイブの日、早朝に起床。姑はすでに美容院へセットに出掛け、舅はいつもの散歩、義妹はデート、長兄はスキー、次兄はどこへ行ったものやら、ホセは以前の同級生に会いに行って、家の中はすっからかん。

この他に多数の英雄豪傑たちが、夜、女子供を引き連れて一家団欒のため帰って来る。

あなたは考えるだろう。あら、チャンスだわ。今逃げ出さなくていつを待つの。デパートへ行って新しい服を買って、ちょっといい格好をしよう。

逃げては駄目。忘れたの、あなたは今夜の大黒柱で、三十七人のクリスマスディナーを、大きなフライパン二つで作り出すのだ。嬉しさのあまり呵呵《かか》大笑。この世にこんな良いチャンスがまたとあろうか。仮想敵にあなたの威光を披露してやろう。あなたは弱者ではない。敵に劣らぬ能力があるのだから、うまい具合に、この機会を借りて、姑の気勢をそぎ、自らの威光を高める。この時攻めずにいつを待つというのか?

自分の腕力が足りないので、その小山のような肉を切ってしまうことはできないなどと心配することはない。四ヵ月前に折れてまた繋がった足の踝をささえきれなくてもかまわない。このように立派な知恵を働かせて自分に言い聞かせるのだ——肉体の軟弱は一時的なことで、精神の勝利は永遠だともうひとつの例えだが、あなたの体力はすでに――無辺の落木は蕭蕭《しょうしょう》として下《くだ》り[8]――かもしれないが、しかしあなたの意志は――不尽の長江は滾滾《こんこん》として来る[9]――なのだ。

もしやはりうんざりして繰り返し自問するとしたら――私がなぜ、これはなんのため――こう考えるとしたら、かかしであるあなたは、間違いなく中身が空っぽの役たたずだ。

なんのため？　あなた自身のためだ（私はそんなに多くの肉は食べたくないけど）。重ねて言うが、そんなに料理をして、食べても一人では食べきれない。しかし、恩恵はその後にやって来るのだ。人は自分のためを考えなければ、天地の罰が当たるという説はある。あなたのクリスマスは一年に一度だけではあるが、砂漠の自分の家へ帰れば、まったく別人のような、いや、更に尊敬といたわりを深めたあなたの良き夫を取り戻すことができる。あなたのこの取引は間違いなく儲かっており損はしていない！（『紅楼夢』を思い出してほしい。とどのつまり、だれが賈宝玉に嫁いだのか。林嬢のまねはもう絶対にしないように[10]。彼女は愛らしく至情の人だが、結局は絶望の道しかなかったのだ！）

聖《きよ》し、この夜。ご馳走がついにテーブルに載る。一品また一品と、三十六人は、一家団欒で楽しみ最高に幸福だ。新人のあなたは、勿論忘れられている。まあ、それもいいだろう。仮想敵が初めて監

8 唐・杜甫「登高」あたり一面の木々ははらはらと葉を散らせたてており、
9 尽きることのない長江は滔々と流れている。
10『紅楼夢』のヒロイン・林黛玉のこと。賈宝玉は彼女が自分の妻になると思い込んでいたが、家族の意向で薛宝釵と結婚させられた。

視を緩めており、あなたもことごとく気を回す必要がない。ちょうどいい、気を楽に持とう。醤油砂糖にんにくを思うまま振りかけて、「自分の家」で好き放題でたらめにふるまうよき時を取り戻せたのだ。

広間でシャンペンを開ける時がきたら、初めて人々の中に入り込む。油だらけの手をぬぐって、ホセのグラスを借りてぐいと一口飲む。ホセは当然あなたがそばにいることに気がつかない（大丈夫、『聖書』に書いてある。「ペトロ」は三度、主を知らないと言ったが、鶏が鳴いた後、良心に目覚め、出て行って顔をおおって激しく泣いた。その時イエスはただ慈愛のまなざしで彼を見たが、口を開いて罵ることはしなかった。だから、あなたも、罵ってはいけない。ホセも自分で出て行って大いに泣くだろう。反省の気持ちを告げないのではなく、時いまだ至らずなのだ）。

やさしい舅は、きょろきょろと見渡し、壁際にいる新しい嫁を捕まえてきて、抱きしめるとキスをし、一同に向かって声を張り上げる――女シェフ万歳、万歳、万々歳――

得意になって我を忘れ、いっしょに万歳を唱えてはならない。姑は一生苦労してきたのに、舅はそれを一言もたたえたことはない。今日あなたをたたえたのは、彼の人情であり、手腕でもある。なすべきことはさっさと身を引き、大量の皿を下げて、台所へ消えることだ。一緒になって浮かれ客間で踊るなどもってのほかで、姑もテーブルや椅子を片付けて、疲れている。あなたは更に最後までやり遂げ、功労苦労をこの際彼女に奪われてはならない（あなたのように牡羊座に生まれた女性は、略奪が性《さが》となっていることを忘れないように）。

重量級の仮想敵に対抗するには、やり方としては柔をもって剛を制すことしかない。卵を石にぶつけるようなことはしないように。

静かな夜！　しばし安らかな眠りを与えたまえ！　かかしのわらは疲れて一束一束とばらけてきた！　目を閉じ、冷たい洗い桶の水の中に手をつけて、一匹一匹と羊を数えている。

愛しい懐かしい砂漠よ！　どんなに早く帰りたいことか。

宴は終わり人々は去って行こうとしている。私はまた手を拭き出て行って、所帯を持った何人かの姉さんたちに挨拶をする。

「みんなで必ず家の新しいプールを見に来てくれよ。ホセは明日パパとママもいっしょに来ると言ってる」三番目の姉さんの夫が言った（冬にあなたのプールを見るの？）。

「明日？　私――何人かの友達と約束があるの。以前いっしょに部屋を借りて住んでいたの。その友達に会うの」私はあわてて異議をとなえた。

「駄目、駄目。まさか姉さんの家に一度も来ないなんて。そんな約束なんか電話で断ればいいわ」二番目の姉さんも口をはさむ。

「いいわ、もうごたごた言わないで。私たち順番なのよ。姉が四人、母方の叔母が二人、父方の叔父叔母の家、各々一日ずつ。私たちに中国料理を教えてちょうだい」

「私、ねえホセ、私たち二十六日に砂漠に帰るんじゃなかった？」

「へっ！　それってね、いちばん上の兄さんがもうとっくに手を回しといたの。ホセはひどい風邪で、医者の診断書もあるわ。へっへ、あんたたち、来年の一月六日までのんびりできるわよ」

弟と兄嫁の間は直接やり取りしてはいけない[11]ということは御存じね。水に落ちたのに、彼は救ってくれないのだ。あわてて振り返ってホセを探し、「目」で悲鳴を上げる――助けて――

恐ろしい二重人格者、「ペトロ」はまた知らぬふりをした（まもなく鶏が鳴こうというのに、すでに三度主を知らないと言った。どうしてまだ出て行って痛哭しないのか、ペトロよ！　ペトロよ！）。仮想敵はにこにこ笑いながらあなたを見ている。ペトロに代わって出て行って痛哭することはない。満面の笑みでお返しをするのだ。

交渉しながら戦い、戦いに疲れたり、かなわなかったら、ただちに「和解」に出る。頭から壁にぶつかっていってはならない。

この大家族のうまやでは、全部で十一匹の、それぞれ毛色の違った現代の立派な馬を飼っていた。しかしその後の「家庭訪問」はやはりホセについて、地下鉄や、地上の交通機関を都市のネズミのように出たり潜ったりした。さらに毎日同胞のレストランの営業を妨害して、今日は二番目の姉の家でシェフの出張料理、明日は叔母の家でバイキング、「媛珊食譜」12 はぼろぼろになりそうになった。

雪が降り凍てつく極寒の夜、仮想敵の家に帰り、自分の突然荒れてざらざらになった両手を見ると、その手で主人を絞め殺したいと思うかもしれない。飛びかかって行って凶行を行おうとする（その時寝室のドアにちゃんと鍵をかけておくのを忘れないこと）、しかしホセの行動はより機敏で、低い声で一喝――何をするんだ？　気がふれたのか？

「私、気がおかしくなったわ。あなたの家に入って以来、自分を失った。あなたをも失った。私にあるのは仮想から生まれた多数の敵だけ。戦いに明け暮れ、疲れのあまり気がおかしくなりそう――」

「彼らはこんなにきみを愛している、俺も意外に感じるほど愛しているのに、きみはまだ満足しようとしない。ねえ、彼らは毎日きみが作った糊みたいな料理を食べているのに、恨み言ひとつ言わない。それを今恩を仇で返すとは、なんと良心のない女だ」

よし、あなたはもう「狂女十八年」[13]を再演する必要はない。明かりを消し、「煩寧」[14]を一粒飲んで、目覚まし時計をセットし、枯れたわらのような身体を覆い、寝よう。夢の中でおのずと涙の谷ができ、あなたを一路砂漠まで漂い帰してくれるだろう。

（ペトロ、ペトロ、忘れないで。あなたは後日逆さまに十字架にかけられ惨死するわ）

仮想敵は、クリスマスのあと間もなく、やっと街へ行ってプレゼントを買ってきてあなたに贈った。彼女に負けておらず、彼女の大きなベッドの上にはとっくにあなたが持ってきて贈った砂漠のカラフルな大きなベッドカバーが広げられている（へっへ、やはり先手が勝ちね）。

そのありがたいプレゼントは、分厚い『スペイン春夏秋冬季節の料理大全』だった。

ここで外国流エチケットが登場。目の前で開いた後、直ちに賞賛驚嘆しきりに感動の礼をのべる。

11　儒教の教えである「男女授受不親」（男女は親しくものをやり取りしてはならない）がもとになっている。

12　黄媛珊（1920-2017）が著した料理の本。黄は香港生まれ。一九六〇年代台湾における中国料理研究家、グルメ作家。著作等によって欧米にも中国料理を広めた。

13　一九五七年に製作された台湾映画。夫に捨てられ発狂した二十三歳の女性が、寺の中の木の檻に十八年間監禁されたという事実に基づく内容。

14　抗不安薬ジアゼパムの台湾での商品名。

敵はにこにこと笑いながら言う。「母さんにお礼のキスをして」

ためらうことなく、進んで行ってしっかりと頬にキスをする（幸いにも口紅をつけていないので、血の跡は付かない）。

「西洋の料理も覚えて作らないとね。ホセはひどく痩せてるから、ちゃんと時々自国の味の料理を食べさせてやっておくれ」（自国の味は二人にとっては、ラクダの肉だ）

新年を迎え、待たれる素晴らしい日曜日はまさに六日。だがまだそう甘くみてはならない。完全に籠を出ないうちから、むやみに翼をふるって音をたてないように。仮想敵は老いてもいないし、耳も遠くはない。

仮想敵はたちまち日ごと悲しみはじめ、私は透明人間になりたかった。彼らが私の姿を見ることによって、この誘拐逃走事件がまたむし返され、決着をつけられることのないように。

彼女の末息子は、もともとあんなに早く古巣を飛び出さなくてもよかったのだ。カモメのジョナサンである私が彼を百世紀の時が隔てる別世界へさらって行って、親鳥の心をこの上なく傷つけたのだ。原罪は私にある。どうして彼女が私を恨むことを咎められようか？

夜もふけ人々が寝しずまったころ、私はそっとベッドから起き出し、財布を開けてへ、そくりを数えると、まだ一万ペセタちょっとあった。

翌日朝早く起きると、姑はちょうど冷蔵庫から牛肉を取り出し、解凍して昼食に備えようとしていた。

私は近づくと、後ろから彼女の腰を抱きしめて言った。「お母さん、私たちが帰ってきて、お母さんは長い間大変でした。今日はぜひとも息子に外で海鮮料理をご馳走させていただけませんか。お父さんも兄さんたち、妹、一家そろってみんなででかけましょう。いかがでしょう?」

このことを絶対うわべだけの好意で言ってはならない。仮想敵はなんともよく気のつく人だ。声の調子や表情で彼女を騙すことはとてもできない。

そこで、ある方法を教えよう。猫をかぶって彼女の気持ちを思いやっている様子をする必要は全くない。豊富な想像力があるではないか? この時、その卓越した才能を使わなくて、いったいいつ使うのか? ぱっと目をつぶると、ぐっと腹を据え、姑を別れて久しい「ママ」だと「想像」する。精神を集中して幻想する。外から中へ……心がすぐに柔らかくなって、彼女を愛し、心からの気持ちを話すことができることに気がつくだろう。ずっと心の中で位置をしめていた「本当のママ」は、暫時、心の中の別の場所に閉じ込めて、出てこさせないことだ。

仮想敵は、このちょっとした魔術で、とりことなる。

姑たちの家の暮らし向きはたいへん豊かという程ではないが、南部のアンダルシアにオリーブの樹も何本か植えている。貧しいことはないが、しかし天性倹約を旨とし、めったに外で食事をすることがなく、たまたま息子にレストランへ誘われ、大喜びで承知した。

一家は、妹、末の弟、二番目の兄は自分たちでレストランに集合し、私たち二組の夫婦は、ホセが母親の手を引き、嫁が父親の手を引いて行く。これも一幅の一家団欒親と子の幸福な絵だ。

姑は物腰が上品で、舅は紳士らしい風格があり、ホセはすこぶるハンサムだ。ただ嫁だけが、三十六人の大会食のシェフを務めた後で、顔色は青ざめたまま、バラの花のように美しいほほをずっと取り戻せずにいた。

ロブスター、クルマエビ、コウライエビ、はまぐり、サーモン、自分の好きなものを好きなように食べる。ここは華西街[15]ではなく、ここはマドリードの繁華街にあるいちばん有名な海鮮レストランなのだ！

下劣な根性がまた頭をもたげ、虚栄心がまた起きて、こまかく黙想する。砂漠で夢にまで見た新しい服の数々は、今、テーブルの上にあり、みんながあなたの服を食べている。ボタンを一つ、ファスナーを一本、赤い布、袖の片方、今度はベルトを口に運ぶ――

悔やむことはない。焦ることはない。あなたは天下一品の人間だというのに、まさか算数は小学生にすら及ばないというのか？

計算してみよう。立派な夫は、姑が九ヵ月腹に宿し、肉体と生命を与えた。二十年以上、学校へ行く、字を覚える、家庭裁判所へ行く、病気、衣服、食事、街へ行く、散髪等と、散々苦労して大きくして、どのくらいへそくりを使ったのか？　舅はどのくらいオリーブを売ったのか？

もう一度ホセに目を移すと、かくも立派な青年を、あなたはその一卓の海鮮料理のおカネを支払うことによって、手に入れることができるのだ。この取引の結果は、損をするのか儲かるのか？

ここで腹を決め、自分の両親があなたをいかに大事に、掌中の珠のごとく育ててくれたのかを思い出すのだ。よくよく考えたら、よその両親も同じこと、心血を注いで愛しい我が子を育てたのではないだろうか。

こう考えると、熱い涙がはらはらとあふれ出しそうになり、自分の実の親の恩に報いることができないので、そこでエビをいくつか取ってホセの両親の皿に入れる。これも同じように恩返しではないだろうか？（不公平だ。これ以上考えまい。考えたらできなくなる）

ホセが妻の気持ちをわかってくれるようひたすら願う。もしこのように彼を諭すことができたら、二人とも身をもってそれぞれ双方の親に尽くすことができるのだ。それでも足りない、とても足りない！（世の中においては、男が女に尽くし、女が男に尽くすだけだ。親に尽くす孝行な子は、金のわらじを履いて探し回らなければならない。駄目だ、探しても見つからない）

帰ることになり、荷物を整理する。義妹はそばで別れを惜しんでいる。あなたは姉妹の情から、彼女が実の妹だと幻想する。綺麗な服を彼女にあげようか？　あげる。

娘は、恋に目覚めたが、この家のおきては厳格で、恰好のいい服は何枚もない。そこで彼女はやむを得ず、ボーイフレンドをしょっちゅう取っ替えて、服を替えるかわりにしている。

このことは姉妹の情が深いというだけではない。これは将来のために余地を残しておくのだ。いつの日か、サンマウが星落ち西天に帰したとき、小さな甥や姪を残しているかもしれない。ホセが再び幸福を見つけることができるよう、この美しい妹に後のことを託さねばならない。こういう段取りは、前もってきちんとやっておく必要がある。苦しい時の神頼みでは駄目なのだ。

15 台北市の中心部にある繁華街。特殊な動物や海鮮等の食材を売る店や、それを供する食堂が多くある。

別れの時はついにやってきた。心拍数はまた百五十に達する。舅は悠然と、いつものように、雨が降ろうが風が吹こうが散歩に行き、あらためて別れの挨拶をすることはない。

姑の顔つきは冷ややかなこと雪山の如し。私、この罪人は、裁きを待つ気持ちでクェロ家の門をくぐったが、また裁きを待つ気持ちでクェロ家の門を出る。矛盾、やましさ、悔恨、頭を上げられず、うつむいて靴をはき、その姿は仮想敵にひざまずいているかのようだ。

義妹は雨の中、タクシーを呼ぶため下へ行く（車を持っている者はみな出勤し、送ってくれる人はいない）。

彼女が駆け上がって来て大声で言った。――早く、車が来たわ――

私は緊張のあまり外へ飛び出して行きたかった。敵が感情を高ぶらせ、突然凶暴性を帯びて向かってきやしないかと恐れた。

姑は、車が来たというのを聞くなり、もう我慢できぬとばかり、なんと必死で矢のようにぶつかって来た。私はしっかりと立って動かず、嵐のようなびんたが来るのを待っていた（左の頰を打たれたら、右の頰も打たせ、決して殴り返さないと心に決めた。殴り返して英雄と言えるだろうか？）。

私は目を閉じ、歯をくいしばり、敵の進撃を待っていた。なんということ、敵は思いもかけず私をしっかりと懐に抱きしめると、涙とともに嗚咽し、ふるえながら言った。「わが子よ！ 早く帰って来るんだよ！ 砂漠はとても苦しい。ここにあんたの家がある。ママは以前あんたを誤解していたが、今はあんたを愛してる」（読者諸賢ご注意、この敵は初めて「ママ」と自称した。「母さん」とは言わなかった）

仮想敵は私に泣かされた。私は最初から最後まで防御だけで、攻撃はしなかったのに、彼女はなぜ泣くのだろう？

義妹とホセが上がって来て、姑の手を引き放しながら言った。「ママ、面倒をかけないで。車が行ってしまうよ。手を放して」

私はやっと彼女の懐からもがき出た。

今度は、私は頭を高くもたげ、腰もピンと伸ばしていた。不思議なことに、何も腹の中に逆流してこなかった。

爽やかな秋の気分以外に、暖かな、アンズの花をぬらす春雨のようなものが生じ、ゆっくりと私の両頬をぬらした。

もう一度、上記の白さんの言ったことに戻ってみよう（彼はまだ言いおわっていない）。サンマウは姑の家に帰ったが、白さんは姑にかわって言った――

――遠方古道を侵《おか》し、晴翠荒城に接す……又王孫の去るを送れば、萋萋《せいせい》として別情満つ[16]――

私はついに仮想敵をやっつけた。

わが親愛なるビーナス姑は、角笛の音とともにゆっくりと誕生した。

---

16 白居易「古原の草」。

収魂記

私はちょっとしたカメラを持っている。もっともこのちょっとしたというのは、自分のそのカメラを誰もが使っている玩具のような小さなカメラと比べてのことだ。

そのカメラは肩にかけると大変人目を引くので、以前マドリードに住んでいたときには、めったに使わなかった。

砂漠で、私はもともと別に人の注意を引くような人物ではなかったし、第一、人口のきわめて少ないこの土地では、人の姿を見たいと思ったら、砂地に立って、手で太陽を遮り、それでもし地平線の上に黒い点のような小さな人影が見えたら、それで充分満足だった。

砂漠へ来た当初、私の最大の野心の一つは、自分のカメラで、この上なく辺鄙な地域で暮らす遊牧民族の生活を記録することだった。

分析してみると、私のこういう異民族の文化に対する熱愛は、私と彼らとの間にきわめて大きな相違があるため、それが心の中である種の美と感動を呼び起こしたのである。

私が頻繁に大砂漠の奥深く入って行った時期は、やはり結婚前だったと言える。その頃は初めてかくも神秘的で広漠たる大地にやって来たので、できる限りあらゆる交通手段を使って、その様々な姿を知りたいと思った。より貴重なことは、その草一本生えぬ不毛の砂漠で、人々がなぜ同じように、生命の喜びと愛憎を持つことができるのか、それを見ることだった。

写真を撮ることは、私の砂漠の生活では十分に必要なことだったが、当時の私の経済力では、砂嵐の中を食物と水を携えて旅をする以外は、車を雇うお金さえ払えず、撮影というこのかなりぜいたくな事にあまり多くのお金を使う余裕もなかった。撮影への投資は、大いに重要で価値があったのだが！

私の撮影機材はカメラ以外に、三脚、望遠レンズ一個、広角レンズ一個と数個のフィルター以外は、言うほどのものもなく、高感度のフィルムを何本か買ったが、あとは白黒とカラーの普通のフィルムだった。フラッシュはうまく使えなかったので、最初から用意しなかった。

砂漠に来る前は、なん百枚か撮った写真の中に、たまたま一、二枚うまく撮れたのがあったくらいで、マドリードにいた時、何冊か撮影法の本を買ってにわか勉強もしたが、紙の上で学んだわずかな常識は、たいして役に立つとも思われず、そこで気楽に北アフリカへやって来た。

初めて車で本当の大砂漠に入った時は、手にカメラをかかえたまま、驚嘆のあまり、目にうつる景色をことごとく撮りたいと思った。

夢か幻かそれとも化物かと見まがう蜃気楼、連綿とゆるやかな起伏を描く女体を思わせる砂丘、狂おしく雨のように真正面から吹きつけてくる砂嵐、焦げ付くような大地、天空に向けて腕を伸ばし、しわがれた声で叫ぶサボテン、何千年何万年前の枯れた河床、黒く連なる山並、濃い藍色に凍りついたような大空、石ころだらけの荒野……それら一切の光景に心を奪われ陶酔し、目をやすめるいとまもなかった。

私は常にその大地で強烈に心を揺さぶられていたので、ガタガタと耐え難く揺れる旅でも、全くその苦労を忘れていた。

その頃私は自分の非力さが恨めしかった。もしもっと早くから虚心に撮影の技術を学んでおり、この自分が目にした一切の珍しいありさまを、心の中の感動を通して、それらを融合させ、その上でそれを記録として創造することができていたら、私の生活の過程における貴重な記念となったかもしれない！

写真を撮る十分なお金はなかったし、また砂漠の皮膚を刺すような激しい砂嵐も大いに私のカメラを痛めつけたに違いないが、それでも私は能力の及ぶ限りの状況のもと、記録の習作らしきものを撮り続けた。この大砂漠の住民に対して、彼らの歩く姿、食事をとる様子、衣装の色や様式、しぐさ、言葉、男女の縁組、宗教を信仰するありさまは言うまでもなく、全てに言うに言われぬいとしさを感じていた。更に、もっと楽しかったのは、注意深く観察して彼らに近づき、自分のこの方面のとどまる所のない好奇心を満たすことだった。

カメラでこの世界最大の砂漠をなんとかしようと思っても、私ひとりの力では、自分の望む水準に達することはできない。何度も旅をかさねた後、私は悟った。いくつかの点に重点をおいて取り掛かることはできるが、全面的広大な計画のもとに身の程をしらぬ仕事をするのは不可能だと。

「私たちやはり人を撮りましょうよ！　私は人が好き」ホセに言った。

私が水の運送車に便乗して旅に出る時、ホセは行かず、私だけだった。紹介してもらって、信頼できるサハラウィのバシンとその助手とで出掛けた。その旅のコースは、大半が大西洋側から出発して、アルジェリアの近くまで進み、それから南下してぐるっと回って戻ってくるもので、一度の旅で二千キロ余り走ることを要した。

遊牧民のテントが集まった場所ごとに、バシンの車はいつも定めた時間に、数十個のドラム缶に容れた水を彼らに売った。

屋根もないフロントガラスもないそのボロ車の中で、数千キロも太陽にさらされるのは、体力的にはたしかに非常な挑戦と苦痛を強いられた。しかしホセは旅を許してくれたので、私はその信頼と尊重に報いなければならなかった。だから旅行中にはほとんど何の問題も起こらなかったし、何日かの旅の後、必ず無事町へ戻ってきた。

初めて大砂漠へ入った時は、リュックとテントを除いて両手は空っぽで、遊牧民の期待していた品物は何一つ出てこなかった。同様に、私もどんな友情も得ることができなかった。

二度目に行った時は、巫女医者をやる重要性を知ったので、小さな薬箱が一つ増えた。

それに、たとえこの世界の果てに住もうとも、綺麗なものを愛する女や、食べることが好きな子供がいることがわかったので、沢山のガラス玉の首飾りや安物の指輪を買った。そのうえ、山ほどのピカピカ光る鍵と、丈夫な釣り糸、白砂糖、粉ミルク、キャンディも買った。

そういう物を持って砂漠へ行くのは、確かに、物質でもって友情を得ようとするという羞恥心を感じさせられた。だが考えてみると、私が彼らに要求したものは、彼らにもっと私と親しくなってもらい、彼らを理解したいというだけのことだった。私が交換したかったのは、彼らの善意と友情だけだ。私の贈り物によって、彼らが私の彼らに対する愛を感じ、更にこの異星人のような異民族の女を受け入れてもらうのがうれしかった。

遊牧民のテントは、群居しているといっても、随分広い範囲に散らばっていた。ただ少しばかりのラクダとヤギが入り混じって、いっしょにわずかばかりの小さな枯れ木の哀れなほどわずかな葉っぱをかじって命をつないでいた。

水売りの車がテントの前に止まると、私はすぐに車から飛び下りてテントに向かった。

その可愛くて、ちょっとしたことに驚く内陸の人々は、見知らぬ女が一人で近づいて来るのを見ると、いつも驚いてわっと声を上げて逃げて行った。

毎回彼らが私を見てお決まりの大逃亡を始めるや、バシンがすかさず大声を上げ、彼らを羊のように駆り立てて私の前で気をつけの姿勢をさせた。男はなんとかやって来ることもあったが、女や子供はなかなか近づいてくれなかった。

私はいつもバシンに無理に近くへ来させてはいけないと言っていた。そんなふうにするのはどうもかわいそうだった。

「怖がらないでね。なんにも悪いことしないわ。いらっしゃい。大丈夫よ」

彼らが全くスペイン語がわからないだろうということはよくわかっていた。だが私の話しぶりが彼らを安心させるということは、それ以上にわかっていた。たとえ何を言っているかわからなくても、おだやかに話しさえすれば彼らはもう緊張しない。

「いらっしゃい、首飾りよ。あげるわ！」

きれいな首飾りを小さな女の子の首にかけてやり、それからそっと引き寄せて頭をなでる。

贈物が大体行きわたると、次は病気をみる。

皮膚病の人には消炎の軟膏を塗り、頭痛を訴える人にはアスピリンをあげた。目のただれた人には目薬をさし、ひどく痩せた人にはマルチビタミン剤を渡した。一番大事なのは皆に大量のビタミンCの錠剤を分けることだった。

私は従来どこか一個所に着くなり、まだ完全にそこの住民と親しくならないうちに、すぐカメラを取り出して勝手に写真を撮りまくるということは、とてもできなかった。それは彼らをあまりにも尊重しない行為だと考えた。

ある時私は頭が痛いと訴えるお婆さんに二粒のアスピリンをあげた。そのあと首飾りとして鍵を一つ、頭を覆った布の下に掛けてあげた。薬を飲んで五秒もしないうちに、彼女はうなずいてもう痛くないというしぐさをすると、私の手を引いて自分のテントの方へ行った。

私に感謝を示したかったのだろう、彼女はしわがれた声で、すっぽりと布で顔を覆った何人もの女性たちをテントの中に呼び入れた。多分嫁や娘たちだったろう。

その女性たちには、なんともいえぬ強烈な体臭があった。黒一色の布が彼女たちの身体を包んでいたので、私は手まねで、顔の布を取ってほしいと頼んだ。そのうちの二人がとてもはずかしそうにオリーブ色の顔を見せた。

その二つの美しい顔、ぱっちりと大きな瞳、ぼんやりとした表情、痴《し》れたようなセクシーな唇は少しひらいている。二人の姿にすっかり魅了された私は、こらえ切れずカメラを持ち上げた。

そこに居た女性たちは、カメラを見たことがなく、勿論中国人も見たことがなかったのだろう。だからその奇妙な品物と人間に惑わされ、身動きもせず私をみつめ、写真を撮らせたのだ。

ところが、その家の男が家に入って来て、私のやっていることを見るなり、突然長い叫び声を上げると飛びかかってきた。

男は大声を上げて地団太を踏み、そのお婆さんを蹴り倒しそうになり、同時に、身を寄せ合っていた女性たちに向かって怒鳴り声を上げた。その若い女性たちは、男の怒りの言葉を聞いて、驚きのあまり泣かんばかりになってひと塊にちぢこまってしまった。

「おまえ、おまえはこいつらの魂を抜き取った。こいつらはすぐに死んでしまう」その男はたどたどしいスペイン語で言った。

「私がなんですって？」私は驚いた。全くの濡れ衣だ。

「おまえは、おまえって女は病気も直せるし、魂を奪うこともできる。ここでぜんぶ奪い取ってしまった」大声を上げて私のカメラを指さし、壊しに来ようとした。

私は状況は不利だと見て取って、カメラを抱えて外へ逃げ、車の上まで走ると大声で私の保護者バシンを呼んだ。

バシンはちょうど水を運ぶところだったが、その状況を見て取ると、直ぐに私を追って来た男の前に立ちふさがった。だが人々の群れもやはり興奮して車を取り巻くように集まって来た。

私にはわかっていた。その状況では、水をやらないとか、砂漠軍団を呼ぶとか、あるいは更にひどい迷信で彼らを脅しつけて、私とカメラを無事に出発させる方法もあった。だが、逆に考えてみると、押し寄せた人々は、彼女たちをもう「魂がなくなった人」だと思っているのだ。私から彼女たちの写し取られた魂を取り戻す権利がないということは許されない。

　もし私が何枚か写真を盗み撮って、そのまま車で去ってしまったら、彼女たちの心に残される傷はあまりにも大きい。彼女たちは自分が間もなく死ぬかと思ってすすり泣いていた。

「バシン、もういいわ。皆に言ってちょうだい。魂は、たしかにこの箱の中にあるから、今から取り出して返しますって。彼女たちを心配させないでね」

「お嬢さん、あいつら、むちゃくちゃですよ！　無知なんだから。ほっとけばいいよ」

　バシンの態度はとても横柄で、私はムカッとした。

「さあ、どけ！」バシンがまた袖を振るうと、彼らはしかたなくすこし退いた。

　その数人の、私に魂を吸い取られた女性たちは、車がエンジンをかけて発車しそうになると、たちまち血の気を失い座り込んでしまった。私はバシンの肩をたたいて発車しないように言うと、その人たちに向かって言った。「いま魂を取り出すわ。心配しないで」

　私は皆の目の前でカメラを開け、フィルムを、手品を使うように引っ張り出すと、車を飛び下りて、そのフィルムを太陽にさらして皆にはっきりと見せた。フィルムは真白で、人間の姿は見えなかった。皆はそれを見てほっと息をついた。車が動き出す前に、彼女たちは満足して笑顔を見せた。

　道中、バシンと私は笑いながら新しいフィルムを装塡すると、溜息と共に、私は便乗して私の横に座っていた二人の年老いたサハラウィに目をやった。

「以前、妙な物があってな、人に向けると、人が明らかに魂を写し取られたのが見えた。あんたの箱よりもっとすごいよ！」一人の方が言った。

「バシン、この人たちなんて言ってるの？」吹きつける風のなかでガタピシ揺れながらバシンの背中にへばりついて聞いた。

バシンの説明を聞いた私は、だまったまま、リュックから小さな鏡を取り出し、そっとその老人の目の前にかかげた。二人は鏡を見るなり、叫び声を上げて車から転がり落ちそうになり、死にもの狂いでバシンの背中をたたき、車を止めろと怒鳴った。車が止まると、二人はほとんど転げ落ちるかのような速さで飛び下りた。私は彼らの振る舞いにびっくりして、あらためて頭を上げてバシンの送水車をよく見ると、果たしてバックミラーの類いはなかった。

物質文明が人類にとって必要だとは必ずしも言えない。しかし私たちが同じ様に生活している地球上に、なんとまだ鏡すら見たことのない人間もいるのだ。実に驚き茫然とさせられた。そして彼らに何となくいささかの哀れさを感じた。そのような無知はただ地理的な環境のみによるものか、それとも人為的な原因なのか、ずっと答えがみつからない。

その次から砂漠に行く時は中型の鏡を持って行った。車を下りるとすぐ、そのピカピカ光る物を、石を積んで立てた。誰もがひどく恐ろしそうにその鏡に注意をはらったが、私のカメラにはもう関心を示さなくなった。本当に恐ろしい魂を吸い取る機械はその鏡に変わったからだ。

そうするのは写真を撮る為に考えついた猿知恵で、あまり高尚な行為ではなかった。それで自分でもたびたび鏡の前にうずくまって髪の毛をとかしたり、顔をぬぐったり、自分を写したりして、それからなんともなかったように立ち去った。私が少しも鏡を怖がっていないのを見ると、しだいに子供たちの群れがやって来た。彼らはすばやく鏡の中をちらりと見るが、べつに怖いことはおこらないことを知る。そこでもう一度ちらりと見る。またちらりと見る。ついには鏡のまわりはガヤガヤと騒ぐサハラウィの子供たちでいっぱいになった。魂を吸い取るという話は、そのようにして消えてしまった。


結婚後、私はホセの財産となったばかりか、私のカメラも、当然彼の所有するものとなった。新婚旅行で砂漠を縦断した時、私の所有主は一度もその宝物を触らしてくれなかった。彼は、砂漠の収魂人となったが、彼が吸い取った魂は、往々にしてすべて近所に住む美しい女たちだった。

ある日私たちはレンタルのジープで大西洋沿岸の砂漠まで走った。そこはもう二人が住んでいた小さな町から千キロ以上離れていた。

砂漠は黒いものあり、白いものあり、黄土色のもの、赤いのもあった。私は特に黒い砂漠が好きだった。雄壮だったから。ホセは白い砂漠が好きだ。それは烈日の中にきめ細かく積もった雪景色のようだと言った。

その日の午後、二人はゆっくりと車を走らせていた。ほとんど純白ともいえる砂漠を過ぎると、砂漠の向こうは、紺碧の海だった。その時、どこからか一面ピンク色の雲が飛んで来ると、ゆっくり水際に降下し、海辺にはたちまち一幅の落日の茜色が敷き広げられた。

私は不思議でたまらず、注意深くその天体の怪現象を見つめた。真っ昼間、どうして突然夕暮れの風景が現れたのだろう！

もう一度目をこらしてよく見た。ああ！　なんたることか！　それはフラミンゴの大群だった。何千何万羽というフラミンゴがぎっしりと群れ集まり、まさに頭をたれて水際で何か餌をあさっていたのだ。

私はホセのカメラにそっと手をやって、声をひそめて言った。「ちょうだい！　私に撮らせて。声を出さないで。動かないで」

ホセは私より早く、もうカメラを目の前に上げていた。

「早く撮って！」

「だめだ、遠すぎる。下りる」

「下りちゃだめ、静かに！」声を押し殺して言った。

ホセは私の言うことに耳もかさず、靴を脱ぐと湾に向かってそっと駆けて行った。その姿はまるで天国から来たお客の一群を奇襲するかのようだった。ホセがそこまで近づく前に、その一面の茜色の雲は、さあっと空に舞い上がり、跡形もなかった。

フラミンゴを撮れなかったことは勿論残念だったが、だがあの一瞬の美しさは、私の心の底で、一生色あせることはない。

またある時、私たちはサハラウィの友達といっしょに、テントへお客に呼ばれた。その日そこの主人は非常に丁重に羊を一頭さばいてもてなしてくれた。

その食べ方はすこぶる簡単で、一頭の羊を数十個の塊に切り分け、血のしたたるその塊を火の上に乗せて焼く。ミディアムの状態で、たらいほどもある陶器のかめに取り、塩をふり、それを皆で取り囲んで食べるのだ。

皆がそれぞれ大きな肉の塊を取ってかじる。しばらくかじると、肉をおいて、テントの外に出てお茶を飲み、小石で将棋を指す。一時間もすると、また皆は呼び集められ、中に入ってその数十個のかじりかけの肉を取り囲む。だれかがすでにかじった肉を取ってもさしつかえない。またせっせと食べる。そのように食べたり休んだり何度もくり返し、一頭の羊はあげくには、骨になってしまう。

ホセに頼んで私が骨をかじっているところを写してもらったが、写真は動作が連続していないので、その顛末をどうやって写し出せばいいのかわからなかった。――「私のかじっているこの肉にはすでに三、四人以上の唾がついているかもしれない」ということを。


またある時、ホセといっしょにラクダがこどもを生むのを見に行った。ラクダは生まれる時、立ったままの親から地面に生まれ落ちるというので、たいへん興味があった。もちろんカメラを持って行った。

ところが、そのラクダの子はなかなか生れようとせず、私は退屈で、そこら中の砂地を歩きまわった。

その時ラクダの世話をする老サハラウィが、突然遠くの地面にひざまずくのが目に入った（拝んでいたのではなく、ただひざまずいていただけである）。それからその男はまた立ち上がった。

その行為に、突然ある興味深いことを思い出した。砂漠にはちり紙がないのだ。いったい彼らはどうやって大便後の始末をするのか？

この問題はあまり建設的なものではなかったが、やはり綿密に考えた。

「ね、ホセ、あの人たちどうするの？」ホセのところまで走って行って小声で聞いた。

「見ただろう。ひざまずいてから立ち上がるのは小便だ。大便じゃない」

「なんですって、世の中にひざまずいて小便をする人がいるの？」

ほんとに知らなかったの？」

「撮ってよ！」この大発見を記録に残さないってのはない。

「ひざまずいたら長衣がかぶさるから、写真に写るのは、人がひざまずいてる姿だけだよ。何の意味もない！」

「意味あるわよ。この世の中にこんな奇妙なかっこうで小便をする人たちって他にいないわ」私は本当に面白いことだと思った。

「芸術的価値はあるの？　サンマウ」

私は返事ができなかった。


最高に面白かった撮影は、やはり大砂漠でのことだ。

私たちはアイウンの町の近くでキャンプをしていた。私たちがテントを張ったのを見た人が、おしゃべりにやって来た。まだ若いサハラウィで、たいへん友好的でもあり、スペイン語が話せた。以前スペインの修道女の移動診療車の手伝いをしたことがあるとも告げ、くり返し、自分が「文明のある」人間だと言った。

その男は私たちが彼の魂を抜き取るのを大変喜んだ。彼はホセに服を交換して写真を写してほしいと鄭重に頼み、大変注意深くホセの腕時計を借りて腕にはめ、髪の毛を何度もなで整え、完全に自分の持つ雰囲気とかけ離れた格好になった。まさに田舎くさい偽物のヨーロッパ人というところだった。

「お尋ねしますがあなた方のそれはカラーカメラでしょうか?」彼は礼儀正しく聞いた。

「ええっ?」私は驚いた。

「お尋ねしますがあなたのそれはカラーカメラでしょうか?」また繰り返した。

「あなたはフィルムのことを言ってるの? カメラにカラーなんてないわよ」

「いいえ、以前あの修道女は白黒カメラしか持ってなかったんです。俺はどっちかというとカラーの方が好きなんです」

「あなたフィルムのことを言ってるの、それとも機械のことなの?」そう言われると自分でも疑わしくなってきた。

「機械です。わからなかったら、ご主人に聞いてみてください。ご主人が手に持っているのは、カラー写真を写せるものだと思います」なんども聞きかえす女の私を軽蔑したようにちらりと見た。

「そうだ! じっとして。俺が今持っているのは世界最高の総天然色カメラだ」ホセはまじめくさって片手を上げ、その青年の優美な、自分では文明人だと思っている衣装と姿をカメラに収めた。

そばで見ていた私はホセの調子を合せたほら話に、まるでダチョウのように砂の中に顔を突っ込んで笑いころげた。

頭を上げるとホセが私にカメラを向けたところだった。私は両手で顔を隠して大声を上げた。「カラーカメラで私の純白で汚れのない魂を撮ろうっていうの！　今回は勘弁して！」

寂地

我々一行八名、車が二台、すでに張り終えたテントが三張り。

夕日の最後の残照はすでに消え、空には夕焼けの名残はなかったが、まだわずかに灰色のうす闇が射しており、物悲しい荒野に、骨を刺すような冷たい風が吹き始めた。夜が、たちまちやって来るという時ではなかったが、背後のちょっとした樹の茂みは、もうなにも見えなくなっていた。

テントを張ったり、炊事道具を運んだりして、だれもこの朦朧とした大砂漠の黄昏を楽しむことはなかった。今回は女子供を連れて来たため、出発がすでにひどく遅れていた。

マノリンはそこらで座禅を組んでいた。がっちりとした体格で背も高く、みぞおちまで垂れる長いこげ茶色のヒゲ、いつもながらの古ぼけた白いシャツを着て、膝までのショートパンツをはき、はだしで、頭にはユダヤ人が礼拝する時のような帽子を載せていた。目つきは燃える火のようで、胡坐をかき、両手で地面を突っ張って、全身をなかば持ち上げるような恰好をしており、インドの苦行僧のように、沈黙を守っていた。

ミカエルはチェックのシャツに、洗いざらしの清潔なジーンズ姿。濃い眉に大きな目、すっきりと通った鼻筋が、きわめて感性豊かな唇を引き立てていた。中肉中背で、優美な両手は彼のとてつもなく高価なカメラをしきりにいじっていた。

ミカエルはどう見てもけちの付けようがなかった。コダックで撮ったカラー写真の広告のように完壁で、どうあろうと周囲の景色にはなじまなかった。

とにかく良き仲間だった。きさくで、愉快で、朗らかで、変な所もなく、おしゃべりで、それに彼の話はとても人を楽しませた。彼といても、もめることはなかったが、どうも何か少し欠けていた。

キールイはいつも気恥ずかしそうにしていた。カナリア諸島からやって来たその壮健な青年は漁師の息子で、人柄は単純なことと分厚いボール紙のようだった。態度はいかにも謹厳実直で、私とは、それまで一度も直接話をしたことがなかった。会社では無口で真面目なことで名が通っていたが、どうしたことかおどおどした小鹿のような妻タイアオを嫁にもらった。かつて美容院で客にパーマをかけていたその妻は、キールイに嫁いだので、嫌々砂漠について来たが、彼女は、めったに他の男性とも口を利かなかった。その時、二人は自分たちの新しいテントに閉じこもっており、赤ん坊のシアウェイのアーアーウーウーという声がたびたび聞こえてきた。

ホセも黄緑色のショートパンツをはき、上にはカーキ色の綿サージのシャツを着て、ハイカットのバスケットシューズに、頭には冬用のウールのハンチングをかぶっていた。ホセが身をかがめてたきぎを拾う姿は、旧ロシアの小説の中の苦難する農民にそっくりで、せいぜい東欧の外国人、スペインの趣《おもむき》は少しもなかった。

ホセは常にいちばんよく働く人間の一人で、そうすることが好きだった。

イティスは陰鬱な表情で大きな石の上に高々と座りタバコを吸っていた。目は細く鋭く、ほとんど贅肉のない顔は、夕闇の中で、金属的な黄色が浮き立っていた。顔つきはいつも物憂げで、あざけるようだった。会社の中ではヨーロッパ人とはうまくやっていけず、同族のことも嫌っていた。ところがなんとホセの最も忠実な友なのだ。ゆったりとした藍色の長衣は地面に垂れて、パタパタと風にはためいていた。よく見ると、サハラウィにも見えず、むしろチベット人で、ヒマラヤの高原の産、そんな微かな神秘性を感じさせていた。

私は水着を着て正午に出発したが、その時は、ホセの大きなコートを上に羽織り、膝までの白いウールの靴下をはき、おさげはとっくにほどいて、手はゆっくりとボウルいっぱいの卵を混ぜていた。

タイアオは出ては来なかった。彼女は砂漠の一切をことごとく恐れて、イティスのことも怖がっていた。今回我々の陣営に加わったのは、もっぱら、母親がカナリア諸島に帰ったからで、キールイが出かけると、家に残るのもまた恐ろしい。そこでこのように泣く泣くついて来たのだ。三ヵ月になる子供を抱いて、その姿は見るも哀れだった。大砂漠での生活は彼女とは縁がないのだ。

ホセが火を起こすと、私はボウルを置いて遠くの林に向かって駆け出した。

めったに口をきかないイティスが突然大声を上げげた。「どこへ行くんだ?」

「松の――枝を――取りに」振り向きもせずに言った。

「林へ行くんじゃない!」また風に乗って後ろから大声が聞こえてきた。

「大――丈――夫――」やはり一気に駆けた。

林に駆け込み、ぱっと振り返ると、むこうにいる人々が、なんと、将棋の駒のように小さく砂の上に散らばっていた。不思議なことに、ついさっきあそこでは、樹の梢を渡る風の音がなぜテントの後ろからザワザワとやたらに聞こえたのだろう。近くに感じたのに、実は遠かったのだ。

林の中はごちゃごちゃと樹が入り組んで沢山生えていた。しばらくして目が闇に慣れると、意外にもそれは重なりあったモクマオウ[1]で、松の枝のようなものではなかった。さらに奥の方に駆けて行って、暗い影の中に深く入り込むと、ほの暗い光線の中、ちょうど樹の茂みの下に、気構えるいとまもなく、それが目の中に飛び込んできた。

ひっそりと石の小屋がひとつ、色は白、半円形の屋根、窓はなく、戸のない入り口は、黒い穴となっていた。不気味なほど静かで、神秘的なほど静かで、それなのに怪獣が埋められているような、旺盛な生命の息吹をひそませていた。

風がザワザワと吹き去り、ひそやかに吹き返してきた。周囲の暗い影がゆらゆらと揺れ動き、陰気な気配が迫ってきた。

私はぎこちなく唾を飲み込み、その小さな小屋を見つめながら後に下がった。林から出る前に、無雑作に樹の枝を一本ぐいっと引き下し、ナイフで半分に切って、力いっぱい手で引っ張った。それからまたふりむいてその神秘的な場所をちらっと見ると、見覚えがあるような、その景色は夢の中で来たことがあるかのようによく知っている気がした。しばらくぼうっと立っていると、林の中で誰かがうめくような低い溜息が聞こえるような気がして、身体じゅうに突然さっと鳥肌が立った。私は木の枝を引きずりながら、逃げるように林を飛び出したが、背後の冷え冷えとした感覚はひたひたと追っ

---

1 木麻黄。モクマオウ科の小高木。乾燥や潮風に強い。オガサワラマツとも言われる。

て来た。数十歩走ったところで、ホセが遠くで焚くキャンプファイヤーの火が、突然ボーンと音をたてて燃え上がった。まるでさっき沈んだばかりの夕日となにかを争うかのようだった。

「ガソリンをかけないでと言ったのに、またかけたのね！」はあはあと言いながら火のそばまで走って行くと、火はすでに天高く炎を上げていた。

「松の枝は後でくべよう、火の勢いがおさまってから入れてよ」

「松じゃないわ。これはモクマオウよ」私はまだあえいでいた。

「たったその一本だけ？」

「あそこ、気味が悪いの。勇気があったらあなたが行って」私は声を荒らげた。

「ナイフを貸して。俺、切ってくる」マノリンはヨガを中止して、私が持っていた大きなナイフを受け取った。

「行くんじゃない！」イティスがまた物憂げに言った。

「中に小さな家があって、すごく怖いの。見て来てよ」

マノリンはやはり行った。まもなく樹の枝を沢山引っぱって帰ってきた。

「おい、あの中は、なんだか妙だ」マノリンも帰って来るとそう言った。

「野生のイバラが十分あるよ。行かなくてもいいだろ」ホセは気にもとめず答えた。私は顔を上げてちらっとマノリンを見たが、彼は黙って汗を拭いていた。とても寒い夕暮れだというのに。

「ミカエル、肉を串に刺すのを手伝ってちょうだい」私はうずくまってバーベキュー用の串を並べていた。それからキールイたちのテントを見ると、すでにガスランプをともしていたが人の動く物音はしなかった。

　しばらくすると、食べるものは全部用意できたので、私はこっそり、卵をまぜていた琺瑯《ほうろう》のボウルを手に乗せ、遠回りをして、腰をかがめ、キールイたちのテントの後ろへ走って行った。

「瞼信《リエンイン》[2]が来たぞ！」突然大声を上げて、フォークをボウルの中でガチャガチャと打ち鳴らした。

「サンマウ、おどさないで！」テントの中でタイアオが鋭い叫び声を上げた。

「出て来て食事にしましょう。さあ、出てらっしゃい！」テントを引き開けると、タイアオはハーフコートを羽織ってうずくまっており、赤ん坊のシアウェイは地面に寝かされ、キールイが哺乳瓶でミルクを飲ませていた。

「いやよ！」タイアオは頭を横に振った。

「日が暮れてなんにも見えないわよ。見えなかったら怖くないわ。砂漠にいないのだと思うのよ。さあ、出てらっしゃい！」

　彼女はまだためらっていたので、私はまた声を上げた。「食べないの？　食べるなら出て来ないとね」

　タイアオはなんとかちらりと外を見たが、目はひどく大きく見開かれていた。

「火があるよ。怖がることはない」ミカエルも大声を上げた。

「キールイ――」タイアオは振り向いて夫に声をかけた。キールイは子供を抱き上げ、タイアオをか

2　ハッサニア語で一種の亡霊を表わす言葉。現地の発音に合わせて三毛がこの漢字をあてた。

ばいながら、低い声で言った。「怖いことないよ。行こう」。座るなり、タイアオはまた叫んだ。

「サンマウ、何を焼いてるの、真っ黒で、ラクダの肉なの——ああ——ああ——」

これにはみんな笑ったが、イティスだけはかすかにいらっとした表情を見せた。

「牛肉よ、醤油を入れたの。大丈夫。さあ、最初の一本はあなたが召し上がれ」一串の肉を手渡すと、キールイが妻に代わって受け取った。

ホセが火をがんがん起こしたので、肉を焼くには、別にベニノキ[3]の小枝で小さな火を起こさねばならなかった。そうしないと眉毛が焼けるところだった。

周囲はしんと静まり物音はなく、ただ肉が焼けてジージーとたきぎに滴たる音だけが聞こえた。

「ゆっくり食べてね。まだパンケーキもあるわ」私はまた卵を混ぜ始めた。

「サンマウはこうなんだ。カネのことは考えない。いつも食べるものを作る時は、山ほどあって食べきれない。死にそうなほど腹いっぱいにさせる」ホセは言った。

「あなたたちにひもじい思いをさせたくないの、ヘッへ！」

「タマネギ食べる？」私はタイアオに目を向けたが、彼女はすぐに首を横に振った。

「じゃ、サラダはタマネギを入れずに一皿作りましょう。別に、タマネギを全部入れてもう一皿作るわ」

「まったくマメだね」ミカエルが舌打ちをして溜息をついた。

「夜中に火を小さくしたら、サツマイモをひと山埋めておくの。あなたいつも食べるでしょう」

「あなたたち、まさか寝ないいんじゃないでしょうね？」タイアオが聞いた。

「寝ようと寝まいとその人の勝手よ。寝たり起きたりも、寝たら起きないのもその人の好きにするの」笑顔でタイアオを見ながら、ついでにもう一本肉の串を取って回した。

「私たち寝るわ」タイアオは申し訳なさそうに言ったが、だれも返事をしなかった。それぞれ好きにすればいいのだ！

食事の後、私がまだ片付けている最中、タイアオはキールイを引っ張ってお休みと言うと、行ってしまった。

火を取り囲んでいた輪から出ようとした時、つい悪戯心を起こして、またタイアオに大声で叫んだ。

「あっ——後ろから大きな目が二つじっと見てるわ！」

その声に、タイアオはキールイもシアウェイもほったらかして、驚いて座り込んだ。

「サンマウ、しっ——」マノリンがぐっと睨んだ。

「ごめんなさい、ごめんなさい。わざと言ったの」私は膝に体を伏せてくっくと笑い続けた。そんな風に変になったのも、神経がどうかしていたのだ。

夜は寒かったので、ずっと火を燃やしていた。ホセと私はしばらく火のそばに座っていたが、やはり自分たちの小さなテントへ入った。

二人はそれぞれシュラフの中に潜り込んで、上を向いて話をした。

「このあたりをなんて言うの？」ホセに聞いた。

3　ベニノキ科の半落葉性の小高木。樹皮は赤褐色。西インド諸島原産。

「イティスははっきり言わない」

「ほんとに水晶石があるの？」

「この前俺たちにくれたのは、ここで拾ったと言ってた。まああるだろう」

しばらくしんとなった。ホセは寝返りを打った。

「眠った？」

「うん！」

「明日の朝起こしてね。忘れないでよ。ねっ！」私も寝返りを打って、背中合わせになって目を閉じた。


ずいぶんたったが、ホセの方からは物音がしなくなった。多分寝てしまったのだと思い、テントの端をめくると、火のそばにはあの三人がまだ座っていた。ミカエルはイティスにひそひそと何か言っていた。

またしばらく横になって、大砂漠を渡る風が、泣いているように翼を広げて飛んで行くのを聞いていた。テントの釘が風に緩んで、帆布が顔にかぶさって息苦しかった。思いきって起き上がると、長いズボンをはき、厚いコートをまとい、ホセの上を這って、自分のシュラフを引っ張って、そっとテントを開き外へ出た。

「どこへ行くの？」ホセが小さな声で聞いた。

「外よ」私も声をひそめて言った。

「まだ誰かいるの？」

「三人とも寝てないわよ！」

「サンマウ――」

「何？」

「タイアオを怖がらすんじゃない」

「わかったわ。寝てちょうだい」

私はシュラフを抱えて、はだしで、そっと火のそばまで走って行くと、シートを敷き、シュラフに潜り込んだ。三人はまだ声をひそめて話をしていた。

空には星もなく月もなく、凍てつくような暗闇だった。風は気持ちよく吹いていたが、後の林がまたざわざわと音をたてているのが聞こえた。

「あいつはいつも大麻を吸っているし、言うこともあてにならない」ミカエルは私には聞きとれない内容を、続けて低い声でイティスと話していた。

「以前は吸ってなかったが、その後中毒になったんだ。それからずっとまともじゃない。やつのあの小さな店を見てみろ。どこもかしこも散らかり放題だ」イティスは言った。

私は目を覆っていたシュラフを引き開け、ちらと斜めに彼らを見た。イティスの銅のような顔には、たき火の光の中で、なんの感情もなかった。

「それって、あのじいさん、ハナのこと？」私は声をひそめて聞いた。

「きみも知り合い？」ミカエルは驚いた。

「知ってるわよ。何度も行って頼んでいるのに、どうしてもかまってくれなかったわ。あの人ったら、いつも大きな鳥みたいに戸棚の台のところにしゃがみ込んでいるの。ぼうっとして、小銭がいつもそこらあたりにいっぱい散らばっていてね。それでも二度も店番をしてあげたわ。彼はお客のことは考えないでいつも旅をしている」

「旅？」ミカエルはまた聞いた。

「サンマウの言う意味は、幻覚の中を漂っているってことだ」マノリンが口をはさんだ。

「ある時、行って聞いたの。ハナ、ハナ、リエンインのいるところへ行く道筋を書いて教えてちょうだいって。その日ハナはしっかりしてたわ。ところがそれを聞くなり、泣き出してしまったの——」

私は身体の向きを変えて、シュラフの中でうつぶせになり、低い声で二人に言った。

「なぜわざわざハナのとこへ行った？」イティスは納得できないという口ぶりだった。

「あなた知らないの、ハナは若い時、リエンインの墓守をしてたのよ」私は目を見開いて聞き返した。

「同族の者も道を知っている」イティスはまた言った。

「他の人は連れて行ってくれないわ。あなた、あなたは連れて行くの、イティス？」また声を押さえて言った。

彼はあいまいに少し笑った。

「ねえ、リエンインってものを、きみたち本当に信じているの？」ミカエルがイティスに軽く聞いた。

「信じている人には存在するし、信じていない人には、何も存在しない」

「あなたは？」私は頭をもたげてまた聞いた。

「俺？　あまり信じてない」

「信じてるの、それとも信じてないの。はっきり言いなさいよ」

彼はまたあいまいにちょっと笑うと言った。「きみ、知ってるだろ、俺は――」

「あなたは豚肉も食べる」私はちょっと楯突いた。

「そういうことじゃないんだ」イティスは両手を広げて笑った。

「その時ハナは泣き出したって――」マノリンは私の言いかけていた話を、また持ち出した。

「ただハナに道案内をしてほしいと言っただけなの。ハナは両手を無茶苦茶に振って言ったわ――奥さん、あそこは立ち入ってはいけない場所だ。よそ者は行くことができない。二年前、記者を一人連れて行ったが、写真を撮って帰って来たら、ばあさんが急死した。リエンインの罰だ。あれっぽっちのカネを欲張ったばかりに、ばあさんは引き替えに命を取られた――言いおわると、突然手足をばたつかせて大泣きし出したの。あの日は大麻を吸ってなかったと思うわ」

「ハナの女房が死んだ時、全身黒くなって、鼻孔からはすぐに蛆虫が這い出てきたそうだ！」ミカエルが言った。

「もっとたきぎをくべてよ」私はシュラフの中にちぢこまって、口をつぐんだ。四人は静かに向かい合っていた。火の輪の外は、どこが空で、どこが地面なのか区別がつかなかった。風が少しきつくなり、亡霊が泣き叫んでいるようで、ぞっとするような寂しさを感じた。

　ずいぶんたってイティスがまた言った。「地面が本当に裂けるんだ、いつも裂ける」

「あなた、見たの？」

イティスは重苦しい表情でうなずくと、視線を火の外へ移した。

「以前ハナはいつも幾日も幾晩も歩いて、町へ駆け戻ると報告したよ。本人がまだ町へ入らないうちに、遠くから叫んでいるんだ——また、裂けた！　また裂けた——まったく恐ろしいよ。それを聞くと、部族の面々は肝がつぶれるほど恐れた。何日もたたないうちに間違いなく死人が出た。時には、一人にとどまらない！」

「必ず死ぬって、違ったことないの？」

「違ったことはない。だが今では墓を守るものがいなくなって、心理的にはかえってずっといい」

「いまでもまだ裂けるの？」マノリンが聞いた。

「必ず裂ける。人が死んで担いで行くと、地面にいつも大きな穴が待っている」

「具合よく、地面はカラカラに乾いているからね！」。言った自分の言葉が、自分でも信じられなかった。

「セメントの地面で、しっかりふさいであるのに、地震でもないかぎり、裂けるはずはないだろう？」

「あら、あなたさっきあまり信じてないって言ったでしょう。今なぜまたそう断言するの」

「この目で見たんだ。何度もね」イティスはゆっくりと言った。

「まあ！　リエンインはだれをあの世に送ったの」私は聞いた。

「俺の女房——もそこに埋まっている。十四歳だった。死んだときはすでに妊娠していた」イティスはまるで他人事のように言った。

皆が驚き、イティスを見つめたまま、言葉が出なかった。

「何の話？」ホセもそっと走って出てきたが、うっかりして木切れをひとつ蹴飛ばした。

「しっ、リエンインのことを話してるの！」

「それって——おい——ミカエル、お茶を取ってくれ！」

たき火の周りは、ふたたびひっそりとなった。

「イティス——」私はシュラフの中で腹ばいになって声をかけた。

「えっ？」

「なぜ『リエンイン』って言うの、どういう意味？」

「リエンインってのは以前とても多かった。大砂漠に住んでいる一種の亡霊なんだ。ハッサニア語で『霊魂』という意味にもとれる。リエンインたちは砂地のオアシスの木立の中に住んでいたが、その後オアシスが次第に少なくなったので、南へ移動した。この数十年来、スペイン領サハラにはひとり住んでいると聞いているだけだ。つまりムーデ一族の墓地のある所だ。以後人々はリエンイン、リエンインと言って、亡霊も墓地も同じ名を使うようになったんだ」

「きみもムーデという名じゃないの？」ホセが聞いた。

「さっき言ったのよ。イティスの奥さんはそこに埋められたの。あなたは聞いてなかったわね」私はそっとホセに言った。

「ムーデ一族はなぜその場所を選んだの？」

「うかつだったんだ。一度に七体の死体を埋めた。その後、リエンインが住んでいることを知り、地を裂いて一族に死者が出ることを予告するということも知ったが、だれも新しい場所に移す勇気がなく、毎年供養をしてるんだ！」

「写真を見たことがあるわ」私は低い声で言った。

「リエンインに写真があるの？」ミカエルが驚いて聞いた。

「さっき話に出たあの記者が以前写したものよ。亡霊なんかじゃなくて、墓地よ。外は写してなかったけど、室内は沢山写していた。狭いセメントの床で、上を黒と赤の縞模様のシート地で覆っていて、どういう訳かわからないけど、地上には裂けめもなく、壁いっぱいに名前が書いてあったわ」

「墓地がなぜ部屋の中にあるの？」ホセが聞いた。

「もともと部屋は作っていなくて、石ころで回りを囲っていただけだ。その結果、いつも死人を埋めていた所の上に裂け目ができたので子孫にあたる人が行って掘ってみたが、地下にはまったく白骨はなかった。そこでまた裂け目に一つ埋める。ほぼ百年になるが、小さな場所に埋めても埋めてもいっぱいにならない。サンマウのシュラフの何倍もないような面積だよ。そこに一族全部の死者を一年、一年と埋めているんだ」

イティスが私のシュラフをたとえにしたので、全身がこわばり、背中を地面に押しつけたまま、身動きする気にもなれなかった。

「十分探さなかったんだろ！　砂漠では死体はほとんど腐乱しないそうだよ」ミカエルが言った。

「死体を埋めるには、うんと深く掘る必要がある。下には本当に何もなかった」

「たきぎをもっとくべてよ、マノリン！」私は大声を上げた。

「その後、君たちは家を建て、セメントの床を敷いた。もう裂けないと思ったんだね。そうだろう？

ハッハッ――」ホセが大笑いすると、お茶がぱっと燃える火にかかったので、とても驚いた。

「きみは信じないのかい？」マノリンは声を押さえて聞いた。

「人って、いつかは死ぬもんだ。地が裂けようと裂けまいとどっちみち死ぬ。それにムーデは大きな一族なんだ」

「つまり、きみたち一族にはリエンインがいて前兆を告げる。サンマウたちの家の近くの二ヵ所の広い墓地にはそれがいない」ミカエルが声を落として言った。

「ねえ、変なこと言わないでよ。家のあたりは静かなものよ」

「しっ、大声をたてるな」ホセは私をぽんと叩くと、私の外へ伸ばした手をシュラフの中へ押し込んだ。

「町の人もおかしいわ。あなたたちの所へ行っていっしょに葬ることはしない」

「ムーデ一族でないと、リエンインはそこへ埋葬させない。なぜなら、供養するのは常にムーデだからね。リエンインはただ彼ら一族だけを認めていて、他のは入らせないんだ」

「ある時、親子三人、別の種族が旅をしててね、道中、父親が病死した。子供たちはちょうどリエンインの墓場の近くにいたので、父親を担いで行って、ムーデ一族と一緒に葬った。その時はまだセメントは敷いておらず、ただ墓の上に大きな石を随分沢山積んでいた。二人の子供がラクダを繋いでおいた所まで歩いて戻ると、そこに、新しい墓がひとつにゅっと現われていた。周囲には人影ひとつない。二人はどうにも信じられず、その墓を掘って見ると、中からぬっと現れたのは、二百メートル程離れたところに葬ってきた父親なんだ。そこで、二人は這いつまろびつリエンインのところまで戻ってみると、父親の墓はもう空っぽで、何もなかった——」

「続きは俺が話そう」ミカエルが声を上げた。「今度は彼らはまた父親を担いで元の場所に葬ったが、戻ってみると、また新しい墓が道をふさいでいた。掘り起こすと、やはりその父親で——彼らは——

——」

「なぜ、知ってるの」私は口を挟んだ。

「これは俺も聞いたことがある。会社のあの運転手、ラーウェイの先祖で、あいつはしょっちゅう至る所でしゃべっている聞くものが不愉快になるまでやめない」

「ねえ、サツマイモを焼かない？」私は頭を突き出して言った。

「どこにある？」ホセが声をひそめて聞いた。

「バケツの中よ。何キロもあるわ。火をかきたててちょうだい」

「ないよ」ホセは遠くでむやみに手さぐりをしていた。

「赤いバケツじゃないわ。青いのよ」

「起きてきて探せよ。きみが置いたんだろ」また小さな声を上げた。

「起きられないわ」周囲を見ると一面の暗闇で、たき火の外には千もの目があって、あっちでもこっちでもまばたきをしているかのようだった。

「どのくらい焼くの」また小声で聞いた。

「全部よ。食べきれなかったら、明日の朝食にちょうどいいわ」

何人かが芋を火に埋めたが、私はシュラフの中に縮こまって、彼らが七体の死体を埋めている幻想にふけっていた。名はみなムーデだ。

「会社のやつと言えば、あの技師もまたそうだ」ミカエルが言った。

「誰？」

「警察局長の長男さ」

「関係ない人よ、ミカエル」私は言った。

「俺はきみより早く来た。関係あるよ。きみが聞いてないだけさ」

「二人でサンティヤゴ大砂丘を探しに行ったが、道に迷って帰って来なかった。父親が警官をつれて探しに行って、二日後ある林の中で見つけた。水がなくなって死んでいたのでもなく、熱気のために死んでいたのでもなく、車のガソリンがなくなって立ち往生していた。一人はなんともなかったが、もう一人は見つけた時、すでに気がふれていた」

「ああ、もともとおかしかったんだと聞いてるわ」

「違うよ。知り合った頃はまともだった。あの時連れて帰って、ほんとに気が狂ったんだ。上へ下へと走りまわり、口から白い泡を吐き、後ろから化け物が追いかけて来るとずっと言ってたんだ。捉まえて無理やり睡眠剤を注射すると、しばらく眠るが、ちょと油断をすると、また血走った眼を見開いて狂ったように走り回る。そんなふうに何日か大騒ぎをして、走り回ったあげく死にそうになった。土地の人は見過ごすことができず、彼をシャントン[4]のところへ連れて行ったが、シャントンは彼にメ

4 イスラム教の教長。195頁本文参照。

ッカの方を拝むように言った。彼の母親は反対して、カトリック教徒だから、メッカなんかを拝むなんてと言った。ところが町の神父は、心理療法だから拝ませるようにと言った。メッカをちゃんと拝んでも、病は天主の思し召しでもあると――」

「なんでそんなおかしな神父がいるのよ。町の神父とシャントンはずっとかたき同士みたいなものよ……」

「サンマウ、話をそらすなよ」ミカエルは不機嫌そうに話を遮った。

「それから――」

「それから、メッカに向かって何度も拝んだ。そうしたらリエンインは追って来なくなった。行ってしまった。なんと彼を見逃してやったのだ」

「心理療法だ。そうだ。砂漠では、メッカがふさわしい。ほかの宗教では合わないのだ」ホセはまた疑わしそうに笑った。

ミカエルはホセには構わず、続けた。「病気は治ったが、あいつはすっかり痩せてしまって、毎日鬱々として暗い顔をしていた。半年もたたないうちに、やはり死んでしまった」

「会社の寮で拳銃をくわえて死んだ。その日はちょうど彼のすぐ下の弟がスペインで結婚式を挙げるので、両親とも帰国していた。そうでしょう？」私は声をひそめて聞いた。

「拳銃をくわえて？」ミカエルはいぶかるように私を見た。

「中国語を西洋風に言ったの。ピストルを口の中に向けて発砲することじゃないの？」

「つまり口にくわえることでしょう！」私はまた言った。

「彼女が心変わりして、やつの弟に嫁入りした。それで死ぬ気になったと聞いている。リエンインのせいじゃないよ」ホセは言った。

「誰が言ったの？」私は納得できず、ホセに目を向けた。

「俺」

「まあ――」私は溜息をついた。

「砂漠軍団もリエンインのせいだと言ってるわ。この話になると、ぺっ、ぺっと唾をとばし、さも縁起が悪いという風よ」私はまた言った。

「数十年前、軍団は無人のラクダ隊を拾ったことがあるそうだが、これはあるリエンインが、他のリエンインに贈物をしたんだって！」

「それは怖くないわ。人間味があるわね」私はくっくっと笑った。

「イティス――」

しばらく黙っていたマノリンが突然口を開いた。

「タバコかい？」イティスは聞いた。

「そのリエンインは、いったいどこにいるんだ？」マノリンの低く小さな声は何かを疑っているかのように聞こえた。

「そんなこと聞かれたって、どう言えばいいんだ。砂漠はどこも同じさ」イティスの言うことはあいまいになった。

「小さい芋はもう焼けたよ。だれか要るかい？」ホセは火のそばで小声で言った。

「一個投げて」私は小さな声を上げた。ホセは投げてよこし、私は上半身を起こし受けとめたが、熱かったので、またミカエルの手に投げた。ミカエルも熱かったのだろう、またイティスに投げた。

「ハハ、ほんとに熱いわね。誰も持ってられないわ」私はクスクスと笑ったが、ぱっとまた戻ってきたので、受け取ると、さっと砂地に置いた。

そのドタバタで、周囲の陰気な気分はずいぶん薄らいだ。ホセがまた枯れたイバラを火に加えると、炎がぼっと立ち上った。

その時、キールイのテントで突然騒ぎが起こった。物がぶつかりひっくり返る音がし、続いて赤ん坊のシアウェイが大声で泣き出した。

「キールイ、どうした？」ホセは大声を上げた。

「サンマウが後ろのテントに飛びかかってきて、シアウェイが目を覚ましたの」タイアオが哀れな声を上げ、ガスランプの灯がともった。

「私じゃないわ。私はここにいるわ」彼女にそう言われて、私は身震いし、そのまま震えが止まらなくなった。周りの男たちはみなキールイのテントを見に行ってしまい、私一人が火のそばに半ばうずくまっていた。

「ぐっすり眠っていたんだ。後ろの林に寄りかかった面のテントが、ばさっとおかしな音をたてた」キールイが説明すると、ミカエルが大きな懐中電灯で照らした。

「うん、ここに爪の跡がある。ひどくはっきりとひと掻きね。早く来て見ろよ」ミカエルがそう言うのを聴いて、私はまっすぐに座り直し、タイアオを大声で呼んだ。男たちは皆闇の中へ走って行った。

「早く火のそばへいらっしゃい。火のそばへ！」

タイアオはよろめきながら走って来た。顔色は雪のように蒼白で、シアウェイは彼女の胸の中で、もう泣きやんでいた。

「オオカミなの？　コヨーテがいるの？」彼女は私に背をもたせて座ったが、ぶるぶると震えていた。

「いるもんですか。もともといないの。怖がることないわ」

「怖いのはオオカミじゃないわ――」私はゆっくりと引き返して来る人々をじっと見ながら、またゆっくりと言った。

「何時なの？　サンマウ」

「わからない。ホセが来たら聞くわ」

「四時半だよ」イティスの低い声がした。

「うわー、脅かさないでよ。いっしょに、爪痕を残したやつを探しに行ったんじゃないの。なんで後ろからいきなり現われるのよ」私は振り返るなり、驚いて叫び声を上げそうになった。タイアオはもともとサハラウィを怖がっていたので、その時、もっと驚いた。

「俺――行かなかった」イティスはちょっと尋常でないような様子だった。

その時三人も戻って来た。

「野良犬さ！」ホセは言った。

「こんなところに野良犬がいるんですって？」私は言った。

「きみは何がいてほしいの?」ホセは語気も異常で、やはり少し緊張していたので、不思議に思ってちらりと目をやったが、相手にしなかった。

辺り一帯、すっかり静まり返っていた。キールイはテントに戻り、毛布を取って来た。地面に一枚敷き、タイアオと幼いシアウェイが横になると、その上にまた二枚かぶせ、また奥さんの髪の毛を撫でた。

「もう一度寝なさい!」声をひそめて言うと、タイアオは目を閉じた。

私たちはそっとサツマイモの皮を剥いていた。小さい芋をひっくり返したので、火はほじられて散らばり、消えかかってそのあたり一面に広がっていた。

「たきぎをくべてよ!」たきぎのそばに座っていたミカエルに、小さく声をかけた。彼は枯れたイバラの枝を何本か投げ入れた。

周りがまたシーンとなった。私は腹ばいになって、手の平で顎を支え、炎がぱちぱちと跳ねるのを見ていた。イティスも横になり、マノリンはやはり胡坐をかいて座り、ミカエルはひたすら火の面倒をみていた。

「イティス、きみ、リエンインのとこへ案内してくれないの?」マノリンはまたとっくに打ち切られた話題を蒸し返した。

イティスは答えなかった。

「きみが案内してくれないなら、町の『鬼の目』が案内してくれるかもしれないよね?!」ミカエルがまたいい加減に口を挟んできた。

「ハナが一度外国人を連れて行って、奥さんは死んだのよ。誰がまた連れて行くのよ」私は小さな声を上げた。

「冗談言うなよ。ハナ自身は死ななかったし、記者も死んでいない。たまたま、行かなかった女房が死んだのだ――」ホセも声をひそめて言った。

「記者は――やはり死んだ」マノリンは低い声でぽつんと言った。誰もそんなことがあったことを知らなかったので、皆ぽかんとした。

「交通事故で死んだ。もう一年になる」

「なぜ知ってる?」

「彼が働いていたところの雑誌に簡単な通知が掲載された。たまたま見たんだ。そのほかに生前の良いエピソードもいくつか載っていた!」

「きみたち、リエンインの話をしているの?」途中から話に加わったキールイが、そっとイティスに聞き、手まねでもうその話をやめるように言った。タイアオは寝入っておらず、眼を開けたり閉じたりしていた。

私たちはまたしーんと静まり返った。広野では、いつもこういうふうなのだ。

砂漠の日の出は、私たちが居たところではいつも遅かった。七時か八時にならないと夜は明けない。夜は依然として長かった。

「『鬼の目』と言えば、彼女は本当に何を見たの?」ミカエルは低い声でイティスに聞いた。

「ほかの者には見えないのに、彼女には見えるんだ。最初は、彼女自身も気がつかなかった。ある時、彼女は、人々といっしょに死者を見送りに行った。真っ昼間だ。突然、意識がぼうっとなり、そばに居た人を引っ張って聞いた。――あれっ、どこからあんなに沢山のテントや羊の群れがやって来たの――」

「また空き地を指さして言った――ほら、あの人たち、駐屯地を移動しようとしている。ラクダも全部引き連れて――」

「でたらめよ、そんな話信じないわ」

「でたらめでも当っている。見知らぬ死人が、彼女に家への言付けを頼んだ。町へ帰ってその家族に告げると、本当にそんな人が何年も前にもう死んでいた。その死人は娘のサーシアがどこへ嫁いだのか聞きに来たんだ」

「そういう人、中国にもいるわ。結局人のおカネを騙しとるのよ！」

「鬼の目はカネを取らない。自分で持っている！」

「彼女、リエンインを見たことがあるの？」

「リエンインは樹の枝に座って、ゆらゆら揺れながら人々が埋葬をするのを見ており、そのうえ笑いながら彼女に手招きをしたそうだ。これには彼女も驚いて、ラクダを一頭買って供養した」

「そうだよ。それにまだ聞いたことがある。祭壇は常にいっぱいにはならないそうだ！」ミカエルが言った。

「祭壇も不思議だよ。見たところ一個の大きな石の塊にすぎない。平らで、机ほどの大きさもなくて、ラクダ一頭殺しても載せられない。しかし一頭は勿論、十頭祭っても、肉は外へこぼれ出ることもない」

「リエンインは欲張りね！」私は小さな声で言った。

その時、どこからともなく一陣の怪しげな風が吹き起こり、ほどなく消えようとしていた火種が、ゴーッと斜めに、私に向かって焼かんとばかりに吹きつけてきた。ホセはさっと私を引っ張り、半ば転げながら、火をにらみつけると、火はまた戻って行った。背後のぞっとする感覚が全身に、冷え冷えと這い上がってきた。

「お願い、話題をかえてちょうだい」タイアオが目を覆いながら哀れな声を上げた。

周りの誰もが、そのゴーッという火に、身動きもできなくなっていた。

陰鬱な気分は益々つのり、火は燃え上がったり衰えたりしていた。皆火を見ながら、また静まりかえった。

しばらくしてミカエルが言った。

「町で『冬のライオン』[5]がかかっているけど、観たかい？」

「二度観たわ」

「面白かった？」

「観る人の好みによるわね。私は好きだけど、ホセは好きじゃないわ」

「舞台劇の感じだね」ホセが言った。

5 一九六六年、ブロードウェイで初演された演劇作品。一九六八年にイギリスで映画化された。

舞台劇と言ったとき、背後の林がまたざわざわと海の波のような音をたてたので、私は小さく叫んだ。「やめて！」

「また口止めだね」ミカエルが不思議そうに私を見た。

「マクベス」私は背後の林を指差した。

「連想するのが好きだね。世の中に怖いものはないんだろう？」ミカエルがあきれたように笑い出した。

「とにかく気味が悪いの。マノリンに聞いてよ。彼もさっき入って行ったわ」

マノリンは否定もせず何か言おうともしなかった。

「なんだか動いてるみたい」私はまた言った。

「何が動くんだ？」

「林よ！」

「たいした想像力だよ、精神異常だ！」

私は寝返りを打った。今さっき燃え上がって人を焼こうとした火は、すっかり勢いが衰え、ぞっとする不気味さに、周囲の寒さは突然つのった。

「たきぎを拾いに行く！」ホセは立ち上がった。

「ガスランプを使えよ！」イティスが言ったが、眼に不安の色を浮かばせ、ずっとたき火の光の外を見ていた。

またしばらく、ひっそりとなった。火はついにほの暗い小さな塊となり、ガスランプが青白く一人一人の顔を照らしていた。皆はまた近くへと少し輪を縮めた。

「イティス、ここには本当に水晶石があるの？」キールイはなんとか話題を変えようとし、手はタイアオを抱えていた。

「この前拾ったあのでっかいのは、ここにあったんだ。サンマウが持って行ったよ」

「あなたこの前来て、あれを拾ったの？」思わずある疑いが起こり、内心、突然鉄の爪でぎゅっとつかまれたような気がし、恐怖のあまり息がつまりそうになった。その一瞬、私にはわかった。その夜どこに座っていたのか私にはわかった。はっと気がついたのだ。

イティスは私の顔つきを見て、私が知ったことを悟った。私の視線を避けながら、ぼそぼそと言った。「以前は、別のことで来たんだ」

「あなた――」

ついに最も明らかにしたくなかった事実が明らかになった。神経は緊張のあまりばらばらになり、ポカンと口を開けたまま、マノリンが大きなため息をつくのを見ていた。マノリンと私だけが唯一、林の中へ入った人間だ。恐ろしさのあまり大声で叫び出しそうになった。

マノリンはほとんど動揺を見せないかすかな目つきで、私に唇をかみしめるように合図した。ということは、彼もまたわかったのだ。とっくにわかっていたのだ。私たちはその恐ろしい場所にいたのだ。

ミカエルはこのわずか数秒の間に私の心中に起こった大驚愕を察せず、またひそひそと話を続けた。

「ある時地面は裂けなかったが、人が死んだ。人々はおかしいと思ったが、やはり担いで行って葬った。戻って来ると、いっしょに埋葬に行かなかった鬼の目が家で気が変になって土を食べ転げまわって、あの人は死んでいない、リエンインが、掘り出すよう言っているとどこまでも言い張るのだ。だれも彼女にかまわなかったが、彼女は一昼夜騒ぎ続けた。その後も騒ぎようがあまり酷いので、ついに行って、掘り出すと、もともと、口を上に向けて葬っていたのが、ひっくり返って、口を下に向けて横たわっていた。死体に巻きつけていた布は引き破られ、頭を巻いた部分は乾いたまま残っていたが、口のあたりはあちこち大きくべっとりぬれており、なんと生き埋めになっていたのだ」

「イエスキリストよ――ミカエル、お願い、その話はやめて！」私は叫び声を上げた。その声に、赤ん坊も驚いて、足をバタバタさせて泣き出した。風がまた吹いてきた。遠くから聞こえる夜の声は、だれかが呻くような大声で、ゆるやかに漂い、風もその低くこもったあいまいな音を吹き散らすことはできなかった。頭を上げると月が少し顔を出しており、背後の林が、黒い影をまとって、ざわざわと一歩ずつ動いて来ていた。

「まともじゃないよ。何を言ってるんだ！」ホセは声を上げると立ち上がって行ってしまった。

「どこへ行くの、あなた――」

「寝るんだよ。きみたちの話、いつまで続くんだ――」

「戻ってよ、お願い」

ホセが暗闇の中で声を上げて笑い出した。この妙な笑い声に、周囲はいっそう異様な雰囲気になった。その声は化け物が笑っているようだったが、ホセが笑ったのだ。

私は這って行って、力いっぱい指先でイティスの肩を押し付け、声をひそめて言った。

「あなたってひどい。皆をこんなとんでもない所へ連れて来て」

「あんたの長年の望みを遂げたんじゃないの」彼はじろりと横目で私を睨んだ。

「言わないで。タイアオが怖がって頭がおかしくなるわ」私はまたぎゅっと肩を押しつけた。

「あなたたち何を言ってるの？　なにがおかしいの？」タイアオが言葉にはならない哀れな声を上げた。

うめき声がまた聞こえてきた。私は恐怖のあまり理性を失い、サツマイモを一個取り上げると林の方に向かって投げつけ、大声で叫んだ。「化け物め——黙れ——おまえなんか怖いものか！」

「サンマウ、きみ妄想癖があるね」ミカエルは事情を知らず、のんびりと笑っていた。

「寝よう！」イティスは立ち上がり、テントの方に歩いて行った。

「ホセ——」私はもう一度呼んだ。「ホセ——」

小さなテントから懐中電灯の一筋の光が射した。

「ちゃんと道を照らしてね。帰るわ」私は大声を上げながら、寝袋を引っ張って飛ぶように走って行った。

あっという間に皆テントへと散って行き、私はホセのそばに飛び込み、しっかりととりすがり震えていた。

「ホセ、ホセ、私たち今、リエンインの地に寝てるのよ。あなた、私……」

「知ってる」

「いつわかったの？」

「きみと同じ時だ」

「私言ってないわ――ああ――リエンインがあなたの心に感応させたのね」

「サンマウ、リエンインはいないよ」

「いるわ……いるわ……呻いて人を脅しているわ……」

「いないよ、いーなーい。いーなーい、と言ってるだろ」

「いるわ――いるわ――いるわ――あなたは林へ入らなかったから、いいのよ。私には、いるの、いるの。私は林へ入ったのよ……」

ホセは溜息をついて、私をしっかり抱え、私は落ち着いた。

「寝ろよ！」ホセは低い声で言った。

「聞いてよ――ねえ――」私はそっと言った。

「寝ろよ！」ホセはまた言った。

私は横になったまま身動きもしなかったが、疲れが一気に押し寄せ、いつの間にか熟睡していた。


目がさめた時には、ホセはそばにいなかった。シュラフはきちんと畳んで足元に置かれており、朝日はすでに昇っていたが、やはり寒く、空気は早朝のしっとりしたさわやかさに満ちていた。

万物は活動を始め、まっ赤な朝焼けの光は、砂漠を一面に暖かく染め、野イバラは、赤い豆のような小さな多肉果をつけ、名も知らぬ鳥がパタパタと低空を飛んでいた。

私はぼさぼさの頭でシュラフから這い出すと、腹ばいのままままたあの林を見た。陽の光のもとでは、意外にも人目を引くことのない小さな木立で、砂をかぶって、汚いだけで、神秘さは感じなかった。

「ねえ！」サツマイモを掘っていたホセとイティスに向かって叫んだ。

イティスはためらうように私の表情をうかがった。

「サツマイモは食べてしまわないでね。ひとつタイアオに残しておいてやってよ。次にまた来たくなるようにね」私ははっきりと大声で言った
「きみは？」

「私は食べない。お茶にするわ」

イティスを見ながら、私は思いっきり明るい微笑を返した。

砂漠で拾ったお客たち

よく聞く歌だが、なんという曲名なのかはっきりしない。歌詞もメロディも確かではないが、最初の部分、ええと——「砂漠を思えば水を思い、愛を思えばきみを思う……」から感じるイメージは鮮明だ。

こういうストレートな連想はごく自然なもので、水と愛は砂漠での生活において極めて重要なものだが、ただこの歌がそのあとどんなことを歌っているのか知らない。

私の女友達のマイリンが私にくれた手紙にこう書いている——よく空想するんだけど、あなたがアラビア人のカラフルな縞模様の織物をはおって、足首には鈴の束を結びつけ、頭に大きな水瓶《みずがめ》を載せて井戸へ水を汲みに行くの。それは本当に美しい一幅の絵です——

彼女はとても愛すべき人で、その私を描くところの「女奴隷水を汲む図」はまさに情緒たっぷりで、この上なくロマンティックだ。だが実際歩いて水を買いに行くのはたいへん苦しいことで、絶対に気持のいいものではない。それに私は大きなポリタンクを頭に載せることはできない。

両親から毎週手紙が届いたが、繰り返し私に言い聞かせた——水の値段が「コーラ」と同じというからには、きっと水を飲もうとせず、毎日コーラを飲んでいることだろう。だが水は体にとって欠くことのできないものだ。長い年月ずっとコーラ（可楽）を飲んでいては「楽しからざること」（不可楽）になる。しっかり覚えておきなさい。水を飲みなさい。より高くても飲みなさい――

砂漠の住民でない人は、誰もが水のことを話題にしたが、これはめったに聞かれることがなかった――そんな果てしなく広い砂の海に居て、一艘の小舟もなく、どうやって風に乗り波をついて町の外の世界へこぎ出すのか。

長い間この一本の通りしかない小さい町に閉じ込められていると、足をもがれた人間が、よりによって出口のない路地に住んでいるかのように寂しかった。明けても暮れても同じような日々は、すごい楽しみもないが、なにか哀しいというほどのことでもない。変化のない暮らしは、織機の経糸《たていと》と緯《よこ》糸《いと》が、一疋《いっぴき》一疋歳月を紡ぎ出すようなものだが、色柄は一様に単調だ。

その日、ホセが、船で港まで運ばれて来た小さな車を家の前に乗りつけた時、私は、ほぼ飛び出して行くという状態で車との初対面を果たした。車は、あの実用的でひどく高価な「ランドローバー」の大型ジープでもなく、砂漠を走るのにふさわしくもなかったが、しかし、二人はもう非常に満足していた。

私は車の中を、外を、そっとなでながら、まるで宝物を手に入れたかのような、どうしようもない喜びに浸っていた。頭の中に突然、夕日に映える大砂漠の風景が浮んできた。ＢＧＭは、なんと「Born Free」（映画、「野生のエルザ」の、「ボーンフリー」というあの美しい主題曲）だった。おかしなことに、車の中に向かって、強い風がさあーさあっと吹いて来て、髪の毛がみな、ふわっと舞い上がるような気がした。

私はこの新来の「砂漠の船」を一途に愛した。毎日ホセが仕事から帰って来ると、すぐきれいな軟らかい布で注意深くピカピカに磨いて、少しのほこりもついていないようにした。タイヤの間にはまった小石さえも全部ピンセットでつまみ出し、それでもこの二人に最高の喜びをもたらしてくれる仲間に対し、面倒見が足りないのではないかと心配した。

「ホセ、今朝は仕事へ行くのに、ちゃんと走った？」車の大きな目玉を拭きながら聞いた。

「上々さ、東へ行けと言ったら西へは行かないし、飼い葉をやっても、遠慮して少ししか食べない」

「今は自分たちの車があるけど、以前道路でヒッチハイクした時のことをまだ覚えてる？　今か今かと風に吹かれ雨にぬれながら、誰か車を止めて乗せてくれないかと待ちわびたあの惨めなさまを？」

「それはヨーロッパだったからだよ。アメリカじゃきみはできなかった」ホセは笑いながら言った。

「アメリカでは治安が問題だったし、それにあの頃はあなたも一緒じゃなかったわ」

私は続いて新車のやさしい右目を拭きながら、とりとめもないおしゃべりを続けた。

「ホセ、いつになったら私に運転させてくれる？」期待を込めて聞いた。

「運転してみたじゃないか？」ホセはけげんそうに言った。

「あれは運転したことにならないわ。あなたが横に座っていると、どうしてもうまく運転できないの。あせるし、あなたがどなればどなるほど私は益々うまくいかなくなる。あなたは心理学がわかってないわ」これを言い出すと私は癇癪玉が破裂しそうになった。

「俺はもう一週間車で出勤する。その後、朝はやはり送迎車で行くよ。午後きみが車で迎えに来てくれ。どうだい？」

「いいわ！」嬉しくて飛び上がった。思いっきり車を抱きしめてやりたいほどだった。

ホセの働く現場まで、家から車で往復二時間ほどの距離だった。しかしその荒涼とした道路は一直線で、思いきり走っても大丈夫で、ほかの車に出合うことも全くないと言えた。

初めてホセを迎えに行った時は、四十分近く遅れた。ホセはじりじりしながら待っていた。

「ごめんなさい、遅くなったわ」全身汗まみれの私は、車から飛び下りると袖で顔の汗を拭った。

「怖がらなくても大丈夫だ。あんな真直ぐな道だ。アクセルをいっぱいにふかしても、人とぶつかることはないよ」

「道路があちこち砂に埋もれていたの。私、車を降りて二本溝を掘ったわ。それで砂にはまらずにすんだの。だから手間取ってね。それに、あの人あいにくとても遠くに住んでいたし――」私は助手席に移り、帰路の運転をホセに任せた。

「あの人って？」ホセは横を向いてちらっと私を見た。

「サハラウィが歩いていたの」私はちょっと両手を広げた。

「サンマウ、俺のおやじがこの前の手紙で言ってたろう。たとえ死んで埋められて四十年たったサハラウィでも信じるなって。きみは一人で砂漠を走っていたのに、なんと――」ホセのずけずけと言う口調に嫌な気分になった。

「すごく歳をとっていたのに、どうっていうの、ねえ？」私は言い返した。

「歳をとっていても駄目だ！」

「そんなに責めないで。以前何年間、何台の車が止まって、まるでギャングみたいな姿の若い私たち二人を乗せてくれたの。あの見も知らぬ人たちには、人を信じる気持ちが少しはあったのよ。そうじゃなかったら、目が悪いか頭がおかしいのよ」

「それはヨーロッパでのことだ。いま俺たちはアフリカに、サハラ砂漠に居るんだよ。ちゃんと区別しなきゃね」

「ちゃんと区別したわ。だから乗せたの」

そういうことではない。文明社会では、あまりにも複雑なため、私は自分以外の人や物事が、自分とどんな関係があるのかよくわからない。しかしこの年がら年中激しい風の吹きすさぶ痩せた土地では、人は勿論、目にすることのできる一本の草、朝日に輝く一滴の露、そんなものすべてに私の心は揺り動かされる。こんなに寂しい空のもと、よろよろと一人で歩く老人を見て、どうして知らぬ顔で見過ごされようか！

ホセは実のところこのわけがわかってはいるが、考えようとしないだけのことだ。

車を手に入れてからは、週末には家を出て荒野を東へ西へと駆け巡り、もっぱら羽を伸ばした。これはまったく新たな経験だった。しかし平日ホセは仕事に行くのに、約束を反故にして、一日中車を独占したので、私は町へ行くのに、やはり照りつける厳しい陽射しの中を、長いこと歩かねばならなかった。二人はよく車の奪い合いでもめた。ある時明け方、ホセがこっそり車で出かけようとする音が聞こえたので、私はパジャマのまま飛び出して追っかけて行ったが、間に合わなかった。

近隣の子供たちは、もともと私の友達だったが、ホセがいつも車で意気揚々と出たり入ったり、バックしたり、ぐるっと回ったり、まるでサーカスのピエロよろしく見物人を喜ばすのを見てからは、彼らは蜂の巣をつついたような大騒ぎをして、この奇妙な男を崇拝するようになった。

私は昔からサーカスのピエロが大嫌いだった。見れば哀しくなるからだ。その時も例外ではなかった。

ある日の夕方、ホセが仕事から帰って車のブレーキをかける音をはっきりと聞いた。家に入って来るものだと思っていたが、どうしたことか、しばらくすると、車はまた出て行った。

夜の十時過ぎになってやっと、なんとも汚い恰好で戻って来た。

「どこへ行ってたの？　食事はすっかり冷たくなったわ」私はぶすっとして睨んだ。

「散歩だよ！　ヘッヘ！　ちょっと散歩に行ってたのさ」それからこともなげに口笛を吹きながら浴室に向かった。

飛び出して行って車を見ると、車の形はなんとかあったが、ドアを開けて中を見ると、たちまち、一種独特の臭気がむっと鼻をついた。前の座席の背もたれは明らかに鼻汁だらけ、後部座席にはおしっこの跡、窓ガラスには小さな手の跡がびっしり、車の中は至る所ビスケットのくず。なんたる災難。

「ホセ、あなた遊園地を開いたの？」私はきつい声で浴室の外からわめいた。

「ああ！　ホームズさん」シャワーの音がたのしげに聞こえてきた。

「なにムズよ、車を見てよ」私はどなった。

ホセは蛇口を大きく開いて、聞こえないふりをした。

「いったい汚い子を何人連れてドライブに行ったの、言いなさい！」

「十一人だよ。ふっふ！　小さなハリファも押し込んで行ったさ」

「今から車を洗うからあなた食事をしてちょうだい。これから車は二人で一週間交替で使いましょう、公平にしてもらうわ」私はホセの弱みにつけ込み、うまい具合にまた車を使うはなしを持ち出した。

「いいよ！　きみの勝ちだろ！」

「これからずっとよ、二言はないわね！」まだ心配で念をおした。

ホセはびしょぬれの頭を突き出して、恐ろし気なあかんべえをした。

実際無理に車を取り上げても、朝はやく郵便局のあたりまで行ってぐるっと回ってくるだけで、家に帰れば、洗濯にアイロンかけ、掃除と毎日の家事をする。午後三時を過ぎると外出着に着替え、びっしょりぬらした雑巾をもって行って焼けつくようなハンドルにかぶせる。それから座席シートの上に厚い本を二冊置く。こうやってはじめて目のくらむような灼熱の日差しのもと、私が一日中待っていたプログラムが始まる。

こういった生活の楽しみ方は、町に住む人にとっては、なんの意味もないかもしれない。しかし、うんざりするほど長い午後を、ひっそりと静まりかえった小さな部屋で過ごすよりは、まだしも車で荒野をひと往復走ってくるほうを願う。これはほぼ選択の余地のないことだった。

ほぼ百キロにおよぶ狭いアスファルトの道路にそって、あちこちにばらばらとテントが散らばっていた。そこに住む人々は、町に用があって出かけようとすると、一日中テクテクと歩く以外、全く他の方法がないと言えた。ここでは、波のように起伏する無窮無尽の砂粒こそが、大地の真のあるじなのだ。人間が、ここに生存するということは、ただ砂粒に混じった小さな石ころの存在に過ぎない。

午後、恐怖を覚えるほど静まりかえった荒野に車を走らせていると、どうしても寂寞とした気持ちが湧いて来る。しかし、その想像しがたいほど広大な大地に、ポツンとただ自分ひとりだけしかいないのだと思うと、これはまたとても自由なことでもあった。

たまたま地平線の彼方に小さな黒い点がゆっくりと動いているのをみつけると、いつも思わずふっとばしていた車のスピードを落とした。蒼穹のもと、その後姿はいかにも小さくかそけく、なんとも見過ごすにしのびなく、頭をぐっともたげると、車はそこらじゅうに砂ぼこりを巻き上げながら、よろよろと歩いている人の横をさっと通り過ぎる。

歩いている人を驚かさないために、私はいつもまず追い越してから車を止め、それから窓を開けて手招きをした。

「お乗りなさい、途中まで乗せてくわ」

たいていはためらうような、恥じるような様子で私を見る。いずれも年老いたサハラウィで、袋に半分ほど入った小麦粉か雑穀を担いでいた。

「大丈夫よ、とても暑いわ、お乗りなさいよ」

便乗した人は、車を下りる時、いつもまるで私を拝むようにして礼を言った。ずっと遠くまで走っても、まだその謙虚な人が遥か遠く、広い空の下で私に手を振っているのが見えた。私はいつも彼らが車を下りる時の表情に感動させられた。なんと純朴な人なんだろう！

ある時、町から三十キロあまり外まで出かけた。車の前方を、一人の老人が長い布切れで一匹の大ヤギを引っぱり、難儀して道端を移動しているのが目に入った。老人の長衣は、大風にあおられて膨らみきった帆のようになり、進退きわまっていた。

私は車を止めると、その男にむかって大きな声を上げた。「シャヘイビ（友達）、お乗りなさいよ！」

「ヤギがいるんだが？」しっかりとヤギをつかまえて、ひどく困ったように声をひそめて言った。

「ヤギも乗せるわ！」

ヤギを後部座席に押し込んで、老人は助手席に座った。ヤギの頭がちょうど私の首のあたりにあり、道中ずっと、ヤギの緊張して喘ぐ息が首にかかって痒くてたまらなかったので、私はぐっとスピードを上げ、この一組をさっさと道端に張られた彼らの貧しいテントまで送り届けた。車を下りる時、老人は力いっぱい私の手を握りしめ、歯のない口で、ああうとしきりに感謝の気持ちを伝え、いつまでも離そうとしなかった。

私は笑いながら言った。「もういいわ。はやくヤギを下ろしてやって！　さっきからずっと私の髪の毛を枯草だと思って噛んでるの！」


「今度はヤギの糞まで持ってきたのか。この前は俺に遊園地を開いたって文句を言っただろう。片付けろよ。俺は知らん」家に帰ると、ホセはさっさと家に逃げ込んだ。私は手で口を覆って笑いながら後を追って家に入ると、ほうきを持ってきて、ヤギの糞を掃きあつめ植木鉢に入れて肥料にした。行きずりの人を乗せたらろくなことがないなんて誰が言ったの。

時にはホセの仕事の時間帯がかわって、昼の二時に出勤し、夜の十時に退勤になる。そんな時には、もし私がむりにこの往復百キロをいっしょに行こうとすれば、十二時半頃ホセと出かけ、会社に着いたらホセは車を下り、私はまたひとりで運転して帰って来るほかなかった。

猛烈な砂嵐の季節、灼熱の昼時、空一面を覆う黄色い砂塵は、息をするとむせて肺が砂でいっぱいになったように痛かった。視界はゼロとなり、車は嵐の海をやたらに突進するようなもので、あたり一面、耳を聾するばかりに飛びかう砂や小石は容赦なく車のボディをたたいた。

そんな日の真昼時、私はホセを仕事場に送って家に帰る途中、もうもうたる黄色い砂の中に、自転車に乗った人影を見た。驚いてブレーキをかけると、その自転車に乗った人は自転車を放り出して車の方へ走って来た。

「どうしたの？」私は窓を開けると、目を手でふさいで聞いた。

「奥さん、水はありませんか？」

指を広げて見ると、十四、五歳ほどの男の子が、切羽つまった目つきで祈るように私を見つめていた。

「水？　ないわ」

私がそう言うと、その子は失望のあまり泣き出しそうになって、顔をそむけた。

「はやく乗りなさいよ！」私は急いで車の窓を閉めた。

「俺の自転車――」自転車をあきらめようとしなかった。

「こんな天気に、いつまでかかっても町まで行けないわ」私はぱっとゴーグルをつけると、車から飛び出して行き自転車を引っ張った。

それは旧式の自転車で、どうやっても私の小さな車に積み込むことはできなかった。

「だめだわ。あなたどうして水を持ってこなかったの。いつから乗ってるの？」風の中で大声をはり上げると、口の中にすぐ砂が吹き込んできた。

「今朝から今まで乗ってる」なかば嗚咽しながら答えた。

「車に乗りなさい。自転車はここに残して、帰る時、街の誰かの車に乗せてもらって、ここで拾って帰るの。どう？」

「だめだ。すぐ砂に埋もれてしまって見つからなくなる。自転車は置いていけない」どうやっても自分の大事なボロ自転車を守ろうとした。

「そうなの！　じゃ、行くわ。これをあげるわ」私はさっとゴーグルをはずしその子に手渡すと、どうしようもなく車に乗った。

家に帰って家事をかたづけようとしたが、その男の子の姿がちらついて、落ち着かない。窓の外のすさまじい風の音を聞きながら、数分腰を下ろしたが、なにをする気にもなれないとわかった。

私はいらだたしい気持ちで冷蔵庫を開けて、水を一瓶、パンを一個、ついでにホセのハンチングも手に取り、外に出て車に飛び乗ると、あの忘れようにも忘れられない若者を捜してもとの道へ戻った。

検問所の哨兵が私を見て走って来ると、腰をかがめて言った。「サンマウ、こんな天候に、またお散歩ですか？」

「散歩するのは私じゃないわ。おかしな、めんどうなおチビさんよ」アクセルを踏むと、車は弾丸のように砂嵐の中へ飛び込んで行った。

「ホセ、車に乗ってよ！　私はいいわ」私が同じ日、三往復目にその道を走った時は、もうすでに寒い夜になっていた。

「熱くて我慢できないんだろ！　へっへ！」ホセは得たりとばかり笑った。

「途中で会う人に耐えられないの。うんざりだわ。ごたごたありすぎるわ」

「人、どこに居る？」ホセはおかしそうに笑った。

「なん日かごとに出会うわ、目に入らないの？」

「ほっとけばいいじゃないか」

「ほっといたら誰がかまってやるの？　たちまちあの子は喉が渇いて死んでしまうわ」

「だから車はやめるの？」

「ええ、もういいの！」私はシートになかば身をまかせたまま窓の外を眺めていた。

私は約束したとおり、なん週間も、じっと家にいて針仕事をした。

百枚ちかくのプリント模様の端切れをつなぎ合わせて、色とりどりのパッチワークのベッドカバーを完成させると、またそわそわしだした。

「ホセ、今日はこんなに天気も良いし、砂も静かよ。会社まで送って行くわね！」ネグリジェのまま夜明けの砂地で車を見ていた。

「今日は祭日だよ。町へ遊びに行ってくれれば」ホセは言った。

「あら！　そうね。でもあなたどうして仕事に行くの？」

「採鉱は中断できないよ。当然行かなくちゃね」

「祭日の町はなん百人も集まるかもしれないでしょう。目がくらむわ。行かない」

「じゃ、車に乗れよ！」

「着替えるわ」家に飛び込むとシャツとジーンズに着替え、ついでにポリ袋を手に取った。

「そんなものどうするの？」

「こんなに天気が良いんだもの、あなたが仕事に行ったら、薬莢《やっきょう》と羊の骨を拾うわ。それから帰る」

「そんなもの何の役に立つの？」ホセは車のエンジンをかけた。

「薬莢は物干し台で一晩冷やしてから、朝暗いうちに取って来るの。まぶたにあてるとものもらいが治るわ。このままあなた、私を治してくれたじゃない」

「あれはまぐれだ。きみが勝手に思いついた方法だよ」

私は肩をすくめて、返事をしなかった。実際ものを拾うというのは表向きで、空気の爽やかな砂地をぶらぶらするのが本当に面白いことなのだ。残念なことに、そんな天気の日はめったになかった。

ホセが車を下りて長い浮桟橋を上がって行くのを見送ると、ふうっと吐息をついて現場から車を出した。

早朝の砂漠は水で洗ったかのように清らかで、空は紺碧で、一筋の雲もなく、たおやかな砂丘は、視野の及ぶ極限まで連綿と広がっていた。こういう時の砂地は、いつも巨大な、深い眠りに落ちた女性の身体を連想させられ、そのうえ、微かな呼吸に起伏しているかのように見えた。かくも穏やかで静かな、そして奥深い美しさは、痛いほどの感動を呼んだ。

私は先ず車を舗装道路からわき道へ出し、残っているわだちにそって射撃場まで行った。薬莢を少し拾ってから、そこに横になって、お椀をふせたように私たちの上にかぶさっている半円形の空を眺めた。それからまた砂の上をてくてく歩いて、乾燥した骨を捜した。

骨は完全な形をしたものはなかったが、思いがけず大きな貝殻の化石を拾った。それは綺麗な小さな扇を開いたような形をしていた。

私はちょっと唾をつけて、ズボンの端できれいに磨くと、また車に戻り帰途についた。太陽はいつの間にか頭のてっぺんに上っていた。

車の窓を開けていると、そよ風が流れ込み、天気はすばらしく、この空一面、地一面に広がる静寂を破壊することのないよう、ラジオのニュースを聞くのももったいないなかった。路は一筋の輝く小川のように、蒼穹の下を一直線に流れていた。

空のはしっこに、黒い点が見え、ぴたっとそこに貼りついたように、微動だにしなかった。

車がその横をすっと通りすぎると、男は突然手を上げて乗せてくれと合図をした。

「おはよう！」私はゆっくりと車を止めた。

上から下まで、まるで誓旗式典に出席せんかの如くぴしっと正装に身を固めたスペイン人の若い兵士が、ポツンと道端に立っていた。

「おはようございます！　奥さん！」彼は気を付けの姿勢のまま車の中の私を見て、少し驚いた様子だった。

黄緑色の軍服、幅広のベルト、ブーツ、舟形帽。装うあるじはなんとも野暮ったい男の子だったが、些かの英気は備えていた。面白かったのは、なにはともあれ、そのいでたちにもかかわらず、顔いっぱいの稚気《ちき》を隠しようもなかったことだ。

「どこへ行くの？」顔を上げて聞いた。

「ええ！　街へ」

「お乗りなさい！」はじめて若者を乗せたが、その子をひとめ見た瞬間から、ためらいはなかった。

車に乗り込むと、慎重に助手席に座り、両手をきちんと膝の上にそろえて置いた。その時、驚いたことに、その子がなんと大式典の時しか使わないような真っ白な手袋をはめているのに気がついた。

「こんなに早くから街へ行くの？」私は話しかけた。

「はい、映画を観に行くんです」まじめくさって答えた。

「映画は午後五時にならないと始まらないわね！」私はできるだけ平常の声を保とうとしたが、ひそかに、この子は八分がた頭がおかしいと思った。

「だから朝早く出掛けたんです」とはずかしそうにちょっと体を動かした。

「あなた、一日かけて歩こうとしたのは、映画を一回観に行くためなの？」まったく考えられないことだった。

「今日は休暇なんです」

「軍隊の車は送ってくれないの？」

「申し込みが遅かったから、席がなかったのです」

「だから歩いて行くの？」私は果てなく続く長い道を眺めながら、なぜかかすかに心が波立った。

お互いに話すこともなく、しばらく沈黙が続いた。

「兵役で来たの？」

「そうです！」

「どう、楽しい？」

「とてもね。遊撃兵で、ずっとテントに住んでいて、宿営地がしょっちゅう変わるんです。ただ、水がちょっと足りませんが」

私は意識してもういちどそのきちんと手入れされた外出着を眺めた。重要な外出でなかったら、きっとこの制服を取り出して着るのを惜しんだに違いない！

街へ着くと、その子の抑えきれない喜びが顔いっぱいにはっきりと見てとれた。なんといっても若い子だ。

車を下りると、うやうやしくそして子供っぽい様子で、私に向かってぱっと軍隊式の敬礼をした。私はうなずくとすぐに車を走らせた。

その子の白い手袋がいつまでも頭から消えなかった。あの大きな子供は、年中、人煙絶えた寂しい大砂漠で日々を送っている。あの子にとって、このうらさびれた、なんにもない小さな街へ来て映画を観ることが、今のところ、これ以上ない凄い出来事なのだ。

家に向かって車を走らせていると、なぜか胸が締め付けられるような思いにかられた。

あの子は、私の胸の中のふだんあまり触れることのない部分に触れた。あの子の年齢は、遥か遠くに居る私の弟と大して違わないだろう！　弟も兵役に服している。私はほぼ、すべての動きが静止した状態に陥り、つかの間我を忘れたが、はっと我に返り、さっと髪の毛を振り払うと、力いっぱいアクセルを踏み、家に向かってスピードを上げた。

ホセは私がよけいなことをするとしょっちゅう言うけれど、実はそれは意地を張っているだけで、ひとりで会社へ往復する時、私と同様、行きずりの人を拾った。

辺鄙な土地を車で走っていて、道端の焼け付くような日差しの中をカタツムリのようにのろのろ難儀して歩いている人を見ると、見過ごすことなどできないと私は思う。

「今日は酷い目にあったよ。あの爺さんたち凶暴なんだから」ホセはわめきながら入って来た。

「途中でサハラウィの爺さんを三人拾ったんだ。ずっとあいつらの体臭を我慢していて卒倒しそうだった。下りたい場所へ来た時、あいつらはアラビア語でなにか言ったけど、まさか俺に言っているのだとはわからなかった。だからずっと走っていたら、俺をどんな目に遭わせたと思う？　俺の後ろに座っていたのが、いらだってカチカチの砂漠の靴を脱いで、思いっきり俺の頭をたたいたんだ。死ぬかと思ったよ」

「ワハハ、人を乗せてやって殴られるなんて、ワハハ！」私は笑いころげた。

「さわってみて、大きなこぶができたよ」ホセはくやしそうに頭をなでた。

いちばんの楽しみは、やはり砂漠でよそから来た人に会うことで、私たちは広大な土地で暮らしていたが、精神的には非常に閉鎖されていた。もし外からだれかやって来て、私たちに彼方のにぎやかな世界のことを話してくれたら、私にとっては、わくわくする感動的なことだった。

「今日は会社まで外国人を乗せて行ったよ」

「どこから来たの？」たちまち気分が奮いたった。

「アメリカだ」

「なんて言ってた？」

「なんにも」

「あなたたち、あの長い道中をずっとだまっていたの？」

「ひとつには言葉が通じない。ふたつには、あのいかれた奴乗り込むなり、持っていた細い棒で、ずっと前の座席の板をリズムをとってたたき続けるんだ。うるさくてたまらなかった。だからはやく下ろそうと必死で走ったよ。ところが、現場までついて来た」

「どこで拾ったの？」

「そいつ、大きなリュックを背負ってた。リュックの上にはアメリカの国旗を縫いつけてね。町の、道路への出口で拾った」

「会社のあのおっかない守衛が現場に入れたの？　その人、通行証も持ってなかったんでしょう」

「本当は入れないよ！　あいつどうしても鉱砂が出てくるところを見たいと言ったんだ」

「自由に見られるもんじゃないわ」私は偉そうに言った。

「しばらくもめていたが、最後にそいつリュックを持ち上げて言ったんだ——俺はアメリカ人だ——」

「それで入ったの？」目をぱちくりさせてホセを眺めた。

「そう、入って行った」

「フン！　フン！」むかっとしてホセを睨みつけた。

ホセはそれから浴室へ行った。シャワーの水音といっしょに、突然ホセが奇妙な声で英語の歌を歌うのが聞こえてきた――「私はーアーメーリーカー人ーになりたい、アメリカ人にーなりたいー」私は浴室に飛び込んで行ってカーテンを開け、フライ返しでホセをぽんぽんとやたらに叩いた。ホセはいっそう声をはり上げた。歌詞は変わった――私はーアーメーリーカー人ーにー嫁ぎーたいよー嫁ぎーたーいー。

その後私は、現場のその通用門を通る時、その守衛を見ると、車の窓にはりつけた通行証を見せないように手で隠し、車から頭を突き出しあやしげな英語でわめいた――「私はアメリカ人よ」。それからスピードを上げて飛び込んで行った。この男に嫌われたって平気、私のほうが先にこの男を嫌ったんだから。

月初めには、燐鉱会社の会計の窓口に、いつも延々と行列ができた。順番がきた人が列から出て来る時は、みな手に分厚いお札の束をつかんでいた。その笑顔はまるでストロベリーアイスクリームのように陽光のもと今にも溶けそうだった。

わが家でも最初は現金を受け取っていた。本物のお札を手にすることは、銀行の振込み書を手にすることと、その嬉しさが絶対に違っていたからだ。そのうち並ぶのが嫌になって、銀行振り込みにしてもらった。

しかし、現場の労働者は皆、例外なく現金を欲しがり、銀行には出入りしなかった。

近くのカナリア諸島から飛んで来る定期便の飛行機は、月初めだけ、美々しく着飾った女たちをいっぱい乗せて来て、彼女らは気勢を上げて商売にかかる。その時期の小さな町は、まさに、おカネがジャラジャラと、映画「キャバレー」[1]の中の――「マネー、マネー、マネー、マネー……」の歌のように、良い音を響かせる季節だった！

その日の晩、私は夜勤のおわるホセを迎えに行った。車が着いた時、ホセはちょうど食堂から出て来るところだった。

「サンマウ、急に残業だ。明日の朝まで帰れない。帰ってくれ！」

「なぜ、朝言ってくれなかったの。もう来てしまったわ」着込んできた分厚いセーターをしっかりおさえながら、持ってきたコートをホセに手渡した。

「船が一艘暗礁に乗り上げたんだ。どうしても出さなくちゃならない。徹夜だ。明日また三艘、鉱石を積みに来る」

「そう、じゃ帰るわ！」車をUターンさせると、ハイビームにして帰路についた。砂漠はなんとも広いので、毎日百キロ走ったところで、ちょっと散歩するような簡単なことだった。

さわやかな夜だった。月光は海のようなひとつひとつの砂丘を照らしていた。その景色はいつも「シュールレアリスム」の、あの一幅の夢のような神秘的な画面を連想させた。ああいう風景は、夜の砂漠に実際に存在するのだ！

1　一九七二年アメリカで製作されたミュージカル映画。

ライトは静まりかえった道を照らしていた。たまに一台か二台、対向車がやって来たり、後ろから追い越して行く車もあった。私はぐっとスピードを上げ、窓を開け、闇の中へと飛び込んで行った。

町まで二十キロあまりというところで、ライトの中に突然手を振っている人の姿が現われた。思わずブレーキを踏んで、その人から少し離れた所で車を止めると、ライトをあてた。突然そんな夜中に、そんな妙なところで、道端に立っていたのは、派手な衣装に身を包んだ赤毛の女性だった。私は幽霊にでくわすよりもっと驚き、身動きもせず座ったまま、じっと彼女をみつめて、物も言わずにシートに貼り着いていた。

ライトの強烈な光を手でさえぎりながら、彼女はカタカタとハイヒールの音を響かせながら、車に向かって走って来た。そばまで来て、私を見るなり、急にためらい、乗り込むようには見えなかった。

「どうしたの?」私は首をかしげた。

「なんでもないわ。ええ! 行ってちょうだい!」

「手を振ったでしょう、乗るんじゃなかったの?」

「違うの、違うの、間違ったのよ。有難う! 行ってちょうだい! 有難う!」

私は驚いて彼女を残したまますぐに車を走らせた。あの女のお化けは、生まれ変わるための身代わりを探しているのだ。あいつが後悔するまえに、さっさと逃げよう!

その逃げる途中、私は初めて気がついたが、砂地の、一定の距離ごとに、同じようにカールした髪の毛に青い目赤い唇の西洋人の女性が、車を止めようと待っていた。私は止めるどころか、必死で夜の道をふっ飛ばして逃げた。

しばらく飛ばすと、紫の衣装に黄色い靴の女性が現れた。にこにこと笑いながら狭い道路の真中で通せん坊をしていた。たとえ人間でないにしても、ひいて通ることはできない。しかたなくずっと離れた所でゆっくり車を止めると、ライトを当てながら、クラクションを鳴らして道をあけるように頼んだ。

なんとも不思議な女性たち！

彼女も同じようにカタカタと靴を引きずって、笑顔で車の方へ走って来た。

「あら！」私の姿を目にすると、小さな声を上げた。

「私に用はないでしょう。私は女よ」と笑いながらすでに中年の、厚化粧の女性の顔を眺めた。その時、はっと気がついた。今夜の道路でなにをしているのか。頃はまさに月初めだった！

「あら！　ごめんなさい！」彼女はたいへん丁寧に言うと同じように笑い出した。

私は彼女に道をあけるように手で合図をしながら、ゆっくりと発車した。

彼女はあたりをちょっと見まわすと、突然また追いかけて来て車を叩いたので、私は顔を出した。

「いいわ！　今日はもう潮時ね。引き上げることにするわ！　町まで乗せてってくれる？」

「お乗りなさい！」私はしかたなく言った。

「実は私、あんたのこと知ってるわ。あんた、この前、サハラウィの男が着るような白い長衣を着て、郵便局で手紙を出していたよね」彼女は朗らかに言った。

「そうよ、私よ」

「私たち、毎月飛行機でここへ来るの。知ってる？」

「知ってるわ。でも以前は、あなたたちが郊外で商売をしているとは知らなかったわ」

「しかたないよ！　町でだれが私たちに部屋を貸してくれるっていうの。『ティティ酒場』のあれっぽっちの部屋じゃ、足りないもんね」

「そんなに景気がいいの？」私は頭を振りながら笑えてきた。

「月初めだけよ。十日を過ぎたらもう金は入らない。私たちも帰るの！」意外と率直で明るい声に屈託はなかった。

「一人にいくら貰うの？」

「四千よ、『ティティ』の部屋に泊まったら八千」

八千ペセタは百二十米ドルになる。辛い仕事にたずさわるあの労働者たちは、苦労してかせいだ金をどうして平気で捨てるようなことをするのか、まったく考えられなかった。彼女たちがそんなに高価だとは知らなかった。

「男はみんなバカよ！」彼女はシートによりかかり、大きな声であざけるように笑った。まるで大成功を収めて有頂天の女というところだった。

私は相手にならず、見えはじめた町の灯にむかって走った。

「私の彼氏も燐鉱会社で働いているの！」

「そう！」私はいいかげんに答えた。

「知ってるはずよ、電器部の夜勤をしてるの」

「知らないわ」

「彼がここへ来るように言ったのよ。ここは儲かるって。以前カナリア諸島だけでやってたけど、収入はずっと少なかったわ」

「あなたの彼氏があなたを呼んだの、儲かるからって？」自分の耳が信じられず、聞き返した。

「もう家三軒分かせいだのよ！」そう言うと得意そうに手を広げ、紫の蛍光色に塗った指をしげしげと眺めていた。

私はこのお姐さんのばかげた話に、ずっと笑いたいのを我慢していた。彼女は男はみんなバカで、自分は家三軒分をかせいだと言いながら、なお哀れにも砂地で客を拾っている。ところが自分ではたいへん利口だと思っている。

そういう仕事をするのは、目の前にいるこの女性にとって、多分生計だとか道徳とかの問題ではなく、慣れて麻痺してしまったのだろう！

「実際、ここの宿舎の家政婦をしたって、一ヵ月に二万はかせげるわよ」納得できない私はひとこと言った。

「二万？　掃除したり、ベッドを整えたり、洗濯したり、あんなしんどい仕事をして、わずか二万。だれがするの！」彼女はばかにしたように言った。

「あなたこそ本当にたいへんだと思うわ」ゆっくりと言った。

「ハハハ！」明るい笑い声がはじけた。

こんなお姐さんに会う方が、涙にくれる娼婦を見るより、気が楽というものだ。

町に着くと、彼女は丁寧に礼を言いながら、身をくねらせて車を下りた。なん歩も行かないうちに、一人の工員が行きずりに彼女のおしりをポンとたたき、奇声を上げた。彼女も、なにやら嬌声を上げながら追いかけて行って、その男を叩きかえした。静かな夜に、突然派手な色彩をぶちまけたように、なまめかしい活気が生じた。

私はまっすぐに家に帰ると本を読みながら、あの意気軒高たる娼婦のことを考えていた。

この荒野の中の唯一のアスファルト道路を、相も変わらず、私は一日また一日と行ったり来たり車を走らせている。一見すればこの道は、静まりかえり、生命もなく、哀楽もないかのようだ。しかしこの道は、世界中のいかなる場所の一本の大通りや、一本の狭い小路、カーブを描いて流れる川と同じように、そこを通り過ぎる人々とそのドラマを載せ、行きつ戻りつしながら緩やかに流れ行く歳月を過ごしている。

私がこの路上で出会った人々や出来事は、町を歩いているだれもが目にすることと同じくありふれたことだ。言うなれば何も特別な意味はなく、記録にとどめるほどのことでもない。しかし、仏陀は言った――『百世を修めてはじめて能く船を同じくし、千世を修めてはじめて能く枕を共にす』――あの私と握手した一つ一つの手、あの互いに交わした一つ一つの輝く微笑、あの一言一言のたわいないおしゃべり。それらを、どうして、風が裳裾《もすそ》をひるがえして吹き過ぎるように、その人々を淡々と記憶のかなたへ追いやり、素っ気なく忘れることができようか。

砂地の中の一粒一粒の小石も、私はやはり愛しく思える。どの日の出も、日没も、どれも忘れるに忍びない。ましてや、その活き活きとした顔、顔、顔。その人々をどうして追憶の中から拭い去ることができよう？

だが実際、このように説明するのはいずれもよけいなことなのだ。

聾唖の奴隷

私がはじめて町のすごい金持ちのサハラウィの資産家の屋敷に食事に招かれた時、その家の主人とは別に面識はなかった。

その富豪の従兄弟の奥さんの弟にあたるアリの話によると、その富豪は簡単に人を自分の家に招いたりしないが、私たち夫婦ともう三組のスペイン人の夫婦はアリの友達なので、それでラクダのこぶとラクダのレバーのバーベキューをごちそうになることができるということだった。

富豪の迷宮のような広大な白亜の邸宅に入った後も、私は他の客人たちのように、おとなしく美しいアラビアじゅうたんの上に座って、もしかして吐き気をもよおすかもしれないごちそうを待つようなことはしなかった。

あるじはちょっと出て来て挨拶しただけで、すぐに自分の部屋へ引き上げた。

彼はかなりの年配で、見たところなかなか頭の良さそうなサハラウィだった。水煙草を吸いながら、優雅で流暢なフランス語とスペイン語を話した。態度は自在で、また幾分なんとも言い難いプライドも感じさせた。

彼は食事に招いた客のもてなしを、アリにまかせた。

私は部屋にあった豪華な本の表紙を眺めたあと、アリに、奥へ行って資産家の美しい奥さんたちに会うわけにはいかないかと、礼儀正しくたずねた。

「いいですよ。どうぞいらっしゃい。彼女たちもあなたに会いたいんですよ。はずかしがって出て来ないのです」

私は一人で奥の部屋をあちこち見て回った。華やかな寝室の数々、床まで届く大きな鏡、美しい女、シモンズの大きなベッド、それに砂漠ではめったに見ることのない金糸、銀糸を織り込んだチャドルも無数にあった。

私はホセにぜひとも、その目のさめるような美しい若い四人の奥さんたちを会わせたかったが、彼女たちはとてもはずかしがりやで、出て来て客に会おうとはしなかった。

私がピンクの衣装を借りて身を包み、顔を覆って、しずしずと客間に戻って行くと、そこに座っていた男たちは飛び上がらんばかりに驚いた。私が第五夫人になったのかと思ったのだ。

私の装いはその部屋のムードにぴったりだと思ったので、そのまま着ていることにした。ただ顔を覆っていた布は取ってしまい、そのかっこうで砂漠のごちそうを待っていた。

しばらくすると、赤々と炭の燃えるコンロがまだ木の腰掛けの高さに届かないほどの幼い男の子によって運ばれてきた。その子の顔には控え目な笑みが浮んでいたが、見たところ八歳か九歳にもならないだろう。

その子はコンロを注意深く壁の隅に置くと、また出て行った。しばらくして、とても大きな銀の盆をささげ持ってゆらゆらとみんなの前に歩いて来ると、真赤な地に五色の模様を編み込んだじゅうたんの上に置いた。盆の上には銀のティーポットと、銀の砂糖入れ、鮮やかな緑の新鮮なミントの葉、香水、それから小ぶりの極めて精巧なコンロが載っており、コンロの上ではお茶が湯気をたてていた。

私は清潔で綺麗なその茶道具にうっとりとして我を忘れ感嘆の声を上げた。

その子は、みんなに向かってまず軽くひざまずくと、立ち上がり、銀白色の香水瓶を取り上げて、一人一人の頭にそっと香水をかけた。それは砂漠における非常に荘重な作法だった。

私は頭を低くしてその子に香油をかけてもらったが、頭の地肌が湿ってくるまで、その子は手を止めなかった。たちまち、香気がそのアラビア風の宮殿に満ち、実に感動的な厳かな気分を覚えた。そうすることによって、サハラウィの強烈な体臭は、全くなくなった。

またしばらくすると、ラクダの生肉を入れた大鉢が、やはりその子によってしずしずと運び込まれ、コンロの上に金網がかけられた。客たちはワイワイと大声で喋っていたが、他の二人のスペイン人の奥さんたちは自分たちが子供を生んだ時の話をしており、私だけが、黙ってその男の子の一挙一動を観察していた。

その子はとても手ぎわよく仕事をすすめていた。まず肉を串に刺すと、金網に載せて焼き、同時にもうひとつのコンロに載せたお茶のわきぐあいにも気をくばる。お茶が沸騰すると、ミントの葉を入れ、砂糖のかたまりも入れる。お茶をつぐときには、ポットを自分の頭よりも高く持ち上げ、お茶は一筋のカーブを描きながらちゃんと小さなカップの中にうまくおさまる。その姿はこの上なくすばらしかった。

お茶を入れおわると、またみんなの前にひざまずいて、両手でカップを持ち上げひとりひとりに手渡したが、それは実においしい香り高い良いお茶だった。

串に刺した肉が焼けると、最初に焼けたぶんを、大皿に盛って客に持って来る。ラクダのこぶはすべて脂肪だが、レバーと肉はどうにか口にすることができた。男性客と私だけが最初の一串を食べ始めると、その子はじっと私に注目していたので、その子に微笑みかけ、まばたきをして、おいしいという様子をした。

私が二串目を食べているとき、その二人の野暮なスペイン人の奥方たちが分別もなく騒ぎ始めた。「なによこれ！ 食べられやしない！ 吐きそうだわ！ はやくジュースを持って来てちょうだい！」

私は彼女たちの無作法な振る舞いをみると、本当に恥ずかしかった。

山のように準備された材料も、女は私ひとりだけが食べていた。それにしても、たったひとりの子供に面倒をみさせて、大勢のおとなが能無しのように座って食べるだけというのも、実につまらないと思ったので、私はさっさとその子のそばに場所を移し、隣に座って、肉を串に刺すのを手伝い、自分で焼いて食べた。ラクダの味は、少しよけいに塩をふればあまり気にならなかった。

その子は、ずっとうつむいたままだまって手を動かしており、口もとにはいつも微笑を浮べ、とても賢そうに見えた。

その子にたずねた。「こうやって肉、こぶ、レバーと一切れずつ串に刺して、それから塩をふるのでしょう？」

彼は小さい声で「ハック！」と答えた（そのとおり、そうだ、という意味）。

私はその子を尊重して、火をあおるときも、肉を反すときも、まずその子に聞いた。確かによく仕事のできる子だったからだ。その子がうれしさのあまり顔が赤くなるのがわかった。自分のことを重んじてくれると感じた人はあまりいなかったのだろう。

火のそばに座っている人たちは、まったく意気が上がらなかった。アリが本場の砂漠料理をふるまってくれているのに、その嫌な二人の女がひっきりなしに無神経なことをわめくのだ。お茶は嫌だ、ジュースが飲みたい、床には座れない、椅子を持って来てくれ。

そのたびに、アリは大声でその子を叱りつけて命令した。

その子は火の具合も見なければならず、飛び出して行ってジュースも買って来なければならない。ジュースを買って来ると、こんどは椅子を運んで来る。椅子を置くと、また慌てて肉を焼く。あまりの忙しさに戸惑いの表情を隠しきれなかった。

「アリ、あなたは自分では何もしないし、そこの女性たちも何もしないわ。このいちばん小さな子にこんな忙しい目をさせて、ちょっと不公平じゃないの！」私はアリにむかって大声を上げた。

アリは肉を一切れ食べると、その串で子供を指して言った。「あいつの仕事はこれっぽちじゃない。今日はまだ運がいいよ」

「あいつってどういう子？　どうしてこんなに沢山の仕事をしなきゃいけないの？」

ホセがたちまち話題をそらした。

ホセたちの話がおわるのを待って、私は火のこちら側から、執拗にその質問を続けた。

「どういう子なの？　アリ、言ってよ！」

「この家の子じゃないんだ」アリは口ごもった。

「この家の子じゃないのに、どうしてここにいるの？　隣の子なの？」

「違う」

部屋の中はしんと静まった。だれも口を利かない。私はその頃砂漠へ来て間がなかったので、当然みんながどうして困惑げな様子なのか訳がわからず、ホセまでも黙っていた。

「いったいどういう子なの？」私はいらいらしてきた。どうしてはっきりしないのだろう。

「サンマウ、ちょっと」ホセが手まねきをしたので、肉をおいてホセのところへ行った。

「あの子はね、奴隷なんだ」その子に聞こえるのをはばかるように、小声で言った。

私は口を覆い、アリを見つめ、それからそっとそのうつむいていた子供に目をやったが、もうなにも言えなかった。

「奴隷がどうやって来たの？」私は仏頂面でアリに聞いた。

「代々伝わってきたんだよ。生れながらに奴隷なんだ」

「最初に生れてきた黒人の顔に書いてあるとでも言うの――私は奴隷ですって？」

アリの淡褐色の顔をにらみながら、聞くことをやめなかった。

「勿論そうじゃないよ、捕まえてくるんだ。砂漠に黒人が住んでいるのを見ると、行って捕まえるのだ。なぐって気絶させて、縄で縛ってひと月もすると、もう逃げなくなる。……家族ごと捕まえてくると、ますます逃げない。そうやって代々伝えていくうちに財産になるんだ。今でも売買できるよ」

私の憤懣やるかたない表情を見て取ると、アリはあわてて言った。「俺たちは奴隷に対してそんなに酷いことをしてるわけじゃない。この子なんか、夜は帰って両親といっしょにテントで寝るんだ。

町の外に住んでいて、しあわせだよ、毎日家へ帰るんだから」

「この家の主人は何人奴隷を持っているの？」

「二百人ちょっとだ。全部スペイン政府の道路工事に出している。月初めに、主人が工賃を受け取りに行く。だからこんなふうににわかに金持ちになったんだ」

「奴隷は何を食べるの？」

「工事を請け負ったスペインの出先機関が食事を出す」

「それで、あなたたちは奴隷を使って自分たちのためにおカネを稼がすが、奴隷には食べさせないってわけね」私はアリを横目で睨んだ。

「ねえ！　うちでも何人か手に入れて置きましょうよ！」女客のひとりがその夫に小声で言った。

「馬鹿野郎、黙ってろ！」ののしり声が聞こえた。

その富豪の家を辞するとき、私は土地の衣装を脱いで彼の美しい妻に返した。大富豪が門まで送ってくれたので、お礼を言ったが、もう握手はしなかった。こういう人には二度と会いたくなかった。

私たちがひとかたまりになって通りを歩いていると、先ほどの黒人の子供の奴隷がついて来て、塀の影に隠れて私を見ているのに気がついた。賢そうな大きな瞳は、小鹿のようにおだやかだった。

私はみんなから離れると、そっとその子のところまで駆けて行き、バッグから二百ペセタ取り出すと、その子の手を取って、手の平に握らせ、「ありがとう！」と言った。それからまたみんなの方へ引き返した。

私は自分がとても恥ずかしかった。お金で何を表すことができるというのだ。私のその子に対する気持は、お金を使うという手立てしかなかったのか？　ほかの方法は思いつかなかったが、しかしそれはなんともお粗末な友好の表現だった。

翌日郵便局へ手紙を受け取りに行ったが、奴隷のことを思い出したので、ついでに二階の裁判所の老秘書氏に会いに行った。

「おや、サンマウ、久し振りですね。まだ私を覚えてくれていたようですね」

「秘書さん、スペインは植民地で、公然と奴隷を持つことを認めているんですね。まったく感服するわ」

秘書氏はそれを聞くと、ほうっと長い吐息をついて、言った。「勘弁してください。サハラウィとスペイン人が喧嘩をするたび、私たちはいつもスペイン人を留置しますよ。この凶暴な民族に対処するには、なだめるのさえ追っ付かないのに、なにを好んで彼ら自身の問題に首を突っ込むことがありましょう。くわばら、くわばら」

「あなたたちは共犯者よ。我関せずですって。奴隷を使って道路を作り、主人に給料を支払う。冗談じゃないわ」

「ああ！　あなたになにも関係ないでしょう？　奴隷の主人たちはみんな部落の首長で、マドリードの国会に、彼ら勢力あるサハラウィはみな代表として行くんですよ。私たちになにが言えましょう」

「りっぱなカトリック大国で、離婚も許さないというのに、なんと奴隷を持つことができるんですからね。天下の奇聞ですよ！　実に喜ばしいこと。ああ！　わが第二の祖国、神よ……」

「サンマウ、落ち着いてください。ひどく暑いですからね……」
「いいわ！　もう行くわ！　さよなら！」さっさと裁判所の建物を出た。

その日の夕方、家のドアをたたく音がした。とても礼儀正しく、そっと三度たたくとそれ以上はたたかなかった。私は不思議に思った。そんなに行儀のいい人が家に来るとは！

ドアを開けると、見覚えのない中年の黒人が立っていた。

ボロを身にまとい、というより、体の上にわずかなボロがひっかかっているという有様で、頭を覆う布もなく、頭全体ごましおになった髪の毛が風にふるえていた。

その男は私を見るなり、謙虚に腰をかがめ、握った両手を胸の前で交差させて、私を拝むようなかっこうをした。その所作は、サハラウィの不作法なものとは、ずいぶん違っていた。

「あなたは？」と返事を待った。

彼は口が利けなかった。口の中からしわがれた音を出すと、手まねで子供の姿を表し、それから自分を指さした。

私には彼の言いたいことがわからなかったので、できるだけおだやかに聞くほかなかった。「なんなの？　わからないわ、なんですって？」

彼は私が理解できないと見て取ると、すぐに二百ペセタ取り出し、あの富豪が住む家の方角を指さすと、また子供の姿を示した。ああ！　わかった、あの子供の父親が来たのだ。

彼は無理やりにお金を私に返そうとしたが、私は勿論受け取らず、私も手まねで、それは子供にあげたのだ、肉を焼いて食べさせてくれたからだと言った。

彼はとても聡明で、すぐに理解した。その奴隷は明らかに先天性の聾唖《ろうあ》ではなかった。口の中で声を出すことができるが、ただ耳が聞こえないので、話ができないのだ。

彼はその金を見てすごい額だと思ったらしく、しばらく考えていたが、また私に返そうとした。何度も互いに譲りあったすえ、彼はまた私を拝むように腰をかがめ、手を合わせると、初めてにっこりと笑い、何度も礼を言いながら帰って行った。

それが聾唖の奴隷と最初に会った時の情景だった。

それから一週間もたっていなかった。私はいつものように早朝に起きて、ドアを開けて満天の星空のもと、早番で出かけるホセの後姿を見送った。いつも五時十五分前後だった。

その日ドアを開けると、ホセと私はドアの前に思いがけなく青々とした新鮮な野菜が一株置いてあるのに気がついた。野菜の上には水までかけてあり、私はその野菜を注意深く取り上げると、ホセの姿が遠くなるまで見送ってからドアを閉めた。それから口の大きな瓶を探して、その野菜を花のように活けて客間にかざった。食べるに忍びなかった。

贈物の主はわかっていた。

私たちはこのあたりで毎日サハラウィの隣人たちにどれほどいろんなものを貸したりあげたりしたものか。だがお返しをしてくれたのは、自分の体さえも自分のものではない貧しい奴隷だった。

これには、聖書に書かれた、二枚の銅貨を捧げたあの寡婦よりもなお感動を覚えた。

奴隷の消息をもっと知りたかったが、彼はもう姿をみせなかった。

ふた月あまりたって、わが家の後ろの家が屋上に一部屋増築することになり、そこで使うブロックが、全部わが家の入り口に運ばれ積み上げられた。そこから屋上へ吊り上げるのだ。

家の入口付近はめちゃくちゃになり、まっ白な壁もブロックにこすられてぶざまなことになってしまった。ホセが仕事から帰っても、怒って近所ともめたら困ると思い言い出すこともできなかった。ただもう早く工事が始まって、平安な日々に戻るよう祈っていた。

何日たっても始まる兆しはなかったので、洗濯物を干しに上がったとき、隣の家の四角にあいた屋上の穴から下をのぞいて、どうしてまだ始めないのか聞いた。

「もうすぐだよ。奴隷をひとり雇っているんだが、数日して値段が決まったら来るよ。そいつの主人はその奴隷に、たかい値段をふっかけるんだ。なにしろ砂漠一腕の良い左官だからね」

数日後、一流の左官がやって来たので、屋上へ見に行ったら、なんとそこではあの聾唖の奴隷がうずくまってセメントをこねていた。

私は驚き喜んで彼の方へ歩いて行くと、相手も人の影に気がついて頭を上げ、私だとわかると、誠意あふれる笑みが、花が綻ぶように顔に浮かんだ。

その時、彼は腰をかがめようとしたが、私はさっと手を出して握手をし、手まねで、野菜をありがとうと言った。私が野菜の送り主をあてたことを知ると、彼は顔を赤らめ、手まねで聞いた。「美味しかったか?」

私はしっかりとうなずき、ホセとふたりで食べたことを告げた。彼はもう一度嬉しそうに笑うと、言った。「あんたたちは生の野菜を食べないと、歯茎から血が出る」

私はびっくりした。こういう常識を、砂漠に住む奴隷がどうして知り得るのか。

彼が話をするのは簡単明瞭な手まねだったが、こういう万国共通の言葉は、まことに便利だった。彼はまた自分の意志を、一目でわからせる表現もできた。

数日すると人の背丈の半分ほどの壁が築かれた。

頃は炎熱の八月、正午になると、ぎらぎらと照り付ける太陽は火山のマグマのようにたぎり落ちてくる。私は、家じゅうの扉も窓もしっかりと閉め、窓の隙間には紙テープを目張りし、外からの熱気を遮断した。部屋の中では蓆《むしろ》を水で拭き、氷のかたまりをタオルに包んで頭に乗せるが、それでも五十五度近い気温に、気が変になりそうになる。

このような気も狂わんばかりの酷暑に苦しめられるときは、いつも蓆に横たわって、一分一秒でもはやく夕暮れが来るようにと待った。その頃、夕方の涼しい風が吹いて来さえすれば、外に出てしばらく座っていることができる。それが私の待ち望むなによりもの幸福だった。

何日もたってから、屋上で仕事をしている奴隷のことを思い出した。彼のことは忘れていたが、この灼熱の真昼時、何をしているのだろう。

私は暑さもかまわずすぐ屋上へ駆け上がった。屋上へ出るドアを開けるなり、熱気が押し寄せ、たちまち猛烈な頭痛が始まった。素早く外へ飛び出し彼を探したが、広い屋上には身を隠すわずかな影もなかった。

彼は、半分壁に寄り掛かって、羊小屋から拾ってきたぼろの蓆を身体にかぶせ、身動きもできなくなったおいぼれ犬のように、自分の膝にうつぶせになっていた。

私は小走りに行って声をかけ、彼の体を押した。太陽はどろどろに溶けた鉄のように私の皮膚を焼き、わずか数秒でも、めまいがして耐えられなかった。

蓆を引っ張り下ろして、彼の身体を押すと、そのあわれな顔は、泣いているかのように、ゆっくりと上を向き、私を見た。

私は自分の家を指さし、言った。「下へ行きましょう。早く、いっしょに行くのよ」

彼はよろよろと立ち上がったが、蒼白な顔は途方に暮れ、どうしていいのかわからない様子だった。あまりの暑さにたえきれず、私は力いっぱい彼を押した。彼はそこではじめて申し訳なさそうに腰をまげると、ホセの作った日除けの下を通って、ゆっくりと石段を下りた。私も屋上のドアを閉めるなり足早に下りた。

彼は台所の外の日除けの下に立っており、手には石のように堅くなったパンを持っていた。それはサハラウィが兵営へ行って貰ってくる古いパンで、ふだんはそれを砕いてヤギの餌にしていた。今この奴隷を借りてきて仕事をさせている隣人は、こんなものを与えて命をつなげというのだ。

彼は緊張して、そこに立ったまま身動きもしなかった。日除けの下もやはり暑かったので客間に入るよう勧めたが、どうしても入ろうとせず、自分を指さし、そのあと自分の肌の色を指さし、頑として動かなかった。

私も手まねをした。「あなたと、私は、同じ、お入りなさい」

それまで彼を人間として扱かった者はいなかったのだ。恐れるのも当然だった。ついには、彼が緊張のあまり哀れな姿を呈しているのを見て、私は無理に勧めるのをやめ、廊下の涼しいところに蓆を敷いて、休む場所を作った。冷蔵庫から冷たいジュース、軟らかいパン、チーズを一切れ、それと朝ホセが食べる暇のなかったゆで卵を出し、彼のそばに置いて食べるように勧めた。それから気がねなく食べられるよう、そこを離れ、客間に入りドアを閉めた。

午後三時半になったが、マグマは依然として天から流れ落ち、部屋の中も熱気がたぎっており、戸外はどれほど暑いかわからなかった。

私は、奴隷の雇主が怒ってはいけないと心配になったので、彼のところへ行って上がって仕事をするように言った。

彼は、廊下にまるで石像のように座っており、ジュースを少し飲んで、自分の堅いパンを食べて、その他のものには全く手をつけていなかった。私は彼が食べないのを見て、腕を組みじっと彼を見た。彼はよく理解した。急いで立ち上がると、私に向かって手まねをした。「怒らないでください。私が食べないのは、持って帰って女房と子供に食べさせたいからです」。そして三人の子供、二人の男の子と一人の女の子を示した。

納得した私は、すぐに大きな袋を持ってきて、残ったものを全部入れ、それに大きく切ったチーズと西瓜を半分、コーラ二瓶もそえた。もっと入れてやりたかったが、家にあるものといってもさほど多くはなかった。そうでなかったらもっと沢山あげることができたのに。

彼は私が袋につめるのを見ると、頭をたれて、恥じらうような嬉しいような複雑な顔つきをした。胸が痛くなるような表情だった。

その袋を半分空になった冷蔵庫に入れると、彼にむかって太陽を指さして言った。「太陽が山に沈んだら、取りにいらっしゃい。今は冷蔵庫にしまっておくから」

彼はなん度もうなずき、私にむかって腰をまげると、喜びのあまり泣き出しそうな表情で、足早に仕事場へと上がって行った。

彼はとても子供たちを愛しているに違いない、楽しい家庭があるに違いない、そうでなかったらあんなわずかな食べ物を喜ぶはずがないと思った。そう思うと一瞬迷ったが、ホセの大好きなトフィー（キャラメル）の箱を開け、手いっぱいつかむと袋の中に入れた。

実際家にはたいした食べ物もなかった。彼に贈ることのできるものは、ほんのささやかなものだった。

日曜日、奴隷はやはり仕事をしていたので、ホセは屋上まで見に行った。初めて私の夫を見た彼は、仕事の手を止め、急いでブロックをまたいで、口の中であーあーと言いながら、数歩も離れたところから、手を伸ばして握手をしようとした。私は彼がホセより先に手を伸ばし、腰をかがめようとはしなかったのを見て、本当にうれしかった。私たちの前で、彼の卑屈さは少しずつ自然に薄らぎ、同時に、人と人との感情が彼の心の中に徐々に芽生えていた。私は笑顔で屋上から下りたが、ホセと彼が手まねで話す影が、斜めに日よけに写っていた。

お昼になるとホセは下りて来たが、その後ろから彼も続いて嬉しそうに下りて来た。ホセは頭じゅうセメントの粉をかぶっていた。きっといっしょに左官仕事をやっていたのだろう。

「サンマウ、おしを昼食に呼んだよ」

「だめよ、おしなんて言っては！」

「聞こえないよ」

「目で聞くのよ」

私はフライ返しを持ったまま、彼に向かってアラビアのハッサニア語で、ゆっくりとことさらはっきり口を開けて言った。「シャ—ヘイ—ビ」（友達）

次にホセを指してまた言った。「シャ—ヘイ—ビ」

今度は自分を指した。「シャ—ヘイ—ブ—ティ」（女の友達）

最後に三人を一つの輪にすると、彼は完全に理解した。彼の無防備な笑顔に、また感動した。彼は興奮し、少し緊張していたが、ホセは彼を押して客間へ入れた。一歩足を踏み入れると、私に向かって自分の汚れた裸足の足を指さしたので、私は手をふって心配いらないと言うと、あとは男ふたりのおしゃべりにまかせた。

しばらくすると、ホセは台所へ入って来て言った。「あいつは星座が読めるよ」

「どうしてわかったの？」

「描いたんだ。家にあるあの星の本を見るなり、自分ですぐ星座のおおよその位置を描いた」

しばらくして、客間へ行ってナイフとフォークを置いた時、二人は世界地図の上に這いつくばっていた。

彼がためらうことなく、さっと指でサハラをさしたので、私はびっくりした。すると今度はスペインをさし、その手でホセを指さした。私は聞いた。「私は？」

彼は私を眺めたので、私はふざけてスペインをさしたが、彼はとんでもないというふうに笑いながら手をふった。最初アジアの地図のあたりを捜していたが、こうなるとわからなくなってしまった。白紙提出だ。

私は彼のこめかみを指さして、「お馬鹿さん」という表情をした。

彼はおかしがってころげるように笑った。

彼は実に聡明だった。

ピーマンと牛肉のまぜご飯を彼は食べられなかった。考えてみると、生れて以来、ラクダやヤギの肉さえもなん度口にしたことがあろうか。牛肉の味はきっと受け付けなかったに違いない。

私はご飯に塩をかけて食べるように勧めたが、やはり食べようとはせず、おどおどした様子がまた戻ってきた。手でご飯を食べるように勧めると、うつむいたまま全部食べた。こんな辛い思いをさせるのなら、もういっしょの食事に呼ぶまいと決心した。

ニュースはあっという間に広がった。隣家の子供が、奴隷がわが家で食事をしているのを見て、すぐ大人にしゃべり、大人は大人に伝え、瞬く間に隣近所みんなが知ってしまった。

彼らが奴隷と私たちにいだく敵意を、私たちはすぐさま感じ取った。

「サンマウ、そいつにかまうんじゃないよ。そいつは『ハルフ』よ！　汚ない奴よ！」（ハルフとはブ

タの意味）

近所じゅうで一番嫌《いや》な女の子が半ば羨み半ば憎らしそうに先ず私に警告に来た。

「いらぬお世話よ。あんたがこの人のことをまた『ハルフ』と言ったら、ホセがあんたをつかまえて、屋上で逆さに吊るすわ」

「そいつはブタよ。女房は気がふれているし。そいつはあたしたちの仕事をするブタよ！」

そう言いおわるとその子はわざわざ彼のそばへ近寄って唾を吐きかけ、挑むような目で私を見ていた。

ホセがそのチビをつかまえようと飛びかかって行くと、その子は金切り声を上げて屋上から逃げ出し、自分の家に隠れた。

私は情けなかった。奴隷は口をつぐんだまま道具を拾い上げると、頭をもたげた。近所の人たちのホセと私に対するとげとげしい視線を感じつつ、二人は黙ったまま屋上から下りた。

ある日の夕方、私は洗濯物を取り込むため上に上がったが、その時も奴隷に手を振った。ブロックはもうてっぺんまで積まれており、彼も私にむかって手を振った。ちょうどホセも仕事から帰って来たところで、家に入ると屋上まで上がって来た。

奴隷は道具を置くと、歩いて来た。

その日は砂ぼこりもなく、我が家の電線の上に小鳥がなん羽か並んで止まっていた。私は小鳥を指さして彼に見るように言い、それから飛ぶまねをし、また彼を指さして手まねをした。「あなたは――

——自由ではない、死ぬほど働いても、一銭も貰えない」

「サンマウ、やめろよ！　なんでたきつけるようなことを言うんだ」ホセは怒った。

「たきつけたいの。立派な腕を身につけているんだから、自由になったら、充分一家を養うことができるわ」

彼はぼうっと空を眺めていたが、自分の肌の色を示し、溜息をついた。少したって、彼はにっこりと笑うと、私たちの方を向いて自分の胸を指さし、次に小鳥を指さし、それから飛ぶ動作をした。

彼の言いたいことがわかった。「私の体は自由ではない。だが心は自由だ」

こんな知的な会話ができることに、私たちは大いに驚かされた。

その日の夕方、彼は私たちに是非とも自分の家へ来てくれと言った。私は急いで下に下りて食べ物を探し、粉ミルク一瓶と砂糖も入れて、家に帰る彼といっしょに出掛けた。

彼の家は、町の外の砂の谷のはしにあり、ぽつんとひとつぼろぼろのテントが夕日をあびて立っており、ひどく寂しく物悲しげに見えた。

私たちがテントに近づくなり、中から裸の子供が二人飛び出して来て、大声を上げ喜んで笑いながら彼に向かって走って来た。彼もすぐにくっくっと笑い声を上げると子供たちを抱き上げた。テントからもう一人女の人が出て来たが、かわいそうに体を包む布もなく、唯一身につけていたのは、両足がむき出しになったボロボロのスカートだった。

彼は中へ入って座るようになんども勧めたので、身をかがめて入ると、テントの中にわずか数枚の麻袋が敷いてあったが、数が足りないので、半分は砂地だった。テントの外には、ドラム缶が一つあって、中に半分ほど水が入っていた。

彼の奥さんは恥ずかしがって後ろをむいたままで、私たちとは顔を合わせなかった。彼はすぐに水を汲んできて、火を起こすと、古いやかんで湯を沸かしたが湯飲みがないので、困って大汗をかいた。ホセは笑いながら、心配いらない、ちょっと待って湯がさめてから、やかんから直接、順番に飲めばいいと言うと、彼はやっと安心したように笑った。それはもう彼の最高のもてなしであって、私たちはとても感激した。

上の男の子は勿論まだあの富豪の家で仕事をしており、帰っていなかった。下の二人の子は、父親の懐にもたれて、指をしゃぶりながら私たちを眺めていた。私はすぐに食べ物を取り出すとみんなに分けた。彼もすぐにパンを取り上げて後ろ向きに座っていた妻に分け与えた。

しばらくたってから、私たちは帰ろうとした。彼は子供を抱いてテントの外に立ち私たちに向かって手を振った。ホセはしっかりと私の手を握ったまま、ふりかえって困窮この上ない家族をみつめた。なぜか二人ともよりいっそう彼らに親しみを感じた。

「なんたってあの人には幸福な家があるわ。そんなに貧しい人じゃないわ！」ホセに言った。

家は、だれにとっても、喜びの根源だ！　どんなに貧しくても暖かいのだ。奴隷にも家がある。あの人もそんなにかわいそうに思うことはないのだ。

その後、私は彼の奥さんと子供のために安い布を買って、彼が仕事をおえるのを待ってそっと手渡し、主人に叱られぬようはやく帰るよう言った。

イスラム教徒の祭りの時には、麻袋いっぱいの木炭と、肉をなんキロか買って贈った。こんなふうに施しをするのはとても恥かしかったので、いつも昼間、彼がいないときに行って、テントの外へ置いて走って帰った。彼の奥さんは、おとなしい白痴だった。彼女はいつも私を見ると笑い、私があげた藍色の布で体を覆っていた。

彼は礼儀も知らないサハラウィとは違っており、彼には私たちに返す品物はなかったがしかし、こっそりとヤギが踏み破った日除けを直してくれたり、夜中に水を盗んできて車を洗ってくれたり、大風が吹くと、すぐに洗濯物を取り入れ、きれいに洗った袋に入れ、日除けの板を引っ張って、下に下ろしてくれたりした。

ホセと二人でずっと、彼が自由を得る方法はないのか考えていたが、まったく見当がつかず、だれもが不可能なことだと言った。

私たちにはわからなかった。もし彼がなんとか自由になれたとしても、どうやって彼の生活に責任を持つのか、もし私たちがここを去ったら、彼はどうするのか。

実は、私たちは、彼の運命がその後さらに悲惨なことになろうとは、そこまで真剣に思い及ばなかったので、彼を自由にする積極的な方法を講じなかった。

ある日、砂漠に大雨が降り出した。雨粒がバンバンと日除けの板をたたく音に目が覚め、ホセを揺すぶった。ホセも目を覚ました。

「ほら！　雨よ、大雨が降ってるわ」恐ろしくてたまらなかった。

ホセは飛び起きると、ドアを開けて雨の中へ飛び出して行った。隣近所もみな目を覚まし、飛び出して雨を見て、口々に叫んでいた。「神の水だ！　神の水だ！」

私はこの砂漠の異変にぞっと寒けがした。あまりにも長いこと雨を見たことがなかったので、恐ろしくて家の中に引っ込んだまま、外に出られなかった。

誰もが水桶を持ち出してきて水をためた。彼らは、その水は神の贈物だから、飲めば病気が治ると言うのだ。

豪雨は降り続き、砂漠は一面の泥の海と化し、わが家も雨漏りでめちゃくちゃになった。砂漠の雨は、それほど恐ろしかった。

雨は一昼夜降り続き、スペインの新聞に、砂漠に大雨の降ったニュースが載った。

奴隷の仕事は、雨が降った翌週に完成した。


その日、私は本を読んでおり、また夕方になっていた。ホセはその日は残業で翌日の早朝まで帰れなかった。

突然ドアの外で子供たちが異常に騒ぐ声が聞こえ、大人の話声も聞こえた。

隣のグーカが激しくドアをたたいたので、すぐ開けると、彼女はひどく興奮して言った。「はやく来て。あの奴隷が売られたわ。すぐ行ってしまう」

わーんと耳鳴りがした。ぐっとグーカをつかむと言った。「なぜ売られたの？　なぜ突然売られたの？　どこへ行くの？」

グーカは言った。「雨が降ったから、『モーリタニア』で草が沢山生えたの。あの奴隷は羊の世話ができるし、ラクダのお産の世話もできるの。それでだれかが買いに来て、連れて行くの」

「今どこにいるの？」

「家を建てる人の家の玄関よ。奴隷の主人も来て、家の中でお金の計算してる」

私は慌てて家を飛び出した。ショックと怒りで顔が青ざめるのがわかった。その家の前まで必死で走ると、ジープが止まっており、助手席にあの奴隷が座っていた。

私は車の側へかけ寄ったが、彼は呆然と前方に目を向けており、まるで泥で作った人形のように、なんの表情も見られなかった。手を見ると、縄で縛られており、足首も麻の縄でゆるくひと巻縛られていた。

私は手で口を覆ったまま、彼をみつめたが、彼の視線は動かなかった。周囲を見回すと、車を取り巻いていたのは子供ばかりだった。私はずかずかとその家へ入って行くと、中ではそのあたりではばを利かしていた資産家が、立派な身なりをした数人の男たちと悠然とお茶を飲んでいた。その取引が成立したことがわかった。もはや彼を救う方法はなかった。

またその家を飛び出すと、彼の様子を見た。唇はわなわなと震えていたが、目に涙はなかった。私は家に走って帰ると、ありったけの僅かな現金をにぎりしめ、部屋の中を見回すと、ベッドの上に広げた私の大砂漠のカラフルな毛布が目に入ったので、夢中で引っ張り下ろし、それを抱きかかえてジープに向かって走った。

「シャヘイビ（友だち）、あなたにお金をあげる、毛布をあげる」私はそれらを彼の胸に押しやると、大声で叫んだ。

彼は、そのとき初めて私に気がつき、毛布も見た。それから突然毛布を抱きしめると、口の中で泣くような叫び声を上げ、車から飛び下り、胸に美しい毛布を抱いて、必死で自分の家の方向に向かって走った。足をしばった縄はゆるかったので、小走りに走ることができた。私は彼が考えられないような速さで走って行くのを見ていた。

子供たちは彼が逃げるのを見て、すぐに叫んだ。「逃げたよ！　逃げたよ！」

家の中にいた大人たちが飛び出してきて後を追い、若い男もその辺にあった大きな板切れを掴んで追いかけ始めた。

「殴らないで！　殴らないで！」

私は緊張のあまり気が遠くなりそうになったが、叫びながら駆け出していた。皆がいっせいに追っかけ、私も必死で走った。家の前に自分の車を止めていたのに、それも忘れていた。

奴隷のテントに向かって走って行った私たちの目の前で、彼はテントのはるか手前から、風に向かってぱあっと、目の覚めるような鮮やかな彩りの毛布を広げた。そしてよろめきながら妻と子供たちの方へ飛び込んで行った。手の縄はすでに自分でねじ切っており、彼はくっくと声にならぬ声を上げながら、毛布でしっかりと妻と子供たちをくるんだ。そして白痴の妻の手を懸命に引っ張って、毛布がどんなに軟らかくどんなにすばらしいか撫でさせると、私があげたお金をその手に握らせた。風の中で、彼の声にはならぬ声とまっ赤な毛布に胸がえぐられるような思いがした。

数人の若い男が行って彼を捕まえ、遠くからジープもやって来て、彼は呆けたようにジープに乗った。手はぎゅっと窓枠をつかみ、その表情は悲しんでいるとも喜んでいるともつかず、白髪が風に舞い上がり、目はずっと遠くの方に向けられていたが、目じりは乾いたままで一滴の涙も見えなかった。ただ唇だけが、押え切れないようにこまかく震えていた。

ジープは発車し、集まった人々も散って行った。奴隷の姿は、夕日の中に次第に消えて行き、残された家族は、泣き声もたてず、ひとかたまりに抱き合って、まっ赤な毛布の中で砂で固められた三つの石の塊のように縮こまっていた。

涙は、とめどなく流れ顔中をぬらしていた。私はゆっくりと歩いて帰り、ドアを閉めると、ベッドに横になった。どのくらいたったのか、夜明けを告げる鶏の鳴き声を聞いた。

サバ軍曹

ある夏の日の夜、ホセと私は家を出て、涼しい戸外へ散歩に出かけようとしていた。耐えがたい炎暑の一日を過ごした後、そのひとときの砂漠はいかにもさわやかで心地よかった。

その時刻には、近所のサハラウィはみな子供を連れて食べ物も外へ持ち出し、家の外で食事をしていた。夜はかなり更けていた。

私たちが町の外にある墓場近くまで行った時、すぐ先の方で、月明りの中、サハラウィの若者たちがなにかを取り巻いて騒いでいるのが目に入った。人だかりのそばを通り過ぎる時、地面にスペイン人の軍人が身動きもせずうつぶせになっているのに気がついた。死体かと思ったが、顔色は赤くつやつやしており、立派な髭をたくわえ、ブーツを履いていた。その軍服から、砂漠軍団のものとわかったが、階級を識別する徽章《きしょう》はなかった。

その姿のまま随分時間がたっているようだった。野次馬たちは大声でアラビア語をしゃべりながら、ふざけて唾を吐きかけたり、ブーツを引っ張ったり、手をふんづけたりしていた。またその中のサハラウィの一人はその軍人の軍帽までかぶって、ピエロのように酔っぱらいの真似をしていた。

なんの抵抗力もない軍人に対して、サハラウィは好き放題をしてはばからなかった。

「ホセ、はやく車を取って来てちょうだい」そっとホセに言うと、私は気を張り詰めてあたりを見回していた。その時、別の軍人かそれともスペインの民間人がそこを通りますようにとどんなに願ったことか、だが近くを通る人は一人もいなかった。

ホセが走って車を取りに帰ると、私はその軍人が腰につけていたピストルからずっと目を離さなかった。もしだれかがそのピストルをはずしたら、大声を上げるつもりでいたが、その次にどうしたらいいのか思いつかなかった。

その頃スペイン領サハラの若者たちは、すでに「ポリサリオ人民解放戦線」を組織しており、本部はアルジェリアにあったが、町のどの若者の心もほぼすべてそこに向き、スペイン人とサハラウィとの関係は非常に緊張していた。砂漠軍団とこの土地とはさらに不倶戴天の敵と言えた。

ホセが車をすっ飛ばして戻って来ると、二人で人込みを押しわけ、その酔っ払いを車の中へ引っ張り入れようとした。だがその男は背が高くがっちりとした体格で、抱えて車まで運ぶのはおおごとだった。二人で全身汗まみれになって、やっと後部座席におさめると、ドアを閉め、ごめんなさいと言いながら、ゆっくりと人込みを走り抜けた。それでもガンガンと何度も車の屋根を叩かれた。

砂漠軍団の正門に近づいたが、ホセは依然としてスピードを緩めなかった。軍営地の周辺一帯は死のような静寂につつまれていた。

「ホセ、ライトを点滅させて、クラクションも鳴らしてちょうだい。私たち合言葉を知らないんだから、間違われるわ。離れたところで止めてね」

車は衛兵のいるところからずっと離れた所で止まった。急いでドアを開け外に出ると、スペイン語で大声を上げた。「酔っ払いを送って来たわ。こっちへ来て見てちょうだい！」

衛兵が二人駆けて来ると、ガチャと銃に弾を込め、私たちに向けた。ホセも私も車を指さしたまま、身動きもしなかった。

二人の衛兵はちらと車の中を見たが、当然知った顔だ。すぐに車に入り込み二人でその軍人を抱え出し、ぶつぶつと言っていた。「またこいつだ！」

その時、高い塀の上の探照灯がさあーっと私たちを照らした。私はその物々しい様子にすっかりおじけづき、早々に車の中へ逃げ込んだ。

発車する時、二人の衛兵は私たちに向かって軍隊式の敬礼をして言った。「ありがとう！　同胞！」

家に向かう道中、私はまだ胸がどきどきしていた。あんなに近くで銃を突き付けられたことは、生まれて初めてのことだった。あれは味方の軍隊だったが、やはりとても緊張した。

その後何日も夜間の警戒厳重な軍営地区と、あの泥酔した軍人のことを考えていた。

それから間もなく、ホセの同僚たちが家に遊びに来た。私は彼らに歓迎の誠意を表して、冷たく冷やした牛乳を大きな壺いっぱいご馳走した。その数人は冷えた牛乳を、まるで牛が水を飲むようにあっという間に飲みほした。私は慌ててまた二パック開けた。

「サンマウ、俺たちが飲んだらきみたちどうするの？」その内の二人が情けない顔をして牛乳を眺め、それから申し訳なさそうにまた飲んだ。

「安心して飲んでちょうだい！　あなたたちふだん飲めないいんだから」

食べ物は砂漠に住むだれにとっても関心のある話題だった。招待された人はそれだけでは満足せず、その美味しいものはどこから来たのか必ず聞いた。

ホセの同僚はその日の午後わが家のありったけの新鮮な牛乳を飲んでしまったが、私が平然としているのを見て、果たしてその入手先を知りたがった。

「ええ！　買うとこがあるの」私はもったいぶって答えた。

「どこだい、教えてくれよ！」

「駄目、あなたたち行けないわ。飲みたかったら家にいらっしゃい！」

「俺たち沢山ほしいんだ。サンマウ、お願いだ。教えてくれよ！」

「砂漠軍団の酒保で買うの」

「軍営だって？　女のきみが軍営へ買物に行くのかい？」彼らは大声を上げた。なんとも間抜けな顔つき！

「軍人の家族だって買ってるじゃないの、私も勿論行くわ」

「だがきみは軍人の家族でもない民間人だろう！」

「砂漠の民間人は都市の人とは違うわ。軍民家を分かたずよ」にこにこ笑って答えた。

「軍人は、少しは礼儀をわきまえているかい？」

「とても礼儀正しいわ。町の一般の人たちよりずっといいわ」

「牛乳を買ってもらって大丈夫？」

「大丈夫よ。いくつ要るのか明日メモをちょうだい！」

翌日仕事から帰ったホセから、牛乳の注文リストを渡された。そこには八人の独身の男の名前が並んでおり、各自が毎週十パックの調達を希望しており、合計八十パックだ。

私はリストを手にしたまま唇をかんだ。調子の良いことを言ったからには、八十パックの牛乳を自分で軍営へ行って買わねばならない。実際なんとも言い出しにくい。

かくなるうえは、いっそのこと恥をかくのを一度でかたずけることにした。その八十パックという恥さらしな数を一度に買って、もう行かないのだ。その方が十パックずつ毎日買いに行くよりましだ。

翌々日、酒保へ行って十パック詰めの牛乳の大箱をひとつ買った。人に頼んで壁際まで運んでもらうと、くるりと引っ返してまた入って行ってまた一箱買い、また壁際へ置く。少したつと、また入って行って買う。このように行ったり来たり四往復すると、カウンターに立っていた雑役兵は目を回した。

「サンマウ、あと何回行ったり来たりするつもり?」

「あと四回よ。がまんしてね」

「なぜ一度に買わないの、全部牛乳かい?」

「一度に買うと規則違反になるわ。多すぎるから」なんとも恐縮して答えた。

「大丈夫だよ、すぐ運んであげよう。でも一度にこんなに沢山の牛乳をどうするの?」

「人に頼まれたの。私の分だけじゃないの」

大きな箱を八つ壁際に積み上げると、私はタクシーを呼びに行こうとした。その時そばにすっとジープが止まった。顔を上げると、驚いたことに、運転席に座っていたその軍人は、あの日ホセと軍営区まで送り届けた酔っ払いではないか。

その人は大柄で背が高く、元気そうで、軍服がピシリと決まっていた。ひげだらけの顔は何歳とも見分けがつかなかったが、人を見る目付きに幾分横柄で、また過分に人を見据えるようなきらいがあった。上着のボタンは三番めまで開いており、頭は角刈りで、グリーンの舟形の軍帽についた階級の徽章は——軍曹だった。

私はあの晩彼のことをはっきり見ていなかったので、極力注意して観察した。

私が何も言わないうちに、彼はジープから飛び下りると小山のような箱をひとつひとつ車へ運び上げた。牛乳が全部積み込まれたのを見ると、私はそれ以上ためらうことなく、助手席に乗り込んだ。

「墓場地区に住んでいます」私は丁寧に言った。

「あんたの家は知ってる」荒っぽい口調でそう言うと、発車させた。

途中二人ともずっと黙っていた。彼は両手でしっかりとハンドルを握り、穏やかに運転した。墓場を通り過ぎる時、私は目を遠くの風景にそらした。彼があの晩酔態を演じ、私たちに拾われた哀れな姿を思い出しては気の毒だと思ったからだ。

家の前まで行くと、彼はゆっくりとブレーキをかけた。彼が車を下りるより先、私は車を飛び下りた。軍曹にまた牛乳を運ばせては申し訳ないと思ったからだ。私は車を下りると、すぐに大声で近くで雑貨店を開いている友達のシャロンを呼んだ。

シャロンは私が呼ぶのを聞くと、すぐにサンダルをつっかけて店から飛び出して来た。顔には控え目な笑みが浮かんでいた。

シャロンはジープの前まで走って来ると、軍人が一人私のそばに立っているのに気付き、突然足を止めたが、すぐうつむいてそそくさと箱を下ろしにかかった。その表情はまるで悪魔にでも出会ったかのように見えた。

その時、私を送ってきた軍曹は、シャロンが私の手伝いをするのを見て、次には彼の小さな店に目を移しちらっと眺めた。それから突然私の方に向き直ると軽蔑したような目付きでじろりと私をにらんだ。私は彼が私の行為を誤解したに違いないと敏感に察した。まっ赤になった私は、しどろもどろに弁解した。「この牛乳は転売するんじゃないんです。本当です！　信じてください。人に——」

軍曹はずかずかと歩いて車に乗り込むと、手をハンドルの上に置いてぱっとたたき、何か言おうとしたが何も言わず、エンジンをかけた。

我に返った私は走って行って言った。「どうも有難うございました。軍曹！　お名前はなんと？」

彼はじろっと私を見ると、腹に据えかねるといった風に素っ気なく言った。「サハラウィの友達なんかに、教える名前はない」

そう言うなりアクセルを踏み、猛スピードで飛び出して行った。

私は呆然として舞い上がる砂ぼこりを眺めながら、言い様のない無念さにかられた。人に濡れ衣を着せられて、言い訳も聞いてもらえなかった。名前を聞いても失礼にも拒絶された。

「シャロン、あなたあの人を知ってる？」振り返ってシャロンに聞いた。

「はい」小さな声が返った。

「どうしてそんなに砂漠軍団が怖いの。あなたゲリラでもないのに？」

「そうじゃないよ。あの軍曹は、俺たちサハラウィすべてを恨んでいるんだ」

「どうしてそんなことがわかるの？」

「だれでも知ってるよ。知らないのはあんただけだ」

私はあれこれ考えながら正直なシャロンを見た。シャロンは従来人のことをとやかく言ったことはなかった。彼がそんなふうに言うには彼なりの訳があるに違いなかった。


牛乳を買って人に誤解されてからは、恥ずかしくてしばらく軍営へ買物に行く勇気がなかった。随分たってから、町で酒保の雑役兵に会った。彼の口から彼らの隊では私がどっかへ行ったと思っていることがわかった。彼はどうしてもう買物に来ないのかと聞いた。私は別に誤解されていないということがわかり、また喜んで行くようになった。

なんとも運の悪いことに、再び軍営へ買物に行くようになった最初の日、あの軍曹がブーツの音をたてて近づいて来た。私は唇をかみしめ緊張して彼をみつめた。彼は私に向かって会釈をすると言った。「こんにちは！」そしてカウンターへ行った。

あれほどサハラウィを嫌う人を、私は「人種差別」と解釈し、もう関わり合う気はなかった。彼のそばに立っていたが、もっぱら雑役兵に必要な品物を言い、もう彼の方は見なかった。

お金を払う時、隣にいたその軍曹の袖をまくった腕に、なんと大きな入れ墨が彫られているのに気がついた。濃いブルーの俗っぽいハートの下に、横一列中サイズの文字が彫られていた――「オーストリアのドンファン」

とても不思議に思った。もともと入れ墨のハートの下にあるのは必ず女の名前だと思っていたのに、それが男の名前とは……

「ねえ！『オーストリアのドンファン』って誰なの？　どういう意味？」

その軍曹が立ち去ると、私はすぐカウンターの雑役兵に聞いた。

「ああ、あれは砂漠軍団の以前あった軍営区の名前だよ」

「人の名前じゃないの？」

「うん、カルロス一世の頃にいた人の名前さ。その頃オーストリアとスペインはまだ分割されていなかった。その後軍団はこの名前をある軍営区の呼称に使ったんだ。随分昔の話さ」

「でも、さっきのあの軍曹はその名前を腕に彫ってたわ」

私は合点がいかぬまま、おつりを受け取ると、酒保の門を出た。

思いがけないことに、門口であの軍曹が待っていた。私を目にすると、ちょっと頭をさげ、私について大またで数歩歩くと、はじめて口を利いた。「あの晩はあなたとご主人に、世話になって」

「なんのこと？」訳がわからなかった。

「お二人に送っていただいて。酔っぱらって……」

「ああ！　だいぶ前のことね！」おかしな人だ。もう忘れてしまったような事に、突然お礼を言ったりして。この前送ってくれた時どうして言わなかったのだろう？

「お聞きしたいわ。なぜサハラウィたちは、あなたがサハラウィを憎んでいると噂しているのですか？」私は軽率にも聞いた。

「恨んでいる」彼はじろりと私を見つめた。かくもあからさまに答えるのを聞いて私はやはり驚いた。「世の中には良い人も悪い人もいるけど、その民族が特に悪いってことはないわ」私はだれもが言うようなことを単純に口にした。

軍曹は砂地に群れになってうずくまっているサハラウィにさっと視線を走らせたが、その人を射るような目つきはまたひときわ恐ろしかった。まるでどうしようもない憎しみの炎に焼かれているかのようでぞっとした。私は自分のくだらない話をやめ、呆然と彼を見つめていた。

彼は数秒後はっと我にかえったように、私に向かって丁寧に頭を下げると、さっさと立ち去った。入れ墨をしたその軍曹は、やはり名を告げなかった。腕には確かにある軍営区の完全な名前が彫られていたが、なぜそんな昔の軍営区なのか。

ある日、サハラウィの友達のアリに招かれて、ホセといっしょに町から百キロあまり離れた所へ行った。彼の父親はそこの大きなテントに住んでいたが、アリは町でタクシーの運転手をしていたので、週末にしか両親に会いに帰れなかった。

両親が住んでいたところは「メサイヤ」と呼ばれていた。はるか大昔は大きな河が流れていたのだろう。それが干上がって両岸は大峡谷を思わせる断崖となっていた。その間の河床にあたる部分に、数本のやしの樹が生え、水が絶えず湧き出している泉があった。きわめて小さな砂漠のオアシスだ。そんな広々とした場所で、また良い淡水もあるのに、どうしてわずか数個のテントに人が住んでいるだけなのかとても不思議に思った。

夕暮れ時の涼しい風に吹かれて、私たちはアリの父親といっしょにテントの外に座っていた。老人はゆったりと長いきせるを吸っており、赤い断崖が夕焼けの中で雄壮な眺めを呈し、空にはいちばん星がぽつんと姿を現わした。

母親は大皿いっぱいの「クスクス」と濃い甘茶を持って来て振る舞ってくれた。

私は指先で「クスクス」をこねて、灰色のだんごにして口に入れた。そのような風景のもとでは、地べたに腰を下ろし、砂漠の民の食べ物を味わうのがふさわしかった。

「こんな良いところに、泉もあるのに、どうしてほとんど人が住んでいないの？」不思議に思い、老いた父親に聞いた。

「昔はにぎやかだったよ。だからこそ、この地は『メサイヤ』という名で呼ばれていた。あのむごたらしい事件が起こった後は、以前から住んでいた者はみな去って行き、新しい者は当然来ようとしない。今じゃ俺たちわずか数家族が、ここにへばりついているだけになった」

「むごたらしい事件って？　聞いたことないわ。ラクダが伝染病で死んだの？」老人に聞きただした。

老人は私に目を向け、ゆっくりときせるを吸うと、急に虚ろな表情になって遠くの方に視線を移した。

「殺したんだ！　人を殺したんだよ！　一面血に染まり、当時この泉の水もだれももう飲もうとはしなかった」

「だれがだれを殺したの？　どういうことなの？」私は思わずホセのほうににじり寄った。老人の声はひどく神秘的で恐ろしく、あたりは、突然闇につつまれた。

「サハラウィが砂漠軍団の人間を殺したんだ」老人は低い声で言いながら、ホセと私を見やった。

「十六年前、『メサイヤ』は美しいオアシスだった。そこには、小麦さえ育った。ナツメヤシの実がそこいらじゅういっぱいに落ち、飲み水はいくらでもあった。サハラウィはほとんど皆ここへラクダやヤギを追って来て放牧した。テントの数はおびただしい数にのぼった――」

老人が過去の賑わいを切々と訴えるのを聞きながら、私はわずかに残る数本のヤシの木を眺め、この干からびた土地にも青春があったということがほとんど信じられなかった。

「その後スペインの砂漠軍団も進駐して来た。そしてここに宿営して、去ろうとはしなかった――」

老人の話は続いた。

「でも、その頃のサハラ砂漠はだれのものでもなかったから、だれが来ようと法を犯したことにはならないでしょう」私は口を挟んで老人の話を中断した。

「そうだ。続きを聞きなさい――」老人はさえぎるような手つきをした。

「砂漠軍団がやって来たが、サハラウィは彼らに水を使うことを許さなかった。そのため双方で水をめぐって、しばしば争いが起こった。その後――」

老人が口をつぐんだので、私はせっかちに聞いた。「それからどうなったの?」

「その後、サハラウィは徒党を組んで兵舎に奇襲をかけた。砂漠軍団のすべての人間が、一夜のうち眠っている間に皆殺しにされた。ことごとく刀で切り殺されたのだ」

私は目を見開き、火の向こうに座っている老人を見つめ、声をひそめて聞いた。「みんな殺されたって言うの?　全軍営の人間が一人残らずサハラウィに刀で殺されたって?」

「軍曹が一人だけ残った。そいつはその晩酒に酔って、軍営の外で寝込んでいた。目が覚めると仲間はみんな死んでいたのだ。一人残らずね」

「その時あなたはここに住んでいたの？」私はもう少しで聞くところだった。「その時あなたはその人殺しに加わったの？」

「砂漠軍団は最高に機敏な軍団だ。そんなことができたって？」ホセが言った。

「予測できなかったんだ。みんな昼間の活動でへとへとに疲れていたし、歩哨に立つ衛兵の数も少なかった。サハラウィが刀を持って襲って来るなど、夢にも思わなかった」

「軍団はその時どこに宿営してたの？」

「ちょうどあのあたりだ！」

老人は泉の上の方を指さした。そこには砂地が広がっているだけで、人が住んだという痕跡はいささかもなかった。

「その時以来、だれもここに住もうとはしなくなった。人殺しをした奴たちは勿論逃げて行った。美しいオアシスはこんなぐあいに荒れ果ててしまったのだ」

老人はうつむいてきせるを吸った。日はすっかり暮れて、激しい風が突然吹き渡って来た。ヒューヒューと泣くような音も入り混じり、ヤシの樹は揺れ、テントの支柱もガタガタときしみだした。

私は顔を上げ闇の中のかなた、十六年前砂漠軍団が宿営していたあたりを見ていた。軍服を着たスペイン兵がいく手にも分れて頭を布で覆い刀を振り上げたサハラウィと白兵戦を演じているのが見えるような気がした。兵隊たちのひとりひとりがまるで映画のスローモーションのように次々と刀の下に倒れていった。おり重なった兵士たちは血を流しながら砂の上を這っており、千にものぼる虚しく救いを求める手が天に向かって伸ばされ、声にはならぬ叫び声が血にまみれたどの顔からもほとばしっていた。闇の中を吹き渡る風の中を、死のうつろな笑い声が寂しい大地の上に響きわたっていた。

驚いた私は力を込めてぐっと瞬きをすると、すべてが消え去り、あたりはもとのまま平穏で静かで、火を囲んで座ったホセと私、そして他の人たちも、だれひとり口を利く者はなかった。

私は突然寒けを覚え、胸がふさがった。これは単に老人の言うような殺人事件なんかじゃない。残酷極まる大量虐殺なのだ！

「その唯一生き残った軍曹というのは――つまりあの腕に入れ墨をした、いつも狼のような目でサハラウィをにらんでいるあの人なの？」私はそっと聞いた。

「あいつらはずっと堅く団結した仲の良い軍営だった。今でも覚えているよ。あの軍曹が酔いから醒めて、死んだ兄弟のしかばねに狂ったように抱きついて震えていた姿を」

私は突然あの軍曹が腕に軍営の名を彫っていたのを思い出した。

「あの人の名前を知ってる？」

「あの事件の後、あいつは町の軍営区へ編入された。その時以来、自分の名を言わない。あいつが言うには、軍営の兄弟が全部死んでしまったのに、自分に名前なんかあるものかって。皆はあいつのことを軍曹とのみ呼んでいる」

過ぎ去ってずいぶんたった古いことなのに、思い出すとやはり恐ろしくて鳥肌が立った。遠くの砂地がうごめくような気がした。

「さあ、寝るとするか！　日が暮れたよ」ホセがわざと元気な大声を上げた。それから黙ったまま、テントの中にもぐり込んだ。

そのことはすでに歴史上の悲劇となっており、町で人の口にのぼることはほとんどなかったが、私はその軍曹を見かけるたびに、いつも動悸を覚えた。そんな痛ましい記憶は、いつになったら彼の心の中で薄らぐのだろうか？

去年（一九七五年）の今頃から、この世界の人々に忘れられていた砂漠は突然複雑なことになってきた。北のモロッコと南のモーリタニアがスペイン領サハラを分割しようとしており、一方、砂漠の住民サハラウィはゲリラ隊を組織して本部はアルジェリアに逃れていた。彼らは独立を要求していたが、スペイン政府は去就が定まらず、態度はあいまいで、この長年にわたって心血を注いできた属領から手を引くべきかそれとも守るべきか、決断はみられなかった。

その頃、スペインの兵士は単独で外出すると殺され、深い井戸に毒薬が投げ込まれ、小学校のスクールバスからは時限爆弾が発見された。燐鉱石の会社の輸送ベルトに放火され、夜警員が電線に吊るされて死んでいた。町の外の道路では通りかかった車が地雷を踏んで爆破された——うち続く騒乱のため、町中が恐れおののいており、政府は直ちに学校を閉鎖し、子供たちをスペインへ疎開させた。夜間は全面的に戒厳令が敷かれ、町には次々と戦車が入り込み、軍事機関の建物には何重にも鉄条網が張り巡らされた。

恐ろしいのは、国境線上スペイン領は三面敵に囲まれていたので、小さな町では、それらの騒乱がどういう側から引き起こされたものかわからないことだった。

そんな状況のもとで、女や子供はほとんどすぐにスペインへ帰ろうとしていた。ホセと私は世話を焼く家族もいなかったので、様子を見ることにして動かなかった。彼はいつも通りに出勤し、私は家にいた。普段は手紙を出しに行ったり食事の買物に行くほかは、公共の場所は爆破の恐れがあるので、もうめったに外出しなかった。

ずっと静かだった町に、家具の安売りを始める人が出てきた。航空会社の入口には、毎日チケットを買い争う人々の長蛇の列が並んだ。映画館、商店はどこも店を閉め、駐在するスペインの公務員すべてにピストルが支給された。空気はみょうに緊張しており、まだなんら戦争となる正面的な衝突は起こってはいないその小さな町は、すでに混乱と不安の中にいた。

ある日の午後、その日のスペインの新聞を買うために町へ行った。政府がこの土地をいったいどうするつもりなのか知りたかったが、新聞にはその事はなにも書かれておらず、毎日あいも変わらぬ内容だった。欝陶しい気分でぶらぶらと家の方に歩いていると、途中棺桶をいっぱい積んだ軍用トラックが墓場の方へ走って行くのが目に入った。国境ではすでにモロッコ人との戦いが始まっているのかと思い驚いた。

家へ帰る道は、必ず墓場を通り抜けて行く。サハラウィは二ヵ所自分たちの大きな墓地を持っていたが、砂漠軍団の共同墓地はまっ白な柵で囲まれており、模様を彫った一枚の黒い鉄の扉が閉まっていた。塀の中には何列にも十字架が並んで立っており、十字架の下にはそれぞれ平らな石板が敷かれて墓となっていた。

私が通り過ぎる時、墓地の鉄の扉は開いており、すでに一列めの石板の下の墓が掘り起こされていた。大勢の砂漠軍団の兵士たちがひとつひとつ、死んだ兄弟たちを運び出し、新しい棺桶に納めていた。

その情景を見た瞬間、私はスペイン政府が長々と宣言をこばんできた決定をただちに悟った。砂漠軍団は生きる者は砂漠に生き、死ねば砂漠に埋葬されるという兵士だ。今彼らは自分たちの死人さえも掘り起こして一緒に連れ帰ろうとしていた。ということは、スペインは結局この土地を放棄しようとしているのだ！

恐ろしかったのは、ひとつひとつの死体が、死後何年もたつというのに、乾燥した砂の中から掘り起こすと、ひと塊の白骨ではなく、ひとつひとつミイラのようにひからびた死体だったことだ。

軍団の人々は死体を注意深く持ち出し、照りつける太陽のもと、そっと新しい棺桶に納め、釘を打ち、字を書いた紙を貼り、それから車に積み込んだ。

棺桶を運び出すために、見物に集まっていた人々は道を開けたので、私は墓地の中まで押されて行った。その時、はじめてあの名のない軍曹が塀のかげに座っているのに気がついた。

私は死体を見てもあまり動揺しなかったが、ただ棺桶に釘を打つ音はたまらなかった。突然その時軍曹を目にして、あの夜酒に酔って地べたに転がっていた様子を思い出した。あの夜もやはりこの墓場の近くだった。ずいぶん昔の惨事なのに、彼の凄惨な記憶はいまなお薄れていないのだ。

三列めの石板が開かれた時、軍曹は待ちかねたように立ち上がり、大股で歩いて行くと、穴の中に飛び下りた。その手で腐乱のない死体をまるで恋人を抱くかのように抱き上げ、そっと腕の中に横たえると、静かにその干乾びた顔をみつめていた。彼の表情には恨みも怒りもなかった。私に感じられたのはただ穏やかともいえるような哀しみだけだった。

　皆は軍曹が死体を棺に納めるのを待っていた。彼は、強烈な陽ざしの下に、この世を忘れてしまったかのように立っていた。

「弟だよ。あの時、皆殺しにされた」一人の兵士が、十字鍬を持ったもう一人の兵士に小声で言った。随分長いことたって、軍曹はやっと棺桶に向かって歩き出した。死んで十六年になる肉親を、赤ん坊をあやすようにそっと永遠の眠りの床に横たえた。

　軍曹が門を出て行く時、私は視線をそらした。私のことを平気で見物している物好きだと思って欲しくなかった。寄り集まったサハラウィの野次馬の中を通り過ぎる時、彼は突然足を止めた。サハラウィたちは子供の手を引いて散り散りになって逃げた。

　一列ずつ並べられた棺桶は飛行場へ運ばれ、地下に眠っていた兄弟たちは先に連れて行かれた。整然と並んだ十字架だけが残され、太陽の下でまぶしく白く光っていた。


　その朝、ホセは早番だったので、五時半に家を出なければならなかった。時局はかなり厳しくなっていたので、私はその日砂漠から小包をいくつか送り出すため、車が必要だった。それでホセは送迎バスで出勤し、私に車を残してくれることになっていた。だが私は早朝やはり車でホセをバスの乗り場まで送った。

　帰り道、地雷が恐ろしかったので、いっさい近道はせず、アスファルトの道路の上だけを走った。

町に入る坂道で、燃料メータがゼロになっていることに気がついた。ついでにガソリンスタンドに寄って行こうと思い、時計を見たが、まだ六時十分前だった。スタンドはまだ開いていないので、方向を転換し家に帰ろうとした。ちょうどその時すぐ近くの町の大通りから、突然ドーンとひどく大きな爆発音が轟き、続いてまっ黒な煙がもくもくと空に上がった。あまり近くだったので、その時私は車の中にいたのに、びっくりして胸が早鐘のように鳴った。すぐに家にむかって車を走らせると、町の救急車がサイレンを鳴らしながら、飛ぶように走って行く音が聞えた

午後になって帰って来たホセは私に聞いた。「爆発音を聞いたかい？」

私はうなずいて答えた。「怪我人が出たの？」

ホセは突然言った。「あの軍曹が死んだ」

「砂漠軍団の、あの？」他の軍曹のはずがないことはわかっていた。「どうして死んだの？」

「彼は朝早く車を運転して爆発したところを通りかかったんだ。ちょうどそこでサハラウィの子供たちが箱を玩具にして遊んでいた。箱の上にはゲリラ隊の小さな布の旗が挿してあった。軍曹は多分その箱がおかしいと思ったのだろう。車を降りると子供たちの所へ駆けより、箱から遠ざけようとした。だが、子供の中のひとりが旗を抜いた。箱は突然爆発した――」

「サハラウィの子供たちが何人死んだの？」

「軍曹の身体が、先を越して箱の上に覆いかぶさった。あいつはばらばらになったが、子供たちは二人が怪我をしただけだ」

私は呆然としたままホセの食事の支度を始めた。頭の中ではずっと早朝の出来事を考えていた。十

六年もの間恨みに取りつかれてきた人が、最大の危機に瀕した時、自らの生命を投げうってその死と引き換えに、長年かたきと恨んできたサハラウィの子供の生命を救った。なぜ？　まさか彼がこのような死を迎えようとは思いもよらなかった。

翌日、軍曹の死体は、棺に納められ、空っぽになった共同墓地に静かに埋葬された。彼の兄弟たちはすでにそこを去り、別の土地で安らかに眠っている。だが彼は、ともに行くには間にあわず、静かにサハラの大地に埋葬された。彼が愛し憎んだその土地は彼の永遠の故郷となった。

彼の墓碑は簡単だった。私はずいぶんたってから中へ入って見たが、碑にはこう刻まれていた――

「サバ・サンチェス・ダリ、１９３２－１９７５」

帰り道、サハラウィの子供たちが広場でごみ桶を手で叩きながら、リズミカルな歌を歌っていた。夕日の中で、それはえも言われぬ平和な光景で、まもなく戦争が始まろうとすることなど知らぬかのように思われた。

哀哭のラクダ

それは一日の何度めだったろう。もうろうとした眠りから覚め、目を開けると、部屋の中はすでに漆黒の闇で、通りからは人声も車の音も絶え、テーブルの上の目覚まし時計だけが、何度か目覚めた時と同じように、はっきりと冷ややかに時を刻んでいた。

ということは、私は目覚めたのだ。昨日起きたことは、結局、恐ろしい夢ではなかったのだ。意識がはっきりするたびに、記憶は私を、激流が荒れ狂うシーンに身をおいたかのように、一度また一度と、あらたに、あの、自分が当時狂気の叫び声を上げた惨劇の中へ引き戻した。

目を閉じると、バシリ、アオフェルア、シャイダたちの顔が、笑っているような、いないような表情を浮かべ、ゆらゆらと目の前をゆらめいて過ぎて行った。私は飛び起き、電灯をつけ、鏡をのぞくと、わずか一日で、唇はカラカラに乾き、目は腫れ上がり、やつれ果てた自分の姿があった。

通りに面した板の窓を開けると、窓の外に広がる砂漠は、まるで雪と氷におおわれた無人の世界のように冷たく寂しかった。突然、思いもかけぬ荒涼とした情景を目にして驚き、呆けたように、そのはてしなく広がる無情の天地に目をすえたまま、わが身がどこにあるのかも忘れていた。

そうなのだ。やはり死んでしまったのだ。本当に死んでしまったのだ。たとえ短い幾日かだろうと、長い一生だろうと、泣いたり、笑ったり、愛したり、憎んだり、夢かうつつか、うつつか夢か、夢とうつつを行きつ戻りつ、いずれ皆消え去る日が来るのだ。雪と見まがう純白の砂の上には、死んでいった人の姿は見えず、夜通し吹く風も、彼らの吐息を運んでは来ない。

死のようなうつろで寂しい部屋の方に振り向くと、薄暗い光の中に、バシリが胡座をかいて座っており、頭と顔を覆っていた黒い布を一巻き一巻きゆっくりと外している姿がまた現われたような気がした。驚いて声もなく見つめる私の前で、褐色に日焼けした顔に、冬空の星のようなふたつの瞳がきわだって、突然人を誘うような笑みがきらめいた。

私はまばたきをした。すると突然本棚の下の方に、シャイダが横顔をみせて静かに座っており、長いまつげがひとひらの雲のように、その美しいほっそりとした顔に影を映していた。私はその姿に見とれていた。彼女の一種の無関心さは、あたかもこの世のものではないかのように冷然としていた。

家の外にいつの間にか車が止まり誰かがドンドンとドアを叩いたようだったが、私は何の感覚もなかった。誰かの「サンマウ！」と呼ぶ低い声にはじめて飛び上がるほど驚いた。

「ここよ」私は窓格子をつかんで外にいる人に答えた。

「サンマウ、チケットはない。だがやはり明日の朝早く来て空港まで連れて行くからね。キャンセル待ちを二人分頼んでおいたから、なんとか乗れるかもしれない。用意しといてくれ。ホセにも伝えたよ。ホセが出掛ける時はドアに鍵をかけておくように言っていた。もう一つの席は誰のだい？」

ホセの会社の総務主任が窓の外で声をひそめて言った。

「私は行くわ。もう一人のは要らない。ありがとう！」

「なんだって？　無理やり頼んだのに、要らないんだって？」

「死んだの。行かないわ」私はぎごちなく答えた。

総務主任はギョッとしたように私に目をやると、不安げに周囲へ目を走らせた。

「土地の奴らがなにか仕出かしたようだが、町の俺の家へ来て一晩泊まったらどうだ。ここにはスペイン人がいないから、危険だよ」

私はしばらく黙っていたが、頭を横にふった。「まだ荷物をかたづけなきゃ。大丈夫よ、ありがとう！」

主任はしばらくぼうっと立っていたが、手に持っていたタバコの吸殻を捨てると、私に向かってうなずいて言った。「じゃ、しっかり戸締りをするんだよ。明日の朝九時に迎えに来て空港へ送るよ」

私は板切れの窓を閉めると二重の錠を掛けた。ジープの音は次第に遠ざかりやがて消えて行った。重苦しい静寂がたれ込め、小さな部屋はがらんとして空しく、どうしても以前の雰囲気には戻らなかった。

昨日がまるでたった今過ぎ去ったばかりのように思われた。私はやはりその窓のそばに、長いネグリジェを着ただけの姿で立っていた。窓の外に寄り集まったサハラウィの女の子たちがキャッキャッと笑いながら私と話をしていた。「サンマウ、早くドアを開けてよ！　もうずっと待っているのよ。どうしてまだ寝てるの？」

「今日は学校はないの。休みよ」だるい腰に手をあてて深呼吸をすると、遠くに連なるさわやかな美しい砂丘にゆったりと目をやった。

「また休みなの」子供たちは恨めしそうにガヤガヤ騒ぎ出した。

「真夜中にね、何度も爆弾の凄い音がして、もうちょっとでベッドから落ちるとこだったわ。外に出てみたけど、何も見えなかった。それで朝方うとうとと眠っただけなの。だから、ね、学校は休み。騒がないでちょうだい」

「学校は休みでも家に入れてよ！　どうせ遊ぶんだから」女の子たちはドンドンとドアをたたくので、開けざるを得なかった。

「あなたたち、どこまでぐっすり寝てたの。あんな大きな音も聞こえなかったの？」

　お茶を飲みながら笑顔で聞いた。

「聞いたさ！　全部で三回爆発したの。ひとつは軍営の門、ひとつは燐鉱会社の小学校、ひとつはアジビの父さんの店の入り口よ」子供たちは興奮した口調でてんでに報告した。

「早耳ね。あなたたちこの通りから出ないのに、なんでも聞いてくるのね」

「またゲリラ隊だよ。だんだん酷くなる」まるで面白い芝居を見ているかのような口ぶりで、少しも怖がってはおらず、ペチャクチャと身ぶり手ぶりよろしくこの上なく元気で、小さな部屋はたちまち賑やかな笑い声でいっぱいになった。

「だけど、スペイン政府はくりかえし民族自決を保障すると言っているのよ。騒ぐ必要ないわ！」私は溜息をつくと、ブラシを取り上げて髪をすき始めた。

「私がおさげを編んであげる」一人の子が私の後ろで中腰になると、手に唾をつけ、太いおさげをていねいに編んでくれた。

「今度のことはみんなあのシャイダのせいだよ。男と女が好きだとかなんとか言って、それでアジビの店が爆破されたの」私の後にいた子が大声で言った。好きだという言葉を聞くと、そこらに座っていた子はみんなつっつきあって笑った。

「病院で働いているシャイダのこと？」

「きまってるわ。恥知らずの女よ。アジビはシャイダを好きだったけど、シャイダはそうじゃなかった。それなのにアジビと話をしていた。アジビは必死でシャイダを追っ掛けたけど、シャイダは心変りしたの。アオフェルアと急に良い仲になったの。アジビはいっぱい人を連れてシャイダをこらしめに行ったんだけど、シャイダはそれをアオフェルアに話したの。二、三日前にけんかをしてね、それでゆうべ、アジビの父さんの店の入り口が爆破されたの」

「またそんないいかげんなことを言って。アオフェルアはそんな人じゃないわ」この女の子たちの大嫌いなところは、ともすれば自分たちの知恵ではまったく判断の及ばないことを、想像力で判断することだ。

「へえ！　アオフェルアはそうじゃないけど、シャイダはそうなのよ！　あの売女はゲリラ隊と知り合いで……」

私は編み上がったお下げをぎゅっと胸の方へ引き戻すと、その女の子たちの方に向かって厳しい顔をして言った。「売女なんて言葉は、まともな気持ちのない、恥知らずな女だけに使う言葉よ。シャイダはあなたたちサハラウィの女の中で、一、二を争う助産婦よ。なにが売女よ。こんなけがらわしい言葉、二度とあの人のことに使わないでちょうだい」

「どの男とも話をするよ」私の前に座っていたグーカの上の妹のファティマが、真っ黒な爪を噛みながら、赤い泥を塗りたくった固い髪の毛をふり乱し、無知でだらしないことときたら、お化けのような様子で言った。

「男と話をしてなにがいけないの？　私は毎日男と話をしてるじゃないの。私も売女なの？」と怖い顔をした。まったくいつの日にか、彼女たちのかくも閉鎖的な石頭を叩いて開いてやりたいものだ。

「それだけじゃないよ。シャイダは、あいつは……あいつは……」わりにおとなしい女の子が顔を赤らめてそこまで言ったが、あとは口をつぐんだ。

「いろんな男と寝るんだよ」ファティマは大きな白目をむいてゆっくり言うと、さげすむように笑った。

「だれかと寝るって、あなたたち自分の目で見たの？」私は溜息をついて、子供たちを眺めた。その子たちのことが腹立たしいのか、おかしいのかよく分らなかった。

「ふん、あたりまえだ！　みんながそう言ってるよ。町のだれがあいつとつきあうの。男だけだよ。男だってあいつを嫁にはしないよ。あいつを懲《こ》らしめるだけさ……」

「いいわ！　もうやめてちょうだい。小さな子がなんでおしゃべり女の真似をするのよ」私は台所へ行ってお茶を捨てた。なんともいえぬ嫌な気持ちになっていた。朝っぱらから、話すことといったらそんなつまらないことなのだ。

　女の子たちは床いっぱいに好き勝手に座っていた。まっ黒な足をむき出しにした子、体じゅうきつい臭いのする子、ざんばら髪をした子、どの子の口もよく動いていた。ハッサニア語はわからなかったが、シャイダという名前はなんども彼女たちの口から飛び出した。どの子の顔も憤りと蔑みにゆがみ、なんとも醜くかった。言いようのない嫉妬と恨みである。

ドアのあたりによりかかってその子たちを眺めているうち、突然、シャイダの清らかで品のある、春咲く花のように美しい姿が目の前にちらりと浮かんで消えた。あの高い教養を身につけた愛らしい砂漠の女性は、自らの風俗習慣のもとでは、このように蔑視されているのだ。まったく理解に苦しむ。

この町には沢山のサハラウィの友達がいた。郵便局で切手を売る係、裁判所の守衛、会社の運転手、店の店員、贋盲人のこじき、ロバを引く水売り、勢力ある部族の首長、貧しい奴隷、隣近所の老若男女、警官、こそドロ、色々な職業の人が皆ホセと私の「シャヘイビ（友だち）」だった。

アオフェルアは私たちの大好きな友達で、警官をしている若者だった。高等学校までいったが、警官になって、上の学校へは行かなかった。子供っぽさの残る顔にまっ白な歯、人に対しては実直そのもの、おだやかで明るく、会えば誰でもすぐ彼のことが好きになった。

町で爆弾が爆発することはよくあったが、通りはあいかわらず賑わっていた。だれもがなにげなく時局を語ったが、本気でこのごたごたに危機感を抱いているものはいなかった。なにか遠くの出来事のように気楽に考えていた。

その日歩いて買物に行った帰り道、アオフェルアがパトカーに乗って通り過ぎるのに出会った。私が手をふると、彼はさっと車からとび下りてきた。

「ルア、どうして長いこと家に来ないの？」と聞いた。

彼はにこにこと笑いながら、返事はせず、私といっしょに歩いた。

「今週はホセは早番だから、午後三時以後はいつも家にいるわ。いらっしゃい。おしゃべりしましょう」

「うん、二、三日のうちにきっと行くよ」やはり笑顔のまま、私の買い物籠を、呼んでいたタクシーに積み込んでくれると去って行った。


それから何日もたたないうち、ある晩、アオフェルアは本当にやって来た。たまたまホセの同僚が部屋いっぱいに座って、バーベキューの肉を食べていた。

窓の外からちらりとのぞき込んだアオフェルアはすぐ言った。「あ！　お客ですね。また来ます！」

私はすぐ呼びに出て無理に彼を引っ張った。「牛肉を焼いているのよ、いらっしゃい。知っている人ばかりよ。心配ないわ」

アオフェルアは笑顔で後ろを指さした。その時はじめて彼の車から、淡い藍色の砂漠の服を着た女性がゆっくり下りてくるのに気がついた。布で覆った顔の、涼しく澄んだ目が私に向かって微笑んでいた。

「シャイダ？」私は笑顔でアオフェルアに聞いた。

「なぜわかったの？」驚いて聞くアオフェルアには答えず、さっさと、そのなかなか来てはもらえぬ珍しいお客を迎えに行った。

もしシャイダでなかったら、部屋にいるのは男ばかりだから、無理やり誘うことはしなかった。シャイダは開けた鷹揚な女性だ。少しためらったが、入って来た。

ホセの同僚たちは、今までこんなに近くでサハラウィの女性に接したことがなかったので、礼儀正しく、皆一斉に立ち上がった。

「お座りになって。お気遣いなく」シャイダはおおらかにうなずいた。私は彼女の手を引いて蓆《むしろ》の上に座らせると、二人のためにジュースを取りに行った。戻ってきた時には、彼女のベールは自然ととられていた。

電灯の光のもと、彼女の顔はなぜか驚くばかりに人を引き付ける力を漂わせていた。

象牙色にちかい頬に、どこまでも澄んだ漆黒の大きな瞳、すっと高い鼻筋の下の涼しい色の唇、ほっそりした顔の輪郭、それはまるで非の打ちどころのない彫像のように優美だった。視線が無意識に角度を変え、静かに微笑む。それはあたかも昇り始めた明月の輝きが、部屋の明かりをかき消したかのようで、だれもが思わずなすすべを忘れた。私ですら、その瞬間、彼女から醸し出される輝きに我を忘れた。

土地の服装をしたシャイダは、病院で見る明るい美しい彼女とはまた違った雰囲気があり、そこに座った彼女は、黙ったままだったが、すぐに私たちを遠い昔の夢の世界へといざなった。

みんなはまた無理に話を始めたが、シャイダを前にして、いささか、気もそぞろという状態だった。

アオフェルアはしばらく座っていたが、間もなくシャイダを連れて帰って行った。

シャイダが帰ったあともしばらく、部屋の中はシーンとしていた。永遠の美というものが、人々に残す感動とは、多分こういうものなのだ!

「なんてきれい！　あんなにきれいな女の人が本当にこの世の中にいたのね、神話じゃないわ」私は感嘆した。

「アオフェルアの彼女かい？」とだれかが聞いた。

「知らないわ」私は頭を横にふった。

「どこの人？」

「孤児らしいわ。両親は亡くなって、病院のシスターたちのもとで何年か暮らしているうちに、助産婦の勉強をしたそうよ」

「アオフェルアを選ぶとは、なかなかの見識だ。あの男はちゃんとした奴だ」

「アオフェルアはどうも彼女につりあわないわ。なにか少しだけ物足りない。なんだかわからないけど、少し物足りない」私は頭をふった。

「サンマウ、きみは見かけで人を判断するのかい？」ホセが言った。

「外見じゃないわ。アオフェルアじゃないって気がするの」

「アオフェルアは名門の息子だよ。父親は南部で数えきれないほどのヤギやラクダを持っている――」

「シャイダのことをあまりよく知らないけど、でも彼女は財産をあれこれ言うような人じゃないわ。この砂漠に、本当に彼女にふさわしい人はいそうにないわ」

「アジビは彼女のことも追っ掛けてたんだろ。先ごろそのことでアオフェルアと一戦交えたよ！」ホセはまた言った。

「あの商人の息子は一日中ぶらぶらしてるわ。町で父親の威光を笠にきて、威張り散らしてるわ。あんな嫌な奴がシャイダといっしょになれるわけないわ」私はさげすんで答えた。

シャイダが初めて家に来たその夜、彼女がつかの間見せた美しい姿は、皆の心を揺さぶるような感動を残した。話題は彼女のことから離れがたかった。私もそれまで、絶世の美女というものに、かくも酔い痴れたことはなかった。


「あの売女を、なぜ家に入れたの。あんなことをしていたら、近所の人はだれもあんたと付き合わなくなるわ」グーカが翌日不安げにやって来て忠告したが、私は笑うだけで相手にしなかった。

「シャイダが男と車を下りる時、あたしたちみんな家の入口で見てたの。シャイダはにこにこして母さんに挨拶までしたけど、母さんはあたしたちを引っ張って家の中へ入れて戸をビシャリと閉めたの。アオフェルアは顔がまっ赤になったわ」

「あなたたちずいぶんひどいわね」私はびっくりした。昨夜わが家に入るまでにそんな一幕があったとは、思ってもみなかった。

「シャイダはイスラム教を信じないで、カトリック教を信じてるんだって。そんな人は、死んだら地獄へ落ちるわ」

私は黙ってグーカを見ていた。どうやって彼女に道理を説けばいいのかわからなかった。いっしょに家を出たところで、ハンティが仕事を終えて帰ってくるのに出くわした。スペイン軍の軍服が、ごましお頭のオリーブ色の顔によく似合い、意外にも堂々としている。

「サンマウ、言ったじゃないか。家の娘たちは毎日あんたのとこに居る。あんたにちゃんと勉強を教えて貫いたいのだ。あんたら夫婦は近頃町のろくでもないサハラウィと付き合っているが、これじゃ娘たちをあんたの友達にするのは心配だ」

ハンティのそのきつい言葉に私はびんたをくらったような気がした。怒りが込み上げ、すぐには言葉が出なかった。

「ハンティ、あなたもう二十何年もスペイン政府に従い仕事をしているのに、もう少しものが分ってもいいはずよ。時代は変わっているのよ……」

「時代は変わっても、サハラウィの風俗伝統は変えることはできない。あんたたちはあんたたち、俺たちは俺たちだよ」

「シャイダは悪い女じゃないわ。ハンティ、あなたはもう中年なんだから、若い人たちよりはもっとわかるはずよ……」腹立ちのあまり、言葉がつかえて続かなかった。

「人が、自分たち民族の宗教に背く。これ以上恥ずべきことがあるかい。あーあ……」ハンティは足を踏み鳴らすと、うつむいたグーカを連れて、自分の家の方に向かった。

「石頭！」私は捨てゼリフを残し、家に入ると力いっぱいドアを閉めた。


「この民族は、開化するのにまだ随分忍耐と時間を要するわね」食事の時、ホセとどうしてもその話になった。

「ゲリラ隊自身が放送で毎日彼らに奴隷を解放するよう、女の子たちに勉強をさせるよう呼び掛けているのに、彼らには独立のことしか耳に入らない。他のことはどうでもいいのだ」

「ゲリラ隊がどこで放送しているの？　私たちどうして聴けないの？」

「ハッサニア語だ。毎晩アルジェリアあたりから入ってきて、ここの住民はみんな聴いているよ」

「ホセ、この時局はどれくらい続くと思う？」あれこれと気がかりだった。

「わからないね、スペイン総督も、彼らの民族自決を認めると言った」

「モロッコ側が認めなかったら、どうなるの？」私は頭をかたむけて箸をいじっていた。

「ほら！　飯にしよう！」

「私はここを離れたくないの」溜息をつきながらきっぱりと言った。

ホセはちらと私を見たが、もうなにも言わなかった。


夏のサハラはまさにその空一面に舞い上がり、永久に止むことのない砂ぼこりのようで、もうこれ以上一日も過ぎていかないかのようだった。歳月は死にたくなるような炎熱のもとにねばりつき、遅々としてやるかたない日々を、人はだらけ疲れる以外、なにごとに対しても、ぼうっとして気力が出ず、なにを考えるでもなく、ただ汗にまみれた日々をやり過ごしていた。

町のほとんどのスペイン人は砂漠を離れ、故郷へ避暑に帰っており、小さな町はゴーストタウンのようにがらんとしていた。

新聞には毎日サハラのニュースが載っており、町ではときにまだ断続的な爆破事件があったが怪我人が出ることはなかった。モロッコの方では、ハッサン国王のわめきたてる声が日ごとに狂おしくなり、スペイン領サハラは風前の灯となっていた。だが実際にその中で生活している住民は、現実離れしたことが起こっているかのように、無関心だった。

いつもの砂、いつもの空、いつもの竜巻という、世の中から隔絶された世界の果て、太古未開のごとき原始的なこの場所では、国連だの、ハーグ国際司法裁判所だの、民族自決だのという耳慣れない言葉は、この地で実際に暮らしている多くの人間にとって、煙のようにたよりない当てにならないものにすぎなかった。

私たちも、いつもと同じように生活していたが、情勢をうかがう立場を取り、他の人々が言う根拠のない話が、いつか私たちの運命と前途になにか特別な関係を生ずるというようなことは、まったく信じていなかった。

炎熱の午後、家に車があるときは、いつもちょっとしたおやつをさげて、車で病院へシャイダに会いに行った。二人でいちばん涼しい地下室へひっこんで、消毒薬の匂いをかぎながら、胡座をかいて座り、いっしょに服を縫ったり、物を食べたり、古今東西のこと、天文地理、思いつくことをなんでもしゃべった。まるで姉妹のように親しくなんの気兼ねもなかった。シャイダはよく小さい頃テントで暮らした楽しかった日々のことを話してくれたが、その話は、両親が両方とも亡くなったところで、ふとおしまいになった。その後のことはまるで空白のように、なにも話さなかったが、私も尋ねることはしなかった。

「シャイダ、もしスペイン人が引き上げたらどうするの?」ある日私は唐突に聞いた。

「どういう形で引き上げるの? 独立を認めるの? それともモロッコに分割するの?」

「両方とも可能性があるわ」私は肩をすくめて、どうでも構わないというふうに言った。

「独立なら残るわ。分割は許せない」

「あなたの心はスペインにあると思っていたわ」ゆっくりと言った。

「ここは私の土地よ。両親の墓のある場所よ」シャイダの目つきは突然ぼうっとなり、心の底になにか言い難い秘めごとと苦しみを抱いているように思われた。呆けたようにじっと座ったまま、それ以上口をきくのを忘れていた。

「あなたは？　サンマウ？」ずいぶんたってからやっと口を開いた。

「離れたくないわ。ここが好きなの」

「ここの何が引きつけるの？」シャイダは不思議そうに聞いた。

「ここの何が引きつけるかって？　高い空と広い大地、燃える太陽、吹き荒れる風。孤独な生活の中にも喜びがあり、悲しみがあり、あの無知な人々に対しても、私は同じように愛したり恨んだり、ごっちゃになっているわ。ああ！　自分でもよく分らない」

「もしここがあなたの土地だったら、どうする？」

「たぶんあなたといっしょよ。看護医療の勉強をしても、実際のところは——私のじゃないとか私のとかいうのはどうやって区別するの？」私は溜息をついた。

「あなた、独立を考えたことはないの？」シャイダは静かに聞いた。

「植民地主義はどっちみち過ぎ去っていくわ。問題は独立後、この無知で凶暴な人々が、独り立ちするのにどのくらいの年月がかかるかってことよ。少しも楽観できないわ」

「いつかきっとできるわ」

「シャイダ、こんな話、ふたりの間だけよ。絶対によそで言っちゃ駄目よ」

「大丈夫、シスターたちも知ってるわ」笑みがもどった彼女は、突然また明るくなって、笑顔で私を見た。少しも気にしていなかった。

「町でゲリラ隊を捕まえてるのを知ってる?」私は気になって聞いた。

シャイダは心配でたまらないというふうにうなずくと、立ち上がってパタパタと服をはたいたが、目じりに突然涙がにじみ出た。


ある日の午後、ホセは家に帰ると部屋に入るなり言った。「サンマウ、見たかい?」

「なんのこと? 今日は外に出てないの」首に流れる汗を拭いながらうんざりした気分で聞いた。

「おいで、車に乗るんだ。見に行こう」ホセは厳しい表情で私の手を引くと外に出た。

ホセは黙りこくってハンドルを握り、町の外回りの建物にそって走った。すると一面ほとばしるかのような血文字が、決壊した河の水のように、目に入る限りの壁に氾濫していた。

「どういうこと?」私は呆然とした。

「よく見るんだ」

——スペインの犬は我々の土地から出て行け——

——サハラ万歳、ゲリラ隊万歳、バシリ万歳——

——モロッコは要らぬ、スペインは要らぬ、民族自決万歳——

——スペインは強盗だ! 強盗! 人殺し! ——

——バシリを愛す！　スペインは出て行け——

一枚一枚の白い壁が血を流しながら、二人に襲いかかってきた。一句一句の陰惨な訴えに、烈日の下、どっと冷汗が流れた。それはまるで平穏にぐっすり眠っていた人が、目覚めると突然刃物を突きつけられていることに気付いたかのような驚きと狼狽だった。

「ゲリラ隊が戻って来たの？」そっと聞いた。

「戻る必要ないよ。町じゅうのサハラウィが、一人残らずゲリラの味方さ」

「町の中もこんなふうなの？」

「軍営の壁にまで一晩の間にびっしり書いてあった。歩哨さえ何の役にも立っていないんだ」

恐怖が突然二人を襲った。車の通りすぎる道ばたで、サハラウィを見るたびに私は胸がどきどきして、何を見てもびくついた。

家には帰らず、ホセは車を会社のコーヒーショップに走らせた。

同僚たちが店いっぱいに寄り集まっていたが、互いに挨拶をかわす笑顔は妙にこわばっていた。深い眠りに落ちていた夏の日は、その時突然跡形もなく消え失せ、各人の表情は驚き慌て、緊張しており、その上多かれ少なかれ、屈辱をうけた気まずさと、堪えがたい気持ちが見て取れた。

「国連のオブザーバーがやって来るが、あいつらに当然一働きしてもらわなくちゃ。なんとしてもサハラに対する考えを表明してもらう必要がある」

「バシリはスペインで教育をうけて法学部を出たそうだ。長らくスペインにいたのに、なぜ帰ってきて、ゲリラ戦で俺たちに抵抗するようになったんだ？」

「会社は結局どうするつもりなんだろう？　俺たち、このまま待つのか、引き上げるのか？」

「家内を明日送り返すよ。ごたごたしないうちにね」

「あいつら自身のゲリラ隊だけじゃなくて、モロッコ側もすでにずいぶんと紛れ込んでいるらしいぜ」

周囲のひそひそ声は、急に高くなったり低くなったりして聞こえてきたが、言ってることは、盲人が象をなでるようなとりとめのない話だった。

「畜生、あいつらときちゃ自分じゃ飯も食えない、くその始末もできないくせに、何を独立だと血迷よっているんだ。わがスペインは甘すぎるね。俺に言わせりゃ、あいつらが盾突くなら、殺ってしまえってんだ。へっ！　わずか七万人なんぞ、機関銃でダダッとやりゃ簡単なことさ。あの頃ヒトラーはユダヤ人をどうした……」

見たこともないスペイン人の教養のない老人が、突然テーブルをたたいて立ち上がり、顔をまっ赤にして、興奮して演説を始めた。口角泡を飛ばし、怒りに燃えて目玉は破裂しそうに飛び出し、両手を挙げたり振ったり、なんとか自分の憤怒を理解させようといきりたっていた。

「サハラウィを殺るのは犬を殺すようなもんだ。犬だってあいつらよりはましだ。餌をくれる人に尾を振ることぐらい知っとる……」

「えっ――えっ――」その男のとんでもない話を聞くと、もともとはスペイン人の方に向いていた私の気持ちは、その過激な言論により、方向を変えてしまった。ホセはあっけにとられて、その男を見上げていた。

まわりにいた大半の人々がその男のたわごとを聞いて、なんと拍手喝采を始めた。

男は唾を飲み込むと、グラスを取り上げ、ぐいっと酒をあおった。それから突然私を目にすると、ふたたびがなり始めた……

「植民地主義はなにもわがスペインだけのものじゃない。あの香港の中国人だって、なんとしてもイギリスの機嫌を取りたいと思っている。かくも長年、ひたすら絶対服従だ。こんな手本が、サハラウィには見えないが、俺たちには見える……」

私が跳び上がるより早く、ホセがテーブルをバーンと叩くと同時に立ち上がり、行ってその男につかみかかろうとした。

皆の視線はたちまち私たちに集まった。

私は必死でホセを引っ張って外に向かった。「粗野なだけよ。なんの見識もありゃしない。なにもあなたがわざわざやり合うことないわ」

「あのいかれた奴に好き放題しゃべらせといて、きみは俺にかまうなって言うのかい。異民族の統治を受け入れないものは、あいつに言わせりゃ、叩かれたハエのように次々死んじまえってことだ。きみたちの台湾ではあの当時どうやって日本に抵抗したんだ？　あいつが知ってるとでも言うのか？」

ホセがわめき出したので、私は足を踏み鳴らしホセを外へ押し出した。

「ホセ、私だって植民地主義には賛成しないわ。でも私たちスペイン側の人間よ。あれこれ言える立場じゃないわ。味方の人間と衝突して、非国民のレッテルを貼られたらつまらないじゃないの」

「こういう有害人物は……。ああ、サハラウィが俺たちを嫌うのも無理はない」ホセは意外にもしんみりとなった。

「どこともうまくやっていけないんだ。あっちからはゲリラに犬と呼ばれ、こっちじゃ味方の話に怒り狂っている。ああ、なんとまあ！」

「もともとは平和的に解決できる問題よ。もしモロッコが彼らを分割しようとしなかったら、こんなにも急に独立を言い出さなかったでしょう」

「オブザーバーが間もなくやって来る。サンマウ、しばらくここを離れてはどうだ。落ち着いたらまた戻ってくればいい」

「私が？」ふふんと鼻先で笑った。

「行かないわ。スペインが占領している限り、私もとどまるわ。スペインが去っても、私は残るかもしれない」

その日の夜、町全体に戒厳令が敷かれた。不穏な空気が、水のように、町の隅々までを浸していた。昼間の町では、スペイン警察が通り過ぎるサハラウィに銃を突き付け、ひとりひとり壁に手をつかせ、たっぷりとした長衣を脱がせて身体検査をした。若者の姿はとっくに消えていた。ただ哀れな老人たちだけが、目をしばたきながら手を上げ、上から下まで体をさぐらせていた。そんなやり方は人々の反感を買うだけで、なんの役に立つというのだ。ゲリラ隊が、ピストルを身につけて、身体検査をさせるほど馬鹿だと思っているのだろうか。

病院へシャイダに会いに行った。門衛が、彼女は二階で子供を取り上げていると言った。

二階へ上がるなり、シャイダがひどく取り乱して走って来るのに出くわした。もう少しで、真正面から身体ごとぶつかるところだった。

「なにごと？」

「なんでもないの。行こう！」私を引っ張って下に降りた。

「お産じゃなかったの？」

「あの女の家族は私が要らないの」唇をふるわせながら言った。

「難産で、運びこまれた時には虫の息だったの。私が入って行くなり、あの人たちは私を罵ったわ。私……」

「あなたのなにが気にいらないの？」

「知らないわ。私……」

「シャイダ、結婚するのよ。ああやってアオフェルアと一緒に出歩いていると、風習が許さないのよ」

「ルアは違うわ」顔を上げて慌てて弁解した。

「ええっ……」不思議に思い聞き返した。

「アジビたち嫌な奴が何度もやって来て私をひどい目にあわせるの。だからしかたなく……」

「つらいわ、だれに言えばいいの……」シャイダの目に突然涙があふれた。それから飛ぶように走って行ってしまった。

ゆっくりと廊下を通りぬけ、シスターたちの住んでいる中庭を通りかかると、子供たちが集まって、おとなしく牛乳を飲んでいた。その中の一人、サハラウィの子供は、上唇を牛乳だらけにして、まるで白い髭が生えたようでおかしかった。私はその子を抱き上げて、あやしながら陽のあたる方へ行った。

「あら、どこへ連れて行くの？」若いシスターがあわてて追っ掛けて来た。

「私よ！」と笑いながら挨拶した。

「ああ！　驚いた」

「なんて可愛い子でしょう。こんなに太って」その子のまっ黒な大きな瞳をまじまじと見つめながら、カールした髪の毛をなでた。

「こっちへちょうだい！　いらっしゃい！」とシスターは手を伸ばしてその子を受け取った。

「いくつなの？」

「四つよ」とシスターはその子にキスをした。

「シャイダが来たのは大きくなってからでしょう？」

「大きくなってから来たの。十六、七だったわ」

私は笑いながらシスターにさよならを言って、もう一度その子にキスをした。その子ははずかしがってひたすらうつむいていた。その顔つきに意外にも見覚えがあるという意識が、記憶の底をさっとかすめていった。誰に似ていたのだろう？　その子は？


途中、軍隊が町へ移動して来るのを見かけた。政府機関の建物には幾重もの鉄条網が、風も通さぬとばかりに張りめぐらされていた。航空会社の小さなカウンターは、辛抱強く列をなして待つ人々でいっぱいになり、突然現れた見たこともない記者たちの一群が無頼漢のようにあたりをうろついていた。騒々しい緊迫した混乱が、ずっと静かだった小さな町を、やがて来る嵐の前ぶれのような不吉な気分で覆っていた。

急いで歩いて家に帰ると、グーカが石段に座って待っていた。

「サンマウ、グーバイが、今日はハリファをお風呂に入れてくれるかどうかって？」

ハリファはグーカのいちばん末の弟で、皮膚病にかかっていた。お風呂に入れて薬用石鹸で洗ってやってくれと、数日おきに抱いて連れて来ていた。

「ええ、入れましょう。連れていらっしゃい！」私はうわの空でドアの錠を開けながらぼんやりと答えた。

浴槽の中で、大きな目をしたハリファは言うことを聞かず、あっちを向いたりこっちを向いたり身体を動かした。

「はい、立ってちょうだい。お利口ね、もう水をかけないで！」私は腹ばいになってハリファの足を洗っており、ハリファはぬれたブラシでトントンと、私のうつむいた頭を叩いていた。

「先にホセを殺す。それからあんたを殺す。先にホセを殺す、ホセを殺す……」

私の頭をたたきながら童謡を歌うように歌っていた。言葉は極めてはっきりしており、歌う内容はただちに聞き取れた。耳の奥で轟音が轟くような気がしたが、必死で自分を落ち着かせ、ハリファを洗いおえると、バスタオルにくるんで寝室のベッドの上に横たえた。

そのわずか数歩が、まるで綿の上を歩いているかのようにたよりなく、よろめきながら、どうやって寝室へ入ったのかもあまりよく分らなかった。そっとハリファのぬれた体を拭きながらも、ほうけたようになっていた。

「ハリファ、なんて言ってるの？　お利口ね、もう一度言ってちょうだい」

ハリファは手を伸ばして枕もとの本をつかむと、ニコニコ笑いながら私に顔をむけて、こう言った。

「ゲリラ隊がやって来る。うん、うん、ホセを殺す。サンマウを殺す。ふっふっ！」

今度はサイドテーブルの上の目覚まし時計をつかんだが、自分がなにを言っているのか根っからわかっていなかった。

呆然としたままハリファをホセの古いシャツにくるむと、のろのろとハンティの戸を開け放した家まで歩いて行き、子供を母親のグーバイに手渡した。

「ああ、ありがとう。ハリファ、ありがとうは！」グーバイはやさしく子供を抱き取ると、笑顔でその子に言った。

「ゲリラがホセを殺す、サンマウを殺す」母親の胸の中で活発に動き回りながら、ハリファは私を指さしてまた声を上げた。

「なにを言うの！」グーバイはそれを聞くと子供をひっくり返してぶとうとした。誠実で温厚な彼女の顔はたちまちまっ赤になった。

「ぶってもしょうがないわ。子供になにがわかるの」私は溜息をついてどうしようもなく言った。

「ごめんよ。ごめんよ」グーバイは涙を流さんばかりになって、ちらと私を見るとまたうつむいた。

「どこの人間だのと区別することないわ。みんな『ムラナ』の子じゃないの」（ムラナとはアラビア、ハッサニア語の「神」の意味）

「わたしらは区別してないよ。グーカも子供たちも皆あんたと仲がいい。わたしらはそんな者じゃないよ。許しておくれ。ごめんよ。ごめんよ」

そう言いながら彼女は恥じ入って涙を流し、着物の端でしきりと目をこすった。

「グーバイ、なにを言ってるんだ。馬鹿を言うんじゃない」グーカの兄のバシンが突然入って来ると母親を叱りつけ、フフンとせせら笑うと横目でじろりと私をにらみ、ぴしゃっとカーテンを閉めて出て行った。

「グーバイ、気にしないで。若い人には若い人の考えがあるのよ。あなたがあやまることないわ」私はグーバイの肩をたたいて立ち上がったが、心の中に、子供の頃、いじめに遭ってどうしていいかわからなかったあの悔しさのようなものが、ぼんやりとよぎった。


家でなにをする気力もなく座りこんでいた。頭の中はうつろで、ホセがいつアオフェルアといっしょに入って来たのか、それも気がつかなかった。

「サンマウ、きみたちに助けてほしいんだ。日曜日に俺を町から連れ出してほしい」

「なんのこと？」私はまだ別の次元をさまよっており、しばらく、わけがわからなかった。

「助けてくれ。町を出て家に帰りたいんだ」ルアはずばりと言った。

「いやよ。外にはゲリラがいるわ」

「安全を保障する。どうかお願いだ！」

「自分の車があるじゃないの！」その日の私はなぜか動転のあまり、礼儀も忘れていた。人と話をする気など全くなかった。

「サンマウ、俺はサハラウィだ。車の通行証は今現地人には出ない。あんたはいつもだれよりも物分りのいい人なのに、今日はどうしたの？　怒っているようだけど」アオフェルアは自分の気持ちをおさえるように私を見た。

「あなた警官でしょうが。だのに私に聞くの？」

「警官だよ。だがサハラウィでもある」苦笑した。

「あなたが町を出るのに、私たちを巻添えにしないでちょうだい。どっちみち私たちを殺すんでしょう。あなたたちに対する気持ちなんて、犬にくれてやったわ」自分でもどうしてそんな気持になったのかわからなかった。感情を抑えきれずそう叫ぶと、涙がわっと湧いて出た。思い切り、感情のなすまま、床に座り込んでわあわあと声を上げて泣き出した。

ホセは着替えをしていたが、私のさわぐ声を聞いてあわてて飛び出して来て、アオフェルアと顔を見合わせた。

「いったいなにごとだ？」ホセは眉間にしわをよせ、ポカンと口を開けた。

「わからない。ちゃんと話したのに突然こうなったんだ」アオフェルアは訳が分らないという様子で言った。

「いいわ。私がおかしくなったのよ。あなたと関係ないわ」ティッシュペーパーをつかむと鼻をかみ、涙を拭くと、荒い息遣いのままソファーの上にぼうっと腰をかけた。

以前アオフェルアの両親や弟や妹たちが私に寄せてくれた好意を思い出すと、自分の軽率な行為を後悔する気持ちがわいてきて、それでやはり聞かずにはいられなかった。「どうしてこんな時にわざ

なるからね」

「日曜日に家族みんなが集まるんだ。これからもっとひどくなると、ますます大砂漠には行けなく

わざ町を出るの、ひどい騒ぎなのに」

「ラクダはまだいるの？」ホセが聞いた。

「売ってしまった。兄たちに金が要ったんだ。すっかり売ってしまった。ヤギが少し残っているだけだ」

「そんなに沢山のお金、なんに使うの、一家の財産を売ってしまって？」ひと泣きしたら、だいぶすっきりして気分も落ち着いてきた。

「ルア、日曜日に俺たちはきみを町から連れ出す。夕方には帰ると約束してくれるね。俺たちの友情にかけて」ホセは気をしずめてゆっくりと言った。

「勿論だ。ほんとに家族が集まるんだ。安心してくれ」ルアはホセの肩をポンとたたくとひどく感激した様子で真剣に言った。約束は成立した。

「ルア、あなたゲリラでもないのに、どうして私たちの安全が保障できるの？」心配でたまらず聞いた。

「サンマウ、俺たちは本当の友達だ。どうか信じてくれ。どうにもならないから頼んでいるんだ。自信がなかったら、あんたたちを巻き添えにするようなことは絶対しない。互いに親のある身だ」

ルアの言うことに真実を感じたので、私はそれ以上無理に聞かなかった。

検問所で三人の身分証明書は取り上げられた。私とホセの青い二枚、アオフェルアの黄色い一枚だ。「夜帰って来た時に返すからね。途中バシリに気をつけろよ」衛兵は手を振って行くようにと合図した。私はその最後の一言に胸がどきどきした。

「早く行きましょう！　行くのに三時間はかかるわ。早く行って早く帰りましょう」私は後の座席に、ホセとルアは前に座り、道中の便宜をはかって、三人とも砂漠の衣装を身に着けていた。

「どうして家に帰ろうという気になったの？」またもやびくびくと不安な気持ちになっていた。

「サンマウ、大丈夫だよ。このところそればっかり言ってるね」アオフェルアは笑い出した。町を出ると彼はぐっと元気になった。

「シャイダはどうしていっしょに来ないの？」

「仕事だ」

「危険だと言いたいんでしょう」

「きみたちしゃべってばかりいないで、ルア、早く走れるように道を教えてくれよ」

周囲はすべてぼうっと灰色に広がる空で、昇ったばかりの太陽が厚い雲の層から、ほのかに、淡いオレンジ色の光を漏らしているだけだった。早朝の砂漠は依然としてひどく寒く、群を離れた鳥がなん羽か、ガ、ガ、と鳴きながら車の上をぐるぐると飛び回っていた。その声にいっそう果てしなく広がる天地を感じ、しんしんとした寂しさがつのった。

「少し眠るわ。ずいぶん早く起きたもの」座席に丸まって目を閉じた。気分は鉛のかたまりがのしかかっているかのようで、明るい気持にはなれなかった。そんな時には砂漠を見ない方がよい。見たら、地平線の上になにか見たくもない人物が突然現われるような気がするだけだ。

　ほんのいっとき眠ったようだった。ガタピシと揺れていた車がゆっくりと止まるような気がした。暑くなったのでかぶっていた毛布を押しのけると、突然後部座席のドアが開いたので、私は驚いて声を上げた。

「だれなの！」

「弟だよ、サンマウ。遠くから迎えに来てくれたんだ」

　私はぼうっとしたまま起き上がり、目をこすりながら見ると笑顔が目に入った。少年の純真でさわやかさあふれる笑顔が私に向けられていた。

「ほんとにムハンマイなの、ああ……」私は笑顔で手を差し出した。

「もう近いの？」私は起き上がって、窓を開けた。

「すぐ先だよ」

「また移動したのね。去年はここじゃなかったわ」

「ラクダを売ってしまったからね。どこに住んでも同じだ」

　遠くの方にアオフェルアの家の大きな褐色のテントが見えてきた。道中ずっとビクビク不安だった気持ちが、やっと急に落ち着いた。

　ルアの美しい母親が二人の妹をつれて、高い空の下を、黒い三つの点のようにこちらに向かって飛ぶように走って来るのが見えた。

「サナマリク！（こんにちは）」妹たちは叫びながら兄に向かって飛びついていった。それから私の方に駆け寄ると、両腕を私の首へ回した。美しい純真な顔、清潔な長いスカート、まっ白い歯、きちんとすいた艶々とした太いおさげ、全身から大地のかぐわしさを発散させていた。

私は小走りにルアの母親のところへ行き、急いで彼女を抱きしめた。息子の抱擁から放たれたところだった。

「サナマリク！　ハスミン！」

濃い藍色の衣装に身をつつみ、輪にしたまげを頭の後ろに低く結った彼女は、ゆっくりと両腕を広げると、やさしく私を迎えてくれた。そのまなざしには真情があふれていた。彼女の背後に広がる空は、いつの間にか明け方の灰色の雲は消え、洗ったように青く晴れ渡っていた。

「ねえ、車に布地があるから取って来て。それからあなたたちにいろんな色のガラス玉も持って来たわ」飛び跳ねる羊の群れを追いはらいながら、妹たちに向かって大きな声で言った。

「これはルアのお父さんに」ホセは大きなかぎ煙草の缶をふたつ取り出した。

「まだビスケットの箱もあるわ。持って来てちょうだい。ココアのよ」

すべてのことが平和に暮らしていた日々と変わりなく、あたかもわが家に帰ったかのような、親類を訪れているかのような、いつもアオフェルアの家に来るたび感じた雰囲気そのままで、なにも変わっていなかった。私はみんなから離れてテントに向かって駆けて行った。

「こんにちわ！　族長様！」テントに入ると、すっかり白髪になったアオフェルアの父親は、立ち上がることはなく、座ったままで手を上げた。

「サラマリク！」私はうつ伏せになって、膝で進んで行き、だいぶ離れた所から右手を伸ばし、そっと彼の頭の上に触れた。この老人に対してのみ、私は最も敬意を表す礼儀と言葉で挨拶をした。

ホセも入って来た。老人に近づくと、やはりうずくまってその頭に触れた。それから胡座をかいて下座に座った。

「こんどはなん日泊まるんだね」老人はフランス語で話した。

「時局がら晩には帰ります」ホセはスペイン語で答えた。

「あんたたちもまもなくサハラを離れるのかね？」老人は吐息をつきながら聞いた。

「どうにもならなくなったら、離れるしかないです」ホセは言った。

「戦争だ！　昔のように平和じゃなくなった！」

老人はごそごそと衣装のポケットをさぐっていたが重そうな銀のアンクレットを一対取り出すと私に向かって手まねきをした。私は這って行って彼のそばに座った。

「着けなさい。あんたに取っておいたんだ」フランス語はわからなかったが、そのまなざしから理解できた。すぐに両手で受け取るとサンダルを脱いで両足につけ、立ち上がって不器用に二、三歩、歩いてみせた。

「シュイアイニ！　シュイアイニ！」老人は今度はハッサニア語で言った。「きれいだ、きれいだ」という意味だとわかったので、私も「ハック！（そうです）」と答えながら、美しく飾られた自分のくるぶしをしきりに眺めた。

「どの娘にも一対ずつあるんだ。妹たちはまだ小さいから、あんたに先にあげたんだ」アオフェルアが親しみを込めて言った。

「外に出てよろしいですか？」アオフェルアの父親に聞くとうなずいた。私はすぐに外に走って行ってハスミンに足を見せた。

二人の妹は羊をつかまえてさばこうとしていた。いばらの枯木にはもう火がつけられ、ゆらゆらと黒い煙が上がっていた。

ハスミンと私は立って、果てしなく広がる原野を眺めていた。以前の彼らのテントはもっと南にあり、回りには他の人々も住んでいた。このたび、なぜわざわざいっそう荒れ果てて寂しい場所に移動して来たのかわからなかった。

「サハラは、このように美しい」ハスミンは優雅ともいえるしぐさで両手を上げさっと広げた。そして常に変わることのない賛美を自らの大地に贈った。以前私が泊まりに来たときの様子となにひとつ変わったところはなかった。

あたりの世界は、彼女の魔法のようなしぐさにより、にわかに詩情あふれる嘆息に満たされたかのようになって、じわじわと私の心の隅々にまでしみわたった。

サハラはここにしか存在しない。サハラを愛するものに対してのみ、サハラはその美しさと優しさを見せてくれる。そしてその愛に対して、サハラは太古より不変の大地と天空でもって、無言で応えてくれる。愛するものとの約束を静かに受け入れてくれる。願わくは、その子子孫孫がサハラの懐の中に生れんことを。

「羊をさばくんだったらルアを呼んで来るわ」私は走ってテントへ戻った。

ルアが出て行くと、私は静かに地面に横たわり、ここの敷物の上にいつも有るタバコの淡い匂いをそっと嗅いでいた。この一家の人々には、どんな嫌な体臭もなかった。ほかの人々とはとても違っていた。

しばらくたってからルアがポンポンと私をたたいて言った。「さばいたよ。出て行って見てごらん」殺生というものには、どうしても自分を直面させることができなかった。

「こんなに大きな子羊を、二匹も食べられる？」ハスミンに聞きながらそのそばにうずくまった。

「まだ足りないよ！　まもなく兄弟たちみな戻って来るからね。あんたたちも帰るとき一つ持って行ったらいいよ。あと『クスクス』を一鍋作らないとね。これがなくっちゃ。みんな喜ぶよ」（クスクスは小麦粉で作った砂漠の食べ物。指で押しつぶしながら食べる）

「ルアの兄さんたちに会ったことないわ。一度もない」

「みんな行ってしまった。もう何年にもなるよ。なんとか一度帰って来た。あんたたちは三、四回もやって来たのに、あの子たちはたった一度だよ。ああ……」

「こんな時間にまだ来ないの？」

「来た！」ハスミンは静かに言った。それからまたかがんで仕事を始めた。

「どこ？　だれもいないわ！」不思議に思った。

「よく聞いてごらん！」

「テントで話してるのが聞こえるわ？」

「駄目だね！　耳はついていないね」ハスミンは笑った。

しばらくすると、空のはじっこに一筋の黄色い砂塵が舞い上がり、煙のように空高く昇って消えていくのが目に入った。だが、どんなふうにこちらに向かっているのかよくわからなかった。歩いているのか、走っているのか、ラクダに乗っているのか、それとも車か？

ハスミンはゆっくりと立ち上がった。砂の上に次第にはっきりと姿を現してきたのは、一列横隊でこちらに向かい、勢いよく、まっしぐらに走って来る数台のカーキ色のジープだった。次第に近づいて来て人の姿が見分けられそうになったかと思うと、ジープはまただんだんと離れて行き、遠くからテントを取り囲むようにして、それぞれ散らばって行き、よく見えなくなった。

「ハスミン、ほんとにここの人が帰って来たの？」その様子から、雰囲気から、私はあたりに殺気を感じて、思わずハスミンのスカートの端を引っ張っていた。

その時一台の車だけが、顔を隠した人々を数人乗せて、ゆっくりとこちらに向かって近づいて来た。私は身震いした。足は釘づけになったように一歩も踏み出すことができず、ジープに乗って来た人たちが、顔を覆った布の間から禿鷹のような目つきで私をにらんでいると感じた。

二人の妹と弟は、すぐに叫び声を上げるとジープに向かって駆け出して行った。妹は泣くような声で喜びの声を上げた。

「兄ちゃん！　兄ちゃん！　えーん……」妹たちは車を下りて来た人々に向かって飛びついて行くと泣き出した。

ハスミンは腕を広げ、口のなかでボソボソと子供たち一人一人の名前を呼んでおり、ほっそりと美しい顔はいつのまにか涙にぬれていた。

五人の子供たちは順番に、小柄な母親をまるで恋人を抱くかのように黙って腕の中に抱いた。しばらくいっさいの物音が途絶え静止した。

アオフェルアもすでにテントから出て来ており、静かに近寄り兄弟たちを抱擁していた。周囲はしんと静まり返り、私は依然として、急所を突かれた人間のように、身動きもできずに突っ立っていた。

兄弟が一人ずつ這ってテントに入り、ひざまずいてそっと年老いた父親の頭頂に手を触れた。ひさかたぶりの再会に、老人の顔も涙にぬれ、込み上げる喜びに我を忘れていた。

それからはじめて、彼らはホセの方に近づくと堅く握手をし、私とも堅く握手をして、「サンマウ!」と呼んだ。

「全部兄だ。他人じゃない」ルアが興奮した口調で言った。それぞれが頭の布を取ったが皆ルアによく似ており、眉目秀麗で立派な体格、真っ白い歯並びがさわやかだった。

彼らがゆったりした長衣を脱ごうとしたとき、確かめるようにルアに目配せをし、ルアが軽くうなずくのが目に入った。

彼らがそっと長衣を脱ぐや、ゲリラ隊の黄土色のユニホームが五着、突然火のように目の中に飛び込んできた。

ホセと私は互いに顔を見合わすいとまもなく、ともに石像のように硬直してしまった。

その瞬間私は騙されたと思い、全身の血がさっと顔にのぼった。ホセは依然として身動きもせず、壁のように黙っていたが、顔からは一切の表情が消え失せていた。

「ホセ、誤解しないでくれ。今日はほんとうにただ家族が集まっただけなのだ。なんの他意もない。

どうか許してほしい。お願いだ。分ってくれ」ルアは顔をまっ赤にして必死で弁解した。

「みんな『ワイダ』よ、気にすることないわ。ホセ、ハスミンの『ワイダ』よ」。こういう時には、女だけが水のように、とっさの窮地をやわらげることができる（『ワイダ』は男の子という意味）。

私は立ち上がると、ハスミンについて外に出て羊の肉を割《さ》くのを手伝った。だが考えてみると気持ちがおさまらず、またテントの入口まで走って戻り、ひとこと言ってやった。「ルア、随分ひどいことをしてくれたわね。冗談が過ぎるんじゃないの！」

「実はルアが町を出るのはそれほど簡単ではないが、それでもわざわざ嘘を言ってあなたたちに来てもらうには及ばなかった。本当は、俺たち兄弟はお二人に会いたかったのです。ルアがいつもあなたたちのことを話していましたからね。ちょうどなんとか皆が集まる機会ができたので、それでお二人にも来ていただいたというわけです。どうか気にしないでください。このテントの下で、今日一日の友となってください！」ルアの兄さんのひとりが再びホセに握手を求め、誠意を込めて説明したので、ホセはやっと釈然とした。

「政治の話はするな！」老人が突然フランス語で声を荒らげて言った。

「今日はお茶を飲み、肉を食べ、家族と共に過ごし、一家団欒して親子恩愛の一日を楽しもう。明日はまたそれぞれの道に奔走するのだ！」やはりさきほどの兄さんがそう言いながら立ち上がり、さっさとテントを出て、ティーポットを持った妹の方に向かった。

その日の午後は、ほとんど皆いっしょに家の用事をするという状況のもとに過ごした。枯れ枝を山のように拾い集め、羊の群れは柵に追い込んだ。何人かの兄さんたちとホセは、ほとんど老人と子供ばかり残された一家のために、新しいテントをひとつ、弟や妹の寝る場所として建てた。水桶にはホースを取り付け、風上には、石を積み上げて風よけの塀を作った。かまどを高く築き、羊の皮をなめして敷物を作った。父親は嬉しそうに長男に髪を刈ってくれとまで言った。

彼らの中で、ルアの二番目の兄さんも同じように懸命に家事にはげんでいたが、だがその足取り、振る舞い、風格と気品はあたかも王子を思わせひときわ際立っていた。話しぶりは穏やかで礼儀正しく、反応は極めて早く、古びたユニホームも、彼が自然と発する輝きを覆い隠すことはなかった。まっすぐ見据えるまなざしは鋭く、ほとんど正視し難かった。成熟した顔つきは、サハラウィにはかつて見たことのないりりしくあか抜けしたものだった。

「このたび、きみたちは町へ入ってひと騒動起こすんだろう」ホセは木の杭を打ち込みながら風の中でルアの兄さんたちに言った。

「そのつもりだ。オブザーバーが来る日に戻る。俺たちは国連に望みをかけている。サハラウィ自身がこの土地に対して出した決定を、彼らに知ってほしい」

「つかまらないように気をつけてね」私は口をはさんだ。

「住民が応援してくれるから、簡単にはつかまらないよ。よっぽど運が悪くないかぎり、大丈夫だ」

「あなたたちだれもが理想主義者よ。自分たちの国家を建設するのにロマンチックな気分にひたっているわ。万一本当に独立したら、町のあの半数の無知で粗暴な人々に対して、おそらく手のほどこしようがないんじゃないの！」私は地面に座りこんで小羊を抱いたまま、仕事をしている彼らにむかって大きな声を上げた。

「資源の開発、国民の教育、まずはそれからだ」

「どういう人が開発するの？　それにたとえこの七万人が全部国境へ行って防備に立っても、足りるわけがないわ。またアルジェリアの保護国に陥るじゃないの。それじゃ今よりもっとまずくもっと悪いことになるだけよ」

「サンマウ、悲観的すぎるよ」

「あなたたちはロマンチックすぎるわ。ゲリラ活動をするのはいいけど、建国はまだ時機じゃないわ」

「全力を尽くす。成否は問題ではない」彼らは落ちついて答えた。

　家事が一段落つくと、ハスミンが遠くから、新しいテントで熱いお茶を飲むようにと皆を呼んでいた。地面にはもうじゅうたんが敷きつめられていた。

「ルア、太陽が沈むよ」ホセがちらと空を見上げて、そっとルアに言った。名残惜しそうな表情が、ルアの疲れた顔にさっと広がった。

「行きましょう！　どうしても日が暮れてしまう前に急がなくちゃ」私はすぐに立ち上がった。ハスミンは私たちが急に出発しようとするのを見ると、ポットを持っていた手をしばらく空に止めていたが、あわてて羊のももを一本くるんで出て来た。

「もう少し居ることはできないの？」細い声で、ほとんど哀願するように言った。

「ハスミン、また来るわ」私は言った。

「またはないわ。わかっている。これが最後よ。ホセと、あんたは、永久にサハラを去る」ハスミンは静かに言った。

「万一独立したら、また帰って来るわ」

「独立はないよ。モロッコ人がすぐやって来る。息子たちは、夢を見ている、夢を――」年老いた父親は肩を落とし白髪となった頭をふりながら、ひとりごとを言っていた。

「早く出掛けましょう。すぐ日が沈むわ！」二人をせきたてて帰途についた。父親は一方の手をホセに、一方の手をアオフェルアにあずけてゆっくりと見送りに出た。

私は振り返って羊のももを受け取ると車の中に入れ、もう一度振り返って黙ったままハスミンと妹たちを抱き締めた。それから頭を上げると、しっかりとルアの兄弟たちをみつめた。言い尽くせぬ思いをどうしようもなくただひたすら目に込めた。私たちは結局異なる世界の人間なのだ！

車に乗ろうとしたとき、ルアの二番目の兄さんが突然近づいて来て、しっかりと私の手を握るとそっと言った。「サンマウ、シャイダによくしてくれてありがとう」

「シャイダ？」まったく思いもかけないことだった。どうしてシャイダを知っているのだろう？

「妻なのだ。今後もどうか宜しく頼みます」その時、彼の目の中に突然、甘い優しさと深い哀しみがいっぱいににじみ出た。私たちは互いに向い合ったまま、その秘密を分かち合うと、夕暮れの光の中で彼は胸の痛くなるような笑顔を見せた。私はそのまま我を忘れて突っ立っていたが、彼はくるりと身をひるがえすと、さっさと戻って行った。黄昏時の最初の涼しい風が吹いてきて、私はぶるっと身震いをした。

「ルア、シャイダは二番目のお兄さんの奥さんだったのね」帰りの車の中で、私は夢から覚めたような気がした。ひそかにうなずき、心の中で感嘆していた――そうなのだ、彼のような男性こそが、あのシャイダにふさわしい。この世の中にシャイダにふさわしいサハラウィがやはりいたのだ。

「バシリの唯一の妻なんだ。七年になる。ああ！」悲しそうに頭をふった。心の中で、密かにシャイダを愛しているのかもしれない！

「バシリ？」ホセはキッとブレーキを踏んだ。

「バシリ！　あなたの二番目のお兄さんはバシリなの？」私は叫び声を上げると、全身の血がわっと逆流した。この数年来、神出鬼没、虚を衝く奇計、獰猛無比のゲリラ隊のリーダー、サハラウィの魂――それがたった今シャイダの名を口にし、私と握手していたその人なのだ。

　ホセも私も動転のあまり、しばらく口を開くこともできなかった。

「ご両親は、シャイダのことを知らないようね」

「勿論だ。シャイダはカトリック教徒だから、父が知ったらバシリに死を命ずるだろう。それに、バシリはモロッコ人がシャイダを奪って、脅迫の条件に利用することをずっと恐れている。だからよその人には言えないんだ」

「ゲリラ隊は三面を敵に囲まれている。モロッコとも戦わなければならないし、スペインにも防備が必要だ。それに南のモーリタニアにも気を許せない。奔命に明け暮れる日々も、結局、おそらく無駄なことになるだろう！」ホセはゲリラ隊の夢に、断定を下すかのようなことを言った。

　飛ぶように後ろに消えていく大砂漠にぼうっと目をやりながら、ホセの言うことを聞いていると、なぜか突然『紅楼夢』の中の一節が浮かんできた……

「悟った者は仏門に入り、迷える者は、空しく命を落とす。あたかも、餌尽きた鳥が林に飛び帰るにも似て、あとはただ一面、白く茫々と広がる大地が残るだけである！」心の奥にこんな鬱々とした気分が込み上げてきた。

なぜか、ふとバシリが間もなく死ぬような気がした。このような直感は、それまでにもしばしば現れて、違ったことがなかった。いっとき、その不吉な予感に呆然となってしまい、窓の方に向いたまま身動きもできなかった。

「サンマウ、どうしたの？」ホセの声で我に返った。

「少し横になるわ。今日は、本当にいろいろあったわ！」毛布をかぶって、自分自身を覆い隠したが、鬱屈した気分は、ほぐれることがなかった。


国連のオブザーバーが空路サハラにやって来たその日、スペイン総督はサハラウィに以下のことを保障すると再三呼び掛けた。サハラウィは自由に自分たちの立場を表明するように。秩序を守りさえすれば、スペインは決して彼らに不利なことはしないと。同時にすでに二年余にわたって、サハラの民族自決を説いてきたことも繰り返し述べた。

「嘘じゃないんでしょうね。もし私が政府だったら、こんなに鷹揚にはなれないわ」心配がまた頭をもたげてきた。

「植民地主義が没落したのさ。スペインが鷹揚なのじゃなくて、スペインも、没落したのだ」ホセはこのところずっと感傷的になっていた。

国連のスペイン領サハラ調停団三人のメンバーはイラン、アフリカのコートジボワール、キューバの三ヵ国の代表で組織されていた。

飛行場から町までの道筋には、早朝からびっしりと立ち並ぶサハラウィで埋めつくされていた。彼らは歩哨に立つスペインの警察と対峙していたが、少しも騒ぐことはせず、静かに車の行列を待っていた。

総督が代表団の傍らに控えオープンカーで町に入って来たとき、そのあたりにいたサハラウィは命令一下、一斉に雷鳴のごとき叫び声を上げた。「民族自決、民族自決、お願いだ、お願いだ、民族自決、民族自決――」

無数の、ボロ布を縫い合わせた大小さまざまのゲリラ隊の旗が嵐のように揺れ動き、老若男女のすべてが、自分たちの悲願のために熱狂していた。声をからして叫び、泣き叫び、天地が崩れんばかりに、ゆっくりと通り過ぎて行く車に従い、サハラは雄叫びを上げ、最後のあがきをみせていた――「痴人の夢よ！」私は町の友人の家のベランダに立って胸の痛む思いをしていた。希望は有り得なかった。希望のないことを、火に飛び込む蛾のように命をかけてやって、それがどんなことか、見てわかる、考えてわかるという日が来ることはないのだろうか。

スペイン政府はサハラウィ自身よりはずっと事情を把握していた。サハラウィが国連に対し存分に希望を託するのに任せ、じゃまをすることも反対することもしない。いずれにしろスペインは撤退するのだ。あとに来るのは誰か？　バシリではない。とうていこのわずか七万しかない弱小民族のリーダーではあり得ない。

国連のオブザーバー団はすぐにスペイン領サハラを立ち去り、モロッコに向かった。町のサハラウィとスペイン人はふたたび奇妙なことに仲良く付き合っていた。それも以前に増して親しくなっていた。スペインはモロッコの激しい横やりをよそに、そのサハラに対する承認を断乎として変えず、民族自決は目前にせまっていた。サハラの主と客は、モロッコのうち続く陣触れの脅威のもとに、兄弟のような親密な協力関係を保つようになっていた。

「解決の鍵はモロッコにあるわ。スペインじゃない」シャイダはみんなとは反対に日毎に落ち込んでいった。彼女は単純な人間ではなかった。だれよりもよく情況を見極めていた。

「モロッコだが、もし国連が我々にスペイン領サハラの民族自決を認めると言ったら、モロッコなぞ恐れる必要はないんだ！　あいつらがなんだっていうんだ。それにスペインはハーグ国際司法裁判所に提訴もしてることだし！」ほとんどのサハラウィは盲目的に楽観視していた。

一九七五年十月十七日、ハーグ国際司法裁判所は、多年来紛糾していたスペイン領サハラ問題に関して、散々待たせたあげくついに決着をつけた。

「ああ！　我々は勝った！　勝った！　平和だ！　見込みがある！」

町のサハラウィは放送を聴くと、叩くことのできるものをことごとく持ち出し、狂ったように叫び踊った。互いに会う人ごとに、相手を知っていようがいまいが、スペイン人だろうが、サハラウィだろうがかまわず抱き合って共に笑い踊り、町じゅうが慶びに酔い痴れた。

「聞いたかい？　もし将来スペインが彼らと平和裡に問題を解決したら、俺たちやはり残ろう」喜色満面のホセは私を抱き締めるとそう言ったが、私はやはり心配でたまらず、なぜか今にも大きな災いがふりかかるような気がしていた。

「そんなに簡単なことじゃないと思うわ。子供のお遊びとは違うのよ」依然として信じられなかった。

その日の夜、サハラテレビのアナウンサーは突如沈痛な声で報道した。「モロッコ国王ハッサンは、志願軍を募集した。明日より、スペイン領サハラに向かって平和行進を開始する」

ホセはテーブルをたたくと、跳び上がった。

「やっつけろ！」ホセは大声を上げ、私は膝に顔を埋めた。

恐ろしいことには、かの魔王ハッサンは三十万人を募集しただけで、翌日には、すでに二百万人がサインをした。

スペインの夜のテレビのニュースでは、モロッコ周辺の平和行進のドキュメンタリー番組の中継が始まった。「十月二十三日、アイウンを手中に！」彼らはスズメバチのように総勢を繰り出し、老若男女がハッサンに従い第一歩を踏み出した。歌いつつ踊りつつ、恐怖極まる足音は、国境線に向かってゆっくりと迫って来た。一歩一歩確実に、我々こちら側でテレビを見ている群衆の胸の中に踏み込んで来た。

「踊りなさい、踊りなさい。死ぬまで踊るといいわ、この愚か者たち！」テレビの中の、踊ったり手を打ちふっている男女に向かい、私は恨めしさのあまり罵り声を上げた。

「やっつけろ！」砂漠軍団の頼もしい男たちは皆狂ったように国境線へ向かって行った。国境とアイウンはわずか四十キロの距離だ。

十月十九日、モロッコ人の数は増える一方だった。

十月二十日、新聞が示す地図上の矢印は、また一歩前進した。

十月二十一日、スペイン政府は突然マイク放送で、スペインの婦人児童は速やかに疎開するよう、町の隅々にまで呼び掛けた。民心は突然決壊した川の水のように崩れ落ちた。

「急がなきゃ！　サンマウ。早く。間に合わなくなるわ」町の友達は、家具を捨て、あたふたと私に別れを告げに来ると、空港に急いだ。

「早く、サンマウ、早く、間に合わなくなるわ」誰もがこのように私をせかし、ドアをドンドンと叩くと、車に飛び乗って去って行った。

町からスペイン警察の姿が突然消え、町は、航空会社の前に押し寄せる人群れの他は、空《から》になってしまった。

ホセはその肝腎な時に、昼も夜も燐鉱会社の浮き桟橋の上で、撤退する武器や軍団の手伝いをしており、家に帰って私のことにかまう暇はなかった。

十月二十二日、ハンティの家の屋上のベランダに、突然モロッコの国旗が揚がった。続いてモロッコの国旗は三々五々と町の空に翻った。

「ハンティ、早すぎるんじゃないの」彼の姿を見た私は、落胆のあまり涙が出そうになった。

「妻があり、子供たちがいるんだ。俺にどうしろと言うんだね？　死ねと言うのかい？」ハンティは足を踏みならすとうなだれたままそそくさと立ち去った。

グーカが泣いてくるみのように腫れ上がった目をしているのに驚いた。「グーカ、あなた――」

「主人のアプティが行ってしまったの。ゲリラ隊に入ったの」

「度胸があるわ。ほんとにすばらしい」無為に人生を過ごさないというのなら、故郷を捨てるべきだ。

「ドアをしっかり閉めて、相手を確かめないうちは開けないことだ。モロッコ人は明日は来ない。まだずっと遠くにいるからね！　きみの航空券はシャイミによくよく頼んである。彼はきっとうまくやってくれるよ。暇ができしだい帰って来る。万一情況が悪くなったら、小さいトランクを持って空港へ急げ。なんとかきみに会う方法を考える。気を強く持つんだ」私はうなずいた。ホセは幾筋にも赤く血走った目を見開き、百キロ彼方の撤退する軍団のもとへ向かった。燐鉱会社は総動員を行い、軍隊に協力して、最も貴重な物資を早急に船積みした。誰ひとり失職に不平をもらす者はなく、カナリア諸島にいたスペインの民間船舶も、ことごとくやって来て浮き桟橋の外で命令を待っていた。

ちょうどその夜、一人で家にいると、だれかがそっとドアをノックした。

「誰なの？」大きな声で聞くと、すぐにあかりを消した。

「シャイダよ、早く開けて！」

あわててドアを開けると、シャイダがさっと飛び込んで来た。続いてだれか顔をおおった男も飛び込んで来た。私はすぐにドアを閉めて鍵をかけた。

部屋に入ると、シャイダはこの上ない恐怖にかられたかのように、震えながら自分の腕を抱きかかえ、私を見て大きな吐息をついた。蓆の上に座ったその見知らぬ男は、ゆっくりと頭の布を取り、私に向かってうなずくとにっこり笑った――バシリ！

「あなたたち、死にたいの、ハンティはモロッコ側の人間よ」私は跳び上がり明かりを消し、二人を窓のない寝室に押しやった。

「物干し台は共用よ。屋上には穴があいていて、下が見えるの」私は寝室のドアをしっかりと閉め、やっと枕元の小さな明かりをつけた。

「はやく何か食べさせてくれ！」バシリがうめくような声で言うと、シャイダはすぐ台所へ行こうとした。

「私が行くわ。あなたはここに居て」声をひそめて、シャイダを押しとどめた。

バシリは飢えきっていた。だが一口二口、口にしただけで、あとは喉を通らず、長い溜息をついた。

憔悴しきった顔は疲れ果て見る影もなかった。

「なんのため帰って来たの？　こんな時に？」

「会いに来たんだ！」バシリはシャイダを見つめながらまた長い溜息をついた。

「平和行進を知ったその日から、アルジェリアから夜に日をついで急いで帰って来た。何日も何日も歩いて……」

「一人で？」

彼はうなずいた。

「他のゲリラ隊は？」

「国境線へ駆けつけてモロッコ人の侵入を防いでいる」

「全部でどのくらいいるの？」

「わずか二千人ちょっと」

「町の味方はどのくらい？」

「今じゃおそらく怖がってひとりもいないだろう、ああ、人の心なんか！」

「戒厳令の前に行かねば」バシリは体を起こした。

「ルアは？」

「今から会いに行く」

「どこに居るの？」

「友達の家だ」

「頼りになるの？　その友達、本当に信頼できる？」

　バシリはうなずいた。

　私はちょっとためらったが、手を延ばして引き出しから、鍵を取り出した。「バシリ、これは私の友達が預けていった空家よ。酒屋の隣。屋根が半円形で、まっ黄色のペンキを塗っているから間違えることないわ。もし行く所がなかったら、そこに隠れてよ。スペイン人の家だから、誰も疑うことないわ」

「あなたを巻き添えにすることはできない、駄目だ」

　バシリは鍵を受け取ろうとしなかった。シャイダは必死で言った。「ねえ、鍵を持って行ってよ。もしもの時に行くことができるわ。今じゃ町じゅうの人がモロッコのスパイよ。サンマウの言うことを聞いてよ。間違いないわ」

「行くところはある」

「サンマウ、シャイダはまだ少し金も持っているし、看護もできる。シャイダを連れて行ってくれ。子供はシスターと行く。別々に行けば、目立たないからね。モロッコ人は俺に妻子があり町に居ることを知っている」

「子供？」シャイダをみつめたまま、あっけにとられた。

「後で言うわ」シャイダは出て行こうとするバシリを引っ張ったまま、口も利けずに震えていた。バシリはシャイダの頬を両手でしっかりと持ち、じっと数秒間見つめた。そしてほうっと溜息をつくと、やさしく長い髪の毛をなでた。それから突然身を翻すとさっと出て行った。

シャイダと私はじっと横たわったまま、眠れぬ夜を過ごした。夜が明けると、彼女はどうしても仕事に行くのだと言った。

「子供が今日シスターとスペインへ行くの、ちょっと会わなくちゃ」

「午後訪ねて行くわ。チケットが手に入ったことがわかりしだい、すぐ発ちましょう」

シャイダは放心したようにうなずくと、のろのろと出て行った。

「ちょっと待って、車で送るわ」まだ車があることさえ忘れていた。

ぼうっとしたまま一日を過ごし、夕方五時すぎ、車で病院へ向かったが、車に乗ってから、ガソリンがほとんど残っていないのに気がつき、先にガソリンスタンドへ寄るほかなかった。一晩じゅう眠っていなかったので、頭がくらくらして耳鳴りがし、しきりに冷汗が流れ、体中の力が抜け今にも倒れそうな気がしていた。ふらふらと運転していると、突然町はずれに立てられた車止めにぶつかりそうになった。驚いて全身冷汗が流れ、あわててブレーキを踏んだ。

「何事？　また通行止めなの？」歩哨のスペイン兵に聞いた。

「事故だ。人を埋めている」

「人を埋めるのに通行止めの必要はないでしょ！」私は疲れ果てて死にそうになっていた。

「死んだのはバシリだ、あのゲリラ隊のリーダーだ！」

「なんですって——嘘よ！」私は叫んだ。

「本当だ。なんで俺が嘘を言う必要があるんだ？」

「間違いよ、間違いに違いないわ」私はまた叫び声を上げた。

「間違えるはずないよ。軍団本部が検死したんだ。やつの弟が確認した。確認したあと拘留したけど、釈放するかどうかは知らない！」

「まさかそんなこと？　まさか？」その若い兵士に向かってほとんど哀願するばかりに、今言った事実はなかったのだと言ってほしかった。

「あいつらの味方がやったんだ。殺してしまったんだよ。ああ、血だるまになって、顔もめちゃくちゃさ」

私は震えていた。車をＵターンしようと思ったがどうしてもギアが入らない。ガタガタと震え続けていた。

「具合がわるいの。ちょっと車をターンさせてちょうだい」私はよろよろと車から下りると、その兵士に頼んだ。彼はけげんそうな顔をしたが、言う通りにやってくれた。

「運転に気をつけてね！　早く帰るんだよ！」

震えはとまらず、病院へ着いてもまだ震えていた。足をひきずって車から下りると、いつもの門衛がいた。口を利こうとしても声にならない。

「シャイダは？」

「行ったよ！」門番は落ち着いて私を見ていた。

「どこへ行ったの、私のとこへ行ったんじゃやない？」どもりながら聞いた。

「知らないね」

「シスターは？」

「何人か子供を連れて、朝早く出て行ったよ」

「シャイダは寮にいるんじゃやないの？」

「いないよ。いないと言ってるだろう。午後三時過ぎ、まつ青な顔をして出て行った。だれとも口を利かなかった」

「アオフェルアは？」

「知るもんかね」門番はうるさそうに答えた。私はしかたなく車に引き返し、町の中をやたら走った。

また別のガソリンスタンドの側を通ったので、夢遊病のように入って行って給油した。

「奥さん、早く行かなきゃ！　モロッコ人はもう何日もしないうちに来ますぜ」

その男にかまわず、また車を走らせ、まっすぐ警察部隊の近くまで行って近くにいた人に聞いた。

「アオフェルアをみかけなかった？　アオフェルアをみかけませんでしたか？」

だれもが暗い表情で頭を横に振った。

「サハラウィの警察はもう何日も前に解散したよ」

そこでまたサハラウィが寄り集まる広場まで車を走らせると、半分店を閉じた商店に老人が座っていた。私は以前よく彼から土地の品物を買っていた。

「すみません。シャイダをみかけませんでしたか？　アオフェルアをみかけませんでしたか？」

老人は面倒が降りかかるのを恐れるかのように私をそっと外へ押し出し、なにかを言いたそうにしたがやはり口をつぐんで溜息をついた。

「教えてちょうだい——」

「はやく行くんだ！　あんたには関係ない」

「教えてくれたらすぐ行くわ。約束するわ」泣きそうになって頼みこんだ。

「今晩、みんなでシャイダを取り調べる」老人は周囲にちらっと目を走らせるとそう言った。

「なぜなの？　なぜなの？」またも驚き度を失った。

「シャイダはバシリを売ったんだ。バシリが戻ったとモロッコ人に教えたんだ。それであいつらは路地裏で、バシリを殺ってしまった」

「そんなわけないわ。だれがシャイダを監禁しているの。私が行って説明するわ。シャイダは昨日私の家に泊まったの。そんなことできるわけないわ。それに、それに、シャイダはバシリの奥さんなのよ——」

老人はまたそっと私を店の外へ押し出した。車に戻った私は、ハンドルの上につっぷしたまま疲れ果ててもう動けなかった。

家の前まで戻ると、グーカがおしゃべりをしていた人々の群れから急いで私の方へ走って来た。

「中で言うわ」と私を押しながら言った。

「バシリが死んだ、そう言いたいんでしょう」私は床の上に倒れ込んだ。

「それだけじゃないの。あいつらは今夜シャイダを殺すわ」

「わかったわ。どこで？」

「ラクダを殺すとこよ」グーカはうろたえきっていた。

「だれがそんなことを？」

「アジビたちよ」

「あいつらが企んだことよ。シャイダはなんにもしてないわ。ゆうべここに居たわ」私はまた大声を上げた。

グーカはじっと座っていたが、驚きうろたえほうけたような顔をしていた。

「グーカ、ちょっとマッサージをしてくれない！　体じゅうだるくて痛いの」

「なんてこと！　なんてことよ！」床にはらばいになって私は長い溜息をついた。

グーカは私の上にうつむいてマッサージを始めた。

「あいつらはみんなに見に行くようにって言うの」グーカは言った。

「夜何時？」

「八時半、みんなに行けって。行かなかったら嫌なめにあわせるって！」

「アジビはモロッコ側よ！　あなたわからないの？」

「あいつはなんでもないわ。あいつはごろつきよ！」グーカは言った。

私は目を閉じて、頭の中で次々と考えをめぐらした。誰がシャイダを救うことができるのか？　シスターは行ってしまったし、スペイン軍はこんなごたごたに関知しない。ルアは行方がわからない。私には能力がないし、ホセは帰って来ない。だれひとり相談する人もなく、私はまったく孤独だった。

「何時なの？　グーカ、時計を持って来てちょうだい」

グーカから時計を受け取ると、すでに七時十分になっていた。

「モロッコ人は今日はどこまで来たの？　何か聞いた？」

「知らないわ。国境地帯の砂漠軍団はもう地雷を取り除いたんだって。やつらをやって来させるようにね」

「砂漠軍団の一部の人は撤退しようとはせず、ゲリラ隊といっしょになって砂漠に向かったよ」グーカは続けて言った。

「どこで聞いたの？」

「ハンティが言った」

「グーカ、考えて、どうやったらシャイダを助けることができる」

「わからない」

「私、夜行くわ。あなた、どうする？　行ってゆうべシャイダがうちに泊まったことを証言するわ——」

「駄目よ、駄目よ、サンマウ、言わないで。言ったらあなたも大変なことになるわ」グーカは慌てて私の言葉を遮った。ほとんど泣かんばかりだった。

私は目を閉じて、疲労困憊の身をなんとか持ちこたえ、早く八時半になるよう待っていた。とにかくシャイダに会わなくてはならない。民衆裁判なら、話を聞いてもらう余地もあるだろう。ただ恐れるのは残酷なリンチだ。いったい民衆裁判なんてものが有るのか！　間違いなく言えるのは、シャイダは、故意に、あの日頃追っかけてわがものとすることのできなかったアジビに、はらいせに殺されようとしているだけなのだ。乱世にのみ、このような非条理があり得るのだ。

八時すぎ、家の外を大勢の人々が通りすぎる音を聞いた。だれもが顔を曇らせていたが、どんな表情か読み取れなかった。歩いている人も、車に乗っている人も、皆町から遠く離れた砂漠の谷間のラクダの屠殺場に向かっていた。

私は車に乗るとサハラウィの間を縫ってゆっくりと走った。道路が尽きて、砂地となったところで、車を残して皆について歩いた。

屠殺場は日頃いちばん行きたくない場所だった。そこには長年屠殺を待つラクダの哀れな鳴き声がこだましており、死んだラクダの腐肉や白骨が、浅い谷間一面にうち捨てられていた。風が、この一帯ではいつも激しく、たとえ昼間来ても、陰惨な気分になった。夕暮れの最後のひと時の今、夕日は一筋の淡い光のしっぽを、地平線に弱々しく投げかけていた。

屠殺場は長方形のセメントの建物で、薄闇の中、あたかも天の巨大な一本の手が雲の中から、そっと砂の上に置いた大きな棺桶であるかのように思われた。砂地に斜めに影を落としたその姿は、ぞっとして正視するに堪えなかった。

人はもうずいぶん沢山集まっていたが、これから見物することに驚き騒ぐふうもなく、羊の群れのように押し合いへし合いしていたが、その大人数にもかかわらず、なんの物音もしなかった。

八時半前、中型のジープが一台慌ただしく、人込みに向かって威圧するように走って来た。人々は慌てて後退して道を開けたが、前の高い座席、運転席の隣に、身動きもせず顔面蒼白ですでに死んでしまったかのようなシャイダが座っていた。

私は人込みをかきわけ、手を伸ばし、シャイダに声をかけようとした。だが近寄れなかった。人込みはまるで波のように私を押したり戻したりした。何人にも足を踏まれ、前に押されたかと思うとすぐ後ろに押し戻された。

周囲をずっと見回したが、だれひとり顔見知りはいなかった。跳び上がって見ると、シャイダはアジビに髪の毛を逆手につかまれ車から転がり落ちていた。人込みはひとしきり騒然となり、必死で前へ動こうとした。

シャイダは目を閉じて、びくとも動かなかった。彼女はバシリの死を知ったときから、すべての希望を失ったのだ。今は、ただもう死を待っているのにすぎなかった。

シスターは無事自分たちの子供を連れ出してくれた。シャイダがこの世に思い残す唯一の気がかりもほとんどないのだろう。

なにが民衆裁判なものか。事情を話す人がいるものか、バシリの話が出るものか、正義を主張をする人がいるものか？　シャイダは人前へ引き出されるやいなや、たちまち幾人もの男に襟元を引き裂かれ、可哀想に、大勢の人々の面前ではだかの胸がさらけ出された。

シャイダは頭をもたげ、目を閉じ、歯をくいしばったまま、微動だにしなかった。その時アジビがハッサニア語でなにか叫び、人込みはまたざわめいた。私はその言葉の意味がわからなかったので、近くにいた男をつかまえて必死で聞いたが頭をふって答えようとしなかった。それで人の間を縫って女の子に近づきまた聞いた。彼女はしどろもどろに答えた。「こいつを犯してから殺す。アジビは聞いたの。だれがこいつを犯すのかって。こいつはカトリックだから、こいつをやっても罪にはならん」

「ああ！　神よ！　神よ！　通して。お願い、道を開けて！」必死で前の人を押したが、その数歩の距離が、一世紀もあって、永遠に行き着くことができないように思われた。

跳び上がってシャイダを見ると、やはりアジビたち七、八人がシャイダのスカートを引き裂いており、シャイダは逃げようとしたが、何人かが飛びかかって行って、力いっぱい引っぱった。スカートは脱げて、彼女はほとんど全裸となって砂の上をころげまわった。また数人が飛びかかって行って手と足をつかみ無理やり地面におしつけ、体を開こうとした。その時、シャイダのむごい叫び声が野獣のように聞こえてきた。……ああ……やめて……やめて……ああ……

私は叫ぼうとしたが、声が出ない。泣こうとしたが喉がつまって声が出ない。見ようと思っても、見るに忍びず、見まいと思っても、目はまたシャイダに引き付けられてそらせない……。やめて……ああ……やめて……かすれて声にはならぬ声で私は叫んでいた……

その時、後の方から、誰かがまるでヒョウのように飛び込んで来るのがわかった。ひとごみの中に飛び込み、一人一人をかき分け、稲妻のごとく作業場の中へ突き進んだ。その男はシャイダの体に押しかぶさっていた男を引き離し、シャイダの髪の毛を引っ張って後の人のいない屠殺場の高いところへ退かせた。ルアが、ピストルを手に、狂ったように、白い唾を吐きながら、飛びかかってピストルを奪おうとする男たちに銃口を向けていた。その七、八人のよた者たちはぎらりと光る刀を抜いた。人込みはまたいっせいに驚きの声を上げ、外へ逃げ始めた。私は必死で中に入ろうとしたが、押されて後ろの方へよろめき下がった。目をこらして見ると、ルアは今にも飛びかからんとする男たちに取り囲まれていた。片手で地べたにうずくまるシャイダをかばいながら、一方ヒョウのような目に猛々しい光りをみなぎらせ自分に向かって来る男たちの方に、油断なくピストルを動かしていた。その時後に回り込んだ一人がルアに飛びかかった。ルアは引き金を引いた。その隙をねらってほかの男たちが一気にルアに飛びかかった――「私を殺して、殺して、ルア……殺して……」シャイダは狂ったように叫んだ、叫び続けた。私は恐ろしさのあまり、息をつまらせながら泣き出した。銃声がまた立て続けに聞こえた。人々は叫び声を上げ押し合って逃げ出し、私は転んで、踏みつけられた。ほどなく、あたりは突然からっぽとなり、物音が消えた。私は身体を起こして座ると、アジビたちがそそくさと一人の男を抱きかかえて車に乗ろうとするのが目に入った。地べたには二つの死体が横たわっていた。ルアはかっと目を見開いてそこで死んでおり、シャイダはうつぶせになっていた。ルアの姿は、まるでシャイダの方に這って行って、その身体でシャイダを覆おうとするかのように見えた。

私は二人から遠く離れた砂の上にうずくまり、ずっと震えていた。震えているうちに、あたりに闇が降りはじめ二人の姿が朦朧としてきた。風は、突然音を失い、しだいに何も見えなくなり、屠殺場のラクダの泣き叫ぶ悲鳴が聞こえて来た。その声は、ますます大きくなり、ますます高くなり、天空全体が、しだいにラクダたちの哀哭の巨大なこだまに満たされ、雷鳴のように私に覆いかぶさって来た。

訳者あとがき

三十年ほど前私は初めて、三毛《サンマウ》の著作、サハラ砂漠を舞台とする物語『撒哈拉的故事』（サハラの物語）を読んで、その途轍《とてつ》もない面白さと深い愛に感動し、ぜひとも翻訳して多くの日本の読者に読んでほしいと思った。そして台湾に住む作者・三毛に連絡を取り、自分の微力も顧みず翻訳に取りかかった。

だが、あんなに喜んで出版を待ってくれていた三毛は、日本語版出版（『サハラ物語』筑摩書房 一九九一年）の二か月前にすでにこの世を去っていた。

三毛が書いた砂漠の物語には、もう一冊『哭泣的駱駝』（泣いているラクダ）というのがある。『撒哈拉的故事』が砂漠の光と熱であれば、『哭泣的駱駝』は砂漠の影と涙であるというような三毛の言葉が強く印象に残っていた。そのため私はこれもどうにか翻訳したいと思っていた。三毛も『哭泣的駱駝』が日本で翻訳出版されることを強く望んでおり、「この一冊にはとても感動的な物語がある」と目次の中の三編（「サバ軍曹」「哀哭のラクダ」「聾唖の奴隷」）に大きく「好」（良い）と赤い字で書き入れて送ってくれていた。

　今回テキストとしたのは、二〇一一年出版の『撒哈拉歳月』（サハラの歳月）で、これには『サハラの物語』全編と、『泣いているラクダ』（拙訳では『哀哭のラクダ』と訳出した）のうち上記三編を含む五編、及びその他の作品から採った三編を合わせた二十一編が収められている。[1]『サハラの歳月』は台湾の皇冠出版社が三毛の逝去二十周年を記念して、三毛の作品を新たに整理・編集し、『三毛典蔵』シリーズ（全十二冊）として順次刊行したものの第一冊目にあたる。

『サハラ物語』は、未熟なままで、翻訳に不本意な部分も多く、見直し、手を入れ、さらに『哀哭のラクダ』も翻訳して三毛との約束を果たしたいと願っていた。

　二十数年を経てその宿願がかない、石風社さんから本書を出版していただけることとなった。『撒哈拉的故事』というタイトルは、以前の拙訳では「サハラ物語」としたが、これは「サハラの物語」とするのが適当だった。未熟を恥じるとともにお許し願いたい。この『サハラ物語』には、もともとあった一遍「白手成家」（わが手で城を）が、編集者の意向で収録されていない。

1『サハラの歳月』に収録された作品が掲載された単行本は以下の通り。「砂漠の中のレストラン」「結婚記」「にわか医者施療を為す」「幼い花嫁さん」「禿山の一夜」「砂漠観浴記」「愛の果て」「向こう三軒両隣」「日曜漁師」「死を呼ぶペンダント」「天へのはしご」「わが手で城を」以上十二篇は『撒哈拉的故事』（一九七六年）、「収魂記」「サバ軍曹」「砂漠で拾ったお客たち」「聾唖の奴隷」「哀哭のラクダ」の五篇は『哭泣的駱駝』（一九七七年）、「平砂漠漠たり夜に刀を帯びる」は『雨期不再來』（一九七六年）、「親愛なるお姑様」は『稻草人手記』（一九七七年）、「寂地」は『溫柔的夜』（一九七九年）。

三毛（サンマウ）、本名は陳懋平。だが彼女は両親が命名した「懋」の字の煩雑さを嫌って取り去り、三歳の時からずっと「陳平」と名乗っていた。（三毛を「サンマウ」と表記したのは、三毛の中国語発音表記は「San mao」となるが、この毛（mao）の中国語音は、日本語の「マウ」に近い音である。原音により近づけるため「サンマウ」とした）。三毛は一九四三年三月に中国四川省に生まれ、一九四八年十二月に共産党との内戦に敗れた中国国民党の台湾撤退に伴い、家族と共に台湾に渡る。中学二年の時、学校で教師から受けた仕打ちにより、七年に及ぶ引きこもりの生活に入る。その後、中国文化学院（現・中国文化大学）の聴講生となり、一九六七年にスペインに留学した。三毛は異なる文化の世界に踏み出した。

三毛は読書が何より好きだった。幼い頃から古今東西の手に入る限りの本を貪り読んだ。自分の世界に閉じこもっていた七年間は特に本が何よりのよすがであった。台湾を離れ異国での生活に入ると本は異なる存在となっていた。

私は本を離れて現実の生活に入った。物事を一つ一つ、はっと悟っていく中で、あのどしりと重い大きな本棚は、いつの間にか私の精神と思想に変わっていた。私は突然気が付いた。本はすでに私の身体の中に深く根を下ろしており、本と共にいようがいまいが、もうたいして大事なことではないのだ。〔「逃學為讀書」（代序）『背影』一九八一年〕

一九七四年七月、三毛は当時のスペイン領サハラでスペイン人のホセ・マリア・クェロと結婚する。サハラ砂漠は三毛が地理を習った小学生時代からのあこがれで、その後サハラ砂漠の写真を見た時、「前世を追憶するような郷愁が、わけもなく、ことごとくその見たこともない大地に呼び寄せられた」(「白手成家」『撒哈拉的故事』)と書いている。

一九七四年十月、サハラで暮らしていた三毛は砂漠での生活の一コマを題材に一遍の文章を書いた。彼女のペンから生まれたその物語は「中國飯店」と題して台湾の新聞『聯合報』の文芸欄に掲載され、発表と同時に爆発的な反響を呼んだ。以後次々と発表された砂漠の物語は、一九七六年五月、皇冠出版社より十二編を収録して『撒哈拉的故事』として刊行された。(「中國飯店」は「沙漠中的飯店」(砂漠の中のレストラン)と改題されている)これが、三毛というペンネームによる最初の本である。

西サハラ紛争のため、三毛は一九七五年十月にサハラからカナリア諸島へ移住していたが、彼女の語る物語はそこから次々と発せられ、台湾、香港及び東南アジア各国の中国人社会において読者の熱烈な支持を得たばかりではなく、一九八〇年代以降の中国大陸においても「三毛フィーバー」を巻き起こした。

作家三毛はサハラにおける生活の中から誕生したが、このペンネームは、陳平が三歳の時に手にした人生最初の愛読書、ほぼ字のない漫画、親もない家もない男の子「三毛」が主人公の『三毛流浪記』から取られている。(張楽平『三毛流浪記』一九三五年・上海)

三毛は頭にわずか毛が三本あるだけで、すべてに事欠いていた。だがこの子には個性があり、意志は強靭で、正義感に富み、どんなに虐《しいた》げられても、人生に対して明るい信念を持ち続けている。……私は思った。いつかある日、私もペンを執って物を書く時がきたら、ひたすら一つのことを堅持する。それは自らのペンで私が観察し記録する人生の様相は、私のそれのように平凡であっても、人間性の輝きや高尚さが、沈黙する大衆の中で、これらの同類たちに、肯定、称賛、共感そして理解、ひいては当たり前のように生活の中で実践され続けていく私たちの誠意を伝えるものでありたい。

そこで私はペンネームを決める時、「三毛」を選んだ。

＊〔張楽平『三毛流浪記』（全集）序文、一九八九年二月執筆〕

『サハラの歳月』のかたりべは「私」こと「三毛」だが、これは「作家・三毛」でもなく、陳平でもない。物語の中の一人の人物「三毛」だ。

現実の砂漠では、彼女は誰からも「三毛＝サンマウ」と呼ばれることはなかった。だがかたりべを「三毛＝サンマウ」と設定することによって、作品は自分語りの態勢を保ちつつ、冷静で客観的な視点を獲得することも可能になった。それゆえに読者は彼女の物語にぐいぐいと引き込まれていく。

そのことを示したくて訳文においてはあえて「サンマウ」と表記した。

陳平はサハラ砂漠で新しい世界が開けた。儒教道徳の重んじられる台湾から脱出した陳平は、サハラ砂漠で自由闊達な「三毛」に生まれ変わった。三毛とその夫であるホセは、サハラ砂漠で原住民《サハラウィ》と親しく交わり、彼らの生活を見つめ、その喜怒哀楽にふれ、その命の輝きを伝えた。

だが、ホセは一九七九年に潜水中の事故で急死する。独りになった三毛は一九八一年に台湾に戻り、執筆活動を続けるが、一九九一年一月、検査入院中の病院で自死した。

三毛の作品はほとんどが短編であり、一編ずつ、主に『聯合報・副刊』に発表された。それらを幾編かまとめて一冊の本として、皇冠出版社から次々と出版された。最初に上梓されたのが一九七六年五月に出版された『撒哈拉的故事』で、単行本は全部で十四点出版された。これらはすべて彼女の生前に出版されたものだ。

一九九一年、三毛の没後間もなく、これらの作品のタイトル、配列はそのままに、未発表の作品も新たに収録して、『三毛全集』十七冊が出版された。

その後出版されたのが上述した『三毛典蔵』シリーズの十二冊である。

この典蔵シリーズの第一冊『サハラの歳月』の最初の一編は、「回郷小箋」（帰郷に寄せて）である。単行本の『サハラの物語』が出版されたのは前述のように一九七六年五月だった。それに合わせて三毛は一九七六年五月二十日に台湾へ二か月と十日間の里帰りをした。当時この本の売れ行きはすさまじく、初版出版からわずか一ケ月半あまりの間に第四版まで出るほどだった。三毛の本がどれだけ熱狂的に迎えられたのかがわかる。『サハラの歳月』に連作の一編として収録されているこの文は、もともと第四版の序文として書かれたものだ。

ところが三毛は、第四版の出版後間もなく、再び北アフリカに向かうタイミングで、あたかも読者へいいとまごいをするかのように、『聯合報』（一九七六年七月十九日）に改めて「帰郷に寄せて」と題する一文を発表した。

非常に興味深いことに、同じタイトルのこの二編は内容にいささか相違がある。

前者の「帰郷」は、明らかに儒教社会である台湾へ戻ったことであるが、後者の「帰郷」には、もしかすると、自由な社会、北アフリカへ帰還するという思いも含まれているのかもしれない。そう考えてみると、皇冠出版社がこの一編を「序文」としてではなく、本文の一編として典蔵版シリーズ第一冊の巻頭に収録した意図がしのばれる。

新聞に発表された文章は、呼びかけも第四版の「朋友」（友人）から「読者」（読者）に変わっている。そこで吐露される三毛の読者に対する思いから、このわずかな期間に、三毛は、作家として歩む覚悟を決め、それを改めて世間に表明したのではないか、と思わせる。この文章は、今でも時空の隔たりを感じさせない、含蓄に富むものである。作家・三毛はおそらくこのときに誕生したのだ。

今回の拙訳では、三毛生前の単行本の構成を生かす形で、「サハラの物語」と「哀哭のラクダ」の二部に分け、文章の流れを考えて原著と少し配列を変えたところもある。「帰郷に寄せて」は物語とは別に巻頭に置いた。原著では二十一編がそのまま並べられている。

三毛の砂漠に関する作品はサハラの民・サハラウィの生活を伝える数少ない貴重な記録でもある。サハラの人々の、ひと粒ひと粒、砂の中に消えていった尊い命の物語もここには書き留められている。

三毛が暮らした時期から四十年を経た今、益々複雑化する世界情勢の中で、サハラウィの国は今なお一片の幻に過ぎず、多くの命が存亡の危機にさらされている。現代に生きる人々にこそ三毛の語る物語に耳を傾けていただきたい。三毛の語る物語が、彼らに対する理解を深めるよすがとならんことを祈っている。

この本の出版の実現には、多くの方々の恩顧を賜った。その方々のご指導、ご助力がなかったら、この本の誕生もなかっただろう。心よりお礼を申し上げたい。

二十数年来、月に一度三時間、福岡の、現代中国語「孩子王クラス」で高季文先生のご指導のもと、じっくりと中国文学の作品を読んだ。文章の奥に隠された深い意味、言葉探しの困難と面白さ、高先生のご指導なくてはかなわぬことだった。またこのたびの翻訳に関しても多くのご指導を賜った。

福岡大学人文学部教授・間ふさ子先生には、翻訳に関し、中国語に関し、出版に関し、まさに手を取り足を取りとこの上ないご指導、ご教授を賜った。

お二人の先生に、ひたすら、心より感謝申し上げる。

また、この「サハラの歳月」に目をお留め下さった石風社代表・福元満治氏に厚くお礼を申し上げる。二十数年来勉強させていただいた福岡で、福岡の出版社「石風社」さんから出版していただけるご縁にも深く感謝している。

三毛の亡きあともご助力を賜り、新しい訳書の誕生をお待ちいただいた陳傑氏をはじめ、三毛のご遺族に心からお礼を申し上げる。

多くの友人たち、日本の友人たち、台湾の友人たちにも励まし、助けていただいた。厚くお礼を申し上げる。

一冊の本は、こんなにも多くの方々のお力のもとに誕生するのだと、感謝と感慨にふけっている。

二〇一九年十月
妹尾　加代

三毛（サンマウ）

本名陳平。1943年中国四川省重慶で生まれ、5歳の時に家族と共に台湾に渡る。中学2年の秋から引きこもりの生活に入り休学。その後中国文化学院（現･中国文化大学）哲学系で聴講生として学んだ後、スペインに留学。1974年、サハラ砂漠でスペイン人のホセ･マリア･クェロと結婚。砂漠での生活を題材にした物語「中国飯店」が台湾の新聞に発表されるや、三毛フィーバーを引き起こし、主に自らの生活を題材とした作品を次々と発表。夫ホセの死後、1981年に台湾に戻る。その後も執筆活動を続けるが、91年に死去。享年48歳。

著書：「サハラの物語」、「泣いているラクダ」、「案山子の手記」、「雨季はもう来ない」、「後ろ姿」、「馬を贈る」等20余冊に上る。これまでに「サハラの物語」は韓国語、スペイン語、カタルーニャ語でも翻訳出版されており、典蔵版「サハラの歳月」は現在、イギリス、アメリカ、オランダ、ノルウェー、ポーランド、イタリア、ミャンマー等で翻訳出版が準備されている。三毛の著書は、台湾、中国においては一千万部を超えるベストセラーになっている。

妹尾 加代（せのお かよ）

高知県出身。京都外国語大学英米語学科卒業。1964年9月より1年間、台湾省立師範大学（現･国立台湾師範大学）国文系に留学。

訳書：三毛『サハラ物語』（筑摩書房、1991年）
共訳書：藍博洲『幌馬車の歌』（草風館、2006年）
監訳書：鄧友梅『さらば、瀬戸内海！』（周南地区日中友好協会中国語講座「悟空」、2012年）

First published by Crown Publishing Company Ltd. in Taiwan in 1976
Japanese edition published by arrangement with Crown Publishing Company Ltd., acting in conjunction with The Grayhawk Agency through Tuttle-Mori Agency, Inc.

サハラの歳月

二〇一九年十二月二十日初版第一刷発行

著　者　三《サン》毛《マウ》
翻訳者　妹尾加代
発行者　福元満治
発行所　石風社
福岡市中央区渡辺通二―三―二十四
電　話　〇九二（七一四）四八三八
ＦＡＸ　〇九二（七二五）三四四〇
印刷製本　シナノパブリッシングプレス

＊表示価格は本体価格。定価は本体価格プラス税です。

ジェローム・グループマン
美沢惠子　訳
医者は現場でどう考えるか

「間違える医者」と「間違えぬ医者」の思考はどこが異なるのだろうか。臨床現場での具体例をあげながら医師の思考プロセスを探索する医療ルポルタージュ。診断エラーをいかに回避するか——患者と医者にとって喫緊の課題を、医師が追究す　【6刷】2800円

浅野美和子
野村望東尼《ぼうとうに》　姫島流刑記　「夢かぞへ」と「ひめしまにき」を読む

筑前勤王党21人が自刃・斬罪に処せられた慶応元年の乙丑《いっちゅう》の獄。歌人野村望東尼も連座。糸島半島沖の姫島に流刑となる。平野国臣ら勤王の志士と交流を持ち、高杉晋作を匿ったことでも知られる勤王歌人・野村望東尼の直筆稿本を翻刻し注釈を加えた流刑日記　3800円

阿部謹也
ヨーロッパを読む

「死者の社会史」、「笛吹き男は何故差別されたか」から「世間論」まで、ヨーロッパにおける近代の成立を鋭く解明しながら、世間的日常と近代的個に分裂して生きる日本知識人の問題に迫る、阿部史学の刺激的エッセンス　【3刷】3500円

臼井隆一郎
アウシュヴィッツのコーヒー　コーヒーが映す総力戦の世界

「戦争が総力戦の段階に入った歴史的時点で（略）一杯のコーヒーさえ飲めれば世界などどうなっても構わぬと考えていた人間が、どのような世界に入り込んで苦しむことになるかの典型例をドイツ史が示していると思われる」（「はじめに」より）　【2刷】2500円

渡辺京二
細部にやどる夢　私と西洋文学

少年の日々、退屈極まりなかった世界文学の名作古典が、なぜ、今読めるのか。小説を読む至福と作法について明晰自在に語る評論集。〈目次〉世界文学再訪／トゥルゲーネフ今昔／『エイミー・フォスター』考／書物という宇宙他　1500円

宮崎静夫
十五歳の義勇軍　満州・シベリアの七年

阿蘇の山村を出たひとりの少年がいた——。十五歳で満蒙開拓青少年義勇軍に志願、十七歳で関東軍に志願、敗戦そして四年間のシベリア抑留という過酷な体験を経て帰国、炭焼きや土工をしつつ、絵描きを志した一画家の自伝的エッセイ集　2000円